运作

何常在 著
HECHANGZAI WORKS

北京联合出版公司
Beijing United Publishing Co.,Ltd.

图书在版编目（CIP）数据

运作 / 何常在著. — 北京：北京联合出版公司，2018.2

ISBN 978-7-5596-1444-5

Ⅰ. ①运… Ⅱ. ①何… Ⅲ. ①长篇小说－中国－当代
Ⅳ. ①I247.5

中国版本图书馆CIP数据核字（2017）第331502号

运 作

作　　者：何常在
选题策划：北京磨铁图书有限公司
责任编辑：郑晓斌　徐　樟
封面设计：仙　境

北京联合出版公司出版
（北京市西城区德外大街83号楼9层　100088）
三河市冀华印务有限公司印刷　新华书店经销
字数336千字　700毫米×980毫米　1/16　印张20
2018年3月第1版　2018年3月第1次印刷

ISBN 978-7-5596-1444-5
定价：45.00元

目录 CONTENTS

第一章

惊变

接到第一个电话的时候，倪流还以为只是生活中一个平常得不能再平常的玩笑，根本就没有意识到事情会一步步滑向未知的深渊。

当时正逢年底单位聚餐，他正在饭桌上同领导说话，手机忽然很不合时宜地响了，坐在他右首的美女同事肖米就掩着嘴吃吃笑他。

肖米长得还行，属于耐看的类型，身材小巧玲珑，嘴巴微翘，嘴唇微厚，圆脸蛋，一笑还有两个酒窝，中等偏上的姿色，皮肤很白。

笑什么笑，倪流心中嘀咕一句，他不喜欢肖米，在他心中，肖米就是智商低，却喜欢乱出风头的典型代表。

倪流本不想接电话，但特定的来电铃声让他听了出来，是襄都首富亿万富翁宋国文来电。

宋国文的电话，他不能不接，只好向领导告了罪，一溜儿小跑到雅间外面接了电话。

雅间外面的空气好多了，清新凉爽，让倪流精神为之一振。单位里很多人都抽烟，如果不是因为今天是元旦前夕的单位聚餐，他宁愿不来，他最受不了烟草的味道。

“倪流，我快要死了，你赶紧来中京大酒店，送我回襄都。”

宋国文口齿不清，咬着舌头说话的腔调明显是醉话，而且他说话的嗓门儿之大，震得话筒嗡嗡直响，倪流只好让手机远离了耳朵，等宋国文说完之后，他又重新将耳朵贴近了手机听筒。

“宋国文，你又喝了多少酒？别闹了，赶紧找个地方住下，下大雪了，现在高速都封路了，回不去襄都了。”倪流太清楚宋国文了，宋国文虽然贵为亿万富翁，却嗜酒如命，好像穷得多缺酒喝一样，见酒必喝，一喝必醉，不过也许正是宋国文的好酒量和他在酒桌上从不认输的豪爽表现，才让他的生意一直一帆风顺。

石门距离襄都120公里，现在外面风雪交加，雪大路滑，再加上又是晚上，高速封路，还得走国道，拉倒，鬼才陪宋国文胡闹。

“你不是一直想开我的奔驰吗？来中京大酒店找我，让你开个够。”宋国文继续鼓动倪流，“倪流，不骗你，这一次我可能真不行了，你得陪我回一趟老家，死，我也得死在家里。”

“喂，喂，怎么没声音了……”倪流算是怕了宋国文，不想和他扯皮个没完，就使出了常用的一手，他将胳膊伸长，让手机离自己很远，假装听不清，“喂，喂，我这里信号不好。”

“窝囊废……”电话挂断的一瞬间，倪流隐约听到宋国文骂了他一句。

倪流笑着摇了摇头，他是很喜欢宋国文价值百万的奔驰ML350，3.5升的强劲排量、四轮驱动的先进动力、顶级豪华配置，只看一眼就让爱车如命的他跃跃欲试。

可惜多少次他想上手开一开，都被宋国文很不客气地推到一边，他就发誓，这辈子不开上奔驰，不是男人！

没想到，信奉车和女人概不外借原则的宋国文会主动让他开他的奔驰，太稀罕了。

想归想，倪流还是按捺住了蠢蠢欲动的想法，可不能胡闹，这么大的雪，又是大晚上的，他真要开车陪宋国文一路从省城回到襄都，是过了一把奔驰瘾，但姐姐非得骂死他不可。

没错，襄都远思集团董事长兼总经理、赫赫有名的亿万富翁宋国文是倪流的姐夫。

不过，倪流从来不称呼宋国文为姐夫，一直直呼其名，原因无他，只因宋国文一向瞧不起他，认为他窝囊而没有担当，不是一个响当当的男人。其实说心里话，倪流表面上宋国文长宋国文短的，内心还是很敬重宋国文的为人和本事，宋国文白手起家，从不名一文到坐拥亿万财富，只用了不到十年时间。

宋国文之所以瞧不起倪流，是因为倪流大学毕业时宋国文想拉他加盟他的公司，倪流却没有答应。

倪流并非不喜欢商场上的跃马扬鞭，也想建功立业，只是他一直有一个梦想，不想依附别人，只想凭借自己的努力打开一片天地。

只不过形势比人强，在参加工作后，他才发现理想和现实的距离过于遥远了，他在单位埋头苦干了三年，表现倒也不错，但是却没有做出什么大的成绩。倪流却始终没有灰心，他相信机遇或许会在一个不经意的日子突然降临到他的面前。

当年宋国文劝说了倪流很长一段时间，倪流都不为所动，最后宋国文气坏了，骂倪流是个软蛋，鼠目寸光，没远见、没理想、没追求，一辈子都会是一个窝囊废。倪流被宋国文骂得狗血喷头，却一点儿也不生气，也不向宋国文解释他的理想，只是等宋国文骂累了，他笑眯眯地说了一句："好，宋国文你骂我窝囊废，我以后不叫你姐夫了，就叫你宋国文。"

"你就是叫我宋大头，我也是你姐夫，是你到死都改变不了的事实！"宋国文扔下一句话，气呼呼地走了。

"宋大头"是宋国文最忌讳的外号，宋国文确实头大如斗，长得很丑，以前谁叫他宋大头他就跟谁急，后来发达了，他反而又不怎么在意了，自称头大有脑子，可见一个人如果底气足了，长得丑或是长得怪反倒成了个性。

倪流说到做到，从此以后见到宋国文再也不叫姐夫了，就叫宋国文，一叫三年。宋国文也不在意，随便他叫什么。

虽然宋国文骂倪流是窝囊废，而且倪流也不如别人一样在他面前毕恭毕敬地称呼他为宋总，甚至连个姐夫都不叫，但他对倪流却一直很在意，只要一来省城，有事没事必找倪流聊聊，或是讲讲他的集团的发展前景，或是吹吹牛，吃顿饭，也不知宋国文看上了倪流哪一点，反正他很欣赏倪流的个性和能力，时不时重复同样一句话："远思集团的大门永远为你敞开，只要你想来，公司会有一个副总的位子一直为你保留。"

总体来说，宋国文和倪流的关系十分不错，不像姐夫和小舅子，反倒像兄弟。

关系再好，倪流也不喜欢宋国文的嗜酒如命，不知多少次劝宋国文少喝一点儿，但每次宋国文总是眼睛一瞪，理直气壮地说道："你懂个屁！远思集团的每一笔业务，都是我一杯接一杯的酒喝来的，没有酒，就没有远思集团的今天。"

宋国文的歪理邪说，倪流不敢苟同，却也不反驳他，每个人都有自己的生活方式，他不喜欢别人强迫他，他也不会去强迫别人。他只是不喜欢宋国文的酒品，凡是和宋国文喝过酒的人都知道，宋国文酒品不好，所以熟悉他的人和他喝酒，多半不会让他喝醉。喝醉后的宋国文，要么骂娘，要么胡闹，甚至会做出匪夷所思的事情，比如会在雪地里唱歌，会在楼顶跳舞。

其实他骂娘还好，胡闹起来，才让人受不了。

正因为如此，倪流在接到宋国文要死要活的电话后，才浑然没有放在心上，以为宋国文和往常一样，不过是酒后又一次发酒疯罢了。

接完电话，呼吸完新鲜空气，见时间才晚上八点多，心想聚会估计还得闹腾一个多小时，这大雪天的，还是早点回去才是正经事，这么想着，倪流迈步向回走，才走两步，迎面就走来了肖米。

“倪流，女朋友又查岗了？”肖米喝了不少酒，圆脸上弥漫了一层红润，倒让她显得比平时更多了几分妩媚，她一脸娇笑，伸出一根手指点在了倪流的胸口，“我说……你也太没出息了，早请示晚汇报，没结婚就这样，这要是结婚了，可怎么得了？”

倪流开玩笑道：“要不肖姐当我的女朋友算了。”

“我？”肖米摆了摆手，笑得很开心，“我可不行，配不上你这个大才子、大能人。”

倪流今年26岁，毕业于燕山大学，大学毕业后留在省城石门，在市政一公司从事排水设计工作。参加工作三年间，踏实勤恳，赢得了领导和同事的一致好评。再加上他长得健康阳光，身材颀长，性格开朗，喜欢开玩笑，又乐于助人，在单位颇有人缘。

倪流能写会画，在学历普遍不高的市政一公司，他如鹤立鸡群一般，就赢得了大才子、大能人的称号，尽管他也知道，许多人称呼他大才子、大能人的时候，是两分嫉妒，三分羡慕，外加五分嘲笑。

市政一公司说白了是修路、挖沟、掏下水道的公司，哪里需要什么才子？

“是我配不上肖姐。”倪流嘻嘻哈哈地说道，“肖姐是公司的第一美人，多少人都拜倒在你的石榴裙下。”

“去，少贫，我还不知道你？笑得甜，心里贱。”肖米向倪流飞了一个媚眼，扭动腰肢从倪流身边走过，娉娉婷婷朝走廊尽头的洗手间走去。

一股浓郁的香水味道直冲鼻子，倪流呛得连打两个喷嚏，回头看了看肖米还算有几分美感的背影，摇了摇头，女人要么别用香水，要用就千万别用劣质香水，劣质香水令人作呕的气味，可以让本来还算有几分姿色的形象瞬间降低好几个档次。

倪流回到雅间的时候，酒局上的战局正酣，呛人的烟味又刺激得倪流直想咳嗽，他想了想，还不如躲到外面清静一会儿，这么一想，转身要走的时候，却被领导叫住了。

“倪流，不许当逃兵，来，替我挡一挡，我喝多了。”领导冲倪流招了招手。

倪流也喝了不少酒，少说有半斤，他酒量好，平常却不怎么喝，真要喝起来，一般人也不是他的对手。不过今天他不想替领导挡酒，正想找一个理由拒绝时，第二个电话就很及时地打了进来。

如果说第一个电话是不合时宜的话，那么第二个电话却让倪流如遇大赦，他急忙掏出手机，冲领导扬了扬：“头儿，我先接个电话。”

倪流一转身出了雅间，急匆匆又回到了外面，迈出雅间的一瞬间他下定了决心，在结束聚会之前，他不会再迈进雅间一步。

第二个电话是吴小舞打来的。接到第二个电话时，倪流心中终于有了一丝不祥的预感。

“喂，倪流……”

在吴小舞的声音响起的同时，倪流眼前就浮现出一个齐耳短发、白领职业装、瓜子脸、柳叶眉的女孩形象，她光洁的脸庞和白皙的皮肤，高挺的鼻子、大大的凤眼以及犹如雪上一枝梅一般的娇艳红唇，无一不展现出一个青春女孩所能拥有的所有芳华。

“帮帮忙，倪流，宋总真不行了。你快来接他好不好？我求你了。”

吴小舞的声音软软的，有一股子说不出来的慵懒味道，怎么听怎么不像一个秘书应有的干脆利索的语气，倪流就想不通为什么宋国文非要用吴小舞当秘书，难道仅仅是因为吴小舞的年轻漂亮？

倪流心中一沉，吴小舞说话的口气虽然不够干脆，但她是一个做事情很有分寸的女孩，不会乱说话，他就急忙问道：“又喝了多少？”

“大概一斤半白酒。”

一斤半白酒对宋国文来说，不算致命的量，怎么就不行了？当然，吴小舞所说的“不行”是指闹腾得不行了，而不是指人不行了，倪流正好站在走廊的窗口，向外面看了一眼，大雪纷纷扬扬下个不停，地上的积雪至少有三四厘米厚了。

“非要回襄都？”倪流始终想不明白宋国文这一次的酒疯发的怎么这么有创意，这三更半夜顶风冒雪回襄都，难道是襄都的公司总部出了什么大事？

“嗯……”吴小舞的鼻音稍重，她似乎是在外面打电话，声音冻得微微颤抖，“宋总说，如果你不送他回去，他就自己开车回去。”

“瞎胡闹！”倪流吼了一句，“我这就过去。”

第二章

遗嘱

“头儿，家里出了点儿事儿，我得先走一步。”倪流说到做到，还真没有迈进雅间，而是站在雅间门口向领导请假。其实也不能算是请假，今天是12月31日，明天就是元旦，今晚的聚会是年底聚餐，从明天起，放假三天。

领导对倪流一晚上心不在焉的表现很不满：“不准走，倪流，你今天的表现让我很失望。”

“领导，家里真的出事儿了。”

“我说不行就不行！”领导有意跟倪流过不去，他举起了酒杯，“你要走也可以，喝完这杯酒就放你走。要是不喝，就是看不起我。”

要是平常，喝就喝了，虽然领导手中拿的酒杯足有三两，三两白酒对倪流来说不算什么，但现在不行，他要开车送宋国文回襄都，120公里的大雪夜路，本来就喝了半斤白酒了，再喝三两，不是拿命开玩笑吗？

同事也跟着起哄：“喝，不喝就不放你走。”

倪流恼了，脸上却还是挂着笑，正要再解释几句时，第三个电话就打了进来。

接到第三个电话时，倪流的脑中莫名其妙突然就跳出了一句话：“一个男人一辈子当中，总要经历一两次的风雪兼程，人生才会完整……”

第一个电话不合时宜，第二个电话是及时雨，第三个电话就是雪中送炭了，倪流这一次干脆连一句解释都欠奉，一扬手中的手机，扔下一脸铁青的领导，转身就走。

又是宋国文来电。

“楼下，下来。”宋国文生硬地扔下一句硬邦邦的话，“你有五分钟时间。”

比起领导的不满和愤怒，还是姐夫的安全重要，倪流也没回去再向领导说明什么，直接下楼。

到了楼下才发现，积雪有半脚深了，踩在雪上，咯吱作响，而且风雪呼啸，在路灯的照耀下，鹅毛般的大雪纷纷扬扬，铺天盖地，几乎要将整个世界覆盖一样。

楼下的停车场里，静静地停着一辆黑色的奔驰ML350，在漆黑的夜色和灯光的双重映衬下，流光溢彩，就如一头充满力量的野兽。倪流见猎心喜，手指划过奔驰ML350光滑的车身，感觉比抚摩女人光洁的身体更有美感。

驾驶位虚位以待，倪流迫不及待地打开车门，跳上了驾驶位，双手放在方向盘上，心中一阵激荡。多少次梦想驾驶一辆奔驰，而现在，梦想终于实现了。

楼上雅间，看到倪流坐进大奔，站在窗前向外张望的领导和同事都惊呆了，个个目瞪口呆，说不出话来。倪流在单位上班三年，从来没提过他有一辆奔驰。

过了半晌肖米才无比羡慕地说道："倪流这小子心机够深的，都开上奔驰了，他家里是不是特别有钱呀？"

他们在市政一公司工作的，月收入一千多元，平常混个吃吃喝喝还行，要说能买得起奔驰，完全是天方夜谭，就算头儿配的专车也不过是一辆价值十万多的桑塔纳，和百万的奔驰相比，一个地上一个天上。

倪流这小子……怎么坐得起奔驰？没看出来，这小子平常不吭不哈，难道他还是一个富二代？

倪流一坐进奔驰，就进入了状态，早就将所有问题抛到了脑后，他系上安全带，冲后座的宋国文点了点头，又冲坐在副驾驶的吴小舞笑了一笑，踩住刹车，推到D挡，轻轻松开刹车，奔驰ML350就如一只轻盈的蝴蝶驶离了停车场。

半个小时后，汽车驶出了市区，沿107国道一路南下，直奔襄都而去。

刚出市的时候，大雪才下了几厘米深，走到半路的时候，大雪就有半尺深了。虽是夜晚，但大雪中白茫茫一片，极目四望，也可以看到很远，目光所及之处，平常车流不断的107国道空无一车，仿佛天地之间，就只有一车三人在风雪中踽踽独行。

按说在风雪交加的夜晚，四下空旷如寂，在一辆性能优良的豪华汽车中，有美人同行，本是一件虽有危险却充满了某种暧昧可能的美事，但倪流却对近在咫尺的吴小舞视而不见，尽管吴小舞脱了外套之后的身材玲珑精致，堪称完美。

倪流是在担心，从他上车开始，宋国文就开始睡觉，当时时间不到二十一点，现在距离石门80多公里了，时间也指向了二十三点，宋国文却没有醒来一次。

一般来说，喝醉之后呼呼大睡是好事，有助于醒酒，但对宋国文来说就不太正常了，倪流太了解宋国文了，每次醉酒，他差不多睡一个小时就会醒来一次，然后折腾一个小时才会再睡，如此反复，一晚上不折腾个五六次绝不罢休，这一次是怎么了，怎么这么安静？

本想叫醒宋国文，但宋国文睡得正香，呼噜打得很响，倪流就又专心开车了，心里却翻来覆去地在想，平常宋国文酒后发疯，也有胡闹出格的时候，但从来没有像这次一样闹得这么厉害，而且还要死要活的，他到底哪根筋不对，非要冒死回家？有什么急事不能等着明天白天？

雪大路滑，一路上几次出现险情，险些掉到沟里，如果不是倪流上班几年间，每天都要开着单位的皮卡跑工地练出了一流的开车技术，再加上四驱的奔驰操控性能优越，恐怕现在死了十次八次都有了。

“到哪里了？”正胡思乱想时，宋国文终于醒了。

“距离襄都还有40多公里。”一听到宋国文终于醒了，倪流才长出了一口气，回头看了宋国文一眼，尽管看不清楚他的脸色，见他坐了起来，心中大为宽心，“雪太大，从石门出发到现在走了4个多小时，才走了80公里，还有几次差点滑到沟里，如果不是看在你是宋国文的分儿上，我早就骂娘了。”

“骂谁娘？骂我的娘就是骂你姐姐的婆婆，有本事你就骂。”宋国文骂骂咧咧地笑道，“我都快死了，你还矫情？你现在送我回家，总比拉一个死人回去强吧？就别埋怨了。”

平常宋国文说话粗俗归粗俗，却很少提到死，怎么刚醒来，一开口就是死？倪流眉头一皱，想说几句什么，宋国文却不给他说话的机会。

“小舞，拿水。”

吴小舞拿过水壶，扭身递水给后座的宋国文，侧身的时候，她曼妙的腰身和丰满的双胸就毫无保留地朝倪流盛开了最优美的姿态。

必须承认，吴小舞是一个不但漂亮还十分性感的女孩。

倪流见过的漂亮女孩很多，但如吴小舞一般既漂亮又性感得让人不敢多看几眼的女孩，还是第一个。他敢同肖米开玩笑，却不敢多看吴小舞几眼。

穿了冬裙的吴小舞，就如寒冬之中的一朵梅花，娇艳而美丽，明媚而忧伤，她微显瘦削的瓜子脸虽然脸型近似完美，但镶嵌在上面的一双如宝石一般的双眼却不时流露出忧伤的眼神，总是让人不由自主心生怜香惜玉之意。

一路上宋国文睡觉，吴小舞也不陪他说话，只顾一个人靠着窗户发呆，她出神的样子就如被雪冻得发抖的花瓣，别有情致。

宋国文喝了一口水之后，又将水壶还给吴小舞，说道："倪流，行呀，你小子开车技术不错。"

"一睁开眼就骂人，宋大头，真有你的。"倪流为宋国文明明没事却折腾他而不满，"早知道，我就不陪你胡闹了，你看现在雪越下越大了，不知道天亮前能不能到家？"

"又叫我宋大头了？"宋国文咧嘴一笑，毫不在乎倪流的怒气，他伸手一推倪流的肩膀，"三年了，你没叫我一声姐夫，你现在叫一声姐夫，我把奔驰送给你。"

"姐夫！"倪流知道宋国文是在捉弄他，却还是毫不含糊地叫了一声姐夫，"你说的，我可是当真了，回家我就开走。"

"你小子终于叫我姐夫了，虽然你不是真心想叫，是看在奔驰的分儿，不过我也满足了，好，我不但要送你一辆奔驰，还要再送一份大礼给你。"宋国文声音洪亮，看样子是一点事儿也没有，他恢复了平常大大咧咧的姿态，"小舞，我说，你记录。"

"是，宋总。"吴小舞平常习惯了记录宋国文的吩咐，拿出记事本和笔，做出了聆听的姿势。

"遗嘱……"宋国文咳嗽一声，"立遗嘱人：宋国文；遗嘱内容：如果宋国文死亡，宋国文名下所有股份和债权关系全归倪流所有。"

"啊……宋总？"吴小舞吓了一跳，"真要这么写？"

"你看我像在开玩笑吗？"宋国文不满地说道，"是不是想让我留点遗产给你？"

"不是，我不是这个意思，宋总……"

"咯咯……"宋国文一阵猛烈地咳嗽，"倪流，停一下车。"

倪流缓慢靠边停车，车还没停好，对面驶来一辆汽车，汽车的灯光一闪，照进了车内，也照到了后座的宋国文身上，从后视镜向后一看，他顿时大吃一惊。

宋国文的嘴中，正大口大口地向外涌出鲜血！

这一惊可是非同小可，倪流吓得心惊肉跳，刚一停稳汽车，他就推开车门下车。

和车内的温暖如春相比，车外天寒地冻，几乎滴水成冰，一下车，雪片夹杂狂风吹到了脖子里面，冻得他打了个寒战。

深夜的荒郊野外，天地之间仿佛除了一辆奔驰汽车之外，都被白雪覆盖，再看远方，大雪无痕。

顾不上欣赏从未见过的令人震撼的雪景，倪流急忙拉开了后门，坐在后座上，一把扶起了宋国文：“姐夫，你怎么了？”

“笨蛋，我这个样子能是怎么了？快要死了。”

“刚才还好好的……”倪流几乎要哭了，他的人生之中从未经历过这样的生死时刻。

“刚才是回光返照。”

“你真要死了，姐夫？你别吓我。你以前从来不说真话，怎么这一次一说死就死了？”

“一个人哪怕一辈子全说假话，临死的时候，也会说一句真话。”都这个时候了，宋国文还能笑得出来，他躺在倪流的腿上，凄然地笑了一笑，“倪流，有我的遗嘱，有小舞做证，我名下的全部资产，你一定要接手过去。等到了襄都，如果我还没死，我会找律师办好手续；如果我死了，就让小舞找律师办好手续，不管我死没死，你都要记住，别听你姐姐的话，别管别人说什么，也别管我家里人的反对，你记住，一定要接手……”

“姐夫，我……”倪流泣不成声，现在不是他去深思姐夫为什么要把名下的几十亿资产都过户到他的名下的时候，他现在又惊又怕，都不知道该说什么了。

汽车内本来平缓流淌的乐曲陡然间风格一变，由刚才轻松舒缓的《一路平安，玛利亚》变成了激昂的《命运》，同样是理查德的钢琴曲，风格一变，却给人完全不同的感受。

命运……命运是一条奔流不息的河流，有浅滩，有急弯，也有突如其来的逆流！

第三章

人生逆流

“你什么你，拿出一个男人样儿来！”宋国文大声呵斥倪流，情绪一激动，嘴里又涌出了一口鲜血，他一把推开倪流，“小舞，写好没有？检查一遍，拿给我签字。”

吴小舞脸色惨白，双手颤抖地从前座将遗嘱递给宋国文，宋国文打开车顶灯，扫了几眼确认无误后，唰唰几笔签上了自己的大名。或许是为了保险起见，他又从随身的公文包中拿出印章，盖上了章。

比倪流小1岁的吴小舞，担任宋国文的秘书还不到两年，一年多来，她见多了宋国文喝酒、喝醉、骂娘、胡闹，还从来没有见过今天的场景，在她24岁的生命中，也没有亲眼见过一个人的死亡，早就吓得战战兢兢，几乎瘫软在座位上。

相比之下，倪流虽然泪水直流，却比吴小舞镇定多了，他擦干眼泪，对吴小舞说道：“小舞，打120，快点。”

吴小舞赶紧拨打了120，打通之后，说了几句，她转身问倪流：“我们现在在哪里？”

“在107国道由北向南，距离襄都40公里处……”倪流轻轻放下宋国文，“姐夫，你坚持住，我这就送你回家。”

“你可得开快点儿，倪流，我怕我见不到你姐最后一面了。”和刚才还有力气骂人相比，现在的宋国文有气无力地软成一团，眼见是真的不行了。

倪流平常虽然直呼宋国文大名，也常爱和他开玩笑，没有称呼他为姐夫，但实际上在内心深处，他不但十分崇拜宋国文，还视宋国文为他的人生偶像。

尽管他并不认为成为亿万富翁才是人生唯一的成功，但至少宋国文是襄都商界的骄子，是中省商界的精英，就算不提襄都商界内不少人都对宋国文十分佩服，就是放眼整个中省，宋国文也是响当当的一号人物。

三年来，宋国文每来石门一次，基本上都会找他一聚，有时捎点东西，有时带件衣服，有时只为吃饭说话。虽然宋国文对他说话，从来都是扯着嗓门儿，想骂就骂，想贬就贬，但他知道宋国文对他其实关爱有加，一直视他为亲弟弟一般！

悲愤之下，倪流擦干眼泪，心里暗骂自己，笨，哭什么哭，如果哭能解决问题，世界上就没有战争了！

现在前不着村后不着店，想要救宋国文一命，只有加快速度回到襄都，除此之外，别无他法。这么一想，倪流用安全带将宋国文固定在后座，随后坐回驾驶位，深吸一口气，双手放在手工缝制的真皮方向盘上，他从未有像现在一样感觉到掌控一切的使命感，宋国文的生命，不，全车人的生命都掌握在他的手中，他只能迎风冒雪，勇往直前，因为此时此刻，他无路可退。

雪，更大了；风，更猛了。狂风夹杂着鹅毛大小的雪花，打在车窗上，噼啪作响，似乎要将奔驰汽车吹得翻滚一样，十分吓人。

吴小舞蜷缩在副驾驶位上，既不敢回头看宋国文，也不敢看车外肆虐的风雪，闭上眼睛，如无助的小女孩一般，几乎在座位上缩成一团。

倪流小心地驾驶汽车，心急如焚，却又不能一脚油门踩到底一路狂奔，只能小心翼翼地缓慢前进。积雪太厚，3.5升的强劲排量、四轮驱动的先进动力，在天地之威面前渺小如草芥。四轮深陷在大雪之中，发动机发出了低沉的怒吼，油门轰响，汽车左右打滑并且不时摇晃，如蜗牛一样爬行。

第一次，倪流感受到人生深深的无奈。他曾经以为，一个男人一生必须拥有一辆奔驰才算完整，现在他正在驾驶许多人一辈子也买不起的价值百万的奔驰，以为一车在手，别无所求，可以跃马扬鞭，一路狂奔，但是现在却是空有3.5升的排量、300多马力的强大动力而无法尽情施展，人生，就是一出总不让人尽兴的戏剧。

“姐夫，你挺住，你不是说‘好人不长命，祸害遗千年’，你肯定会活得很长。”倪流一边开车，一边和宋国文说话，“姐夫，你别睡着了，和我说话。”

“说什么……”宋国文的话掩盖在暴风雪的呼啸之中，几乎听不清了，“我说不动话了，说了几十年了，也该歇歇了。”

“说什么？就说你为什么要让吴小舞当你的秘书。”倪流伸手一推吴小舞，“小舞，你也陪姐夫说说话，别让他睡过去了。”

吴小舞双手抱肩，瑟瑟发抖：“倪、倪流，怎么办呀？我好害怕。”

“怕有毛用？现在知道怕了？当时为什么不劝他少喝点儿？”倪流对吴小舞有气要生，自始至终，吴小舞没有表现出一个秘书应有的职责，对宋国文不管不问，任由宋国文一个人倒在后座自生自灭，她算哪门子秘书？

“你说说看，到底是什么大生意，非要向死里喝？”

“倪流，你别怪我了好不好，我现在心乱得一团糟……”吴小舞一脸惊慌失措，“都乱了，当时都乱了，我劝不住宋总，他没命地喝酒，王树斌也陪他一起喝，两个人拼酒来着，拼到最后，王树斌都吐血了，宋总没吐，越喝越兴奋，喝到最后，就非要让你送他回家。”

“倪流，我难受，医生怎么还不到？”宋国文嚷道，“你娘的会不会开车？你开的是奔驰，不是奔奔！”

“这么大的雪，这么黑的路，我开的是奔驰，但奔驰不是直升机。”倪流也火了，吼宋国文，“现在知道难受了，早先喝酒时干什么去了？我都懒得骂你了，你还有脸骂我？回家让我姐好好收拾你一顿。”

吴小舞的电话突兀地响了。

是120来电。

“对不起，风雪太大，120出不了车。”

“人快不行了，你们不能见死不救。”吴小舞急得眼泪打转。

“救人？下这么大的雪出车去救人，走到半路上滑沟里，谁负责？”120打来电话的应该是一个护士，说话挺冲，语气很凶，“120是不能见死不救，但见死不救的前提是要保证我们自己的安全！我们在襄都随时待命，只要人活着到襄都，不管多晚，我们都管到底。”

倪流抢过电话，嚷道：“你们就在襄都出市口的107国道等着，这总成了吧？”

“成，成，凶什么凶？”女护士的嗓门儿不小，震得倪流耳朵嗡嗡直响。

“母老虎！”倪流还给吴小舞电话时，气愤地说道，“这么凶的女护士，打针还不得要人命？”

此时距离襄都还有30多公里，倪流打起十二分精神，打开了汽车全部的灯光，顶风冒雪，艰难前行。吴小舞或许也是受到了他的鼓舞，不时地盯着车后座的宋国文，流露出想坐到后座照顾宋国文却又不敢过去的神情。

倪流也没勉强她，一个未婚女孩，坐在后座抱着一个男人，也不太好，况且她也不是护士或医生，能照顾宋国文什么？现在宋国文的性命，掌握在他的手中，确切地讲，是掌握在他的方向盘上。

又艰难前进了20多公里，花费了将近一个多小时，宋国文的声音越来越微弱，慢慢地一句话也说不出来了。倪流心急如焚，却有浑身力气使不出来，奔驰车也是轰鸣不止，却奈何不了狂风暴雪，终究，人力难以胜天。

“倪流……我不行了……我被王树斌害了……”宋国文断断续续地说道，“你记住，我身上有一个记事本，上面记着谁欠我的账，欠了多少钱，你拿着本子去要账，没人会赖账不还，还有，王树斌欠我最多，一共是1235万元……”

“王树斌是不是故意想害死你，然后欠账不还？”倪流心惊肉跳，如果宋国文说的是真话，不是醉话，那么宋国文就不是酒精中毒，而是谋杀了，“姐夫，要不要报警？”

“没证据，报，报，报个屁！”宋国文用力吐出最后一句话，“不过要是我真死了，你第一个找王树斌算账……”

话一说完，宋国文的声音就戛然而止，伴随着吴小舞的一声惊叫，宋国文的生命就此画上了句号。

“姐夫！”倪流痛彻肺腑地大喊一声，一脚急踩刹车，汽车在雪上几近失控，左右摇晃数下，车轮持续打滑，最终滑行十几米远，堪堪停在沟边，只差一点就滑进了路边三米深的深沟中！

倪流跳下车，打开后门，见宋国文躺在后座上一动不动，双眼紧闭，脸色惨白，让从来没有见过死人的他也知道，姐夫怕是真的死了。

怎么说死就死了？以前宋国文曾经一口气喝过两斤白酒，醉了三天三夜，最后还是活了过来，这一次才喝了一斤半，怎么人就不行了呢？

倪流欲哭无泪，蓦然双腿一软，跪在了雪地之中，在深夜的野外，迎着漫天的风雪，悲怆地仰天长啸一声：“姐夫！”

声音才一出口，就被狂风吞没，在大自然的威力面前，在生死面前，一个人的呐喊是多么渺小而无助。

吴小舞怔怔地看着倪流，眼神复杂，仿佛才认识他一样，过了许久，她也跳下了车，从雪地中拉起倪流：“倪流，还有半个小时就能到襄都了，开快一点，说不定还能抢救过来，你别耽误时间了。”

倪流如梦初醒，从雪地上一跃而起，擦干眼泪，猛然一把将吴小舞抱在怀中：“谢谢你小舞，一路上有你陪伴，给了我许多勇气。”

吴小舞一下愣住了，感受到倪流身上坚毅果敢的男人气息，她莫名心中乱跳，仿佛忽然之间，漫天的风雪也没那么面目可憎了。

坐回车上，吴小舞也不觉得害怕了，一路上倪流表现出来的坚决果断，让她第一次体会到了男人肩膀的宽厚和责任的重大，和宋国文的世故相比，倪流浑身上下充满了韧性和活力，除了有阳光向上的一面之外，还有一股冲劲和不服输的倔强。

男人最优秀的品质是什么？就是坚韧不拔的意志和负责的态度，似乎倪流真是一个具有优秀品质的好男人？吴小舞没想到在空旷的风雪交加的野外，在一辆拉了死人的奔驰车内，她忽然间胡思乱想了。

此时天色将亮，但风雪依然很大，奔驰车还是如蜗牛一样爬行，举目四望，天地茫茫似乎没有边际，在空无一人的旷野，在风雪夜，在一辆狭窄的汽车内，倪流遭遇了人生之中第一次突如其来的逆流　　有美人在侧，又有死人在卧，有几个人一生之中会有这么离奇的经历？

倪流心思渺茫，也不知道乱七八糟到底都在想些什么，一个小时后，天色蒙蒙亮，风雪减弱了几分，抬头一看，远处依稀可见救护车闪烁的灯光，就如一个跋涉了千山万水的旅人终于看到了天的尽头有一家小屋一样，他心中庆幸，终于将姐夫平安地送到了襄都。

在冰天雪地中奔波了120公里的奔驰车，此时脏乱得不成样子，再也没有了流光溢彩的奢华，就如一个在泥地中打了十几个滚的流浪汉一样，停在灯光闪烁的救护车旁边，丝毫不显高贵。

而亿万富翁宋国文的生命也是一样，在生死面前，他的亿万财富没有为他带来任何好运——几名护士七手八脚地将他从车上抬了下来，放到担架上的时候，一个大眼睛、长头发的护士直接就摇头说道："人都死了，不用抢救了。"

大眼睛护士戴了口罩，看不清她长什么模样，但倪流一下就听了出来她就是接电话的护士，他一把抓住了大眼睛护士的胳膊："护士，求求你救救他，你一定要救活他！"

"放手，别拉拉扯扯的！"大眼睛护士不客气地推开了倪流的手，"什么叫我一定救活他，药医不死病，知道不？他瞳孔扩散、身体冰凉，死亡时间都有一个小时了，我怎么救他？我又不是神仙！我还想问问你，他怎么就死了？"

倪流顾不上和大眼睛护士说个清楚，只是苦苦哀求："说不定还能抢救过来，他就是喝多了，上一次他醉了三天三夜也没死……"

第四章

轩然大波

“你是大夫还是我是大夫？”大眼睛护士瞪了倪流一眼，目光不善地又打量双手抱肩的吴小舞一眼，从鼻孔中哼了一声，“哼，谁知道你们这些有钱人是怎么回事儿，钱多了就瞎折腾，看，折腾出人命了吧？”

“你再多说一句废话，信不信大爷打你？”倪流还没有见过这么多嘴的女护士，一时火起，平常隐藏至深的霸道一面发作出来，“赶紧救人！”

大眼睛护士也许被倪流的凶巴巴吓着了，不甘地看了倪流一眼，没再说话，回身去抢救宋国文了。她用力按压宋国文的胸膛，又俯身检查他的心跳，投入的神态和弯腰时在护士服下包裹的美好身材一览无余，让人难以相信，一个刁钻的女护士会有如此令人遐想的身姿。

“对不起，我们尽力了！”

几分钟后，大眼睛护士公事公办地对倪流表示了医学上的遗憾，也就是说，从医学上宣布了宋国文已经是一个死人的事实。

倪流呆呆地看着紧闭双眼的宋国文躺在救护车上，一动不动，就如睡着了一样，实际上生命已经离他而去，他现在只是一具躯体罢了，想起一路的奔波，想起从最开始时宋国文要死要活的话，瞬间倪流只觉得天旋地转，一屁股就坐到了雪地上。

积雪厚达一尺多深，是百年不遇的大雪，也是倪流26年的生命中，第一次遭遇的最寒冷的严冬！

吴小舞靠在奔驰汽车的车门上，泪水无声地滑落，也不知是为宋国文而哭，还是感慨命运的无常。

“喂，死人怎么办？是拉到医院太平间，还是你们自己拉走？”大眼睛护士或许是被倪流的悲怆感染，她也不凶了，拉下了口罩，露出了一张清秀脱俗的面容，微圆的鹅蛋脸、大眼睛，尤其是她的耳朵长得十分好看，厚实的耳垂颇有喜相，和她凶巴巴的口气极不相称。

倪流乍逢大变，头脑一片混乱，坐在地上，连站起来的力气都没有，再加上开了一夜的汽车，又累又乏，浑身上下没有一丝力气，听护士一说，他摇了摇头，用手指了指吴小舞。

大眼睛护士嘟囔了一句："你们几个人到底是什么关系？真乱套！"她摇了摇头，不再多看宋国文一眼，不管宋国文是亿万富翁还是乞丐，对她而言都一样，死人就是死人，生前再有财富或是再贫穷，死后万般带不走。

吴小舞此时也清醒了几分，挪动脚步来到倪流面前，对大眼睛护士说道："护士，麻烦你帮帮忙，扶他起来。"

大眼睛护士不太情愿地搀起了倪流的胳膊，和吴小舞一左一右扶起了倪流，让倪流坐在了宋国文遗体的旁边，倪流依然说不出话来，只是无力地冲吴小舞挥了挥手。

吴小舞会意，说道："死者是宋国文，我是宋国文的秘书，他叫倪流，宋国文是他姐夫。"

"啊，宋国文？"大眼睛护士惊叫一声，"襄都首富宋国文？"

宋国文在省城石门或许不太出名，但在襄都名气之大，几乎尽人皆知，他身为襄都首富，迅速积累财富的过程，在短短十年间创造的财富神话，一直是襄都市民口耳相传的传奇故事。

"宋国文是你姐夫，你……一定就是倪流了？"大眼睛护士用手一指倪流，"倪流，你还记得我是谁吗？"

现在的倪流心乱如麻，头大如斗，哪里还有心思去认人？摇头说道："不记得。"

"我是林凝欢，是你的小学同桌。"大眼睛护士双眼放光，一把抓住倪流的胳膊，"倪流，你真不记得我了？上小学的时候，你总是欺负我……"

倪流睁大一双茫然的眼睛，看了林凝欢一眼，无力地摇了摇头："不认识。"

林凝欢不高兴地一踢脚下的积雪："真败兴，你都忘了我了，我干吗还非要记得你，真是的……"

"国文！"林凝欢话还未说完，她身后传来一声惊天动地的哭声，"国文，你怎么了国文？"

一个人跌跌撞撞地冲了过来，一把推开林凝欢，冲到了宋国文面前，扑到宋国文身上放声大哭："国文，你醒醒。国文，你睁开眼睛看看我，我是倪芳……"

林凝欢冷不防被倪芳一推，没防住，脚下一滑，一下摔倒在地，正好倒在了倪流的脚下。

"姐……"倪流伸手扶起林凝欢，冲她歉意地一点头，转身又对倪芳说道，"姐，姐夫走了……"

话说一半，泪如雨下。

"倪流，到底是怎么回事儿，你告诉我，你姐夫好好的，怎么就突然走了？你告诉我，你快告诉我！"倪芳用力摇动倪流的胳膊，状若疯狂，接受不了宋国文突然去世的事实。

今年42岁的倪芳长得和倪流还真有几分相似，一身厚厚的羽绒服遮盖了她保持得还算不错的身材，应该是平常养尊处优的缘故，她保养得很好，脸上几乎没有皱纹。

倪芳比倪流大了十几岁，所谓姐大如母，从小倪芳就特别疼爱倪流，几乎就相当于她带大了倪流，因此倪流和倪芳感情很深。

"姐，我也不知道到底是怎么一回事儿。"倪流泪流不止，哽咽地说出事情的大概经过。

倪芳听了，半信半疑，目光落在了吴小舞的身上，吴小舞点头回应："确实是宋总喝多了，非要倪流开车送他回来，结果半路上就……"

倪芳愣了愣神，不再怀疑什么，转身看了宋国文片刻，猛然又发出一阵撕心裂肺的痛哭。倪流见状，也是悲从中来，和倪芳抱头痛哭。

姐弟二人哭了半天，在吴小舞的劝慰下，才慢慢止住了哭声。正强打精神要将宋国文的遗体拉回家中布置灵堂——宋国文身为襄都首富，在襄都工商界有不小的影响力，肯定要召开追悼会——又有一个人急匆匆赶来了。

来人30岁出头，留分头，戴金丝眼镜，穿灰色棉袄，系红色领带，他下车之后，踩着咯吱作响的积雪来到吴小舞面前，冲吴小舞点头致意，又来到宋国文的遗体面前，一脸悲伤地摇了摇头，随后又安慰倪芳和倪流几句，然后咳嗽一声，当场宣布："本人孟岩，是襄都远思集团法律顾问。远思集团董事长兼总经理宋国文先生不幸去世，在此我向宋国文先生的家属表示深深的哀悼。虽然现在宋国文先生尸骨未寒就宣布他的遗嘱不近人情，但为了远思集团的发展着想，本着尊重宋国文先生遗愿的出发点，正好倪芳女士也在场，下面请倪芳女士、倪流先生跟我过来一下。"

倪流现在头脑一片空白，想都未想就和倪芳跟随孟岩来到奔驰车前。倪流也认识孟岩，他是宋国文最信任的公司员工之一。

孟岩及时赶到，是吴小舞通知了他。

“倪姐，节哀顺变。”孟岩和倪流、倪芳都认识，也就省去了繁文缛节，直奔主题，“根据宋总的遗嘱，他名下的全部股权和债权归倪流所有！”

倪芳顿时惊呆了，她本来几乎站立不稳，被倪流搀扶，一听孟岩的话，她一把推开倪流：“孟岩，你说什么？你没看错？国文怎么会把全部股权和债权给倪流？”

全部股权和债权归倪流所有，等于是变相将远思集团留给了倪流。

孟岩来之前，先从吴小舞的电话中得知了事情经过和宋国文的遗嘱内容，在来到奔驰车前面时，就已经从吴小舞手中接过了宋国文的遗嘱，他将遗嘱展开，递到倪芳面前：“倪姐，经确认，确实是宋总的亲笔签名，遗嘱真实有效！”

“不可能！”倪芳一把推开孟岩，转身用手指着倪流，“倪流，你和姐姐说实话，到底是怎么回事儿？”

“姐，刚才我都对你说了，姐夫半路上醒来，就非要立遗嘱把全部股权和债权交给我，我以为他是喝醉了说胡话，也没当一回事儿，谁知道他后来就真不行了……”倪流见姐姐脸色大变，心中明亮，在巨额的遗产面前，即使亲如姐弟，也不可能做到坦然拱手相让，但话又说回来，他压根儿就没有想要继承姐夫的遗产，“姐夫的遗嘱，他可能当时头脑不清楚，我不要就是了，远思集团是姐夫和姐姐一手创造的，理应由姐姐继承。”

倪芳不说话，用审视的目光在倪流脸上停留了片刻，又落到了吴小舞的脸上，忽然，她目光一寒，冷冷地说道：“倪流，你姐夫到底是怎么死的？”

倪流心中一沉，忙说：“应该是酒精中毒吧？”

“应该是？”倪芳的脸色又冷了几分，“从九点多出石门，到天亮才到襄都，120公里的路程，你们走了十多个小时，你们开的是奔驰，不是拖拉机！”

倪流心中一阵无奈，姐姐怀疑他了，姐姐居然怀疑他！他一路上差点丢了小命，跌跌撞撞从石门开到襄都，累个半死，总算将宋国文送到了襄都，虽说宋国文最终还是没见到姐姐最后一面，至少他做到了他应该做的一切，姐姐却为了远思集团的归属权而怀疑他？

他何尝觊觎过远思集团？他何曾是贪财的小人？

谁都可以怀疑他的人品，但不应该是姐姐！倪流怒了，冲倪芳大吼一声：“好，姐，你怎么想都可以，我现在就明确答复孟律师，我不会接手远思集团！就算从法律上远思集团归我所有，我也可以再转让给你，怎么样，你满意了吧？”

倪芳被倪流的一声怒吼惊呆了，过了半晌她才一把抱住了倪流：“弟弟，是姐不好，你别怪姐，姐也是一时昏了头，姐真的没有怀疑你……”

倪流有气无力地挥了挥手：“姐，别说了，我心里难受，先把姐夫的遗体拉回家吧，别留在外面让别人看笑话，他活着的时候是个有头有脸的人物，死了，也让他光鲜体面地走。”

一句话又说得倪芳泪雨滂沱，哭得上气不接下气。

此时天色大亮，雪也停了，奔驰车和救护车交会地点正处于107国道的入市口，平常这个时候应该早是人流如织、车水马龙了，不过因为下大雪的缘故，现在几乎不见人影，才让襄都首富宋国文死后的家族风波没有传成丑闻。

林凝欢对倪芳很不满，尤其是刚才倪芳推了她一把，让她摔倒在了雪地上，她一边拍打身上的雪花，一边不满地小声嘟囔了几句，说了些什么，也听不清，反正是对倪芳的指责。

正当林凝欢指挥几个人要将宋国文的遗体装到车上，准备送到宋家的时候，倪流也发动了奔驰车，要一路护送，忽然，一阵急促的警笛声响起，几辆警车飞速开了过来。

车一停稳，从车上下来几名警察，其中一人年约30岁，鹰钩鼻，深眼窝，迈着方步来到倪流面前，从上到下打量了倪流一遍：“你就是倪流？”

倪流不知道发生了什么事情，谁报警了，怎么警察到了？他下意识看了吴小舞一眼，吴小舞悄悄摇头，他心里就更疑惑了，不是吴小舞，肯定也不是姐姐，那又是谁通知了警察？

“我是倪流，请问你是？”

“我是桥东分局刑侦支队队长刘天，请你跟我走一趟，配合一下调查。”刘天向倪流出示了证件。

倪流向后退了一步。

倪芳见状，怒气冲冲地一把推开刘天：“刘天，谁让你来铐我弟弟的？你把话说清楚。”

刘天看上去是认识倪芳的，被推了一把也没有发怒，客气地回道：“倪姐，我接到报案，说是宋总被人毒死，接到报案我就紧急赶来了。人命关天，带倪流回去协助调查，是必须走的法律程序。”

倪芳虽然没有在远思集团担任职务，但她襄都首富夫人的身份，让她认识了不少襄都三教九流的人物。宋国文生前喜好交友，刘天也是宋国文的朋友之一。

“被人毒死？谁报的案？”倪芳吃惊地问道。

“宋山河和宋国武。”

宋山河是宋国文的父亲，宋国武是宋国文的弟弟，宋国文临死之前，没有将庞大的资产托付给父亲宋山河和弟弟宋国武，也没有传给妻子倪芳和儿子宋家斌，却传给了局外人倪流，结果没有让倪流由无名小卒一夜暴富跻身到亿万富翁的行列，却险些为他带来灭顶之灾！

宋国文的遗嘱，引发了宋家和倪家财产争夺战的轩然大波！也让倪流身不由己地卷进了一场刀光剑影的商战之中……

第五章

攻守同盟

三天后。

大雪过后的襄都，三天来阳光普照，阳光照射在雪上，直耀人眼，世界忽然间亮堂了许多。

如果不是随处可见的积雪让人想起三天前的一场百年不遇的大雪，许多人甚至会产生错觉，以为三天前的大雪只是一场大梦。

如果是梦就好了。

大雪覆盖了万物，也掩盖了真相。如果说百年不遇的大雪是气候突变的话，那么从天而降的亿万财富就是天上掉下的馅儿饼。只不过天上掉下的馅儿饼，要么馅儿里有毒，要么馅儿里是鸟粪。

人生之中总会经历一次寒流和逆流，度过寒流，就会春暖花开。度过逆流，又会是怎样的情景？在看守所的三天里，倪流想了许多，想他一帆风顺的从前，想他平淡无奇的人生，想他本来安稳的生活被宋国文的一通电话和突如其来的死亡打断，到现在，他的生活就如找不到方向的风车，随风转个不停。

长这么大，还是第一次进看守所，倪流怎么想怎么觉得委屈。

姐姐倪芳虽然怀疑遗嘱的真假，却不会怀疑他毒杀了宋国文，事实上，当时在现场，姐姐就没有动过宋国文死于中毒的念头，但宋家父子就不同了，宋山河和宋国武在得知宋国文的死讯后，第一时间向警方报警，声称有人下毒毒死了宋国文！

警方接到报案后，立刻成立了专案组——宋国文是襄都首富，名下的襄都远思集团涉及矿业、羊绒、房地产等众多行业，是襄都举足轻重的重量级人物——迅速派出桥东分局刑侦支队队长刘天亲自到现场实地调查。

倪流作为主要犯罪嫌疑人被刘天当场扣押，吴小舞也因具备重大作案嫌疑，被同时拘留。

让倪流感动的是，当时姐姐倪芳六神无主，不知道怎么应付纷乱的局面，吴小舞也是双手抱肩，一副柔弱无助的样子，反倒是林凝欢最冷静，极力为倪流开脱，并以她多年的从业经验断定宋国文确实是死于酒精中毒，并非药物中毒，被毒死的说法，没有医学依据。

救护车上的其他护士和医生，也支持林凝欢的说法。

最后刘天决定暂时将倪流和吴小舞扣留24小时，等正式的尸检报告出来之后，再另行处理。但24小时之后，尸检报告没有出来，为了证明自己的清白，倪流昂首挺胸地走进了看守所，扔下了一句狠话："等尸检报告的结果出来后，我再出来，如果我真是杀人凶手，就把我就地正法！"

倪流放出豪言壮语，坦然面对，吴小舞却不同了，她乍逢人变，几乎支撑不住，再加上一路奔波，一夜未睡，身子一歪差点儿倒在地上，幸好倪流手疾眼快，一把扶住她，在她耳边小声说道："小舞，不要紧，有我在，你不会有事情。"

吴小舞紧紧抓住倪流的胳膊，声音颤抖："倪流，怎么会这样？"

倪流要是知道怎么会这样，他就不会惶恐不安了，但在吴小舞面前，他还必须做出镇静的样子。不过现在他心里明白了一件事情，不管宋国文出于什么考虑将名下全部股权和债权交到他的手中，宋国文的遗嘱其实是一枚威力巨大的炸弹，炸开了许多人心，也埋下了深深的隐患。

现在就算他明确表明他无意染指远思集团，即使姐姐或许相信他，但是宋家人却不会相信他——直接报警声称宋国文被毒杀就是明证！

还好，在倪芳的求情下，再加上证据不足，最后倪流和吴小舞被关进看守所的时候，没有被关在十几个人一间的房子里，倪芳托了关系，倪流和吴小舞二人被关在了一个单间。

当然，按照规定男女不同间，倪流和吴小舞同在一个房间，既是特殊关照，也是倪流强烈要求的结果。

倪流是想借和吴小舞单独相处的机会，详细了解一下事情的经过。

第一天，吴小舞不吃不喝，受到了极大的惊吓，神思恍惚。倪流没有勉强她，只是默默地陪在她的身边。

第二天，吴小舞精神有所好转，却依然不怎么说话，不管倪流怎么问，她都一概摇头回应。倪流的性格在随和中多少带点强势，在面临杀人的指控下，耐心能坚持一天一夜就不错了，见吴小舞还以沉默来逃避现实，他恼了，抓住吴小舞的胳膊猛一阵晃动。

“吴小舞，你醒醒，睁开眼睛看看现在是在哪里？是在看守所里！别做梦了，快告诉我到底发生了什么事情，你再不说，别怪我对你不客气了！”

倪流一凶，吴小舞还真就清醒了，她圆睁一双楚楚可怜的大眼睛，直直盯了倪流半天，突然一头扑进了倪流的怀中，嘤嘤地哭了起来：“倪流，我怕，我好怕……”

吴小舞哭得泣不成声，倪流又心软了，用力一抱她的肩膀，权当是对她的安慰。

想想也是，她毕竟是一个没有经历过多少世事的女孩，担任宋国文的秘书才一年多时间，而且说实话，直到今天，她还没有成长为一个称职的秘书。在倪流看来，吴小舞就和一个初出校门的女大学生没什么区别，一年多的社会历练，她还是稚气未脱，既不够干练，也不够镇静……倪流始终想不明白，也不知宋国文看上了她哪一点，她是细心能干，还是她为人处世很有一套？

第三天，吴小舞终于度过了接受巨变的心理期，慢慢地平稳了情绪，她似乎才意识到她三天来和倪流同居一室的事实，虽说是享受特殊待遇有独立卫生间的单间，但毕竟也是陌生男女吃住都在一起，她微微流露出不安的情绪，对倪流也有了设防之心。

三天时间，倪流与美人同居，也是他有生以来第一次和一个美女日夜相处。他和女友梁米谈了三年恋爱，三年来也只限于拉手，并没有同居。当然，和吴小舞关押在一起也不算同居，却也算是人生的第一次。

是呀，想想几天来的经历，比起他以往26年的人生都要精彩，让他眼花缭乱，几乎分不清现实和梦境。他还真想发生的一切只是一场大梦，幻想着有一天睁开眼睛还躺在市政一公司的单身宿舍中，然后起床去上班，晃晃悠悠又一天过去，什么事都没有发生……

但……人生是单行道，发生的事情，怎么可能和铅笔字一样用橡皮一擦了之？

三天的时间，倪流和吴小舞度过了生命中最难熬的一段时光，没人来看望吴小舞——吴小舞是石门人，家不在襄都，或许她家人还不知道她出了什么事情——也没人来看望倪流，如果说倪流的父母没来还说得过去——父母或许也不知道他的现状，但姐姐也没有露上一面就说不过去了，难道说，姐姐也开始怀疑他毒死了宋国文？

说到宋国文的死因，才是最让倪流担心的地方，虽说当初他信誓旦旦自愿走进看守所，是为了证明自己的清白，但事后一想还是觉得他太冲动了，万一尸检报告出来后，宋国文真是死于中毒，他该怎么办？到底年轻不经事，有些决定还是太草率了。

不过慢慢地，倪流也冷静了下来，开始回忆起事情前前后后的每一个细节，他的性格就是这样，凡事喜欢刨根问底，而且有韧劲儿，平常不主动惹事，但有事情上门，也绝不怕事。他相信，如果宋国文的死真有什么阴谋的话，他一定可以抽丝剥茧，从中发现蛛丝马迹。

事在人为，世界上没有解不开的秘密。

倪流的性格在淡然之中，又有轻易不会流露的坚毅的一面，许多事情他是不想去做，真要想做了，就会付出全部努力去做好。不提宋国文是他的姐夫的事实，就凭宋国文一直对他信任有加，他也不能让宋国文不明不白地死去。

就算宋家不诬告他杀害了宋国文，他也要把宋国文的死因查一个水落石出。

三天来，外面没有一丝消息传进来，吴小舞也是神情恍惚，说不出个所以然来。回想起一路上的情形，倪流越想越觉得哪里不对，宋国文正当年，他平常酒量过人，曾经有过喝两斤多酒都没事的经历，这一次喝了一斤半白酒，怎么就酒精中毒死了？

难道他不是死于酒精中毒？

如果宋国文的死真有什么阴谋的话，到时查不出真正的凶手是谁，他说不定还真得背一个天大的黑锅，谁让宋国文留下遗嘱非要把全部股权和债权交到他的手中？一路上车上只有他、宋国文和吴小舞三个人，如果说他和吴小舞攻守同盟，想要侵占远思集团而害死了宋国文，从犯罪心理学上来说，是十分纯粹的杀人动机。

这么一想，倪流顿时吓出了一身冷汗。

“倪流……”正当倪流越想越心惊的时候，吴小舞终于开口了，她拢了拢微显散乱的头发，努力站直了身子，“我有话要对你说。”

倪流回过神儿来，见吴小舞精神状态好了许多，神情间也恢复了几分沉静，心思大定，忙说：“我等你这一句话，足足等了三天。”

“对不起，让你见笑了。”吴小舞笑了笑，苍白的脸色有了一丝活力，她拿过茶杯喝了一口水，湿润了干裂的嘴唇，一双好看的眼睛中布满了血丝，想来也是几天没怎么合眼，“我跟宋总的时间并不长，许多事情还没有学会，而且长这么大，又是第一次遇到这种事情，家人又不在身边，一下子适应不了，你……你别笑话我好吗？”

这一句话逗笑了倪流，他呵呵一笑："我怎么会笑话你？我也差点吓个半死，就刚才，我还抱着你差点哭鼻子，幸亏没哭，要不喊出来的第一句话准是一个字——妈……"

"扑哧！"吴小舞忍俊不禁，一下子笑了，"我有那么老吗？"

虽然她憔悴如斯，虽然她疲惫不堪，虽然她心力交瘁，虽然她楚楚可怜，但她展颜一笑，如雪后初晴，如旭日东升，瞬间照亮了整个房间，让倪流眼前春暖花开。

倪流和吴小舞共住的单间也不知道是关押什么级别干部的单间，不但设施齐全，还有暖气。吴小舞脱了外套，只穿了紧身毛衣，白色的毛衣包裹在身上，衬托得身材曲线曼妙，白色毛衣上，自下而上有一朵并蒂莲，到胸部花开两朵，正好点缀在高耸的山峰之上，妙不可言。

"不过说实话，小舞，这几天我们吃住都在一起，出去以后可千万别说，我还好，你一个女孩，名声就毁了，记住没有？"倪流说的确实是心里话，是真心关心吴小舞，"还有，连你男朋友也别说，男人嘛，都有点儿小心眼儿，有时嘴上大度，心里还是会有疙瘩。"

"嗯！"吴小舞重重地点了点头，很听话的样子，用好奇的眼神打量了倪流一眼，忽然又笑了，"你好像变了许多，和我以前认识的倪流不太一样。"

"你以前认识的我，只是平面的我，现在站在你面前的我，是立体的我。"倪流向前一步，伸手拉住吴小舞的胳膊，拉她到椅子上坐下，他搬了一把椅子坐在吴小舞对面，摆出了长谈的姿势，"小舞，从现在起，我们攻守同盟，在宋国文酒精中毒死亡的事情上，要口风完全一致……"

"啊？"吴小舞惊讶地说道，"你是说，我们要串通一气？"

第六章

事在人为

倪流摇头："不是串通一气，是在基于事实的基础上，做到说法一致，不能我说东你说西，这样下去，我们谁也洗不清罪名。说不定万一宋国文死因不明，宋家又一口咬定他是被陷害致死，我们怎么办？背一辈子黑锅你愿意？"

吴小舞额前一缕头发总是调皮地挡住眼睛，她就不时地抬手拢起头发。拢头发的时候，她手腕轻盈，头微倾，长长的脖颈和如玉的手指相映成趣，展现出人体最为和谐的艺术之美。

离得近了，又或许是观察得细致了，倪流才体会出吴小舞的与众不同之处，不由暗暗佩服宋国文的眼光，不愧是多年在商场上摸爬滚打的人物，有眼力，他直到今天才知道吴小舞为什么深得宋国文的重用，不是因为吴小舞的年轻漂亮，更不是因为吴小舞慵懒味道的声音，而是因为她的气质和优雅。

没错，吴小舞坐下的时候，背直、胸挺、腰细而下巴微收，凝神细听的神态，气质如玉、优雅如虹，确实是少见的集知性美和天然美为一身的美女。不近距离观察或者说吴小舞不摆出聆听的姿态，她的内涵美就流露不出来。

在通常情况下，美女是稀缺的资源，但相对来说，普通美女还算常见。而长得漂亮又有气质的美女，就相对少了。既漂亮又气质优雅的女子，就更是少之又少。再如果既漂亮又气质优雅，而且还有让人沉迷的知性美的女子，就是凤毛麟角了。

不得不说，吴小舞就是凤毛麟角中的一个。

当然，如果说吴小舞是花瓶，对她也不公平，她也不是胸大无脑的一类，成长需要时间，倪流工作三年，才觉得摸到了社会大门的门口，吴小舞才毕业一年多，她的表现应该说已经算是不错了。

责人之心责己，恕己之心恕人，倪流想通了这一点儿，忽然觉得他前两天对吴小舞有些逼迫过紧了。

“小舞，如果我有什么不对的地方，你多担待，我也是一时着急，没有恶意。”倪流确实是真心诚意向吴小舞道歉，而且他也知道，想要弄清宋国文的真正死因，吴小舞是最关键的一个人，再有，吴小舞虽然跟了宋国文才一年多，但她毕竟是宋国文的秘书，借助秘书身份的优势，她肯定掌握了集团内部许多的机密。

“不要紧的，倪流，你别想多了，我没有怪你的意思。”吴小舞忙摆了摆手，一脸歉意地说道，“我是在怪我自己不争气，真没用，遇到事情不够冷静，耽误了好几天的宝贵时间……是这样的，在和你通话之前，宋总受王树斌之约来石门和他谈一笔生意，吃饭的时候，宋总先提到了欠账的问题，王树斌说等他周转开了，马上就会还钱……”

几天看守所的日子让倪流想了许多，不怕一万就怕万一，宋国文留下遗嘱的背后，到底有没有什么隐情？他要做好万全的准备，以免真被拖入遗产争夺战的深渊之中。

宋国文临死之前非留下遗嘱要将全部股权和债权交给他，应该不是一时心血来潮，以宋国文十几年在商场上的打拼，他是什么样的人倪流还不清楚？宋国文能在喝了一斤半白酒的情况下头脑清楚地讨论合同细节，还能一路开车狂飙180公里，况且当时在奔驰车内口述遗嘱时，他是在完全清醒的状态下，基于以上事实，倪流完全可以断定，从一开始宋国文非要让他开车送他回家，到半路上突然立下遗嘱，说明宋国文事先察觉到了什么，才及时立下遗嘱防患于未然。

王树斌的大名，倪流也知道，作为石门中远集团的总经理，王树斌的触手涉及汽车销售、煤矿和医药等众多行业，在石门富豪中，也算小有名气，如果排名的话，也算中等偏上。

不过王树斌的为人如何，倪流就不得而知了。在进看守所之前，他虽然有一个亿万富翁的姐夫，但从来没有想过会和商业圈子里的精英人物有什么交集，所以对于石门商界的大小人物，他只闻其名不知其人。

“宋总一开始不同意，说他现在也是资金紧张，希望王树斌先还一部分欠款再谈合作，王树斌口头答应先还宋总500万，但有一个条件，就是喝一杯酒50万，如果宋总喝够10杯，他就当场写500万的支票还账……”吴小舞娓娓道来，她收腰挺胸的姿态确实优雅而迷人。

以拼酒论英雄，是酒场上的常事，倪流点头：“后来呢？”

“后来宋总就一杯接一杯地喝酒，一口气喝了10杯，可能喝得太急了，他还吐了一次。再后来他还嚷嚷着要多喝几杯，还问王树斌敢不敢在500万的基础上，继续一杯酒50万玩下来，王树斌怕了，赔着笑脸说不能再喝了，再喝下去怕是要出人命了，王树斌还说……”

吴小舞忽然愣住了，想起了什么一样，一下睁大了眼睛：“对了，倪流，我想起来一个细节，王树斌拉住宋总的手不让他喝酒，他还让我打电话通知宋国武，说让宋国武接宋总回家……我正要打电话时，宋总拦住了我，说让我打给你。”

王树斌让吴小舞通知宋国武？倪流心中一跳，宋国武虽是宋国文的亲弟弟，但在远思集团没有担任任何职务，这也是倪流最佩服宋国文的一点，远思集团的高层管理人员中，没有一个宋国文的亲戚，就连姐姐倪芳也没有参与集团的经营管理。

当然，宋国文不任人唯亲而任人唯贤是好事，但就倪流认为，未必矫枉过正了，只要确实有才能，哪怕是亲戚也要举贤不避亲。

又一想，让宋国武来接宋国文也说得过去，宋国武是宋国文唯一的亲弟弟，但……倪流又想到了问题的另一个关键所在：“小舞，王树斌认识宋国武？”

宋国武既然不是远思集团的管理高层，平常他就不会出现在宋国文的交际圈中，而宋国武常年在襄都，很少去石门，身为石门中远集团总经理的王树斌怎么会认识宋国武？

“不知道。”吴小舞摇头，又歪头想了一想，“我觉得……王树斌不应该认识宋国武。”

“怎么说？”倪流眼睛一亮。

“宋总在外面很少说家里的事情，许多生意上的朋友都不知道他的家庭状况。但王树斌偏偏就让宋国武接宋总，真是怪事。”吴小舞的眼中也有亮光闪动，她微有几分激动，“你不说我还不觉得有什么，你一说，还真有几分可疑，难道说真是王树斌故意害宋总……不过王树斌也喝吐血了。”

倪流伸手做了一个噤声的手势打断了吴小舞的话：“心里有数就行了，别说出来，小心隔墙有耳。还有，这事儿不能对警察说，就你知我知就行了。”

吴小舞和倪流现在同舟共济，倪流就是她目前最信任、最依赖的人，自然对倪流的话言听计从，不过她还是想不通：“王树斌想让宋国武接宋总回去，难道说，万一宋总真是被人害了，莫非宋国武也有份儿？”

倪流忙伸手捂住了吴小舞的嘴：“告诉你了不要乱说话，怎么还说？别忘了，我们现在是在看守所！”

“不好意思，一时嘴快就说出来了。”吴小舞吐了吐舌头，多了一丝调皮可爱，她向倪流伸出了右手，“握握手，就是好朋友。”

刚才捂嘴的动作是下意识完成，倪流压根儿就没有多想，他握住了吴小舞温润而怡人的小手，小声说道：“从现在起，我们就咬死一件事情，就是不管警察怎么问，都根据事实说话，不过整个事件中的任何一个疑点，都不要说出来。”

“嗯，我听你的。”吴小舞眼中隐隐有一种保守秘密的兴奋，不过她的兴奋只持续了几秒钟，又问，“我还担心一件事情，就是如果尸检报告出来后，宋总确实是死于酒精中毒，最后宋家还是一口咬定你为了霸占远思集团，故意在路上耽误时间，最后导致宋总抢救不及时而死亡，围绕远思集团的归属问题，说不定会打一场旷日持久的官司。”

倪流点头笑了，恢复了镇静的吴小舞终于显露出了聪明和才能，也证明他的眼光没错，吴小舞不是花瓶，她的话说得也对，宋家既然直接报警声称他毒害了宋国文，显然对他意见极大，那么就说明了一点，宋家严重怀疑遗嘱的真实性，并且可以预见的是，宋家不会善罢甘休。

不过，倪流早就有了应对之策，他笃定地说道：“只要尸检报告出来，证明宋国文确实是死于酒精中毒，就还我清白了。再说我清白不清白，你还不清楚？”

吴小舞悄然一笑，双手交叉放在腿上，说道：“话不能说这么绝对，我清楚是清楚，但万一我不给你做证，你怎么办？”

“你不会。”倪流信心十足地说道，气定神闲地笑了，“你不是那种人。再说，宋国文的死，你也有作案嫌疑，现在你只有一条路，就是和我保持立场完全一致。”

吴小舞一拢头发，低头想了想，咬了咬嘴唇，好奇地问：“有件事情我想问你，远思集团……你到底想不想要？”

“保密，现在还不能说。”倪流神秘地笑了笑，“你有你的秘密，我也有我的秘密。”

“好吧。”吴小舞不问了，她站了起来，伸了伸腰，不管是有意还是无意，似乎是在向倪流展示她优美的身体曲线一样，忽然神色又暗淡了几分，“万一宋总真被查出是中毒死的，我们可怎么办才好……”

倪流若无其事地摇了摇头：“有我在，不怕，不管尸检出来是什么结果，我都有办法洗脱我们的罪名。”

“你这么有信心？”

“事在人为！相信我，没错的。”倪流身在困境之中，还不忘安慰和打趣吴小舞，“不过就是有一点遗憾我没有办法弥补了，和我在一起同居了几天，你的名声肯定会受到影响，要是让你男朋友知道了，他再是小心眼儿的话，你就不好解释了。”

“什么同居？难听死了。”吴小舞伸手推了倪流一把，“没关系，不怕告诉你，我男朋友大度得很，他不会怀疑我会做出对不起他的事情。”

“原来你真的有男朋友了！他做什么工作？叫什么名字？”

“干吗要告诉你？保密。”吴小舞背过身去，给了倪流一个浮想联翩的后背。

一天后，尸检报告出炉了，经检定，宋国文确系死于酒精中毒！

走出看守所的大门时，距离宋国文之死已经过去了四五天，几天前的大雪依然还在，大街上随处可见厚厚的积雪，一些地段被过往的汽车轧得泥泞不堪，整个城市呈现出黑黑白白的斑驳景象。

不过除了白色的积雪和黑色的泥泞之外，城市中更多的是位于积雪和泥泞之间的不黑不白的灰色地带，似乎在昭示一个道理——许多事情不是非黑即白，而是介于黑白之间。

倪流被关进看守所时，无人来送，走出看守所时，有人来接，是姐姐。

姐姐倪芳憔悴了许多，和以往出门必定精心打扮一番不同的是，她头发微乱，双眼红肿，脚步轻浮，显然还没有从宋国文猝死的悲痛中走出来。

“姐……”倪流不知道该怎么安慰姐姐，姐姐是遭遇了不幸，他也同样失去了亲人，而且还因此蒙受了不白之冤，他却没有办法向姐姐诉苦，只能默默承受，“你来了？”

“倪流，让你受委屈了。”倪芳见倪流胡子未刮，狼狈不堪的样子，不由悲从中来，一把抱住倪流放声大哭，“姐姐一定帮你讨回公道，姐姐和他们拼了……”

倪流听出来了不对，等姐姐情绪平静了几分，他才问道：“出什么事情了？”

第七章

波折不断

几天来，倪芳一直抽不出时间来看守所看望倪流，不是她不想，而是她实在脱不开身——因宋国文的突然死亡，不但远思集团乱成一团，宋家也因为远思集团的归属和宋国文名下部分遗产的继承问题，闹得不可开交!

宋国文是宋山河的长子，他下面有一个弟弟宋国武，宋山河和宋国武都不在远思集团担任任何职务，也没有从集团领一分工资，宋国武还好，有正式工作，在设计公司上班，宋山河退休了，就靠宋国文养老。

宋国文每月给宋山河多少钱，倪芳不知道，也从不过问。宋国武也不时向宋国文要钱，宋国文生性大方，对手下从来都不小气，更何况是对自己的亲生兄弟，往往一出手就是一两万。

人都有惰性，也有贱性，久而久之，宋国武向宋国文要钱就成了习惯，而且一要还必须给，不给的话，就是宋国文小气。给得少了，也是宋国文人一阔脸就变，甚至给得慢了，就会埋怨宋国文只认钱不认人。

宋国文意外一死，遭受损失最大的不是宋山河，而是宋国武。宋山河还好，有退休金，再者人老了，花销也少，而且只要有倪芳在，肯定会为他养老，但宋国武就不同了，宋国文在的时候，他好意思向宋国文伸手要钱，宋国文不在了，他脸皮再厚，也不好意思伸手向嫂子要钱。

宋国文的遗嘱居然将全部股权和债权交到倪流手中，顿时在宋家引发了轩然大波，尤其宋国武最为恼火，一口咬定必定是倪流逼迫宋国文立下的遗嘱，还怂恿宋山河向法院提起诉讼，要求撤销宋国文的遗嘱，并按照第一顺序继承人的法律规定分配宋国文的遗产。

第一顺序继承人是指法定继承遗产的继承顺序，排在第一顺序的人，包括配偶、子女、父母。同一顺序的法定继承人在继承遗产时，一般情况下，应当按继承人的人数均等分配遗产数额的原则。

宋国武的如意算盘是，宋国文的遗产应该被均分为四份，宋国文的配偶倪芳一份，宋国文的儿子宋家斌一份，宋国文的父亲宋山河和母亲王亚茹各一份。

宋国文一死，宋国武就是宋山河唯一的儿子，那么宋山河和王亚茹手中的股份，早晚会由他继承。也是基于以上的出发点，他才提出按照第一顺序继承人的法规分配遗产。

宋国文个人持股占远思集团总股份的百分之七十！

倪芳强烈反对宋国武的提议，但她也不认可宋国文的遗嘱，虽说从亲疏远近的心理出发，远思集团落到倪流手中，也许好过落到宋国武手中，只是在情感上接受不了宋国文宁肯将远思集团交给弟弟倪流也不交给她和儿子的做法。

宋国文是不相信她还是不相信儿子宋家斌？

如果说宋国文和她感情不和也就算了，偏偏宋国文生前和她感情很好，而且宋国文也不是在外面花天酒地的人，也没听说他在外面有人，但为什么就突然立了一个遗嘱要把一生的心血交到倪流手中？尽管她不愿意相信宋国武对倪流毒害宋国文的诬蔑说法，但也难免怀疑倪流是不是真的在半路上做了什么手脚。

一路风雪，车上只有三个人，宋国文、倪流和吴小舞，如果倪流真和吴小舞串通一气，为了侵吞远思集团，故意耽误宋国文的救治，在宋国文神志不清的情形下，胁迫宋国文假立遗嘱，也不是不可能！

因为不管怎么样，宋国文都没有道理把远思集团交给倪流！

倪流继承了宋国文的全部股权和债权，就等于是继承了整个远思集团！

宋家上下因为远思集团的归属，乱成一团，倪芳在悲痛之余，心力交瘁之下，还是坚持己见，和宋国武据理力争，坚决不同意把遗嘱问题闹上法庭。

一旦闹上法庭，不但会让宋国文死不瞑目，也会让远思集团声誉受损，甚至会影响到远思集团的长远发展。

而且倪芳也坚信，倪流会给她一个满意的答复。她有过对倪流的怀疑，但更愿意相信倪流的人品。倪流是她从小看着长大的，如果倪流真敢争夺宋国文的遗产，她会当面打他一个耳光。

在倪芳的强烈反对下，宋国武想将事情闹大的阴谋没有得逞，但他坚持一点，遗产必须均分，否则，他保留起诉的权利。另外他还声明，如果尸检报告证明宋国文是死于中毒，他会状告倪流谋杀。

远思集团也召开了紧急董事会，一致推举公司副董事长洪东旭暂时代理董事长职务，等宋国文的遗产归属明朗化之后，再重新确定新的董事长人选。

洪东旭是宋国文创业初期的追随者之一，也是公司的第二大股东，和宋国文关系不错，他暂时代理公司期间，以稳定大局为主，公司对外主要业务暂停。

等宋国文尸检报告出来后，倪芳总算长舒了一口气，洗脱了倪流谋杀嫌疑的罪名，她心中的石头落了地，以为可以让宋国武消停了，不料宋国武仍然不肯罢休，咬牙切齿地说了一句狠话："两个条件：第一，倪流主动承认遗嘱非法，主动放弃继承权；第二，拆分远思集团。否则，这事儿……没完！"

倪芳气得浑身发抖，几乎说不出话来，她也正式回应了宋国武："倪流是不是承认遗嘱非法和你没关系，就算他承认遗嘱非法，远思集团的第一顺序继承人也是我，而不是你！你没有资格，更没有权力拆分远思集团！"

宋国武冷笑一声："走着瞧。"

宋国文尸骨未寒，还没有入土为安，遗产争夺战就硝烟四起，倪芳十分心寒，宋国武一脸无赖的模样，让她真切地体会到了在金钱面前，亲情是多么不堪一击。

"倪流，你帮帮姐姐，好不好？"倪芳叙述了事情的经过，拉着倪流上车，她发动了汽车，驶离了看守所，"走，先回家，洗个澡，换了衣服，再商量下一步怎么办。"

吴小舞坐在车后座，不发一言，她似乎对倪芳有本能的抵触心理。作为宋国文的秘书，她和倪芳很熟，以前一见面，她总是一口一个倪姐叫得亲热，但现在，她不知何故对倪芳有了成见。

倪流感觉脑中一片混乱，原以为尸检报告出来，宋国文确实死于酒精中毒，那么他对王树斌和宋国武有可能联手谋害宋国文的推断就不成立了，他就可以长出了一口气，心里一块巨石轰然落地，瞬间感觉身上轻松了许多。

平心而论，他不想看到手足相残的人间悲剧发生，宋国武没有在宋国文的死亡中动过任何手脚，也是让他大感欣慰，但宋国武为了争夺宋国文的遗产，居然提出了平均继承的想法，着实让他异常气愤。

宋国文持股百分之七十，一分为四的话，股权会被稀释到百分之十七点五，如果倪芳持股只有百分之十七点五的话，好吧，就算宋家斌的股份也归到姐姐名下，也不过才百分之三十五，再如果大股东想趁机夺权，收购了宋山河和王亚茹名下另外百分之三十五的股份，那么倪芳就会失去最大股东的优势。

再者姐姐多年没有参与公司经营，在经营管理上，毫无经验，在股东中，也没有威望，只要失去最大股东的优势，在董事会选举中，必定会落选董事长。相信一旦局势失控，想要借机上位控制远思集团的股东大有人在……

不想还好，越想越是头痛，姐姐内忧外患，前景令人忧虑。退一万步讲，就算她保住宋国文手中百分之七十的股份，成功地接替宋国文担任了远思集团的董事长，以姐姐多年家庭妇女的眼界，能掌管好一家资产规模在几十亿的大型集团公司吗？

姐姐不坐上董事长的位置还好，一旦坐上了，说不定会被董事会架空，又或者会被某个大股东当成傀儡，姐姐根本就不是商场中人，她不懂经营管理，更不懂人心。

管理就是对人心的洞悉，对人性的把握，姐姐在家里待得太久了，作为一个相夫教子的贤妻良母，她很合格，但让她当一个董事长，倪流不是轻视姐姐，却不得不说，姐姐不是当董事长的材料。

“拆分远思集团？宋国武想得美，远思集团除了宋总之外，谁也掌控不了大局。”一直在车后座不发一言的吴小舞，等到了阳光别墅小区，下车的时候，她才冷不防冒出一句。

语气中，还有几分火气。

倪芳停好车，看了吴小舞一眼，又看了倪流一眼，眼中全是疑问：“倪流，梁米呢？”

姐姐一问，倪流就马上明白了她的意思，梁米是他的女朋友，人在石门，姐姐明知故问，是怀疑他和吴小舞之间发生了什么。

“这一次的事件，小舞是关键的人证，遗嘱是否合法有效，她的话能起一半的决定作用。”倪流看出了姐姐对吴小舞似乎也有成见，就有意缓和气氛，向姐姐阐明吴小舞的重要性。

倪芳点点头，也不知是不是听明白了倪流的话，总之她的表现很淡定：“上去再说。”

阳光别墅是襄都最高档的别墅小区，位于市区西郊，就着西部山区的地势兴建，真山真水，空气清新，如果是春天，鸟语花香，青山绿水，确实是一处风光秀丽之地，当然，房价也高得惊人，在此居住的住户，非富即贵，一栋别墅的价格在三百万元以上。

青铜色的大门，大理石台阶，豪华的水晶吊灯，两个车库，一切的一切无不表明主人的富足和优裕生活，只不过，现在的宋家弥漫在悲伤的气氛之中。

客厅的正中挂着宋国文的遗像，遗像上的宋国文，嘴角微微流露出一丝似是嘲讽又或是不屑的笑意，倪流只看了一眼就不愿意再看第二眼。曾经他对宋国文的笑很是敏感，总觉得宋国文的笑容很狡诈或是很高高在上，流露出对别人的蔑视，现在遗像上的笑容，依然是他认为中的讥笑，只不过再也没有了以前的反感，心中涌动的只有难过。

宋山河不住在阳光别墅，他还住在胡同的老房子里，说是住不惯洋房别墅。宋国武住在一处还算高档的小区，偌大的别墅平常如果宋国文不回来，就只有倪芳和宋家斌以及保姆居住，房子过大而人少，就显得人气不旺，有几分冷清。

倪流和吴小舞坐在客厅的真皮沙发上，昂贵的意大利进口沙发，一套下来十几万元，确实无比舒适、无比气派，但在客厅正中宋国文遗像的映衬下，却有几分萧索的感觉。

趁倪芳上楼换衣服的时候，一直若有所思的吴小舞忽然小声对倪流说道："听我说，倪流，还是你接手远思集团最好，你姐姐接手的话，要么控制不住局面被董事会架空，要么被个别大股东当成傀儡，说句不好听的话，她不接手还好，她要是接手了，远思集团早晚改朝换代。为了远思集团的长远着想，也为了死去的宋总，你必须拿下远思集团！"

眼见倪芳从楼上下来，吴小舞又加紧小声说了一句："你当远思集团的董事长，我当你的秘书，一起打造一个更辉煌的远思集团，怎么样？"

怎么样？当然好了，吴小舞一番话说得倪流热血沸腾！是呀，想想也是，哪一个男人不梦想有朝一日坐拥亿万财富，谈笑间，签下百万千万的大单，坐奔驰，配漂亮女秘书？站在城市的制高点俯视整座城市，肯定会有一种舍我取谁的豪迈！

而且，如果他真能坐上远思集团董事长的宝座，是怎样的由一名不名一文的穷小子一步登天，不但人生一举逆转，还可以让梦中情人时刻在他身边，成为为他效力的女秘书，相当于他从人生一无所有一举跃上了人生的巅峰！

而拥有以上的一切，只需要他不顾倪芳的哀求，一咬牙顺势接下远思集团即可。

必须承认，每个男人的心中都有登临高位的雄心壮志。

说实话，倪流还真被吴小舞的话牵动了内心的野心和雄心，一瞬间，他的激情熊熊燃烧了。

但他的激情只燃烧了片刻，还不等他幻想梦想成真以后的感觉是多么美妙，就看见从楼上下来换了一身居家服的姐姐倪芳径直来到倪流的面前，突然直直地跪了下来！

第八章

绝对权力

“倪流，你帮帮姐姐好不好，姐姐求你了！”

倪芳一跪，跟在倪芳身后的宋家斌也跪了下来：“舅舅，你帮帮妈妈好不好？斌斌也求你了。”

从小到大，倪芳把倪流当儿子一般疼爱，姐大如母。而今年15岁的宋家斌，平常虽然和倪流见面不多，但倪流也非常喜欢这个聪明伶俐的外甥，而现在，姐姐和外甥却都跪在他的面前，他还能怎么办？他还能说什么？

一跪值千金，在姐姐和外甥的一跪中，倪流关于一个男人终极梦想的幻想瞬间破灭，尽管他注意到吴小舞眼神中的失望，但还是上前一步扶起姐姐和宋家斌，痛心地说道：“姐，家斌，你们这是做什么？有什么话不能好好说？”

“你告诉姐实话，国文的遗嘱，到底是怎么一回事儿？”倪芳不是不相信倪流的人品，她是怀疑吴小舞从中做了什么手脚，吴小舞年轻漂亮，又是宋国文的秘书，说不定会有野心，而倪流到底年轻，可能是一时糊涂上了吴小舞的当。

“事情的来龙去脉，我上次都已经说过了，姐夫为什么要把全部股权和债权留给我，我也不知道。”倪流终于看出了姐姐对吴小舞的怀疑，心中不知是悲哀还是无奈，他只好再耐心地解释一遍，最后强调说道，“我和小舞，都不知道姐夫是怎么想的，当时不让他立遗嘱不行，以为他只是在胡闹，谁也不知道他后来就真不行了……”

倪芳的冷静出乎倪流的意外，也许是几天来的变故让她一下子变得坚强了，又或是面对宋家争夺遗产的局面让她在丧夫之痛后，迅速由一个家庭主妇变成了保护自己切身利益的职业女性，总之她静静地听完倪流的话，沉着地问道：“我只问你一句，你是怎么想的？”

如果没有倪芳刚才的一跪，或许倪流还真能如吴小舞所说，一咬牙就遵从宋国文的遗愿接手远思集团，但现在他开不了这个口，很明显，姐姐是想让他放弃遗嘱，退出遗产争夺战。

“我不会和姐姐争夺远思集团的归属，远思集团，应该归姐姐所有。”倪流一咬牙，在远思集团和亲情之间，他选择了亲情，“姐姐，你现在就可以找律师过来了……”

倪芳点了点头，如释重负地说道：“谢谢你，倪流，不枉姐姐疼你一场，姐姐就知道你不是一个见利忘义的人。”

让律师过来的言外之意就是倪流准备以法定继承人的身份，通过法律形式正式将宋国文名下的全部股权和债权再转手交给倪芳，既然尸检报告证明了宋国文确实死于酒精中毒，那么宋国文的遗嘱从法律上来讲就真实有效，倪流就是宋国文所持的远思集团百分之七十的股份的合法拥有者。如果倪流自动放弃继承权，并将继承权转让给倪芳，那么倪芳就拥有了合法继承权。

如此一来，宋国武想要拆分远思集团的想法在法律上就无法成立了，远思集团就会顺利地转交到倪芳手中。即使宋国武不服，要打官司，宋国武赢的可能性也不大。

倪芳一脸欢喜，心中的巨石总算落地，转身去打电话请律师孟岩过来办理相关手续。在倪芳打电话的间隙，吴小舞来到倪流的身后，拉了拉他的胳膊。

倪流没有回头，不忍看到吴小舞失望的表情，他下不了狠心和姐姐争夺远思集团，尽管他心中隐隐有一丝不甘——身为男人，心中总有建功立业的雄心，当年他不想加入远思集团，是不想跟随在宋国文身后充当宋国文的跟班，现在却有一个执掌一家几十亿产值的公司的大好机会摆在眼前，说不动心那绝对是骗人的。

这样的机遇，千载难逢，一生之中不会再有第二次，就这么白白地拱手让人，倪流的心中隐隐作痛。他确实不是想将远思集团据为己有，只想接手去经营，只想不让姐夫的心血落到别人手中，但面对姐姐的一跪，他承受不起亲情割裂的代价。

吴小舞看出了倪流的犹豫、彷徨，她站在倪流身后，轻轻地说道：“倪流，有我的遗嘱，有小舞做证，我名下的全部资产，你一定要接手过去。等到了襄都，如果我没死，我会找律师办好手续；如果我死了，就让小舞找律师办好手续，不管我死没死，你都要记住，别听你姐姐的话，别管别人说什么，也别管我家里人的反对，你记得，一定要接手……”

倪流浑身一震，他太在意姐姐的感受了，却忘了宋国文在车上对他再三强调的一件事实——吴小舞说的话是宋国文立下遗嘱之前说过的原话——还特意指出了不让他听姐姐的话，让他一定要接手远思集团，不管宋国文的出发点是什么，他都应该尊重宋国文临死之前的遗愿。

一边是亲情，一边是姐夫的遗愿，倪流26年的人生中，从来没有如此左右为难，他无力地摇了摇头："小舞，我做不到，我真的做不到……"

"只要你点头，你做不到，我替你出面！"吴小舞突然迸发了前所未有的勇气，"我不是为了我自己，我是为了远思集团。虽然我加入远思集团才一年多，但我对远思集团已经有了深深的感情，不想远思集团落到别人手中，也不想看着远思集团一点点衰落下去。我当不当这个董事长的秘书并不重要，大不了再找一份工作，但你想过没有，你姐姐接手远思集团之后，集团真的就能掌控在她的手中？宋国武真能善罢甘休？你不要忘了，宋总对你是多么信任！他将付出了十几年心血的远思集团托付给你，如果因为你的软弱而让集团陷入内斗之中，或是集团最后从你姐姐手中被外人吞并，宋总会死不瞑目的！"

倪流如遭雷击，回想起宋国文临死之前对他的重托，不管姐夫为什么不让他听姐姐的话，他都应该尊重姐夫生前最后的愿望，而不应该因为姐姐的一念私心而置大局于不顾。

"再说，你接手远思集团，也不是为了霸占宋总的资产，你是合法继承人，而且你也不会不管你的姐姐和宋家斌。也许在你手中，远思集团会发展壮大，也许在你姐姐手中，远思集团要么落到别人手中，要么被宋国武算计到手，哪头轻哪头重，你还想不明白？"吴小舞恨铁不成钢，抬腿踢了倪流一脚，恨得牙根直痒，"你一个大男人，比女人还婆婆妈妈，一点担当也没有。就算你姐姐一时误解你又有什么？让时间去证明一切，你只管放手去干，总有一天，整个世界都会承认你的努力和付出！"

没想到，吴小舞还有这样的口才，倪流被说动了，他回身一把抓住吴小舞的双手："小舞，你说得对，我决定了……"

"倪流！"倪流的话刚出口，还没有说完，姐姐又从外面急匆匆跑了进来，一脸慌张，"不好了，倪流，宋国武又闹事了。"

原来，宋国文的尸检报告出来后，宋国武认为襄都医院的技术力量薄弱，检验结果不准确，要求到省级医院进行复检。

"好，复检就复检。"倪流一听就怒了，宋国武怀疑尸检结果不准确，就是还在怀疑他有杀人的嫌疑，是想抓住宋国文的死大做文章，不达到从远思集团分一杯羹的目的誓不罢休，好，就陪他玩到底，“别送省医院了，直接送公安部好了。”

“公安部？送公安部尸检是不是闹得太大了？”倪芳慌神了，抓住了倪流的胳膊，“怎么办，倪流，宋国武不依不饶，他又有公公撑腰，我一个人抗不过他们……”

见姐姐六神无主的样子，倪流心中愈加肯定了一个事实——姐姐如果接手远思集团，毫无疑问会被股东们架空，她连对付宋国武的对策都没有，在尔虞我诈的商场，在一群精明过人的股东中间，她更是会被人随意摆布！

权衡得失之下，倪流瞬间做出一个影响他一生的决定——不管姐姐怎么想，他无论如何都要接手远思集团，一为遵从姐夫的遗愿；二为保证远思集团今后的长远发展；三为和宋国武一较高下，不能让宋国武侵吞远思集团的阴谋得逞。

“姐，这事儿由我出面，你别管了。”倪流主意既定，忽然间感觉肩上的担子重逾千钧，“从现在起，我决定暂时全面接管远思集团！”

“倪流，你……”倪芳震惊得后退两步，“你又后悔了？你还是想霸占姐姐的财产？”

“对不起姐姐，我接手远思集团，是为了完成姐夫的遗愿，也是为了远思集团的长远发展着想。总有一天，你会明白我的良苦用心！”倪流话一说完，回身对吴小舞说道，“小舞，走，去远思集团总部。”

吴小舞见倪流一扫先前的犹豫不决，表现出快刀斩乱麻的果断，她心下大喜，紧随倪流身后，就如一个秘书紧紧跟随在董事长身后一样，还有意无意多看了倪芳一眼。

倪芳脸色惨白，一下子坐在了沙发上，喃喃说道：“倪流，你、你太让姐姐失望了……”

出了别墅，一抬头，孟岩的奥迪正迎面驶来，倪流冲孟岩招了招手，等车一停稳，他拉开车门上车，吩咐说道：“孟律师，去公司。”

孟岩一脸惊奇，以为自己听错了：“倪流，倪姐让我来，说是你想放弃继承权，并将继承权转让给倪姐……不过从法律程序上来讲，遗嘱不能转让，只能是你先依据遗嘱完成了接管，然后再将你名下的公司股份转让给倪姐。”

倪流听明白了，点头说道：“先把遗嘱的事情落实了再说，我要成为远思集团法律意义上的最大股东。”

孟岩一边掉头一边问道："转让股份给倪姐的事情呢？"

倪流微微一笑："孟律师，你承认遗嘱的合法性吗？"

"承认。"

"根据宋国文先生的遗嘱，我是不是远思集团的合法继承人？"

"从法律上来讲，你是宋国文名下资产的合法继承人，远思集团宋国文持股百分之七十，如果你继承了宋国文所持的远思集团百分之七十的股份，就是董事会的最大股东，基本上，在新一届董事会中会当选为董事长！"

"好，既然这样，你作为远思集团的员工，就应该听从我的指示了？"倪流虽是笑着说话，但笑容中，已经有了一丝毋庸置疑的意味。

"是，我是为远思集团工作，也服务于董事长。"孟岩脸色微微一变，从后视镜中观察了一下坐在后座的倪流的脸色，明白了什么，不再多说，"一到公司，我就会为你办理相关手续。"

"好，辛苦了。"倪流扭身又对旁边的吴小舞说道，"小舞，公司的相关资料你一会儿也准备一份儿给我，还有，你和孟律师商量一下如何应对宋国武提出的无理要求。实在不行，就法庭上见。"

倪流一旦决定着手全面接管远思集团，就表现出了他果断坚定的一面，吩咐完之后，他不再说话，微微闭上了眼睛。

孟岩再次从后视镜中悄悄观察倪流，见倪流脸色平静，心中闪过一丝不解和疑惑，想问什么，又一想，还是没有开口，就专心开车了。

倪流表面上安之若素，其实是假借闭目养神来掩饰内心的狂乱和不安，说到底他毕竟只是一个26岁的年轻人，不但从来没有掌管集团公司的经验，在单位也只是一个小兵，连一个办公室副主任都还不是，贸然接手一家有上千名员工的大型集团，而且还是最大的股东，并且如果不出意外的话会是董事长，他的心理承受能力也确实达到了极限，紧张得手心出汗。

不能让孟岩看出他的紧张和心虚，倪流闭上眼睛，其实也是为了更好地在心中盘算如何应对下一步，就算他是宋国文合法的接班人，但毕竟是半路杀出，而且事发突然，哪怕顺利继承了宋国文的股份，想要当选为董事长，并且进一步全面掌管整个集团，还有很长的一段路要走。

但既然逼上梁山了，就要咬牙挺过去，万事开头难，只要度过了最开始的心理关，相信后面的路会好走许多，不信等他坐实了远思集团董事长的宝座之后，再逐步把公司的各项大权抓在手中，相信到时候即使公司的元老和大股东对他再是不服，也只能臣服在他的权势之下。

百分之七十的绝对控股权就是号令董事会的利剑，在商场规则中，谁拥有强大的资本，谁就拥有绝对的权力！

第九章

当务之急

远思集团总部远思大厦坐落在襄都市中心寸土寸金的黄金地段，位于中心大街和守诚大街的交叉口，是一座十八层高的大楼。

实际上，远思大厦原名腾飞大厦，并不是远思集团的产业，只不过在远思集团入驻之后，腾飞大厦更名为远思大厦，是为了向远思集团致敬，更是为了留住远思集团这个庞大的客户。虽说远思大厦并非远思集团所有，但从第三层到第十五层，全是远思集团的办公区，毫不夸张地说，远思大厦除了产权不属于远思集团之外，基本上就和远思集团的名下产业并无区别。

当然，是不是远思集团的名下产业，区别还是很大的，远思集团每年都要向远思大厦支付高达近千万元的租金！不过远思大厦并非远思集团名下产业的事实，就连远思集团的许多员工都不得而知。

似乎远思大厦不属于远思集团所有，是一个有人故意掩藏真相的秘密一样。

吴小舞是少数知道真相的人之一。

作为宋国文的秘书，吴小舞能够接触到公司部分的核心机密，但不会太多，她不是核心成员，而且宋国文任用她担任秘书，似乎也没有重点培养她的意思，只当她是公司的一个招牌或名片。

其实远思大厦不是远思集团名下产业的秘密，她本不该知道，宋国文似乎也有意瞒着她，但在一次宋国文喝醉之后，不知道接听了谁的电话，突然就发火了，大骂对方每年拿着远思集团上千万元的租金还不知足，几年来远思集团支付的租金用来再建造一座远思大厦都绰绰有余了，宋国文还威胁说，如果再贪心不足，他就把远思集团搬离远思大厦。

此事一直在吴小舞的脑海中挥之不去，她实在想不明白宋国文为什么每年要花费上千万元租住远思大厦办公，而不是建造一座远思集团自己的大厦，以远思集团的财力，建造一座如远思大厦一般的办公大楼，并不是一件难事。再者从成本核算上来看，如远思集团一般的大型集团，还是自建办公大楼合算。

而且既然远思大厦不是远思集团的产业，远思大厦为什么非要将腾飞大厦更名为远思大厦，而宋国文为什么每年都舍得支付上千万元的租金给远思大厦的幕后人物？不得不让吴小舞猜疑事情的背后，肯定有不为人知的隐情。

吴小舞虽然身为宋国文的秘书，她其实来襄都的次数并不多，大部分时间她都在远思集团驻石门办事处工作，只有在宋国文来石门的时候，她才会出面陪同宋国文，平常宋国文如果在襄都或是去石门之外的地方，她就不用陪同，也就是说，除了秘书身份之外，她还差不多是远思集团驻石门办事处的负责人。

正是因此，她来远思集团总部的机会更少，而且她也知道，她并不是宋国文最信任的秘书，或者说不是贴身秘书，只能算是行政秘书。

对于许多人——包括倪流——看她和宋国文在一起时的眼神，明显有猜疑和误解，她从来都不屑于解释什么，有些事情越解释越黑，反倒不如沉默。

跟在倪流的身后，看着倪流宽厚的肩膀和厚重的后背，吴小舞忽然有了一种深深的依赖感和信任感，一路上风雪兼程，倪流的镇静和从容，都让她十分惊奇，没想到突逢大变之下，倪流还能有这份应变的能力，着实出乎她的意料。

本来一开始她以为倪流会慌乱不堪，不想倪流不但一路稳稳地开车返回襄都，而且忙中有序，乱而不慌，让她改变了原本对倪流轻视的看法。虽说其后倪流在是否接手远思集团的问题上产生过动摇的心思，但也可以理解，毕竟不是谁都有顶住亲人的压力迎难而上的勇气。

希望倪流接管远思集团之路走得顺利，吴小舞暗暗下定决心，倪流接管远思集团之路或许充满坎坷并且有可能出现变数，但她都会坚定地站在倪流身后，做他最可靠的同盟。

远思集团占据了远思大厦第三层到第十五层，董事长办公室在十五层，宋国文喜欢高高在上的感觉，所以不顾董事会的反对，坚持将办公室搬到了最高层。

十五层既然有董事长办公室，就得有相应的配套办公室，行政秘书办公室、董事会会议室以及方便董事长随时管理公司的科室，就都搬到了十五层，可以说，十五层是整个远思集团的核心管理层，除非中层以上的核心人物或是直接服务于董事长的员工，其他人想在十五层办公也没有可能。

在十五层办公，是远思集团旗下员工公认的一种荣耀。

在迈出电梯的一瞬间，或许是灯光太亮的缘故，倪流微微闭了眼睛，等他再睁开眼睛的时候，仿佛一个全新的世界瞬间出现在眼前——从电梯出来到董事长办公室，要路过一个长长的走廊，走廊通过办公区，办公区中坐在格子间的员工，无一例外全部向倪流行注目礼。

第一次享受众目睽睽的待遇，成为焦点人物，倪流努力克制内心的狂乱和不安，保持了镇静，坦然地走过走廊，来到董事长办公室门前。

看着门上的“董事长办公室”几个大字，曾经的宋国文的办公室，曾经的远思集团的权力中心，倪流深吸一口气，平息了狂乱的心跳，手上微一用力，就推开了办公室的门。

一步，只一步的距离，他就从门外迈进了门内，似乎自然而然，似乎顺理成章，就如人生之中无数次推门进入房间一样，并没太明显的不同，但实际上在倪流迈入董事长办公室的一刻起，他人生的河流，就再次陡然转向了又一个大弯，从此，天翻地覆。

办公室内，布局简单，浅色调的装修风格，淡蓝色的窗帘营造出居家风格的氛围，似乎和宋国文风风火火的性格不太匹配，其实不然，熟知宋国文性格的倪流最是清楚不过，办公室的装修风格才是宋国文内心渴求平静的最真实的体现。

倪流来过宋国文的办公室一次，和印象中的布局没有什么改变，办公室依然是淡雅素净的色系，墙上有字画，办公桌后有书柜，书柜中的书，琳琅满目，似乎在无声地证明嗜酒如命的宋国文其实也是一个文化人。

不错，宋国文毕业于下江大学中文系，早年也是酷爱文学的文艺青年，在经商之后，他还一心想将自己打造成一名儒商，结果没有成功，最后在忙碌的酒桌上放弃了文学梦和儒商梦。

或许除了倪流之外，并没有几个人知道远思集团名称的来历，外界许多人解读远思为远见的思想，其实不是，“远思”二字来源于刘禹锡的一首诗：“远思见江草，归心看塞鸿。野花沿古道，新叶映行宫。”也是宋国文在一次喝醉后，酒后吐真言，对倪流说了实话。

宽大的真皮座椅，厚实的红木办公桌，价值不菲的金丝柚木茶具，以及淡淡的檀香味道，无一不显示出强烈的宋式风格，倪流不由得鼻子一酸，想起宋国文生前对他的照顾，再想起宋国文尸骨未寒，远思集团就成为遗产争夺战中首当其冲的大蛋糕，心中百般不是滋味。

“倪流，相关法律文件已经准备就绪，如果没有问题的话，接下来就可以举行一个签字仪式，仪式后，你将正式继承宋国文先生的全部资产。”孟岩手中拿着厚厚的一沓资料，推了推金丝眼镜，征求倪流的意见。

“还要有签字仪式？”倪流不解。

“当然要有了，宋总持股百分之七十，又是远思集团的董事长，他的继承权事关远思集团的未来，虽说不一定必须召开董事会，但必须要有几个大股东在场。”孟岩解释说道。

“都有谁参加仪式？”

“副董事长洪东旭、副总经理唐简水、执行董事兼财务总监王骏群。”孟岩微微一笑，“都是公司的核心人物。”

“好吧，你来安排一下。”倪流点头答应了。

孟岩微一点头，转身出去，开门的时候，意味深长地看了吴小舞一眼。

吴小舞现在的处境很尴尬，她虽是宋国文的秘书，但在集团总部没有她的办公室，而且她在集团既没有人脉，又没有知名度，宋国文一死，她就成了可有可无的一个人。当然，如果倪流能够顺利接任董事长的位置并且继续任用她担任秘书，她在公司还可以拥有一席之地。否则，她被除名的可能性很大。

孟岩出去后，倪流才坐在沙发上——他还没有自大到现在就坐到宋国文的办公椅上摆谱，在没有完成交接手续之前，还可能存在着未知的变数——门一响，一人推门进来，端了一杯咖啡送到他的面前。

“请用咖啡。”

是一个梳了马尾辫、穿了职业装、戴了一副文雅眼镜的女孩，二十五六岁的年纪，身材苗条，面容姣好，冲倪流盈盈一笑：“你好，我叫兰姣，是宋总的秘书。”

吴小舞不等倪流说话，来到兰姣面前，大方地伸手说道：“兰姣，你一定知道我了？我是吴小舞。”

兰姣收起笑容，并不和吴小舞握手，脸色不善地答道：“吴小舞，在总部，我才是宋总的秘书。总部，没有你的位置。”

倪流暗笑，并不插话，他倒要看看吴小舞怎么应对兰姣的挑战。宋国文在人事安排上确实混乱，吴小舞和兰姣，都是秘书，一个在石门，一个在襄都总部，只有地域上的明确分工，没有职责上的分工，平常宋国文去石门不带兰姣，来襄都不带吴小舞，现在好了，两个秘书凑在一起，到底谁主谁次？

“说的也是，宋总当初安排我在石门，你在襄都，就是以地域划分分工，我也承认在总部没有我的位置，不过……”吴小舞展颜一笑，一脸自信，漫不经心地看了倪流一眼，“宋总现在不在了，以后谁说了算还不一定，也就是说，以后总部有没有谁的位置，也不一定。”

“话是如此，总部的工作，你又了解多少？”兰姣不甘示弱，明显有向倪流争宠之意，应该也是听到了倪流有望接任董事长的风声，她转身对倪流说道，“倪先生，您现在有时间的话，我想向您汇报一下总部的人员构成和公司的运营状况。”

倪流还没有继承宋国文名下百分之七十的股权，也没有正式当选为公司的董事长，就有人提前进入了秘书角色，吴小舞几乎愤怒了，兰姣摆明了是想抢她的风头，想成为倪流身边的第一秘书。

不过……吴小舞并没有采取进一步的行动，她忽然又冷静了下来，想起一路上和倪流的风雪兼程，或许她是不如兰姣和宋国文的关系密切，但她自信一路上生死相依，在倪流的心目中，谁也替代不了她的位置。

倪流微微一笑，他既然决定要接手远思集团，就有必要全面了解远思集团的现状，不过他要继承宋国文名下股份的事情还没有传出去，兰姣怎么知道了？又一想，或许兰姣并非是知道了遗嘱的事情，而是隐隐猜到了什么才主动向他示好，就点头说道：“好，有劳你了，兰姣。”

“应该的。”兰姣浅浅一笑，有意扫了吴小舞一眼，眼中闪过一丝得意，她拢了拢头发，站直了身子，端起胳膊，字正腔圆地向倪流汇报起了远思集团的管理层构成和现状。

必须承认，兰姣确实比吴小舞专业，而且她对远思集团的了解，也比吴小舞深入多了，到底是在集团总部工作，还是有地利、人和上的优势。

对于远思集团的现状，倪流了解不多，甚至可以说几乎全然不知，就连管理层的构成，他也知道得不多，以前他并不关心远思集团的状况，只是出于好奇偶尔向宋国文问过几句，现在今非昔比，身份转化，他不再是远思集团的局外人，而是即将成为集团最大的股东，那么了解集团的现况不但很有必要，而且还是当务之急。

也就是说，兰姣的及时靠拢对倪流来说，算是雪中送炭。

第十章

再变

在兰姣的叙述中，远思集团的过去和现状在倪流眼前慢慢由模糊到清晰，呈现出了一个大概的轮廓。

远思集团作为襄都最大的集团公司，旗下产业涉及矿业、羊绒、房地产等行业，近年来，由于房地产业的兴起，宋国文逐渐将集团的重心转移到了房地产上，对羊绒和矿业的投资逐年减少，基本上可以说，宋国文生前已经确定了以房地产业为远思集团支柱产业的发展思路，争取在三五年内，关停几家矿场，抛售羊绒产业，甩掉包袱，轻装上阵，将远思集团打造成为中省第一家大型房地产集团公司。

远思集团是靠羊绒生意起家的，早年宋国文以借来的一万元收购羊绒，然后倒卖到内蒙古，赚到了第一桶金。此后他依靠广泛的人脉和能说会道的本领，迅速打开了市场，取得了卖方和买方的双重信任，他作为中间人，只需要从中倒手，就赚到了不菲的利润差价。

襄都下辖的浊江县，是北方有名的羊绒集散地，宋国文利用羊绒主产区的优势，成功地打开了他人生第一道成功之门。

以后的路子就顺利多了，当羊绒生意做到千万级别时，宋国文果断地抽出大部分资金，开始投资襄都市西部山区的铁矿，在以极低的价格买进了三座矿厂后，他翻云覆雨，合纵连横，迅速成长壮大为襄都几十家大大小小矿厂中最有实力的一家。

正当所有矿主都认为宋国文会逐步吞并中小矿厂，最终成立一家联合的大型矿业集团公司时，宋国文却又从矿业中抽身而出，开始涉足房地产行业。

在从事羊绒生意时，羊绒商人都认为宋国文胆大心细，经常有惊人之举。后来杀进采矿行业后，同行矿主又觉得宋国文思路开阔，看待问题的角度和别人大不一样，往往别人不敢做的事情，他就要当第一个吃螃蟹的人。等宋国文实力还不足以投资房地产之时，他又从利润依然丰厚的羊绒生意和矿业中抽出大部分资金去下注房地产，认识宋国文的羊绒商人和铁矿矿主都认为宋国文疯了，不可理喻，想一口吃成一个胖子，玩得太大了，小心一头栽倒再也爬不起来。

结果让所有人都大跌眼镜的是，从羊绒生意到铁矿开采，从铁矿开采再到房地产业，宋国文的三步走，每一步都是隔行如隔山的跨越，却每一步都险之又险地大获成功。正是因为他的激进和敢于拼搏，才让他在短短十余年间从一无所有到亿万富翁，并且成功地将远思集团打造成为襄都最大的集团公司。

而当年和他同时起步的羊绒商人或铁矿矿主，现在还在原地踏步，除了钱赚得比以前多了一些之外，眼界和成就，还停留在小富则安的初级阶段。

近三年来——也就是宋国文迈出襄都，频繁前往省城石门的三年，或者说，是他和倪流接触最多的三年——远思集团的重心几乎全部转移到了房地产上，在襄都、单城和石门三地投资了数个中高档小区，而且远思集团的触角还伸到了京城，正在和京城一家开发商合作，准备在京城燕郊上马一个中档小区，前期工作基本准备就绪，就等正式签订合同……

倪流坐在沙发上，听兰姣概略地陈述了远思集团的过去、现在和前景，一时心思浮沉，手端着咖啡，送到嘴边又轻轻放下，陷入了思索之中。

作为市政一公司的设计人员，倪流从事的工作是给城市排水等市政工程，修路建桥似乎和建筑行业不搭边，其实不然，市政和建筑密不可分，都属于土木工程系，而且他的女友梁米的专业正是建筑设计，因此他对建筑行业的了解，不敢说十分深入，至少也算是半个内行。

从发展方向上来讲，宋国文制定的以房地产业为中心的策略，以倪流的看法，在目前国内的经济形势下，没有任何问题，至少在近十年内，房地产热不会退烧。但制定策略是一回事儿，具体如何实施，在实施的过程中，细化到每一个项目的定位和营销，都事关项目的成败和公司的收益。

而且房地产行业看似利润丰厚，实际上如果操作不当，一个项目的失利就可能导致一家集团公司的破产倒闭！

一时之间，在兰姣的叙述中，倪流想得入神了，忽然听到耳边传来一声咳嗽，孟岩的声音在门口响起："兰姣，你先出去一下。"

"孟律师，我在向倪先生汇报公司现状……"兰姣自以为得势，不理孟岩的吩咐，毕竟孟岩只是公司的律师，不是行政管理人员。

孟岩脸色一沉："在倪先生没有正式继承宋国文先生的股份之前，他不是远思集团的股东，就没有必要知道远思集团的内部情况，你也无权向外人汇报远思集团的运营状况……出去！"

最后一句，孟岩几近咆哮！

兰姣吓得一哆嗦，不甘地回敬了孟岩一个白眼，张了张嘴想反驳几句，终究没有开口，只是看了倪流一眼，想让倪流为她主持公道，等了片刻见倪流无动于衷，她才轻哼了一声，转身走了。

路过吴小舞身边的时候，她小声说了一句："吴小舞，你先别得意，最后的胜利不一定属于你。"

吴小舞摆摆手，挤了一丝笑容，没理会兰姣的挑衅，她的心思现在不在兰姣身上，又回到了倪流和孟岩身上，因为她注意到，孟岩是一个人。

孟岩刚刚明明说要请副董事长洪东旭、副总经理唐简水和执行董事兼财务总监王骏群来参加倪流的签字仪式，现在他一个人回来，一回来就冲兰姣发火，显然是哪里出了状况。

倪流也察觉到了问题，他抬头看了孟岩一眼，没说话，只是向孟岩投去了疑问的目光。

刚才兰姣的工作汇报很不错，吐字清楚，条理清晰，兰姣的表现符合他心目中的秘书要求，只不过遗憾的是汇报一半就被孟岩打断了，以至于没有进一步了解公司的人员构成。

孟岩脸色不太好看，神情间有一丝尴尬之色："倪流，情况是这样的……"

倪流一摆手，直接打断了孟岩的话："你不用解释了，洪副董事长、唐副总经理和王总监不管有什么充足的理由，我都不管，我只需要记住一点就行了，就是他们都不肯来！"

倪流神情如常，不见一丝愠怒，但话里话外明显流露出强烈的不满，他心里清楚得很，远思集团的高层不接受他这个半路上杀出的程咬金！

三人同时拒绝参加他的签字仪式，很明显，是联合给他一个下马威。好，下马威就下马威，他早就做好了心理准备。

不过，倪流心中还是隐隐担忧，从姐姐的反对，到宋国武的横插一手，再到远思集团内部的联合抵制，他别说全面掌管远思集团了，就连能否顺利接手宋国文的股份也未可知。

从那一天晚上的大雪开始，他迈入的是一条遍布荆棘的泥泞之路。

孟岩没料到倪流这么强势，他勉强笑了笑："洪副董事长、唐副总经理和王总监虽然有事情过不来，不过沈主任马上过来。"

"沈学良，董事长办公室主任。"吴小舞附在倪流耳边，立刻小声地说明了沈主任是谁。

"谁过来不重要，重要的是，先办理法律手续。"沈学良来或不来，倪流并不在意，甚至洪东旭等人借故不来，他也不生气，在他没有继承宋国文所持的远思集团百分之七十的股份之前，他是远思集团的外人，别说副董事长不必见他，就连兰姣也可以不理会他。

或许在洪东旭等人的眼中，他能不能顺利继承宋国文的股份还未可知，当然不必急于露面，再深入一想，万一最后继承宋国文股份的人是姐姐或是宋国武，洪东旭等人早早露面表态对他表示支持，岂不是成了笑话？

这么一想，倪流反而理解了洪东旭等人的老谋深算，在事态没有明朗化之前，不站队就是最英明的决定，由此也更断定了他的猜测，远思集团的一帮老人，不好相处。

孟岩扶了扶眼镜，一脸为难地说道："倪流，实在不好意思，刚才分别接到倪芳和宋国武的电话，都强烈要求暂停办理股权交接手续，虽说从法律上来讲，倪芳和宋国武的要求没有法律依据，但法律不外乎人情，作为宋国文先生的遗孀和兄弟，他们的要求不合法，但合情理……"

倪流听明白了，孟岩迫于压力，不想为他办理股权交接手续了，俗话说万事开头难，但现在他连头都开不了，太没用了，他站了起来，三步并作两步逼近到孟岩身前一尺之内，几乎贴近了孟岩的鼻子说道："孟律师，要么请你打电话，让我姐和宋国武都来公司，当面说个清楚，要么你现在就为我办理手续……"

孟岩被倪流逼迫，退后两步，心中一阵惊愕，从最开始知道倪流，到在救护车前看到倪流坐在地上痛哭，再到倪流决定转让股份给倪芳，他一直认为倪流在突逢大变之下虽然没有失控，但也不是太有心机的一个人，而且以倪流的年龄推算，倪流没有经历过多少事情，自控能力肯定一般，如果他借故推迟办理股权交接手续，倪流也只能无奈地接受现实。

但……在倪流流露出咄咄逼人的气势之后，孟岩的心思大动，如果倪流真是一个意志果断而性格坚定的年轻人，并且坚持要继承宋国文的股份的话，那么他不得不重新考虑他在这一次重大事件中到底该站在哪一方。

孟岩的心路历程，在宋国文突发死亡之后，经历了三个阶段：

第一个阶段，是在他听到吴小舞传来宋国文的死讯之后，得知宋国文立下遗嘱，要将名下的全部股权和债权转交给倪流，他初听之下十分震惊，震惊过后，没有丝毫犹豫当即决定遵从宋国文的遗愿，尽他所能助倪流顺利接手远思集团。

第二个阶段，是在倪流被以犯罪嫌疑人的身份关进看守所后，孟岩心思大动，深入一想才知道当初的决定太仓促了，也确实，宋国文死因不明，遗嘱来得突然，倪流虽是宋国文的妻弟，但毕竟算是外人，而且倪流从来没有管理大型集团公司的经验，就算宋国文生前对他颇多赏识，也不必非要将全部股份转移到倪流名下。如果宋国文是担心倪芳接手之后控制不住远思集团，完全可以让倪芳继承股权，接任董事长，然后让倪流担任总经理替倪芳管理远思集团，也比让倪流全权接手远思集团更符合人之常情，也更能让人理解。

但在宋国武加入遗产之争，并且尸检报告确定宋国文是死于酒精中毒后，熟知宋国文性格和酒量的孟岩心思又变了，前思后想一番，他得出了结论，宋国文的遗嘱真实有效，并非如外界传说是宋国文在倪流的逼迫下所立，而是宋国文主动亲口所立。

以孟岩和宋国文的交情，宋国文的遗愿他应该无条件执行，宋国文生前对他无比信任，整个远思集团，他可以说是宋国文关系最密切的嫡系。如果他不坚定地执行宋国文的遗愿，远思集团还有谁会遵从宋国文的遗嘱?

从法律和人情两个方面来讲，他都没有任何理由不为倪流办理好交接手续，尽管倪芳反对，宋国武闹事，但他身为律师，必须一切以事实为出发点，站在法律的准绳上，以一名律师应有的使命感和正直，排除倪芳和宋国武的干扰，按照宋国文的遗嘱完成必要的交接手续。

本来在前来远思集团的路上，在听到倪流下定决心要接手宋国文的股份后，孟岩心中一块石头落了地，暗暗欣喜，倪流顺利继承了宋国文的股权之后，他也算完成了任务，可以告慰宋国文的在天之灵了。

到了公司，孟岩为了郑重行事，决定请洪东旭、唐简水和王骏群作为见证人参加签字仪式，同时也是为了让倪流顺利地进入洪东旭几人的视线，为倪流下一步接手远思集团打好开局。应该说，他此时此刻确实是站在宋国文的立场上为倪流考虑，体现出了一名律师应有的职业素养。

但事情的变化之快，超出了孟岩的想象。在他见到洪东旭之后，他的心路历程，再次大起波澜。

第十一章

天大难题

当孟岩敲开洪东旭办公室的门，对洪东旭说出了他的想法后，本来端坐在座位上不动如松的洪东旭站了起来，他步伐坚定，径直来到孟岩面前，双手放到孟岩的肩膀上，开口问道："孟岩，你来公司多久了？"

孟岩不解其意，想了一想说道："四五年了。"

"你当法务部副经理有几年了？"现年50岁的洪东旭圆脸大眼，膀阔腰圆，乍一看颇有虎虎生威的气势，给人的印象不像公司的副董事长，倒像一名政府官员。确实，见过洪东旭的人都说洪东旭有官相。也正是因为洪东旭的形象好、有气场，但凡远思集团的重大活动，基本上都由洪东旭抛头露面，也正是因此，许多对远思集团不太了解的人还以为洪东旭是远思集团的一把手。

洪东旭身材保持得还算不错，不胖不瘦，如果不是微有花白的头发，他看上去也就是40岁出头。

"三年了。"孟岩被洪东旭按到了沙发上，心里奇怪洪总是什么意思，怎么突然关心起他来了，他以前和洪东旭没有什么交情，也没有多少私人情谊。

"时间不短了，是该前进一步了。"洪东旭感慨地说道，就势坐在了孟岩的身边，"论能力，你比赵世海强；论资历，赵世海也比你差了许多，你当法务部副经理，屈才了。"

赵世海是集团法务部经理，比孟岩进入集团还晚一年，却后来居上，抢先一步坐上了法务部经理的位置，个中原因或许外人不得而知，孟岩却是心里有数，并非赵世海能力比他强，也不是赵世海学历过硬，而是赵世海是洪东旭的亲信。

对于宋国文顾大失小，对公司内部人事问题放手不管，任由洪东旭安插自己人的做法，孟岩也心有怨言。正是因为宋国文对他的忽略，才让赵世海小人得志，在洪东旭的提拔下，一步步执掌了法务部，骑到了他的头上。

这件事情，一直是孟岩心中的痛。

对洪东旭故意提到赵世海压他一头的陈年旧事，是故意揭他的伤疤，还是嘲笑他跟错了人？联想到现在宋国文已然身亡的事实，等于是他在远思集团的靠山已倒，洪总葫芦里到底卖的是什么药？

“洪总，我来是请您参加宋总遗嘱签字交接仪式的……”孟岩没接洪东旭的话，再次强调了他的来意，“您有时间参加吗？”

“孟岩，你真的认为国文名下百分之七十的股份应该归倪流所有？”洪东旭语重心长地说道，“倪流一个外人，嗯，还是一个不到30岁的年轻人，没有经历过什么大事，一直碌碌无为，如果他继承了国文的全部股权，接手了远思集团，远思集团在他的带领下，会不会走进死胡同？”

就算倪流真的当选为远思集团的董事长，而且倪流对经营管理一窍不通，在倪流的带领下，远思集团也未必会走进死胡同。董事长虽然是公司的最高负责人，是股东利益的最高代表，统领董事会，但董事长的权力也在董事会的职责范围之内，虽然董事长拥有召开董事会、罢免CEO等最高权力，但董事长并不掌握行政权力，而且在董事会中，拥有和其他董事同样的投票权。

换言之，倪流以百分之七十的股份可以当选为董事长，但未必就可以兼任公司总裁。

“宋总的遗嘱具备法律效力。”孟岩也没有正面回应洪东旭的担忧，只是强调他的职责所在，“我受宋总之托，职责在身，必须保证宋总的遗嘱得以落实。”

“孟岩，刚才我和简水、骏群商量了一下，同时为了照顾宋总家属的情绪，董事会决定，暂时搁置宋总遗嘱，等宋总进一步的尸检报告出来后，再召开董事会研究讨论宋总股权的过户问题，我以远思集团副董事长兼执行副总裁的身份向你提出要求，在董事会还没有明确宋总遗嘱的合法性之前，你个人无权将宋总名下的股权转移到倪流名下！”

话一说完，洪东旭站了起来，显然是要送客了：“我再强调一句，如果你个人在未经董事会批准的情况下为倪流办理了股权过户，由此引发的一切后果，由你一人承担。”

孟岩感觉脸上一阵僵硬，洪东旭毫不掩饰语气之中的威胁之意，明确无误地要求他暂停股权过户的法律手续，言外之意就是说，如果他真的一意孤行为倪流办理了过户手续，他就会被公司扫地出门！

孟岩心中一阵怅然，人走茶凉是必然，只不过他没有想到来得如此之快，他还以为洪东旭和宋国文当年并肩打天下，多少会念及几分旧情，也会在意宋国文的遗嘱，没想到，洪东旭也迫不及待地加入到了遗产争夺战之中！

孟岩没有多说，只是默默地点了点头，转身要走，才走到门口，洪东旭又叫住了他。

“孟岩，你在公司年头也不短了，是该为自己好好考虑考虑了，宋总名下百分之七十的股份，化整为零，哪怕十分之一落到你身上，你也可以进董事会了。我还希望你明白一点，如果你能劝说倪流先签署一份转让股份的协议，再为他办理股权过户手续，让他开价，不管是什么价码，都可以先答应他，只要你做到了这一点，我可以保证，你将会成为远思集团的第五大股东。”洪东旭和颜悦色，语气缓慢而从容，短短几句话，完全暴露了他要借机全面执掌远思集团的真实想法！

作为宋国文早年的追随者之一，持股百分之二十的洪东旭，是远思集团第二大股东，也是远思集团除宋国文之外最具实力的二号人物，在公司一直拥有举足轻重的位置。最开始，他和宋国文的理念还可以同步，但后来随着宋国文的步伐越迈越大，思想保守、喜欢稳步前进的他和宋国文的分歧日渐加大，对公司的发展思路和宋国文激进的想法渐行渐远，奈何宋国文身为公司的创始人，并且持股百分之七十，在公司拥有绝对的控股权和至高无上的权威，在宋国文的光环下，身为二号人物的洪东旭在公司的重大决策上，几乎没有什么发言权。

不过洪东旭毕竟是副董事长，又是第二大股东，在公司的重大决策上拗不过宋国文的意志，却在公司的人事安排上，利用宋国文经常出差的机会，多安插了几个自己人，副总经理唐简水和执行董事兼财务总监王骏群都是洪东旭一手提拔的嫡系。

宋国文的优点是用人不疑，疑人不用，缺点是顾大放小，他过于信任洪东旭，只顾主抓公司的发展大方向，却忽视了公司人事安排上的小事——人事安排向来不是小事，只可惜，他在人事管理上确实是短板，并且一直认定人事是小事——结果就导致当他在外面单枪匹马为公司拿下一个又一个项目时，洪东旭却在公司内部也拿下了一个又一个关键位置，几年来，公司中层上下几乎全部成了洪东旭的嫡系。

现今宋国文突然辞世，在他名下百分之七十的股份归属问题陷入争斗之中时，公司的权力结构出现了一个短暂的真空期，如果洪东旭不利用这个机会好好谋划一番，也就枉费他在远思集团几年来的苦心经营。

孟岩无限惆怅地离开了洪东旭的办公室，摆在他面前的，是一个天大的难题。

诚然，倪流是宋国文的指定继承人，想要推翻宋国文的遗嘱重新确立新的继承人，难度很大，但要说服或收买倪流，让倪流改口，就大有可能了。以倪流的眼界和没有经历过多少大事的年龄，如果他眼前只有两条路可走：一是远思集团承认宋国文遗嘱的合法性，前提是倪流必须事先签署一份以几亿资金收购他手中百分之七十的股份的协议，才能顺利继承宋国文名下的股权；二是倪流如果不答应的话，远思集团也不会否认宋国文遗嘱的合法性，但法务部却以宋国文死因不明为由，不为倪流办理股权交接手续，再暗中鼓动宋国武闹事，继续推动遗产争夺战硝烟四起。

相信两害相权取其轻，倪流在唾手可得一大笔财富和没完没了的官司面前，必定会选择前者。

以洪东旭的水平，如果倪流签署了转让股份的协议，只要他出面，肯定可以说服倪流，最终以不超过三亿元的代价就可以轻松拿下倪流手中远思集团百分之七十的股份。百分之七十的股份中，即使只有一半百分之三十五的股份落到洪东旭手中，洪东旭也会一跃成为远思集团的最大股东，从而顺利坐上董事长的宝座，达到全面掌管远思集团的目的。

洪东旭的如意算盘确实打得高明，倪芳、宋国武和他相比，不管是谋略还是手段，不可同日而语，而且倪芳和宋国武在遗产争夺战中，很不幸都成了洪东旭的工具，或者说是棋子也可以。

现在洪东旭是挟天子以令诸侯，趁远思集团动荡之际，以副董事长兼执行副总裁的身份暂时执掌了董事会，而他提出让倪流先签署转让股份协议，董事会才承认遗嘱的合法性，等于是完全撕破了脸皮，为了接手远思集团，洪东旭现在已经正式出手并且赤膊上阵了。

那么他该怎么办？孟岩一时左右为难。

如果他不听从洪东旭的命令，强行为倪流办理股权交接手续，固然也可以让倪流顺利继承宋国文名下的股份，但有可能造成两种严重的后果：一是公司会以宋国文死因不明为由，决定董事会暂不承认倪流的合法身份，直到确定宋国文的死亡是正常死亡并且遗嘱完全合法为止。在此期间，倪流不能参与到公司董事会的管理之中。二是由于他违背了洪东旭的意愿，他将被公司除名，直接扫地出门。

如果他真的成功劝说倪流签署低价转让宋国文名下股份的协议，诚然，以洪东旭的为人也不会不兑现承诺，让他成为公司的第五大股东——百分之七十的股份分他十分之一是百分之七，能拥有百分之七的股份，确实可以跻身为排名前五的大股东——等于是说，他只要做通了倪流的工作，只要倪流签署了协议，他就可以坐地直飞，瞬间身家百倍增加，成为千万富翁。

谁不想成为千万富翁？孟岩是普通人，他也想。

但如果他的千万富翁是建立在违背宋国文遗愿并且牺牲倪流利益的前提下，他真不好做出决定。况且孟岩也拿不准倪流的心思，倪流可以不顾倪芳的反对和宋国武的搅乱而接手股权，他却不能无视来自洪东旭的压力，毕竟，洪东旭久在商场，老谋深算，而且洪东旭现阶段是远思集团的实际掌舵人，可以随时以远思集团的名义发号施令。

倪流能斗得过洪东旭吗？就孟岩看来，肯定不能。和洪东旭战斗，不是和洪东旭一个人战斗，而是和整个远思集团战斗。

孟岩习惯性地推了推眼镜，本想说些什么，见吴小舞也在，他话到嘴边又咽了回去："小舞，你能不能回避一下？"

"不用了，我相信她。"倪流看出了孟岩眼神跳跃而闪烁，欲言又止的神态说明事情有变，他安然自若地坐到了沙发上，仰望宋国文宽大的办公桌和代表着至高无上权力的座椅，忽然又淡然地笑了，"孟律师，有什么话你尽管对我说，我早就做好了心理准备。"

倪流没说谎，也不是自我安慰，从一开始不想接手股权到后来改变主意，冒着和姐姐亲情割裂的代价也想尽快办理股权交接手续，怕的就是夜长梦多，以免节外生枝。他也知道，宋国武和姐姐争夺遗产，只是从人情礼法上为出发点，合情但不合法，而如果有人从法律或商业手法上再加入遗产争夺战，尽管他有遗嘱在手，但最终谁胜谁负，就未可知了。

倪流并没有盲目乐观地认为只要过了宋国武和姐姐这一关，他的股份就能顺利到手，他也想到了远思集团内部肯定会有反对的声音和势力，并且做好了承受来自远思集团压力的心理准备。

怕什么？论成败人生豪迈，大不了从头再来，况且他又不是拿得起放不下的人，再者说了，既然他决定了要全面接手远思集团，就不会惧怕前进道路上遇到的一切艰难险阻。

第十二章

巨额财富

或许有人会认为他年轻不经事，但他敢说，在一夜风雪的路程之中，他经历了心灵的撞击和人生的蜕变，再加上几天看守所的生活，现在的他和以前的他，今非昔比。

不是每个人都有经历人生突变的机遇，也不是每个人都有亿万遗产从天而降的机遇，倪流告诫自己，每个人一生之中总会有一两次可以改变命运的机会，遇上了，就要紧紧抓起，千万不要错过，否则一生有可能就会因此而空过。

“洪总不参加签字仪式了……”孟岩被倪流的镇定感染，他也恢复了应有的镇静，“他代表董事会提出了一个条件。”

吴小舞在一旁不说话，只是眨动着一双灵动的大眼睛，不停地穿梭在倪流和孟岩的身上。她心中暗暗惊讶倪流的表现，可以说，从迈入远思大厦的一刻起，倪流就如变了一个人一样，不但步伐坚定、神情镇定，而且举手投足颇有几分大将之风，是她以前不够了解倪流，还是倪流在人生的大变之中迅速成长了起来？

想起几天来和倪流形影不离的相处，吴小舞的心突兀地跳动了几下，微微地泛起了涟漪，就如当年她第一次为一个男生心动一样，一股潮水般的情绪瞬间弥漫了心间，连同埋藏在心底的久远的回忆也一起浮现在脑海。

怎么会有一种初恋般的感觉？吴小舞心中一阵羞涩，也不知有多久了，她的心波澜不惊，就如古井水一样，多少人在她面前走马灯一样献殷勤，她都一概不理，但现在，她心底压抑许久的情感之河突然间竟然有了要泛滥成灾的感觉。

只不过在心中闪过一刹那的羞涩之后，她又压下心中的情感波动，拢了拢头发，坐直了身子，脸色平静地又看向了倪流。

倪流并没有注意到吴小舞的情绪变化，现在他的心思已经完全落在了股权继承的问题上，站了起来问道："洪总提出了什么条件？"

孟岩尽量让他的语气显得委婉一些："洪总的意思是，如果你愿意事先签署一份转让股份的协议书，那么董事会就会承认遗嘱的合法性，集团法务部也会正式出面为你办理交接股份手续。"

"不能签！"吴小舞忍不住了，一下站了起来，"倪流，这是陷阱。"

倪流却是出奇平静，伸手制止了吴小舞，他揉了揉脸，漫不经心地笑了笑："这么说，如果我不事先签署转让股份的协议，董事会是不会承认遗嘱的合法性了？"

"也不是不承认，而是在宋总进一步的尸检报告结果出来之前，董事会也会考虑到宋总家属的反对意见，另外从人情的角度出发，还要适当照顾宋总家属的情绪。"孟岩如实相告。

倪流明白了，如果他不事先签署转让协议，洪东旭就会采取拖延的战略，而且毫无疑问，洪东旭还会暗中鼓动宋国武继续闹事，在宋国武闹事和姐姐也会继续争夺继承权的前提下，他必定会陷入三方争夺战中，最终疲于应付。

洪东旭让他签署股份转让协议，是想以低价收购他手中的股份，趁机全面接管远思集团，是想充分利用他和姐姐、宋国武三方遗产之争的契机，横插一手，以强有力的商业手法以及雄厚的资本力量意欲单刀直入，达到利益最大化。

"这倒也是一件好事，股份变现的话，我一辈子就吃喝不愁了。"倪流三分得意，四分贪婪地笑了，"不知道洪总能出到什么价格？"

"价格好商量，只要先签署了股份转让协议，后面的事情就好办了。"孟岩没想到倪流只一个回合就动心了，事情这么好办就简单多了，"最低估计也在三亿左右。"

以远思集团现在的市值，百分之七十的股份少说也值十亿以上，孟岩报价三亿，并不是他压低价格，而是根据他的猜测，以及他本人对洪东旭为人的了解，虽然洪东旭口口声声说是倪流随便开价，但洪东旭不直接砍价到三分之一以下，他就不是洪东旭了。

所以，洪东旭顶多出到三亿的价格。

而且相信以倪流没见过世面的见识，三亿元的巨额财富，足以将他当场砸晕。

不料倪流只是淡淡地笑了笑，没再继续讨论价格问题，而是说道："孟律师，你是姐夫在公司最信任的朋友，站在你的立场上，你是建议我签署股份转让协议，还是不签？”

特意强调了孟岩是宋国文最信任的人，不提员工，而说是朋友，孟岩岂能不明白倪流的影射之意？他迟疑一下，脑中迅速权衡了一下得失，还是说道：“如果不签署，转让股份的事情可能会一直拖下去，甚至一年半载都可能解决不了。如果签署了，就可以顺利继承宋总的股份，哪怕在变现时稍微低于市值，但三亿元的巨额财富，也不是一笔小数目。”

倪流点点头，似乎动心了，他没有说话，若有所思地来到窗前，在窗前站定，凝望窗外的景色。

天寒地冻的襄都，和所有的北方城市一样，在冬天的季节里，灰蒙蒙一片，尽管雪后初晴的阳光很好，但雾气升腾，远处的高楼大厦在积雪的照耀下，呈现朦胧之美。

孟岩盯着倪流的背影，忽然间觉得倪流似乎比他26岁的年龄成熟了太多。

吴小舞抿着嘴，一脸的不情愿，对孟岩投去了敌意的一瞥，随后她的目光也落在了倪流的背影上，眼神中有期待、有不解，也有不满。洪东旭分明是想趁火打劫，想要低价收购倪流手中的股份，诚然，变现的话唾手可得三亿元的巨款，但远思集团百分之七十的股份市值十亿元都不止，三亿元？洪东旭真好意思开口！

虽说现在变现三亿元也不失为一个不错的选择，但以吴小舞对洪东旭的了解，先不说倪流若不答应签署转让协议会有什么严重的后果，就算倪流真的签署了转让协议，最终三亿元能不能到手还不好说，因为就她所知，远思集团现在现金流都没有三亿元，洪东旭又会从哪里弄来三亿元的资金支付给倪流？

说不定所谓的签署股份转让协议一事，本身就是洪东旭空手套白狼的阴谋，要的就是想瞒天过海，最终玩弄倪流于股掌之间。

如果倪流真的签署了协议，洪东旭将会成为宋国文意外死亡事件之中最大的赢家，倪芳和宋国武，甚至包括倪流，也许都将一无所获。

洪东旭赌的就是人性的贪婪，三亿元的巨款，谁都会动心。而且洪东旭的聪明之处还在于，他要充分利用倪流对远思集团的陌生以及对他的性格的不了解，躲在背后，精心算计，让倪流在被动而没有选择的情形之下，掉进他的圈套。

倪流也真是，他明明不了解远思集团，更不清楚洪东旭的为人，只听取了兰姣不到半个小时的情况汇报就自以为掌握了一切？不了解情况也就算了，还态度生硬地不让她说话，难道他只凭想当然就要做出决定？他也太强势，太不通情理了……

吴小舞不无幽怨地白了倪流一眼，想用眼神向倪流表示她的强烈不满，可惜的是，倪流却始终背对着她，并不回头。

倪流的沉默并没有持续多长时间，似乎只过了片刻，他就转过身来，对孟岩点头说道："孟律师，谢谢你的建议。请你转告洪总，我要好好考虑一下再给他答复。"

"好的。"孟岩如释重负地吐了一口气，"有没有一个大概期限？"

"我要先回一趟石门，估计要三五天时间。"倪流见孟岩一脸的紧张和期待，心中更加笃定，就继续说道，"姐夫进一步的尸检报告还要过一段时间才有确切消息，不急，等公安部的尸检报告出炉后，我再明确答复洪总也不迟，你说呢，孟律师？"

孟岩心中一阵失望，如果说洪东旭的手法是瞒天过海，那么倪流的对策就是缓兵之计，没想到呀没想到，倪流年纪不大，城府倒是挺深，面对三亿元的巨款，一点儿也没有迫切之意。

"慎重考虑一下也好。"孟岩只能顺着倪流的话向下说。

"如果……"倪流忽然又莫名其妙地笑了一下，"如果我非要坚持现在就办理股权交接手续，孟律师，从人情上来讲，你没有理由拒绝；从法律上来讲，你又该怎么说？"

"我……"孟岩一时语塞，倪流的话含沙射影，明显是影射他立场不够坚定。确实，虽说洪东旭拒绝倪流的理由冠冕堂皇，但从法律上来讲，洪东旭的理由站不住脚，如果倪流懂法并且洞悉洪东旭的手段有商业欺诈的嫌疑，而且如果他再足够聪明的话，他完全可以采取相应的对策反制。

而且，孟岩身为律师，原本可以不顾洪东旭的决定而坚持为倪流办理股权交接手续，毕竟说到底宋国文的遗产转交只是私人馈赠，是私事，远思集团也好，洪东旭也罢，都无权干涉。不过他却没有这么做，原因不言而喻，在目前形势不太明朗的前提下，他不敢违背洪东旭的意志。

其实孟岩并不认为倪流可以理智到面对三亿元巨款的诱饵而不上钩，也不认为倪流足够聪明到可以看清洪东旭瞒天过海的手法，站在他的立场上，他也不会明确地告诉倪流洪东旭的真正用心，却没有想到，倪流在被洪东旭牵了鼻子的表象之下，似乎还有一双拨云见日的慧眼。

"不难为你了，孟律师，人走茶水凉，人死人情空，我理解你的立场。"倪流叹了一口气，拍了拍孟岩的肩膀，"有两件事情，一是在我和洪总面谈之前，我想先一直开着姐夫留下的奔驰ML350；二是这段时间让吴小舞以公司行政秘书的身份和我在一起，也好等公安部的尸检有了结果，我和小舞可以随时来公司办理手续。”

孟岩心中说不出来是什么滋味，倪流没有强行要求他为他办理股权交接手续，只提出了两个微不足道的条件，让他心中一块巨石轰然落地。如果倪流非要不顾一切要求他办理股权交接手续，他还真不知道该怎么办才好。不办，对不起宋国文的在天之灵，辜负了宋国文对他的一腔信任。办，他就会自绝于公司，让洪东旭将他打入冷宫。

更不用提有可能到手的百分之七的股份。

“好说，好说，这两件事情，都没有问题。”孟岩一口答应下来，“钥匙在董事长办公室，沈主任会亲自送过来。”

宋国文的奔驰车在倪流进看守所之后，被收归了公司，暂时由公司保管。奔驰车登记在远思集团名下，本来就是公司的财产。

等孟岩的身影消失在门口，吴小舞憋了一肚子的话终于有机会说出口。

“倪流，你太过分了，你不尊重我！”吴小舞站在倪流身前，胸口一起一伏，脸微微涨红，气呼呼地说道，“你应该听听我的意见再做出决定，这么大的事情，你怎么能这么草率就答应了洪东旭？你为什么不要求孟岩马上为你办理股权交接手续？”

倪流坐在沙发上，不理会吴小舞的指责，一副泰然自若的姿态，他的目光落在宋国文的座椅上，摇头一笑，说了一句很诗意的话：“这么近，那么远……”

吴小舞愣了一愣，忽然又心头火起，伸出右手在倪流面前晃了一晃：“倪流，我在跟你说话呢，你不要无视我的存在！”

“小舞，以后在我面前你记住一件事情……”倪流缓缓地站了起来，“我做出决定的时候，你不要插嘴，更不要影响我的思路。我才是发令者，而你，却是执行者。”

吴小舞后退几步，似乎一下没有接受倪流身份的转变，就如一转眼间，倪流由一个无名小卒变成了高高在上的董事长，他身上蓦然迸发一股毋庸置疑的气势，虽然微弱，却是让人无法直视的威严。

第十三章

各凭本事

什么时候倪流变得这么盛气凌人了？吴小舞一阵心慌意乱，不知道是该继续和倪流顶撞，还是后退一步了事。尽管从心理上来说，她并不怕倪流，哪怕倪流真的一步登天当上了远思集团的董事长，她也不会如敬畏宋国文一样敬畏倪流，在她看来，和她风雪同行的倪流并不是她的上司，而是可以和她同甘苦共患难的伙伴。

现在她心中的伙伴却要摆出压她一头的姿态，联想到兰姣主动向倪流靠拢的举动，吴小舞心中一阵悲哀，倪流也不过是一个人 阔脸就变的俗人罢了！她一咬牙，将脸扭到一边，强忍心中的失望，不再多说一句话。

注意到了吴小舞情绪变化的倪流岂能不明白吴小舞心中所想？他其实是有意为之，就是想在吴小舞面前树立应有的权威，以征服吴小舞为开端来验证他是否可以战胜即将面对的一系列困难！

是的，继承宋国文名下的全部股权和债权，远比他想象中的艰难，甚至艰难百倍以上。不提姐姐的坚决反对，就是宋国武如果一直没完没了地扯皮下去，就足够让他疲于应付了，更不用提还有一个老谋深算躲在背后的洪东旭了。

宋国文的遗产就是照妖镜，在照妖镜下，魑魅魍魉全部现形了，只不过有的明目张胆，以无耻求财；有的老谋深算，以精明贪财。不管是哪一种，归根结底都是为了宋国文名下庞大的财富。

如果宋国武及宋家算一方，姐姐和宋家斌算一方，洪东旭也算一方，再加上他，四方混战争夺遗产，战况比他想象中惨烈多了。倪流心中一阵苦笑，莫非姐夫早就预料到了这样的局面，所以才会突发奇想将股权留给他，只为了让遗产争夺战多一分变数？

摇了摇头，倪流又否认了他的猜想，姐夫当时人之将死，其言也善，应该不是为了恶趣味才立下这么一个遗嘱，那么是否可以说，姐夫就是为了防范洪东旭从姐姐手中巧取豪夺骗走股份，才故意立下遗嘱要他继承，是要让洪东旭知难而退？

只不过第一个回合，洪东旭别说知难而退了，显然根本就没有将他放在眼里，认为只凭三亿元的巨大馅儿饼就可以让他缴械投降，他真的这么好骗？真的这么幼稚？真的这么目光短浅？

倪流暗暗摇头，以洪东旭对他的了解，显然不如宋国文。

当然也必须要承认的是，洪东旭确实是一个强大的不容轻视的对手，毫不夸张地说，洪东旭不但是他能否顺利继承股权的关键人物，也是他最后能否全面掌管远思集团的拦路虎，不管走到哪一步，他都绕不过洪东旭这座大山。

倪流现在愈加清楚了一点，他想要尽快从遗产争夺战中杀出重围，轻装上阵对战洪东旭，就必须迅速让自己成长壮大起来，不能再和从前一样只是纸上谈兵了，而是要从理论上升到实战的高度，要学会见招拆招，并且在时机成熟时，还要变被动为主动，提前出招才行。

收服吴小舞就是他实战之中的第一个例子，毕竟吴小舞和他关系最近，他也最信任吴小舞，就算有误伤，相信也能够得到吴小舞的原谅。

吴小舞身上藏了不少秘密，别看她年轻，但她优雅的气质和得体的举止，可不是与生俱来的，而是在日常生活中点滴养成，再者经过几天的接触，倪流越发肯定，宋国文重用吴小舞，除了吴小舞的气质优雅之外，应该还有某些不为人所知的考量，究竟是什么，还有待他去发现。

倪流对他和吴小舞关系的定位是，明确上下级关系之外，同时还是有限的同盟。对，倪流在心中强调了“有限”，他必须在吴小舞面前确立应有的权威，才能让吴小舞对他紧紧跟随，而不是和他若即若离，甚至有可能在关键时刻背叛他。

孟岩都会为了潜在的利益而违背一个律师的神圣职责，不为他办理股权交接手续；吴小舞不过是一个涉世未深的漂亮女孩，如果洪东旭发现了她的巨大价值所在，对她进行利诱的话，倪流不敢确定吴小舞的底线会有多低。

每个人都可以用价值衡量，不管是谁，都会有一个心理价位，倪流不愿意去恶意猜测吴小舞，但如果能做到防患于未然当然更好。

等了几分钟后，沈学良来了。

作为董事长办公室主任，不用想，沈学良应该是宋国文在远思集团最信任的人之一。现年40岁的沈学良，瘦高个儿，长脸，长头发，已近中年的他脸上还残留着青春痘的痕迹，似乎在向外人昭示他曾经拥有过异常躁动的青春。

“小倪，不好意思，我来晚了。”沈学良热情地和倪流握手，解释说道，“本来我早就应该过来了，不巧刚刚有事情被唐副总叫去了，一直说到现在。”

“唐副总？”倪流对沈学良的第一印象不错，听到沈学良直接说明了来晚的原因，等于是向他透露了唐简水也在私下运作，他心如明镜，洪东旭堵孟岩的退路，唐简水做沈学良的工作，等于是双管齐下要完全断了他的后路，当下只是微微一笑说道，“洪总和唐副总日理万机，都是大忙人，不但要稳定军心管理公司，还要忙姐夫的身后事，操心姐夫的遗产归属问题，真不容易。”

沈学良眼中一丝惊讶一闪而过，他听得出来倪流话里有话，显然是猜到了唐简水找他所为何事，不过倪流猜到归猜到，唐简水对他的暗示，他也不便对倪流明说，顺手递上了车钥匙：“出了这样的事情，洪总和唐副总都心急如焚，现在公司上下人心惶惶，都担心公司以后的发展，洪总和唐副总为了稳定大局，也做了大量工作。”

倪流接过车钥匙，点头说道：“沈主任也辛苦了。”

“我不辛苦，都是分内事。”沈学良不经意看了吴小舞一眼，伸手推开了房门，“我送你下去，车停在了地下停车场，你可能找不到。”

倪流当下也不推托，猜到沈学良送他下楼是另外有话要说，就冲吴小舞说道：“小舞，一起下楼。”

吴小舞本来对倪流还有三分气，不过见他若无其事的样子，再加上是在沈学良面前，她不好拂倪流的面子，就微一点头，一拢头发，当前一步走在倪流和沈学良面前，以一个秘书应有的职责，前头带路。

来的时候，倪流穿过走廊，被无数员工瞩目，仿佛他是即将一步入主远思集团的大人物一样；走的时候，他依然穿过走廊，所有员工都埋头工作，无视倪流的存在，仿佛他是一个无关紧要的小人物一样。

毫无疑问，关于倪流有可能入主远思集团的传闻，在强有力的行政力量的干预下，流言迅速平息了，放眼整个远思集团谁有如此权威？除了洪东旭、唐简水之外，就只有一个人有这么巨大的能量了——执行董事兼财务总监王骏群！

好嘛，铁三角联合出手了，果然非同凡响，洪东旭躲在幕后遥控孟岩不为他办理股权交接手续，唐简水出手安抚沈学良，王骏群暗中出手平息传言，三人为了阻击他入主远思集团，分工协作，三位老前辈同时出手对付他一个后生晚辈，还真是看得起他。

倪流暗中摇头，洪东旭未免太看得起他了，如此兴师动众地防患于未然，就是为了不让他顺利接手远思集团，由此可见，洪总想坐上董事长的宝座的想法由来已久，这是一次千载难逢的机会，他肯定不会错过，是要志在必得了？

他说什么也得让洪总如愿了才好。

下楼的时候，一边走，沈学良一边说话，都是一些闲话，主要是问倪流工作、生活以及有没有女朋友，似乎是在聊家常，但话里话外还是有不少暗示，在暗中向倪流透露了一些消息。

“倪流，我跟了宋总十几年了，他走得太突然，让人一下接受不了，公司上下现在都乱成一团了，你也看到了，洪总、唐副总和王董事，都忙得不可开交，顾不上见你，你也别放在心上。

“先回石门处理一下手头的事情，顺便冷静一下，理清一下头绪，对你来说也是好事。你还年轻，人生的道路还很长，眼下的事情是一个关口，是顺着走、逆着走，还是绕着走，一定要考虑清楚了再做决定，别急着承诺什么……

“你在市政一公司的设计工作也不错，不能丢，处了几年的女朋友，肯定感情也很深厚了，要珍惜。”沈学良絮絮叨叨，就如一个长辈一样对倪流苦口婆心地说教，说了一大通之后，到了楼下的停车场，他自嘲地一笑，“我是不是太唠叨了？你别嫌我烦，倪流，我当你是晚辈，不想你走弯路，人生呀，都有走到路口左右为难的时候，我比你大了十几岁，经历的事情、见过的人比你多一些，就是想给你一个忠告……”

倪流站在奔驰车前，一脸肃然：“沈叔叔的话，在理，我都记在心上了。有什么忠告，沈叔叔请讲，我洗耳恭听。”

沈学良见倪流不卑不亢，态度很上路，他心中对倪流又多了几分信心，点头说道：“远思集团是一潭浑水，你还年轻，最好不要下水。要是我，会报一个四亿的价格直接变现了股份，然后转身走人。”

倪流饶有兴趣地问道：“沈叔叔，为什么不报五亿？”

“三亿低了点，和远思集团的市值不符，五亿高了点，而且没人出得起，四亿折中，既能显示出你想转让股份的诚意，又不至于吃亏太多，是最有可能成交的价位。”

“谢谢沈叔叔。”倪流伸手和沈学良握手，“我好好考虑一下。”

沈学良和倪流握了握手，随后拍了拍倪流的肩膀，又转身看了吴小舞一眼，挥手走了。自始至终，他都没有和吴小舞说上一句话。

倪流发动汽车，转动方向盘，轻巧地驶出地下停车场，在汽车跃出出口的一瞬间，阳光迎面照入眼帘，让他下意识地闭上了眼睛。

“小心！”在倪流闭上眼睛的一瞬间，坐在副驾驶位上的吴小舞突然发出了一声惊呼。

汽车的速度并不快，倪流也算是开车高手了，从地下停车场驶出，又是上坡，时速不会超过二十公里，而且他还及时收油门，脚也放到了刹车上，在他闭上眼睛之前就依稀看到车前人影一闪，听到吴小舞的惊呼之后，就更加肯定刚才的一晃不是错觉，而是确确实实有人不长眼睛站在了地下停车场的出口。

远思大厦的地下停车场虽说不是远思集团的专用停车场，但远思大厦除了远思集团之外，再无其他商家入住，基本上就和远思集团的专用停车场没有区别，因此，停车场的入口和出口，都是远思集团的员工值守，通常情况下，在地下停车场停车和取车，都会走电梯，没人会闲着没事步行进出入口和出口。

倪流一惊之下顾不上多想，一脚踩下刹车，直接踩死，感受到脚上传来的ABS启动时的反弹，听到耳中传来刺耳的刹车声，再睁开眼睛时，看到汽车直朝几米开外的人影直直撞去，他心中只有一个念头，汽车能不能刹死，只有听天由命了。

还好，在距离人影只有咫尺之遥眼见就要撞上时，汽车终于刹住了！

“妈的！”倪流忍不住骂出了一句脏话，“想死去撞火车，撞汽车算什么本事？就算撞汽车，也别挡大爷的路！”

吴小舞惊魂未定，乍听到倪流既骂脏话又自称大爷，一时惊讶得张大了嘴巴，不认识一样看向了倪流。

倪流被吴小舞的表情又逗乐了，呵呵一笑：“怎么了，没见过我发火？也是，你才认识我多久，等着，以后有的是机会让你认清我的本来面目。”

话一说完，倪流推门下来，气势汹汹地来到车前——和所有人一样，倪流也有路怒症，平常他很会伪装，一旦开车，就会控制不住情绪——正要骂对方几句时，蓦然愣住了。

第十四章

埋下伏笔

站在车前，一脸漠然外加三分嚣张的平头男人不是别人，正是宋国武！

宋国武比宋国文小了10岁，今年33岁，比倪流大了7岁，或许是平常养尊处优惯了，他保养得很好，肤色白净、气色健康，乍一看好像不到30岁一样。

如果和宋国文并排站在一起，宋国武白净的肤色和傲然的气势与宋国文满脸的疲惫相比，他倒更像是一名要风得风、要雨得雨的亿万富翁。

也是，宋国文长年累月在外奔波，为了远思集团殚精竭虑，基本上一年到头就没有一天休息的时候。而宋国武每天上个悠闲的小班，每月都可以从宋国文手中要到几万到十几万不等的零花钱，房子是宋国文买的，汽车是宋国文送的，工资不动，算下来每年从宋国文手中或要或拿或以种种理由到手的额外收入少说也有几十万甚至上百万，他的日子过得能不舒坦?

都知道宋国文是襄都首富，却没人知道，宋国文累死累活创立了远思集团，最受益的人不是他的妻子和儿子，也不是他的父母，而是他的兄弟宋国武！

宋国武长得和宋国文有五分相似，当然，只是相似，却没有神似。宋国文虽然比宋国武憔悴并且显得苍老了许多，但他眉宇之间流露出来的逼人气势远非宋国武纨绔子弟的气势所能相比，毕竟，宋国文是白手起家，一步步靠自己的双手赤手空拳打来的天下，而宋国武在远思集团发展壮大的过程中又做过什么?

什么都没有，除了无休止地向宋国文伸手要钱之外，他就是一个好吃懒做、一无是处的米虫罢了！如果不是有一个亿万富翁的哥哥，宋国武又算老几?

宋国武的幼年在贫困交加中度过，宋家的家境很不好，工人出身的宋山河工资低微，勉强只够养家糊口，所以小时候宋国武经常穿宋国文剩下的衣服。宋国文对比他小10岁的弟弟也是格外疼爱，总觉得让弟弟从小到大吃了许多苦，所以在宋国文发达之后，他对宋国武近乎无条件的迁就之中，未尝没有补偿宋国武的心思。

也正是宋国文的迁就和纵容，才让宋国武在由一名穷小子一跃成为襄都首富的弟弟之后，一改以前的老实巴交、唯唯诺诺的性格，处处以襄都第一富二代自居，俨然忘记了自己的穷苦出身，正应了一句“人一阔脸就变”的老话。

倪流在最初的震惊过后，迅速调整了情绪，双手抱肩，微微一笑：“我还以为是谁，原来是国武，怎么有时间来停车场出口闲逛了？幸好我技术好，要不刚才非得撞了你不可。以后你要是没事干了，别在停车场出口转悠，万一撞了车就不好了，没事想消化的话，还是大街上宽敞，是不是？”

吴小舞没有下车，她对倪流还有三分火气，以她藏不住事情的脾气，打算一上高速就和倪流说个清楚。在宋国文遗嘱争夺战中，她可以站在倪流的一方，但前提是，倪流必须给予她应有的尊重，不能对她呼来喝去，也不能当她是只供摆设的花瓶。

坐在车内见到倪流和宋国武狭路相逢，她也没打算下车帮助倪流，如果倪流连一个宋国武都对付不了，倪流还想战胜洪东旭等人？门儿也没有。吴小舞就想，就当宋国武是倪流面临的第一道考验好了。

奔驰车的隔音性能很好，倪流的声音传来，听上去瓮声瓮气十分遥远，但还是能听得清楚，吴小舞差点没有“扑哧”一声笑出来，没看出来，倪流还有蔫坏的一面，上来对宋国武就是一顿冷嘲热讽。

笑归笑，吴小舞还是余气未消，不过和刚才她对倪流一肚子气相比，现在她悠闲地抱起双肩，摆出一副隔岸观火的姿态，想看看倪流怎么摆平宋国武。

倪流当然不知道吴小舞在车内是抱着看他笑话的心态坐山观虎斗，他只是若无其事地笑了笑，然后好整以暇地等宋国武出手。

宋国武等在地下停车场出口，当然不是没事转悠来了，而是专门在等他，倪流心里清楚得很，宋国武习惯了伸手要钱，不管宋国文的股份是由他继承还是由姐姐接手，以后都没宋国武什么事情了，宋国武断了财路，每年少收入几十万甚至上百万，必然要不惜一切手段想从中分一杯羹。

“倪流，少装蒜，你巴不得刚才一下撞死我，是不是？”宋国武气势汹汹，一步冲到倪流身前，伸手就拎住了倪流的衣领，用力向上一提，“就凭你一个外姓，还想吃了宋家的财产，信不信我现在就灭了你？”

倪流常年在工地上工作，风吹日晒不说，还扛着几十公斤的测量仪器东跑西跑，再加上他天天早起锻炼身体的习惯，他的身体素质一流，体格极棒，不是宋国武豆芽菜一般的体格所能相比的。

“念在你是我姐夫的弟弟的面子上，宋国武，我数到三，你马上松手，否则的话……”倪流不慌不忙，伸出三根手指在宋国武眼前一晃，“一……”

“否则的话你能怎么样？”宋国武恶狠狠地说道，目露凶光，一扬左手，朝倪流当胸一拳打来，“你没有资格抢宋家的财产，倪流，这是我对你的第一次警告！”

“啊！”吴小舞没想到宋国武说打就打，眼见一拳打在了倪流的胸膛上，她吓了一跳，紧张地闭上了眼睛，心怦怦直跳。虽说她气愤倪流对她居高临下的态度，但宋国文的突然死亡事件以及几天来形影不离的相处，已经让她的命运和倪流无法抗拒地绑在了一起，而在内心深处，她也在不知不觉对倪流产生了依赖心理。

由于距离过近，倪流没能躲开宋国武的当胸一拳，被他打个正着，也别说，看似手无缚鸡之力的宋国武打人的时候，力气倒也不小，打得倪流胸口生疼。

倪流火了，他本来不想和宋国武拳脚相向，说实话，他以前在工地上常和工人混在一起的时候，也没少打架，偶尔喝多的时候，拎起酒瓶也敢砸人，不过今非昔比了，和洪东旭初次过招后倪流才知道，真正的高手之间的过招是智慧的碰撞，而不是拳打脚踢地比拼一身蛮力。

不过被人欺负到了头上，他也不能服软，倪流当即双手按住宋国武拎住他的衣领的右手，一弯腰，双手向下一压，宋国武的右手就被反向扭下，顿时疼得宋国武一咧嘴，身子就如虾米一样弓了起来，汗水瞬间就流了下来。

“哎呀，哎呀，倪流，你……你娘的快放手！”宋国武被倪流一招制住，不肯服输，仍然嘴硬。

倪流的手法是他跟工地上一名工人学的大擒拿手，虽说不是什么如大鹏展翅一样的名招，但胜在实用性强，实战效率高。

一招制敌，倪流肯放手才怪，手上稍一用力，不无威胁地说道：“宋国武，你打人在先，骂人在后，我是被迫还手，而且还没有骂你一句，想让我放开你？可以，先向我道歉！”

“你……”宋国武现在手腕被倪流压制，弯着腰、撅着屁股的姿势不雅观倒没什么，手腕钻心的疼痛让他受不了，他自恃高倪流一等，又觉得倪流跟他争夺宋家遗产本来就理亏，没想到反被倪流制住并且要他向倪流道歉，他脸面上挂不住，就说，“放你的狗屁……”

话未说完，倪流手上再次用力，宋国武疼痛加巨，再也不敢嘴硬了，忙不迭地求饶："哎哟，哎哟，倪流，松手，快松手，我错了，我向你道歉！"

倪流默然一笑，松开了手，宋国武色厉内荏，看似盛气凌人，但掩盖在气势汹汹的表象之下，其实他的底线很低。和宋国武的交手，除了拳脚上的碰撞之外，也是一次气势上的交锋。

宋国武脱困之后，立刻跳到一边，左手握着右手手腕，对倪流怒目而视："倪流，你有种，你等着，我和你的事情……没完。"

"宋国武，有件事情我有必要提醒你一下。"倪流笑眯眯地说道，笑容就和灿烂的阳光一样直晃人眼，仿佛他真的是出自好心一样，"我知道你很恨我，认为我想抢远思集团，不过我告诉你，姐夫留下遗嘱把股份转让给我，是出于长远的考虑。"

"你别花言巧语了，倪流，我也告诉你，除非你主动放弃继承股份，否则，我死也不会让你称心如意。远思集团姓宋，不姓倪！"宋国武怒不可遏，如果不是刚才被倪流一招制服，说不定现在还会扑上来对倪流拳打脚踢。

也是，作为遗嘱中指定的继承人，倪流的存在就如一座大山阻拦在宋国武面前，让他一心想拆分远思集团的梦想很难实现，保守估算，宋家就算得到宋国文名下一半的股份，市值也超过了五六个亿。

因为倪流的存在而让宋国武成为亿万富翁的梦想落空，说心里话，如果不是他打不过倪流，能打过的话，他杀了倪流的心都有。

倪流不理会宋国武的愤怒，他依然一脸笑容地说道："远思集团以前是姓宋，以后不管是姓宋还是姓倪，终究是肥水不流外人田，但万一姓了洪，宋国武，你别说还想拆分远思集团了，怕是连进远思集团大门的机会都没有了。"

"胡说！"宋国武不信倪流的话，"倪流，你别想混淆视听，洪东旭是好人，他才不和你一样想霸占我哥的股份，他让我来公司，就是想和我商量一下怎么处理遗嘱问题……"

洪东旭是好人？洪东旭当然是好人，而且还是天大的好人！倪流心中一阵冷笑，洪东旭前脚刚让孟岩向他暗示签署一份股份转让协议就可以顺利办理股权交接手续，后脚就请宋国武来公司商议对策，显然是想双管齐下，充分利用宋国武争夺遗产心切，想要把水越搅越浑，然后他就可以从容不迫地坐在远思大厦第十五层的办公室里，居高临下地欣赏一出宋国武、倪芳和倪流三方混战的好戏。

等到三方打得你死我活不可开交时，洪东旭再出面调停，摆出公正的姿态，以主持正义之名，得鹬蚌相争，渔翁得利之实。

想通其中的环节，倪流暗暗摇头，遗产争夺战的三方之中，恐怕除了他之外，宋国武就不用说了，姐姐估计也会被洪东旭蒙蔽，一步步迈进洪东旭的圈套。

“国武……”倪流知道宋国武不可能相信他的话，但如果任凭洪东旭从中挑拨离间，不但让他处处被动，也显得他很无能，他很有必要效仿洪东旭，也利用一下宋国武的简单和贪婪，为洪东旭设置一个难题，“国武，不管你信不信，有一句话我还是要说，你也好，姐姐也好，也包括我，我们争来争去，都是家人之间的争夺，最后远思集团是姓宋还是姓倪，终究还是在姐夫的亲人手中，但如果最后姓了别的姓，比如说，万一姓了洪，你觉得以后远思集团的大门，还会随时为你敞开吗？如果又是在你的帮助下，远思集团才改了姓，你对得起姐夫的在天之灵吗？”

“倪流，你别为自己开脱了，说一千道一万，除非你主动放弃继承权，否则你说的话，都是屁话，都掩盖不了你想霸占宋家财产的狼子野心。”宋国武瞪着一双喷火的眼睛，气呼呼地说道，“你真不要脸，明明是你害死了我哥，逼我哥立下遗嘱，却还想栽赃陷害洪东旭，你的良心让狗吃了，你真不是人！我警告你，今天的事情只是第一次，下一次再遇到我，别怪我六亲不认。还有，如果公安部的尸检报告查出我哥是被人害死的，你就等着吃子弹吧！”

倪流摇了摇头，算了，宋国武现在已经失去了理智，和他讲不通道理，不过他相信，刚才的一番话也会在宋国武的心中留下疙瘩。

第十五章

迂回之计

“随便你信不信，我反正仁至义尽了，你也是聪明人，应该明白一个道理，世界上没有无缘无故的爱，同样，也没有无缘无故的帮助，有些外人表面上热情地帮助你，你要想想，别人帮助你，肯定是想得到什么，不会是不图回报的爱的奉献！洪东旭不是你哥，也不是你的亲人，他为什么要无条件帮你？你自己好好想想。”倪流说完，冲宋国武摆了摆手，转身上车。

宋国武站在原地愣了片刻，似乎想了想倪流的话，似乎又没想，冲倪流示威一样扬了扬胳膊，转身走了。

“我觉得你的话起不了多大的作用，宋国武宁肯相信洪东旭，也不会相信你。”倪流一上车，吴小舞就提出了她的看法，“你说了这么多，浪费表情，白费口舌。”

“不会！”倪流信心十足地笑道，“也许现在宋国武对洪东旭深信不疑，不过狐狸的尾巴总会露出来，洪东旭如果真对股份没什么想法的话，我还真敬重他的为人，只可惜，和我相比，他才是一门心思想要一口吞下远思集团的最大黑手。既然他想低价收购姐夫名下的股份，那么他的意图早晚会被宋国武察觉。宋国武笨是笨了点，但不是傻瓜，谁想侵占他的利益，他就会和谁翻脸。”

“那你又算什么？”吴小舞斜着眼睛，侧着身子，头靠在车窗上，一脸俏笑，“你不是也想要接手远思集团？你是宋总的亲戚不假，但对远思集团来说，你是一个不折不扣的外人，如果按远近亲疏排序，相信远思集团的大部分员工都更愿意让洪东旭接手远思集团。”

“我是为了遵循姐夫的遗愿，要不，我才不愿意蹚这浑水。”倪流一边说，一边发动了汽车，汽车驶离了远思大厦，向右一拐，就驶入了诚实大街，“不过话又说回来，男人的一生就是奋斗的一生，既然有一个大好的机会摆在面前，不紧紧抓住，就太对不起自己了。”

“话说得挺不错，就是不知道你心里到底是怎么想的。”吴小舞成心气倪流，“知人知面不知心，有句老话说‘人一阔脸就变’，可是有些人还没有阔起来就开始变脸了，等他真阔了之后，不知道尾巴会不会翘到天上去？”

倪流听出来了吴小舞对他的不满，也清楚吴小舞对他不满的原因是什么，他也不点破，嘿嘿一笑，脚下油门一点，汽车猛然提速，飞速朝高速公路进发。

阳光明亮得有些耀眼，落在路边随处可见的积雪上，更加刺眼了几分。大街上的积雪几乎清扫干净，只有阳光照不到的角落和树下还有厚厚的积雪，在提醒倪流一个事实，几天前的一场大雪并不是一场大梦，而是不可逃避、无法回头的人生巨变。

确确实实是人生巨变，倪流一时感慨万千，尽管手中手感极好的真皮方向盘在提醒他一个事实——他在驾驶一辆百分之六十的男人都梦寐以求的奔驰，但他心中此时却没有激动和兴奋，只有沉静和沉重。

“真要回石门？”吴小舞以为倪流对孟岩说要回石门一趟，只是随口一说，现在汽车一路向东直奔高速公路而去，她不解地问，“回石门做什么？现在主战场在襄都，石门除了有远思集团的一家办事处之外，什么都没有！”

“谁说石门什么都没有？”倪流神秘地笑了笑，“远交近攻，也许石门还真有突破口。现在留在襄都只能当洪东旭的靶子，说不定还会被洪东旭当成支点来利用，不如远离是非之地，也好落一个逍遥自在。”

“我呸……”吴小舞被倪流的卖弄气笑了，“还逍遥自在？远思集团百分之七十的股份到底能不能落到你头上还不一定，我不相信你有心思去逍遥，骗人不打草稿。”

话一说完，吴小舞才意识到她的言语过于亲昵了，不由脸一红，扭头不看倪流了。

阳光透过车窗落在吴小舞的脸庞上，红润如梅、娇艳如云。或许是看到了一丝曙光的缘故，从看守所出来后，她一改之前的憔悴和不安，恢复了应有的青春活力，整个人也光彩了几分。

倪流笑了笑：“我骗谁也不会骗你，回石门，是缓兵之计，也是瞒天过海之计，一箭双雕、一石二鸟、一举两得，绝对会有出人意料的收获。”

“骗谁都不会骗我？谁信你！”吴小舞噘了嘴，娇憨之态毕露，“刚才在宋总办公室，你凶得跟头熊一样，还没有坐上董事长的位子就摆起了架子，等有一天你真的担任了远思集团的董事长，说不定连我是谁都不认识了，眼里只有兰姣了。”

倪流无声地笑了，吴小舞既是怪罪他对她不够尊重，又埋怨他接受兰姣的靠拢，语气中多少有几分吃醋的意味，一个女孩对一个男孩的举动有了吃醋的表现时，就证明她对他有了好感，这么说，吴小舞对他动心了？他解释说道：“兰姣比你更了解远思集团的现状，听听她的工作汇报，有益而无害。兰姣是兰姣，你是你，不能相提并论。”

“怎么不能相提并论了？不都是小秘书吗？在你眼里，还能有什么区别？”吴小舞不看倪流，眼睛跳跃地看向窗外，三分心虚，三分不满，四分期待，“我又不了解你，谁知道你到底是一个什么样的人，万一我现在帮你，却所托非人，等你大权在握之后，一脚把我踢开，我能有什么办法？难道还能告你不成？”

“哈哈……”倪流哈哈大笑，吴小舞的女孩心思流露无余，让他一时心情大好，男人嘛，都喜欢被人依赖的感觉，“小舞，你想要我什么承诺？”

“男人的承诺都和雪一样，见不得阳光，保鲜不了多久。”吴小舞愣了片刻，摇头说道，“我也不强求你什么承诺了，我凭本心做事，会尽力帮你顺利继承宋总的股权，对得起自己的职责，也对得起宋总的在天之灵就足够了。”

聪明，倪流点头赞叹，真正聪明的女孩懂得适可而止的道理，不向男人提出不合理的要求，甚至不提任何要求，只是默默地做好应做的一切，沉默的付出永远比高调的索求更有打动人心的力量。

“我会记住你的好，小舞，你放心。”倪流一改嬉皮笑脸的形象，一脸认真地说道，“所有给予我帮助的人，我都会回报以感谢。”

“我会记住你的话。”吴小舞仰起脸，阳光过于明亮，她微微眯了眼睛，长长的睫毛跳动，就如一个美不胜收的梦境，“我只希望你记住一点，在你风雪兼程的时候，是我陪在你的身边；在你再次踏上征程的时候，还是我陪在你的身边。”

车内暖气开得很足，吴小舞脱了外套，被毛衣紧紧包裹的身材呈现出横看成岭侧成峰的玲珑曲线，而她胸前浑圆的山峰傲然挺拔，更有一种呼之欲出的美感。从侧面望去，她高挺的鼻子、光洁的脸庞以及饱满的额头，就如一朵雪山上的雪莲，冰清玉洁并且娇美如玉。

吴小舞也注意到了倪流对她的注视，她微微羞涩地低下了头，想扭过头去以躲避倪流的目光，又不想让倪流失望或是多想，脸上的红润就慢慢扩散，仿佛一朵次第绽放的鲜花，一时之间，车厢内的气氛旖旎而暧昧，而如水一般流淌的钢琴曲，又无形中增加了几分浪漫的情调……

突然，倪流的电话不合时宜地响了。

是一个陌生的号码，倪流迟疑一下接听了电话。

“喂，倪流，我是林凝欢。”话筒中传来一个女孩洪亮的嗓门儿。

“谁？”倪流一下没想起林凝欢是谁。

“你的小学女同桌，经常被你欺负的那个黄毛丫头。”林凝欢为倪流没能记住她而愤愤不平，“太过分了，小学时你欺负了我整整三年，结果长大后忘得一干二净，你真没有道德。”

原来是大眼睛护士林凝欢，倪流无语了，忘记了小学女同桌和有没有道德风马牛不相及，怎么也能扯到一块儿？林凝欢怎么就知道他的电话了？他无奈地笑了一笑：“好，好，是我的错……林大小姐有何贵干？”

“你都不记得我是谁了，真不想管你的闲事，不过不告诉你，心里又过意不去，算了，倪流，你得记住，你欠我一个人情。”林凝欢似乎从来不会轻言细语说话一样，声音不但洪亮，而且语速极快，“你现在在哪里，我和你见面说吧。”

“我……”倪流一时犹豫，林凝欢也不说有什么事情，直接就要和他见面，他现在已经出了市区，马上就要上高速了，万一林凝欢没什么正事，他返回去岂不是耽误时间，想了一想，索性实话实说，“我在高速口，估计离你很远。”

“巧了，我离高速口五分钟的路程，你先别上高速，等我。”林凝欢不管倪流答应不答应，直接就挂了电话。

得了，等就等吧，倪流没办法，只好靠边停车。

相比之下，吴小舞却对林凝欢的意外出现持欢迎态度，她下了车，舒展了一下腰身，对倪流说道：“其实你这个小学女同学人挺好，对你很热情，直觉告诉我，她在你能不能顺利继承宋总的股权事件中，会起到意想不到的促进作用。”

“就她？”倪流摇了摇头，“饶了我吧，她一个局外人，能起到什么意想不到的促进作用？小舞，我敢打赌，你的直觉肯定不准。”

“打赌就打赌，说吧，赌什么？”吴小舞站在路边，呵着手跺着脚，怕冷的样子像一个可爱的小女生，她兴趣颇高，“要不，赌五百万？”

“五百万？”倪流一愣，不以为然地笑了笑，“你有五百万还是我有五百万？”

“应该说，你有，我也有。”吴小舞得意地一笑，“五百万本来该属于你，但现在在我手中，如果你打赌赢了，我就还给你。如果你输了，对不起，暂时还得由我保管一段时间。”

“你哪里来的五百万？偷的还是抢的？”倪流又惊又喜，惊的是，吴小舞不像是说谎，但问题是，她怎么可能有五百万？喜的是，他想回石门以迂回之计打开局面的策略，如果有一笔启动资金的话，可以收到事半功倍的效果。

“笨！”吴小舞笑得很灿烂，背着手，眯着眼，“既然你忘了，我偏不告诉你，就问你一句话，敢不敢和我打个赌？”

“敢，怎么不敢？”倪流微微愣了片刻，想起了什么，心领神会地笑了，“好吧，如果林凝欢真的在遗产风波中能起到一定的促进作用，那么就是你赢了，五百万就归你保管，我想动用，必须事先征求你的批准。如果你输了，那么五百万就由我全权处置，你无权干涉。”

“行，一言为定！”吴小舞伸手和倪流击掌，在手掌和倪流的手掌即将接触的一瞬间，她又收了回来，伸出了一根小拇指说道，“不击掌为盟了，就拉钩为誓吧。”

淡白如玉的小拇指在倪流眼前晃动，隐隐一股沁人心脾的清香传来，倪流深深吸了一口，沉浸在吴小舞的女人香中，伸出小拇指和吴小舞拉钩。

“拉钩上吊，一百年，不许变。”吴小舞的声音在凛冽的寒风中，微微颤抖，但或许正是因为颤抖才显得格外真实而宝贵。

倪流和吴小舞小拇指相勾在一起，又伸出了大拇指，等待吴小舞的大拇指也印上来，不料等了片刻，见吴小舞没有动静，还想抽出小拇指，他就笑了：“小舞，拉钩上吊是两个动作，拉钩是小拇指勾在一起，上吊是大拇指向上印在一起，你只完成了一半……”

“不来了。”吴小舞不知道想到了什么，忽然脸红如霞，挣脱了倪流的手，转身跑到了一边。

倪流嘿嘿笑了笑，不好意思地挠了挠头，只拉钩的话，是打赌，拉钩上吊的话，就和情人间的海誓山盟类似了，相信吴小舞是想多了。

不过一想到他现在还有五百万在手，心中顿时又迸发了万丈豪情，人生如此，算不算身为男人最大的美梦成真？

第十六章

别有用心

昨天他还是一个骑着自行车每月赚2000块的平头百姓，今天摇身一变就成了百万富翁，如果接下来的事情运作成功的话，亿万富翁也只是时间问题，而且还有远思集团董事长的宝座等他入座，人生，仿佛在转眼间突然就为他打开了一扇通向人生顶峰的大门。

还好，倪流没有被突如其来的巨额财富砸得晕头转向，摆在他面前的道路还很艰难，甚至有可能还很漫长，他要做好打持久战的准备。幸好，他有吴小舞相助，还有宋国文临死之前从王树斌手中要到的五百万。

对，就是刚才吴小舞打赌时所提的五百万！

如果不是吴小舞提及，倪流几乎忘记了宋国文死后除了留下一纸遗嘱之外，还有一张五百万元的现金支票——没错，也不知是王树斌的疏忽还是宋国文的疏漏，王树斌交给宋国文的支票不是公司之间常用的转账支票，而是只要谁拿到手中就可以随时提取现金的现金支票。

宋国文死时，车上只有倪流和吴小舞在场，宋国文的遗嘱只提到了他名下股权的归属问题，五百万的现金支票也不知是忘了还是有意遗漏，提也没提，换句话说，如果倪流不说，吴小舞也瞒下，这笔五百万的巨额支票还真有可能就成了一笔糊涂账。

当然，话又说回来，倪流也不是会暗中昧钱的人。

对了，宋国文死后，被送到了医院进行尸检，肯定被搜身了，那么毫无疑问，现金支票不在宋国文身上。不在宋国文身上，就只能在吴小舞手中了。

不过吴小舞几天来一直和他形影不离，而且她的随身物品在看守所时也被警察扣下了，五百万元的现金支票又不可能随身携带，她藏哪里去了？

这么一想，倪流才知道他还真是小瞧了吴小舞，当时见吴小舞惊慌失措的样子，以为她六神无主乱成了一团，却原来她还急中生智，居然悄无声息地藏好了五百万的现金支票。

站在路边雪中的吴小舞，头发被北风一吹，微有凌乱，她的背影在雪景和远处白茫茫的原野的映衬下，生动而美好，犹如一幅静物画，在暖暖的冬日阳光下，她瘦削的双肩、盈盈一收的腰身以及浑圆的臀部，忽然间让倪流生发出要将她拥入怀中的冲动。

还好……冷风一吹，倪流又恢复了冷静，现阶段他的主要任务是完成姐夫的遗愿。这么一想，他竖了竖衣领，来到吴小舞身后："小舞，你告诉我，现金支票你藏在了哪里？当时情况那么紧急，场面那么混乱，你怎么就能记得藏好了支票？"

"不告诉你。"吴小舞回身冲倪流浅浅一笑，"你先告诉我你回石门到底想干什么，到底想从哪里找到突破口，我才告诉你为什么我会及时藏好现金支票，还会告诉你我藏在了哪里。"

倪流哈哈一笑："你也太会讲条件了……算了，我不问了。"回石门的真正用意，他不是不想告诉吴小舞，而是他还没有完全考虑成熟，并且他也不敢肯定他的计划能否顺利实施，他打算等到了石门，打开了第一步之后，再告诉吴小舞也不迟。

万一计划失败，就让他一个人承担失败的风险好了，不必非要让吴小舞也牵涉进来，毕竟，吴小舞是局外人，只要确定宋国文不是死于中毒，她洗脱了嫌疑之后，完全可以全身而退，跳出远思集团遗产归属的是是非非，不用非要在这浑水中打滚。

以倪流推算，在远思集团百分之七十的股份归属问题面前，亲情和友情都会不堪一击，毕竟是几亿甚至十几亿的巨额财富，除非是傻瓜，否则谁都会动心。因此，遗产争夺战的战况可能会非常激烈，甚至会上演刀光剑影，说不定还会有生命危险，吴小舞在遗产争夺战中又没有太大的利益，实在没有必要置身其中，以身试险。

正想得入神时，一阵急促的汽车轰鸣声传来，一辆大红色的宝马跑车风一样冲了过来，直冲倪流开来，速度飞快，声音轰响，看样子似乎要撞飞倪流。

倪流大吃一惊，下意识向旁边一闪，想要躲开宝马跑车的死亡袭击——也是，国内太多宝马汽车撞人的负面新闻，宝马似乎成了暴发户、富二代的专属用车，一旦出事，仿佛开了宝马汽车就高人一等，就可以骑在别人头上作威作福一样。

吴小舞也吓得惊叫出声："倪流，小心！"

倪流向旁边一闪，以为可以躲开宝马跑车的致命一击，不料身后竟是广告牌，身子贴在了广告牌的柱子上，再也不能后退一步，只能眼睁睁地看着跑车朝他直直撞来！

惊慌之中，他脑中还闪过一个强烈的念头，莫非是宋国武派人来害他不成？有可能，宋国武为了得到遗产，为了合法地拆分远思集团，只要除去他，一切问题就都迎刃而解了……

眼见跑车距离倪流越来越近，只有不到几米之遥时，突然来了一个急刹车，伴随着一个漂亮的甩尾动作，宝马车横着车身稳稳地停在了倪流的身前一米之外！

车门打开，一个一身黑色风衣的女子下车，她戴着黑色墨镜，长发披肩，肌肤胜雪，摘下墨镜后，露出一张清秀脱俗的面容，微圆的鹅蛋脸，大眼睛，厚实的耳垂，肉感而性感的嘴唇……

倪流正想发火，一见来人顿时愣住了——怎么是林凝欢？林凝欢不是市医院的护士吗？什么时候护士的收入高到可以开宝马跑车的地步了？

让倪流惊奇的不仅仅有林凝欢开着宝马跑车的夸张出场，还有她脱了护士服之后一身轻舞飞扬装扮的惊艳亮相，当然，他也要佩服林凝欢堪称出神入化的车技，刚才的急刹加甩尾动作，以他自诩为高超的车技也做不出来，没想到平常只有在电影或专业车手身上才能见到的高难度甩尾动作，却被一个大眼睛小护士玩得如此娴熟，不得不令他对林凝欢刮目相看。

倪流心中就更加纳闷儿了，林凝欢真是他的小学同桌，他怎么一点儿印象也没有了？小学的时候好歹也有10岁了，就算记不清全班同学的名字，同桌的名字肯定可以记得清楚，林凝欢……他又用心想了一想，怪了，还是想不起来，难道说林凝欢会冒充是他的小学同桌？

“喂，倪流……”林凝欢快步如飞地来到倪流身边，“刚才没吓着你吧？开得快了一点，不是故意要表演车技。”

“林凝欢，你的车技不错，可以媲美专业的赛车手了，是不是平常经常参加赛车？”倪流呵呵一笑，上下打量林凝欢几眼，“这一身打扮，像一个赛车女郎。”

林凝欢却不笑，一只眼镜腿放到嘴里，露出了一口整齐而洁白的牙齿，斜着眼睛看着倪流，一脸似笑非笑的表情，大眼睛中写满了疑问和好奇，似乎有许多问题不明白一样。

“怎么了，是不是我比小学的时候帅多了？”倪流见林凝欢急急赶来，见了他，却又不急着说事，也就有意逗逗她，“又或者说，你终于发现认错人了，我并不是你的小学同桌。”

“倪流，你怎么会是宋国文的遗产继承人？真是天大的怪事。”林凝欢没理会倪流的说笑，将墨镜戴在了头上，伸手一搭倪流的肩膀，“走，到车里说。”

吴小舞本来以为倪流真要被汽车撞上了，差点没吓个半死，小脸惨白，双腿发软，等她飞跑过来时发现车上的人竟然是林凝欢时，她的震惊比倪流有过之而无不及。

不过等林凝欢和倪流上了宝马跑车后，她又停下了脚步，咬了咬嘴唇，眼中闪过一丝复杂的眼神，神情倔强地转身上了停在路边的奔驰车上。

“什么事情这么神秘，还非要在车上说？”倪流坐在副驾驶位上，鼻中传来淡淡的香气，也不知道是车内的香气还是林凝欢身上的香水，他一边感受宝马车微硬的座椅和奔驰车柔软舒适的座椅的不同，一边说道，“你一个护士，怎么买得起宝马？”

“你不是一个市政公司的设计员吗？怎么开得起奔驰？”林凝欢不客气地反驳了倪流一句，随后又吃吃地笑了，“我申明两点：第一，我没认错你，你确实是我的小学同桌；第二，我是护士，但我就是有宝马，谁规定护士就不能开宝马了？”

“好吧，我不问了。”倪流摇摇头，如果说吴小舞身上的秘密是人生经历的小秘密，那么林凝欢身上的秘密则是身世的大秘密，每个人都有自己的隐秘，不问也罢，他就笑道，“不知林同学有何指教？”

“倪流，你到底是怎么想的，是想继承了宋国文的股权，然后入主远思集团，还是为了亲情，继承了股权后转手交给倪芳？”

倪流不免心惊，如果说林凝欢一身黑色风衣、开红色宝马跑车的形象颠覆了他的想象，那么她对宋家的变故了如指掌更是大大出乎他的意料，宋国文之死虽然在襄都引发了轩然大波，但关于宋国文的遗嘱内容还处在严格保密阶段，相信即使宋国武也不会傻到主动对外公布，那么林凝欢又是如何得知宋国文留下遗嘱要将股权由他继承的？

“你到底是什么人？”倪流扭头去看近在咫尺的林凝欢，淡淡蛾眉淡淡施的她容颜清新脱俗，若论漂亮，她不比吴小舞差上半分，甚至比吴小舞更有清丽曼妙之色，特别是她厚实的耳垂和性感的嘴唇，颇有旺夫相。

只是倪流无心欣赏林凝欢绝美的脸庞，而是对她的身份产生了深深的怀疑，护士身份和宝马跑车的强烈对比，小学同桌再加上她对他的过度关切，一切的一切表明，林凝欢不但大有来历，而且她对遗产争夺战也大感兴趣，她的出现，恐怕不是什么好事。

“你又怎么知道宋国文的遗嘱？”不等林凝欢回答，倪流又追问了一句。

宋国文意外死亡，确实是轰动整个襄都商界的重大新闻，但外面流传的传闻是宋国文死因不明，有被人谋害的可能，现在经家属同意，取了身体内的主要器官送到了京城公安部进行尸检，正在等尸检结果出炉。而有关宋国文的遗嘱问题，由于各方不约而同地保守了秘密，迄今为止，遗嘱内容应该还仅限于有限的几个人知道，除了倪芳和宋家人之外，就是孟岩以及远思集团的几个高层，这些人中，不管是谁，都没有透露消息的可能，也没有透露消息的动机。

“我到底是什么人？”林凝欢伸手推了倪流一下，“我是你曾经的小学同桌、现任市医院的大眼睛护士林凝欢，你说我是什么人？我怎么知道宋国文的遗嘱？拜托，襄都的商界圈子都传遍了，都知道宋国文一死，凭空杀出了一个名叫倪流的傻小子要继承宋国文名下的股份，现在整个襄都的商界都在搜集你的资料，想知道你到底是哪根葱哪颗蒜……你还问我怎么知道的？别说我，恐怕路边一条狗都知道倪流的名字了。”

倪流被林凝欢逗笑了：“好吧，就算你说的是真的，但问题是，遗嘱的事情，不应该传得沸沸扬扬，不管是洪东旭还是宋国武，都不应该透露出去这个消息，怪事了，谁走漏了风声？”

“谁？告诉你吧，是兰姣，还不怕告诉你，兰姣是我的朋友……”林凝欢微微皱眉，她皱眉时的模样很可爱，三分调皮，四分古怪，“兰姣被远思集团除名了，她一怒之下就说出了宋国文遗嘱的事情，结果短短时间内就传遍了襄都的大街小巷。”

兰姣被除名了？倪流心中一惊，随后一想就明白了什么，肯定是兰姣主动向他汇报工作的举动惹怒了远思集团的某个高层，估计就在他转身离开远思大厦之后不久，兰姣就被请出了远思集团。

心胸未必太狭窄了，竟然容不下一个秘书？也不知是洪东旭、唐简水还是王骏群三人之中的谁做出了开除兰姣的决定，不过不管是谁，这是一步影响深远的臭棋。兰姣被开除之后，一气之下透露出了宋国文遗嘱的内容——先不管兰姣是从何处得知了宋国文的遗嘱——结果消息传开，引发了襄都商界继宋国文死亡消息之后的新一轮地震。

第十七章

兵来将挡

实话实说，宋国文遗嘱内容的透露，对远思集团极其不利，不但会引发外界对远思集团能否平稳过渡的猜测和担忧，也会让合作伙伴对远思集团的前景信心不足，从而导致远思集团形象受损，连累远思集团的部分业务和在建项目。

同时，倪流心中暗暗为兰姣叫屈，心想，如果有一天等他掌权了远思集团，等着……

“你来，就是为了告诉我这件事情？”倪流点了点头，又问，“是不是兰姣有什么话要请你转告我？”

“没有，兰姣不知道我来找你，我找你，也不是为了告诉你兰姣被除名的事情，我就是想问问你，你到底是怎么想的？是想继承了宋国文的股权然后入主远思集团，还是为了亲情，继承了股权后转手交给倪芳？”林凝欢双手抱住方向盘，头枕在胳膊上，歪着头看着倪流，咬着嘴唇一脸娇笑，重复了一遍刚才的话。

“你怎么这么关心我的选择？”倪流隐隐觉得哪里不对，总感觉林凝欢对他过度关切的背后，似乎隐藏着不可告人的秘密，至于她的出发点是好是坏，他猜不到，也不愿意去恶意猜测。

“作为老同学，我关心你一下，难道不应该？”林凝欢伸手拿出一份资料，递到倪流手中，“你自己看。”

“什么东西？”倪流不解地接过资料一看，原来是市一院的尸检报告，翻看之后，里面详细地记录了宋国文的尸检结果，上面明确无误地注明宋国文确实是死于酒精中毒。

“我虽然是个护士，可我是医学院毕业，而且我从头到尾参与了尸检过程，以我的专业知识判断，宋国文的死，没有疑点，就是死于酒精中毒，换句话说，喝死了，再换句不好听的话就是：天作孽，犹可违；自作孽，不可活。”

林凝欢的话不怎么好听，倪流皱了皱眉。

林凝欢才不理会倪流的不满，继续说道：“虽然市一院的技术力量比不上公安部，但对于酒精中毒的尸检，还是可以确保不会出现太大的偏差。所以，完全没有必要再解剖了尸体送到公安部去尸检。”

倪流无奈地摇了摇头：“宋家非要送到公安部复检，姐姐也同意，我是外人，没有发言权。”

“有人就是想造成宋国文非正常死亡的事实，然后就可以以此为理由来合法地剥夺你的继承权。”林凝欢秀眉微蹙，“所以我才要问你到底是怎么想的，你要如实地回答我，我才好决定下一步该怎么做。”

“我……”倪流犹豫一下，又忽然觉得没必要向林凝欢隐瞒什么，尽管他并不认为林凝欢就一定会助他一臂之力，或许她是洪东旭或是宋国武的同盟也未可知，但他既然决定了要尽他所能接手远思集团，就要光明正大地说出口，“我会遵循姐夫的遗愿，继承他的股份，尽最大可能全面掌管远思集团！”

“好。”林凝欢哈哈一笑，鼓掌说道，“敢作敢为才是男人，我支持你，倪流。既然你决定了，我也尽我所能帮你一把，我来是要告诉你一件事情，有人在宋国文的尸体上做了手脚，送往公安部的脏腑，被人为处理过了。”

一开始倪芳并不同意宋国文复检，毕竟每一次尸检都要对尸体大动手术，她不想宋国文死后还不得安生，但在宋国武的逼迫之下，在宋家强大的压力面前，还是妥协了。

复检并没有如宋国武提议送往省医院，而是听从了倪流的建议，直接送往了公安部。

宋国文死在襄都，尸检可以直接就地解剖尸体，复检要送往公安部，不可能拉着尸体上京城，就取出了主要器官送往了京城。

初检和复检，倪流都没有直接参与，或者说，见也没有见到，现在乍听林凝欢说到有人在宋国文的脏腑上做了手脚，顿时大吃一惊。

“这么说，公安部的复检报告，一定会对我不利了？”一瞬间倪流就想通了其中的利害关系，如果复检结果证明宋国文死于非酒精中毒，必然会再次引发轩然大波，让他的继承股权之路再起波澜。

“如果没有我的帮忙，应该会出现变故。但既然你想全面掌管远思集团，我这个老同学不出手帮你一把，就太不仗义了。你放心，只要我出手，公安部的尸检报告绝对不会出现意外。”说话间，林凝欢伸手打了倪流一拳，爽气十足地说道，“怎么样，够哥们儿吧？”

别说，林凝欢的力气还不小，一拳下去，打得倪流胸口隐隐作痛，不过他挺喜欢林凝欢的直爽，给人的感觉很真实，就笑着说道：“那我得谢谢你了，老……同学。不过我想不明白，你为什么要帮我？”

“为什么要帮你？”林凝欢伸出右手食指在鼻子下面一刮，样子有三分痞气，三分好笑，外加四分美艳，“不为什么，就因为我乐意，也因为我讨厌宋国武，更讨厌洪东旭。”

话一说完，她就右手一伸，做了一个请的姿势：“好了，我的话说完了，你可以走了，我还得赶紧回去上班。”

倪流下车，正要冲林凝欢挥手再见，再说几句什么，不料林凝欢说走就走，连一句再见也欠奉，猛然提速，车轮原地打滑，一股黑烟冒出，随后箭一般蹿了出去，片刻间就跑得无影无踪了。

倪流摇摇头，他发现他越来越看不懂林凝欢了，先不说她毕业于医学院不当医生，偏偏去当护士，姑且就当她喜欢护士工作好了，当了护士却开着价值百万的宝马跑车，而且车技高超如赛车手，在她身上，谜团一个接一个，让人目不暇接。

好吧，暂且不管林凝欢宝马跑车的来历，只说她对他过度的热心以及她对远思集团密切的关注，就不符合她的护士身份，尤其是她最后一句——讨厌宋国武，更讨厌洪东旭——的话，更是暴露了她和一个小护士身份大不相符的神秘之处。

一个小小的护士怎么会讨厌宋国武，怎么会讨厌远思集团的副董事长兼执行副总裁洪东旭？不管是宋国武还是洪东旭，都不是一个小护士所能接近的高高在上的头面人物，如果林凝欢真的只是一个没有来历的小护士，她根本就没有机会接近宋国武和洪东旭，也就没有理由去讨厌宋国武和洪东旭。

世界上没有无缘无故的爱和恨。

一边想，倪流一边上了自己的奔驰，发动了汽车，见吴小舞坐在副驾驶位发呆，笑问：“怎么了小舞，想什么心事？”

“什么都没想，就是在发愣。”吴小舞笑了笑，露出了一丝疲惫，“倪流，我先休息一会儿，路上……就辛苦你了。”

倪流没再多说，几天来，吴小舞也是心力交瘁，让她休息一下也好，他沉默地点了点头，然后发动了汽车。

高速公路上的积雪已经全部清除完毕，一路向北疾驶，沐浴在大好的阳光之下，有一种恍若隔世的感觉。视线所及之内，公路两旁的田野中，厚达一尺的积雪还在，又让倪流不由自主地想起了几天前的雪夜。

改变了他一生命运的雪夜，现在回想起来，历历在目，就如刚刚发生的一样。雪夜作为他人生的分水岭，将永远铭刻在他人生的历程中，成为他人生道路之上一个接近九十度的急转弯。

雪夜之前，他有一个比上不足，比下有余的工作，有一个若即若离的女友，当时的他，正努力争取让若即若离的女友梁米对他死心塌地，希望她答应在他没房没车的时候嫁给他，等等，生活在平平淡淡中仿佛充满了希望……

然而平静的生活就在一个风雪之夜突然发生了险些失控的巨变。

雪夜之后，他从一个无名小卒一跃成为襄都商界万众瞩目的人物，先不说从心理上是不是能够适应，只说他成为姐姐、宋国武以及洪东旭三方争夺股份的焦点，就让他感受到了前所未有的压力。关键还在于，当时以为只是宋国文的一句戏言的遗嘱，现在闹到了刀光剑影的地步，而他身不由己被迫卷入了巨大的旋涡之中，被姐姐误会，被宋国武恨之入骨，被洪东旭视为眼中钉，他何其无辜？

不过……既然他被命运不可避免地推到了潮头，不迎风搏击一番风浪，也不是他的性格。

只是事情发展到现在，倪流越来越发现宋国文不简单，他本来一直以为宋国文留下遗嘱，只是酒后的醉话，没想到，从目前事态的发展来看，姐夫之所以临死之前留下将股权由他继承的遗嘱，应该是深思熟虑的结果。

而且如果再深入一想的话，姐夫从王树斌手中要来的五百万欠款，为什么是现金支票而不是转账支票？要是转账支票，就必须入了远思集团的公司账户，在个人手中就如同废纸一张。但是现金支票就完全不同了，不管是谁，只要拿在手中，随时就可以提取出来，转化为现金。

再者在遗嘱中，宋国文提也未提现金支票的事情，他应该不是忘了，而是有意疏忽，要的就是想暗中留下一笔活动资金，好让他渡过最初的难关。

难关是什么？就是眼下他悬在半空上不去下不来的状态。

诚然，当时在远思集团，如果倪流强求孟岩为他办理股权交接手续，以倪流对孟岩性格的分析，孟岩有七成可能会以一个律师的身份按照法律程序为他办理交接手续，但他经过深思之后，选择了以退为进，没有为难孟岩。

倒不是倪流心软，在商场中，心软是成功的大忌，而是他意识到了一个严重的问题，现阶段，洪东旭主持远思集团的全面工作，他就算合法地继承了宋国文的股份，因为拒绝了洪东旭的提议，那么下一步想要入主远思集团，将会面临更严峻的考验和更多的难题，甚至会因为惹怒了洪东旭，而出现更多不可预知的变数。

早一步或晚一步接手股份，其实并不重要，反正他现在是宋国文唯一的合法继承人，他不接手，别人也接手不了。与其现在早早接手成为众矢之的，还不如退后一步，远离襄都的主战场，以隔岸观火的姿态，冷眼旁观洪东旭怎么继续演戏。

既然洪东旭想挑起事端，那么就让他先和宋国武较量一番好了，倪流相信，一旦他不再急于接手股份，洪东旭就会着急，宋国武也会着急，一急之下，就有可能带来意想不到的转机。

毕竟，急中生智的只是少数人，大部分人会急中生错。

而于他而言则是事缓则圆，现在不接手股份，等于是后退一步，就有了足够的时间和空间来理顺整个事件的前因后果。直觉告诉倪流，姐夫的遗嘱背后，肯定大有深意，似乎是设了一个局，是想借让他继承股份的意外打乱一些人企图吞并远思集团的图谋，莫非是说，姐夫在生前就对洪东旭有了提防之心？又或者姐夫早就预料到了在他死后宋国武会介入到遗产纠纷之中，而姐姐却在面对宋国武的逼迫和洪东旭的老谋深算时，会束手无策？

倪流明白一点，他必须先弄清姐夫的真实意图，然后在准备充分之后，再重回襄都，以迅雷不及掩耳之势继承股份，再快刀斩乱麻，一举拿下远思集团董事长的宝座，从而完成全面掌管远思集团的目标。

在倪流的设想中，等他离开襄都之后，洪东旭会因为摸不透他的想法而焦虑，唯恐夜长梦多，宋国武会因为找不到攻击目标而坐立不安，毕竟他是指定的合法继承人，宋国武想要瓜分宋国文的遗产，不能绕过他，而姐姐也会因为他不在襄都而心中恐慌，可以说，他一走，宋国文的遗产争夺战，就由之前的四方混战变成了三方争夺战，但三方争来争去，最终会发现，没有他参与的遗产争夺战，最终不过是一场没有主角的乱战。

谁都不希望他继承股份，但等他们明白过来的时候才会发现，只有他在场，股份的最终归属问题，才能在法律层面得到解决。

第十八章

四方云动

阳光融融，车内温暖如春，吴小舞靠在座椅上睡得香甜。她睡着的样子很好看，嘴唇紧紧抿着，呼吸轻微，几不可闻，她长长的睫毛轻轻颤抖，仿佛在做一个久远而不愿醒来的美梦，她侧着身子，修长的脖颈洁白如玉，无形中为她增加了几分高贵之态。

或许是车内太热的缘故，她的衣领微开，露出性感而迷人的锁骨。脸上红润如潮，耳朵如透明一般，白皙、精美如艺术品。

真是一个近乎完美的女子，和风风火火、直来直去的林凝欢相比，吴小舞的性格柔中带刚，韧性十足，属于可塑性很强的一类，倪流心中明白一个事实，这一次的遗产之争，他离不开吴小舞的支持，从长远来看，就算他真能当选为远思集团董事长，想要进一步全面掌控远思集团，身边也需要一个绝对信任的助手。

吴小舞就是当仁不让的最佳人选。

襄都离石门120公里的路程，上次雪夜走国道，走了十多个小时，现在走高速，一个小时就到了石门。

刚下高速，倪流正打算叫醒吴小舞，电话突然就响了，一看来电，他无奈一笑，是姐姐。

“倪流，你怎么回石门了？”倪芳的声音满是质疑和不快，“你怎么不和我说一声就回去了，你眼里还没有我这个姐姐？”

倪流并非是有意瞒着姐姐，而是不想节外生枝，他很清楚如果他告诉姐姐他要回石门，姐姐会想方设法拦下他不让他离开襄都：“姐姐，我单位有点事情，要回来处理一下，走得急了点，打算回头再告诉你。”

“我不听你解释，我现在就问你一句话，你是不是铁了心要和姐姐抢遗产？”

倪芳在倪流离开阳光别墅之后，一个人在房中愣了半天，后来对着宋国文的遗像和儿子宋家斌一起又哭了一场，最后又和儿子一起回了一趟娘家。

其时倪芳虽然大概猜到倪流可能和孟岩去了远思集团，她本来也想去远思集团拦下倪流，不让倪流顺利继承宋国文的股份，但还没有动身，一个神秘的电话让她停下了脚步。

“倪芳，你听我一句话，你现在去远思集团不但对事情没有帮助，反而会更加添乱，你要明白一点，不只是你不想让倪流继承遗产，洪东旭也不想。现在远思集团支持倪流的人只有孟岩一个，孟岩只是法务部的副经理，他是律师不假，但也要听命于公司。所以我判断，孟岩也不会冒着自身的前途风险去帮助倪流，倪流去远思集团不会有任何收获……”

“那我该怎么办？”倪芳病急乱投医，以为对方真是为她着想，就真心请对方为她指路。

“你回娘家。”对方一字一句地说道，“正面战场，由洪东旭出面对付倪流就足够了；背面战场，有宋国武捣乱也足够了；你从侧面牵制倪流，用亲情的力量打动他，让他在洪东旭的利诱和宋国武的威逼面前，最终因为亲情而做出明智的选择。”

“谢谢你，真的谢谢你。”倪芳激动地说道，“如果倪流最后回头，把股份还给我，我一定好好感谢你，林叔叔。”

“不用感谢我，倪芳，我和国文关系一向不错，也不想看到他的心血落到别人手中。好了，现在你赶紧回家……”

放下电话，倪芳就急急忙忙地回了娘家。

倪家住在襄都市郊，位于城乡接合地带，本来属于郊区户口，后来旧城改造时并入市区，算是成了市民。倪芳在家中排行老大，只有倪流一个弟弟。

父亲倪春雨原本是一名中学教师，现在退休在家，教政治和历史的他，脾气耿直而原则性强，用倪流的话说是一个顽固分子。母亲木锦兰是音乐老师，教乐曲和演奏。

虽说倪家并不富有，却是书香门第，家中家具简单而实用，没有太多奢华的装饰，最值钱的家具就是几个实木书柜，里面满满当当全是倪春雨一辈子珍爱的各类藏书。

倪家位于市南的倪家村，几年前，倪家村还是一片村落，现在村落已经消失，取代的是一片类似四合院的小区，家家户户都有一栋占地约半亩的院子和一栋两百多平方米的两层小楼，比市区一家几口挤在几十平方米的鸽子笼一样的蜗居强多了。

宋国文出事的消息已经传到了倪家，平常平静和谐的倪家小院，现在也充满了悲伤的气氛。老两口心疼女儿中年丧夫，更不愿意看到倪芳和倪流姐弟二人因为遗产问题反目成仇。

虽是冬天，倪春雨还是站在院子中，背着手，在一棵光秃秃的苹果树下闭目养神，阳光晒在他宽阔的脸庞上，花白的头发微微颤抖，方正的脸上流露出无法言传的悲伤。

院中的角落里，随处可见积雪。

“爸，我回来了。”

一声呼唤将倪春雨从沉思中惊醒，他睁开双眼，见倪芳和宋家斌推开院门进来，开口问道：“芳儿，你怎么来了？国文的后事处理得怎么样了？”

听到女儿回来，正在厨房忙着做饭的木锦兰也围着围裙出来了，见倪芳一脸悲容，她忙关切地问道：“又出什么事情了，芳儿？小流呢，他怎么没和你一起回来？”

“爸，妈……”倪芳忽然觉得悲从中来，到头来，丈夫也好，兄弟也好，终究不如爹娘亲，丈夫离她而去，却将股份留给弟弟，弟弟为了巨额财富，也和她割裂了亲情，置姐弟情分于不顾，而宋国武更是翻脸不认人，居然还提出了要求继承宋国文一半遗产的无耻要求，她现在唯一指望和信任的人，还真的只有父母了，想到此处，不由得泪如雨下，“我，我真的顶不住了，你们劝劝倪流，别让他与别人一样和我抢远思集团。”

“到底怎么回事？”倪春雨冷哼一声，“哭能解决什么问题，你有话不能好好说？不要哭了，坐下。”

倪芳听话地坐在了院中的椅子上，她擦了擦眼泪：“一开始倪流说好要把股份转交给我，后来不知道为什么又变卦了，非要继承了股份再掌管远思集团，他、他、他财迷心窍了，六亲不认，连姐姐的钱也抢！”

“倪流现在在哪里？”倪春雨一脸怒气，“让他回家一趟，我和他当面谈谈。”

“他……他一出看守所就先回了家里，从家里出去后，就去了公司，现在应该是办理股权交接手续去了。”

“看守所？”倪春雨十分吃惊，“他怎么进了看守所？”

倪芳脸色微微一哂，她只告诉了父母倪流一路护送宋国文回襄都，宋国文留下遗嘱让倪流继承股份，宋国武为了争夺遗产，非要解剖尸体，现在闹得不可开交，却没有透露倪流为了证明自身清白昂首走进看守所的事实，当时她是不想让父母为倪流担心，同时，也有不可告人的小小心思。

“当时的情形是，宋国武逼得紧，报了案，为了表明清白，倪流主动走进了看守所，一直等尸检报告出来，他才出来。”倪芳知道瞒不住了，只好实言相告。

“有种，有骨气！”倪春雨一拍大腿，交口称赞，“这才是我的儿子，坦荡做人，无愧于心。”

“我也不相信国文是被倪流害死的，所以宋国武非要再送国文的尸体到公安部尸检，我就不同意，但宋家非要复检……”倪芳无奈地说道，“国文死了也不得安生，尸体被解剖了一遍又一遍，怪就怪他非要立一个什么让倪流继承股份的遗嘱，也不知道他到底在想什么，他为什么不把股份留给我和家斌？”

“芳儿，你说实话，你信不信国文是被倪流害了？”倪春雨问道。

“不信，倪流的性格我了解，他没坏心眼儿。”倪芳笃定地答道。

“国文的遗嘱，你认为是国文主动想留给倪流股份，还是倪流想了个什么法子，让国文上当才立了这么一个遗嘱？”倪春雨人老成精，教了一辈子书，虽然没有经历过大风大浪，但书读得多了，自然眼界就开了，问问题，一问就问到了点子上。

倪芳犹豫了一下，平心而论，她对倪流还是信任多过怀疑，既没有想到倪流会害死宋国文，也不认为宋国文是受了倪流的蒙骗才立了一个让倪流继承股份的遗嘱，以她对宋国文和倪流的了解，宋国文没那么容易会被倪流蒙骗，而倪流也没那么坏，更没有那么多心思：“应该是国文主动要留股份给倪流，不是倪流提出的要求，也不是倪流想了什么法子让国文上当。”

“这就好，这就好。”倪春雨点了点头，老怀大慰，“你这么想，证明你还很清醒，没有昏了头脑。宋国武要闹，就让他闹去，他扑腾不了多大的水花，他不就是抓住国文死因不明这件事情不放？打死我也不信倪流会害了国文。既然倪流身上没事，股份的问题，就是他和你的问题了，我打个电话给他，让他回家一趟，只要他回家，我就让他当面保证把股份还给你，你们姐弟，一奶同胞，一笔写不出两个‘倪’字，他也得听我的话。”

倪芳心下大喜，正要给倪流打电话时，就接到了沈学良的来电。

"倪姐，倪流回石门了，他在远思集团只坐了不到一个小时，没有办理股权交接手续，没有见到洪东旭，远思集团除了孟岩出面之外，没有别人出头了，倪流没什么收获。"

沈学良又简单地通报了一下洪东旭采取的坚壁清野的政策，远思集团上下一心，紧闭大门，将倪流拒之门外，倪流想要登堂入室，还有很长的路要走。不过，也不知是出于什么原因，他并没有告诉倪芳洪东旭提出以三亿元现金收购倪流手中股份的交易。

"好的，我知道了，辛苦了，学良。"倪芳淡而威严地说道，在沈学良面前，她要保持应有的姿态，不能让沈学良对她有丝毫不敬之心，现在整个远思集团，她最信任的人只有沈学良一个了。

如果什么时候沈学良对她失去了信心，她将完全失去对远思集团内部动向的掌握。

沈学良是宋国文一手提拔的嫡系，如果不是宋国文对他的赏识，他现在或许还只是一个骑着自行车上下班的小市民，哪里有现在年薪几十万元的优渥待遇？倪芳有理由相信，为了报答宋国文的知遇之恩，沈学良会一直站在她的一方。

倪流怎么突然回石门了？倪芳心中一阵疑惑不解，难道说倪流在远思集团遭遇了冷落，心灰意懒之下放弃了继承股份，回石门上班了？不对，如果他放弃股份的话，至少也要对她说一声才对。怀着不解和不满，倪芳又拨通了倪流的电话。

倪流当然不知道背后发生了什么事情，听到姐姐上来就是一番质问，不由无奈地说道："姐姐，股份的事情，等我回襄都再和你当面说个清楚，好不好？我回石门，有事情要处理，现在正在开车……"

"不行，必须现在说清楚！"倪芳见倪流想敷衍她，越发生气了，"我在家里，爸爸妈妈就坐在我的对面，你有话当着他们的面说……"

倪春雨从倪芳手中接过电话，对着话筒说道："倪流，我是爸爸。"

倪流只好靠边停车，见吴小舞已经醒来，就示意她不要说话。

"爸，现在的问题不是我和姐姐谁继承股份，而是我和姐姐该怎么样一致对外，防止外人趁机侵吞远思集团的阴谋得逞。如果姐姐非要让我把股份转让给她，而我真的就把股份转让给她，最后很有可能会被别有用心的人从姐姐手中又把股份骗走。"倪流耐心地向爸爸解释，也是说给姐姐听，"襄都现在打姐夫股份主意的人有很多，商业上的许多诈骗手法，姐姐又不懂，很容易上当受骗。她是襄都的名人，认识她的人又多，如果她接手了股份，会有许多人闻风而动，围在她的身边，以各种名义来骗取她的信任。而我在襄都认识的人不多，我接手了股份，一些别有用心的人想打股份的主意，也不容易接近我，这样，可以确保远思集团的顺利交接，可以让姐夫的心血不落到别人的手中。”

第十九章

来路方长

应该说，倪流的解释合情合理，但让他失望的是，父亲却丝毫听不进去。

“倪流，你说一千道一万，我就问你一句话，你觉得你应该拿你姐姐的财产吗？”倪春雨思想传统，认为什么事情都讲不过一个“理”字，夫妻的共同财产，丈夫死后，必须要由妻子继承，“如果你当我是你的爸爸，你马上回襄都，签一个转让股份协议给你姐姐，我就还认你这个儿子。如果你为了钱六亲不认，那好，你以后永远别进这个家门，我也当没你这个儿子。”

倪流心中一阵悲哀，爸爸一生耿直，但有时也因为过于耿直而不知变通，商场的事情，利益纠葛，人性冲突，瞬息万变，不是书本上的道理可以一言以蔽之的简单，大道理他也懂，而且他也相信，除了远思集团内部有人对宋国文的股份有所想法之外，说不定襄都的其他商界人士，也有意借此机会染指远思集团，想要吞并或兼并了远思集团。

爸爸只认死理，非要以父亲的权威压他一头，他又该如何应对？

“爸，姐夫当时再三强调，一定要让我接手他的股份，我想他这样安排，一定有他的长远考虑，我不是想吞并姐夫的遗产，是想遵循姐夫的遗愿，以告慰姐夫的在天之灵。而且我还可以保证，我接手了股份之后，一定会把远思集团发扬光大，也会照顾姐姐一辈子。”倪流言语恳切，发自肺腑，想尽最大努力说服爸爸。

“股份在你姐姐手中，她也一样可以把远思集团发扬光大。我不管国文出于什么考虑留下遗嘱，我要的是你的一句话，你是不是会把股份还给芳儿？”倪春雨怒气冲冲地说道，“人生在世，仁义当头，不仁不义，不配为人！”

“我……”倪流从小就对爸爸的固执畏惧三分，爸爸严厉有余温情不足，有时刻板得不近人情，长大后他选择留在石门而不回襄都，未尝没有要远离父权阴影笼罩的考虑，但现在，他知道他不能向爸爸妥协，爸爸老了，他的眼界有限，眼中只有亲情，只有死理，却没有全局的眼光，他就一咬牙说道，“爸，从法律上来讲，我是姐夫股份的唯一合法继承人……”

“倪流，你不要跟我冠冕堂皇地讲法律，我不听，从现在起，我没有你这个儿子！”倪春雨震怒了，“你以后永远不许再踏进家门一步！”

电话断了，一声声短促的忙音就如一阵阵锣鼓一样敲打在倪流的心上，每一下都让他的心口收缩着疼痛。

真是一次人生的豪赌，倪流一脸落寞地靠在了座椅上，无助而悲伤。宋国文留下一份遗嘱，不但挑起了襄都商界的轩然大波，也让远思集团陷入了混乱之中，还让宋国武失去了理智，让姐姐失去了判断，让父亲失去了公正，更让他的整个世界失去了秩序！

从表面上来看，姐夫的遗嘱是从天而降的一笔意外之财，让他从一名穷小子一跃成为远思集团百分之七十股份的唯一继承人和远思集团的未来掌门人，从而摇身一变，成为襄都乃至中省，或许是全国最年轻的亿万富翁！

但谁能料到，风云变幻之间，未来的美好似乎触手可及，却又无比遥远，现在的他，股份尚未到手，通往远思集团董事长宝座的道路上更是荆棘遍地，而他已经成了众矢之的，宋国武不惜一切代价要对付他，洪东旭则视他为最大的敌人，姐姐对他误解并且防他如贼，就连爸爸也以断绝父子关系相威胁，倪流现在才知道，生前就不喜欢按常理出牌的宋国文，临死时的遗嘱，是他最后打出的一副怪牌，也是他为世人开的最后一个玩笑，留下的最后一道难题。

“好了，不生气了，倪流，想开点儿，总有一天，家人会理解你的选择。”吴小舞摇了摇倪流的胳膊，轻声安慰，“你不是还有我？我会一直坚定地和你站在一起。”

“知我者谓我心忧，不知者谓我何求？谢谢你，小舞。”吴小舞的鼓励对倪流来说，不啻于雪中送炭，他心中一阵温暖，心情激荡之下，伸手抱了吴小舞一下，“风雨同舟，风雪兼程，一路有你，三生有幸。”

吴小舞被倪流一抱，脸一红，用力一把推开倪流：“你怎么能这样，动不动就抱人？我可告诉你，倪流，你有女朋友，我有男朋友，一定要注意保持友谊和安全的距离。只此一次，下不为例，下次再抱我，我就对你不客气了。”

吴小舞既娇羞又气愤的神态十分惹人爱怜，倪流才不怕她的愠怒，一时心情舒展了不少，呵呵一笑：“说说看，对我怎么个不客气法？”

“去去去，没正经。”吴小舞又展颜一笑，素颜清冷月，寒冬独自开，其美如冬月，清冷而高洁，她伸手一打倪流，“早知道你这样，就不安慰你了，让你自怨自艾算了。”

倪流发动了汽车，又想起了什么，收起了笑容，眼中闪过一丝忧虑：“小舞，我先送你去办事处，然后我去单位请个长假。”

吴小舞点头“嗯”了一声：“是该有个交代了……我在办事处等你，另外，五百万元的现金支票，怎么处理？”

倪流想了一想：“接下来要做的事情，需要一些钱，这样，你先兑现了支票，然后你开个户头存起来，身上有三五万的现金就够了。”

“用我的名字存？”吴小舞眨动一双灵动的大眼睛，好看而充满疑问，“就这么信任我，不怕我携款私逃了？万一我真的跑了，你的损失可就大了。”

也确实，宋国文遗留的五百万元现金支票，死无对证，如果吴小舞真的携款私逃了，倪流还真拿她没有办法。

倪流笑了笑：“五百万元现金支票的事情，如果你不提醒，我都忘了。而且支票还被你藏了起来，你要是想携款私逃，也不会等到现在。”

“就这些？”吴小舞似乎心有不甘，对倪流的回答不是十分满意。

倪流不是愣头愣脑的小年轻，对女孩心思多少能猜到几分，何况几日来和吴小舞朝夕相处，对吴小舞平和之中带有几分狡黠的性子，也算熟悉了，知道吴小舞是什么心思，就哈哈一笑：“五百万虽然也算是一笔巨款，但携款私逃毕竟风险太大，相比之下，如果投注到我的身上，以后说不定会财色兼收。你是一个聪明的女孩，权衡得失，肯定会得出和我一路同行是最明智选择的结论。”

“我呸，真自恋。”吴小舞嘴角上翘，笑意盈盈，“我留下可不是为了你，而是为了自己，为了远思集团的明天。”

“好吧。”倪流不和她斗嘴了，身为男人，要允许身边的女孩保持一定的矜持，他一打方向盘，汽车驶入了青石巷，停在了位于56号的一栋办公楼下面，“你自己上去吧，我不下车了。”

吴小舞点点头，却没有马上下车，而是打开了遮阳板，倪流以为她要照镜子，不料她却从遮阳板里面拿出一张薄薄的纸，冲倪流扬了一扬：“没想到吧，五百万元的现金支票被我藏在了遮阳板里。”

倪流可是吓了一跳：“你可真胆大，万一有人动车，发现了遮阳板里面的现金支票，五百万就有可能不翼而飞了，到时恐怕连谁拿走的都不知道。”

“人生就是一场赌博，赌一把，输赢各一半。”吴小舞一咬嘴唇，“再说在当时的情形下，又能藏到哪里？带身上，显然不可能。索性还不如放到遮阳板里，最危险的地方也是最安全的地方。而且宋总的奔驰虽说公司有权处置，但刚死了人的车，谁也不会去动。”

没看出来，吴小舞的性格中也有冒险的一面，更让倪流惊讶的是，吴小舞对人性的把握也有独到之处，就点头说道：“必须承认，你的决定十分英明。最后一个问题，你当时怎么就想到要把支票藏起来，而不是拿出来？难道你早就猜到了我继承股份的事情会不顺利，就想留下五百万以防万一？”

“不告诉你。”吴小舞调皮地笑了笑，“等我高兴的时候，再告诉你。”

好，不说就不说，倪流也没勉强，挥了挥手，开车走人。其实他大概猜到了吴小舞的心思，也许在她想来，如果他继承股份的事情进展不顺，或者最后“流产”，那么她被集团除名的可能性会是百分之百，与其将全部希望放到股份继承的成功与否上，不如多留一条后路才是明智之举，五百万的巨款，就算两个人平分，也是许多人一辈子也赚不来的财富。

一路向西疾驶，倪流独自一人驾驶着价值百万的奔驰ML350，心中豪情万丈。

即使是在省城石门，ML350在周围人多是十万、二十多万的滚滚车流中，也如鹤立鸡群一般，再加上ML350较高的车身和座椅，就让倪流有了一种高高在上的感觉。

人生，高人一等的感觉果然不错，倪流一边感慨，一边告诫自己，现在高高在上的感觉只是错觉，只是汽车座椅比较高一些而已，并非是他的身份、地位真比别人高上一等，相反，他现在还悬在半空，最后是上是下还未可知，或许会一脚踩空，摔一个鼻青脸肿也不一定。

最可悲的是首战告捷先庆功，得意而忘形，倪流虽然年轻，却不会犯得意忘形的错误，他现在清醒得很，知道一个人借助汽车等身外之物感觉高高在上，其实是一种错觉，下了车之后，就会被打回原形。

就如一个矮人非要穿高跟鞋自我拔高一样，不过是自欺欺人的假象罢了，打铁要靠自身硬，真正的高高在上是站在平地之上，依然在气势和能力上高人一等。

元旦放假三天，倪流超了两天假期，也没来得及向单位请假，在看守所里是没有办法打电话的，出来后，又忙着应付洪东旭和宋国武，再者他也觉得电话里说不清楚，索性就想回到石门后再当面向领导说个清楚。

领导姓尹，虽说经常被人误以为姓淫，倒也没有什么，但领导的名字叫小花，就经常被人笑喷了。

第二十章

横生枝节

市政一公司位于市政路8号，倪流一路西行，车行半个小时，从善良街向左一拐，就进入了熟悉的市政路。

市政路是一条小路，双向两车道，机动车道和自行车道不分，交通秩序一向混乱不堪，倪流几年来一直开着单位的皮卡在市政路上横冲直撞，习惯了车前车后会突然出现一个将公路当成自家后院散步的老头或老太太，反正皮卡不怕磕碰、不怕划，现在开了奔驰，忽然间觉得畏首畏尾了，生怕被老头或老太太在仇富心理的驱使下故意划上一道，或是故意碰瓷。

人真是奇怪，倪流摇头自嘲地一笑，一无所有的时候，百无禁忌，现在终于开上了梦寐以求的奔驰，却又束手束脚担惊受怕了。

快到市政一公司的时候，倪流将车一拐，驶到了公司对面丽华酒店的停车场，他可不想招摇过市开着奔驰到公司。

倪流哪里知道，几天前他坐上奔驰的那一刻，就被尹小花、肖米等人看得清清楚楚。

穿过锈迹斑斑的市政一公司的铁门，倪流冲门卫老张热情地打了一声招呼，和往常老张必定积极回应不同的是，老张只是抬起眼皮，漫不经心地看了他一眼，又低头看报去了，仿佛他是无关的路人丙一样。

怎么了这是？倪流心里纳闷儿，他一直对老张很好，和肖米见到老张连眼皮都不抬的轻视相比，他对老张可是礼貌有加多了。毫不夸张地说，放眼整个市政一公司，谁也没有他对老张态度友好，老张一个看门老头，怎么也端起了架子？

带着疑问，倪流迈开大步朝办公楼走去，没走几步，迎面开来一辆皮卡，直直朝他正面撞来，定睛一看，开车的不是别人，正是刘松。

刘松比他小2岁，是他带出来的徒弟，毕业才一年，一年来，一直跟在他的屁股后面跑东跑西，等于是他的助手。刘松很喜欢开车，总想开皮卡过瘾，倪流嫌他开车技术太差，每次都不让他动车。

现在倒好，他才两天没有上班，怎么他的专用皮卡让刘松开上了？

以刘松的资历，就算倪流不在单位，皮卡也轮不到他开。

眼见皮卡就要撞到倪流时，刘松猛地一打方向，皮卡擦着倪流的身子堪堪停下，刘松从车窗探出头来，露出了幸灾乐祸的笑容："倪哥，听说你出国旅游了？你可总算回来了，怎么样，是不是国外风光独好，乐不思蜀了？车我开了三天，尹头儿说，这段时间车先归我开，你没意见吧？"

出国了？倪流盯着刘松皮笑肉不笑的圆脸，心想谁在单位造他的谣，恐怕是不安好心，再联想到老张对他的态度和刘松的嚣张，心里愈加明白了几分，就拍了拍车门说道："没意见，你开和我开不都一样……这是要去哪里？"

"去长青路测量施工。"刘松嘿嘿一笑，"尹头儿说，长青路段的测量，也由我全权负责了。"

长青路工程是市政府今年的重点工程，测量和监控，一直是倪流直接负责，谁负责，就证明谁在市政一公司是技术骨干，怎么他跟了一年完成了三分之二工作量的项目，才晚了两天上班，就转手交给刘松了，岂不是说，他前期的努力都等于为他人做了嫁衣？

看来，尹小花是要故意整治他了。

想想刘松跟了他一年，一年来，他毫无保留地教会了他许多专业知识和为人处世的道理，结果在事关切身利益之时，刘松还是毫不犹豫地站在了他的对立面……

倪流心中一阵无奈，摇了摇头，没再多说什么，其实他很想朝刘松一脸贱笑的圆脸上打上一拳，然后郑重其事地告诉他，做人不能忘本，敬重人生的领路人是每个人应有的品德，不管在哪个行业，一个不知道心存感恩的人，路注定走不长。

等倪流转身一走，刘松得意地一笑，猛然一脚踩下油门，皮卡轰鸣着开出了市政一公司的大门，嚣张和得意扬扬的姿态，暴露无遗。

倪流头也没回，经过遗嘱引发的一系列变故之后，他对许多事情都看开了，现在，刘松在他的心目中已经被他画上了句号，他不会为一个无关的路人丁而生气。

等他刚迈上办公楼的台阶，突然听到身后传来"砰"的一声巨响，回身一看，刘松的皮卡撞在了门口的大树上，车头水汽蒸腾，零件散落了一地，显然撞得不轻。

倪流忍住笑，也没回去看看刘松的伤势如何，转身上楼去了。皮卡车不好开，他开了两三年也不敢在单位门口急加速，单位门口的一棵几十年的老槐树正好挡住视线，很容易出事故，刘松才开几天车就想卖弄，肤浅之人总有可悲之时。

尹小花的办公室在三楼，倪流刚上到二楼，迎面就走来了肖米。

“倪流，你可算来了，你要是再不来，说不定就要被单位除名了。”肖米一见倪流，忙左顾右盼几眼，见周围无人，就一把拉过倪流，“走，先到我的办公室，我有话对你说。”

肖米的办公室在二楼，她是办公室副主任，按规定不够一人一间办公室的级别，不过作为尹小花的小蜜，尹小花对她的最直接回报就是为她安排了一间单独的办公室。

跟随肖米进了她的办公室，倪流随手关上门：“肖姐，出什么事了？”

“倪流，你先对肖姐说实话，你是不是富二代？”肖米上下打量倪流几眼，“元旦聚餐，你是不是开了一辆奔驰走了？”

倪流一愣，又一想，想通了其中的环节，估计是肖米在楼上看到了停车场的一幕，他也就没有否认：“肖姐，我是不是富二代你还不知道？我要是富二代，现在在石门还没房没车？我要是富二代，梁米早就答应嫁给我了，还用我求了三次婚都没有求成功？我是开着奔驰走了，不过，奔驰是我姐夫的车。”

“我就说嘛……”肖米如释重负地拍了拍胸口，媚眼横飞地白了倪流一眼，“单位都在传你是富二代，说你是隐形富翁，你在单位每月累死累活赚两千块，是为了体验生活，居心不良，把别人当猴耍，所以，许多人都觉得你不诚实，尹头儿也生你的气了，再加上你这几天没上班，也没请假，尹头儿就把你的工作安排给了刘松……”

遗嘱的问题还没有解决，工作上又出了意外，倪流头大了，现阶段他还不想放弃目前的工作。

“我和尹头儿好好解释一下，这几天家里出了点事情，我姐夫去世了。”倪流感激地冲肖米点了点头，没想到关键时刻，亲自带出来的徒弟还不如身为小蜜的肖米为人真实，他不由得感慨说道，“谢谢你肖姐，你真好。”

“啊，你姐夫死了？怪不得你没来上班，没事，没事，你赶紧和尹头儿说一声，他肯定就不会怪你了。赶紧去，他在办公室呢。”肖米用力一推倪流，“以后等你发达了，别忘了肖姐的好就行。”

“一定不会忘。”倪流伸手一抱肖米，“在市政一公司，谁也没有肖姐对我好。”

尹小花办公室的门没关，倪流探头一看，办公室里除了尹小花之外，还有武俊杰也在。

武俊杰是和倪流同年进入市政一公司的同事，同办公室，同宿舍，今年又和倪流同时被列为副主任提拔人选，竞争一个副主任名额，可以说是倪流最直接的竞争对手。

“头儿，我来了。”倪流一脸笑意走了进来，冲武俊杰微一点头，说道，“这几天家里出了点儿事情，姐夫去世了，没来得及请假，头儿，你大人有大量，不会怪我吧？”

以前尹小花生气的时候，倪流几句玩笑话一说，再加上不着痕迹地拍上几记马屁，一般情况下都能让尹小花消气，但今天怪了，尹小花抬了抬眼皮，不屑地说道：“你姐夫死了是多大的事情？你就能忙到连打个电话的时间都没有？倪流，你眼里太没有市政一公司，也太没有我这个领导了！”

倪流的火气一下就上来了，什么叫姐夫死是多大的事情，人死为大，身为领导连这点人情世故都不懂，还当什么领导？他本来不想和尹小花计较，但尹小花说话太难听了，他不能容忍别人对姐夫的不敬。

“头儿，你可以骂我，但请你不要褒贬我的姐夫。”

“倪流，请注意你说话的口气。”武俊杰及时跳了出来，迫不及待地忠心护主。

倪流从来没有在单位说过家里的事情，因此许多人都只是知道他来自襄都，父母都是教师，除此之外，就一无所知了。

“我姐夫是谁，你就没有必要知道了。”倪流很不客气地呛了武俊杰一句。

“倪流，注意你的态度。”尹小花一脸怒气，一拍桌子说道，“你一个富二代，开着一百多万的奔驰来市政一公司一个月赚两千多块，你是想体验生活，还是想在我们这些穷人身上找到有钱人的优越感呢？市政一公司水太浅了，容不下你这条龙！”

尹小花是嫉妒他的奔驰了，才一辆价值百万的奔驰就让尹小花眼红加心理不平衡，如果让他知道了他现在是远思集团百分之七十股份的唯一合法继承人，不知道尹经理会不会震惊得瞠目结舌？

不过倪流可没有故意显摆的恶趣味，他解释说道：“头儿，你误会了，我可不是什么富二代，元旦公司聚餐的晚上我开的奔驰是我姐夫的车，我当时就是送他回去，结果刚送他到襄都，他就去世了，然后为了处理他的后事，就耽误了几天时间。”

“哦，原来是这么回事儿。”尹小花脸色缓和了几分，抬头看了倪流一眼，“亲人去世，也应该打个电话请个假，是不是？你无故旷工，扣你一个月奖金，你没有意见吧？”

好吧，总要让尹小花找到心理平衡点才行，倪流现在也不计较几百块的奖金了，说道：“没意见，我诚恳地接受头儿的批评。另外，我对头儿把我负责的工作安排给刘松的决定，也完全赞成。”

第二十一章

关键人物

尹小花没话说了，倪流既然不是富二代，奔驰又不是他的，再加上倪流的态度毕恭毕敬，他的自信就又回到了身上，开奔驰怎么了？开奔驰不也一样在他面前低声下气，在市政一公司，不管是谁，不管开多好的车，都得认准一个事实——他才是头儿！

“行了，就这么着，倪流，你先去吧。”尹小花摆摆手，下了逐客令。

“还有一件事情，头儿……”倪流顺手递上了一盒钻石香烟，“我得请一个长假。”

尹小花接过香烟，抽出一根放到鼻子下面闻了闻：“行呀倪流，都抽上一百多一盒的钻石了，还说不是富二代？请长假，什么理由，请多长？”

“烟是从我姐夫的奔驰车上搜刮的。”倪流知道尹小花好抽烟，送一盒钻石，也算是投其所好，“我姐夫一死，他的后事需要处理，我姐姐一个人忙不过来，我得帮她一段时间，估计得一个月。”

“一个月？”尹小花本来拿着香烟正要装起来，一听倪流的话，又扬手将香烟扔到了桌子上，“我说倪流，你姐夫是什么大人物，活着开奔驰，死了，后事得办一个月？”

“他不是什么大人物，就是做点小生意，赚了点小钱。后事处理的时间长，是因为遗产交接有些问题。”倪流耐着性子解释，他不是有前手没后手的人，何况说实话，他也并不想现在就丢了这份工作。

“你姐夫的遗产交接和你有多大关系？”尹小花的火气又上来了，怎么看怎么觉得倪流不顺眼，不但不顺眼，而且还面目可憎，总感觉在倪流青春阳光的表情之下，隐藏着许多不为人所知的秘密，他就不耐烦地挥了挥手，“我给你一周的假期，一周之后，要么来单位上班，要么就别来了……”

“倪流，你可真是事儿妈，你姐夫死了就死了，和你一个外姓有哪门子关系？你先是两天多没上班，也没请假，好不容易来单位了，又大爷一样一张口就请一个月的假，你脸真大。”武俊杰冷嘲热讽地说道，“你姐夫到底是什么了不起的人物，死就死了，还死得没完没了了！”

倪流终于忍无可忍了，武俊杰对他冷嘲热讽或是落井下石也就罢了，他现在一头官司一身麻烦，没有工夫也没有心思去和见风使舵的小人计较，但武俊杰对宋国文出言不逊，他就不能再忍气吞声了。

“武俊杰，你放屁！”话一说完，倪流一拳打在武俊杰的左脸上，“再敢说我姐夫半句坏话，信不信大爷废了你！”

武俊杰没防住倪流的冷拳，当即被打得半边腮帮子鼓了起来，他恼羞成怒，扑过来就朝倪流当胸一拳。

倪流正在气头上，否则以他平常温和的性子，也不至于非要当着尹小花的面儿和武俊杰打架，现在他桀骜不驯的一面发作，心中怒火中烧，一伸手就抓住了武俊杰的胳膊，用力一拉，随后膝盖一提，只听“砰”的一声，武俊杰的额头就和他的膝盖来了一次正面的强有力的接触。

“哎呀！”这一下撞击力度之大，撞得武俊杰眼冒金星，头嗡嗡直响，双手捂着额头蹲了下去，“倪流，你他娘的敢打老子，老子非杀了你不可。”

“杀我？”倪流冷冷地说道，“你得有那本事才行！”

尹小花震惊得目瞪口呆，过了半晌才反应过来，猛地一拍桌子站了起来：“倪流，你眼里还有没有我这个领导？当着我的面打人，你真有本事了，啊？你马上向武俊杰道歉，你的假，我一天也不批了！”

“爱批不批，我还不上了。”倪流也恼了，尹小花对他有意见，处处想整治他也就算了，还无条件袒护武俊杰，把过错都怪到他的头上，“尹小花，面子是相互的，我敬的是你的职务，不是你的人品。别以为你背地干的龌龊事情没人知道，告诉你，你死皮赖脸写的保证书，我都看过！”

说完，倪流转身就走，走到门口，他又站住了，回身冲还蹲在地上呻吟的武俊杰说道：“武俊杰，和我姐夫相比，你连个屁都不是，你没有资格对他评头论足。告诉你，我姐夫是襄都宋国文！”

“哐”的一声巨响，倪流摔门而去，声音过大，震得尹小花和武俊杰都不由自主地打了个哆嗦。

尹小花哆嗦的是倪流所说的保证书，同时也震惊于襄都宋国文的名头，武俊杰更是一屁股坐到了地上，双眼发直："襄都首富宋国文是倪流的姐夫？怎么可能？倪流怎么会有这么有钱的姐夫？同事三年，他一个字都没有说过，倪流这人，这么有心机？"

"保证书？宋国文？"尹小花呆立当场，双眼呆滞，神情木然，过了半天才颓然坐回到了椅子上，"怎么会这样？倪流这个东西，怎么会是襄都首富的小舅子？还有他怎么知道我给万大红写的保证书？"

尹小花心中翻江倒海，既惊讶倪流居然知道他的隐私，又震惊倪流在单位三年，嘴巴真严，整个市政一公司竟然没有一个人知道他有一个襄都首富的姐夫，到底是倪流性子淡然到了根本不在意有一个襄都首富姐夫的地步，还是他心机深沉、性格隐忍，故意隐瞒至今？

不过不管是哪一种理由，让尹小花想想都后怕的是，他一直认为倪流是一个甘于受人摆布的软柿子，不承想，倪流却是一个深不可测的闷葫芦。

俗话说，"蔫驴踢死人"，平常不声不吭的蔫驴一旦发作，指不定会干出什么惊天动地的大事。尹小花震惊过后又恢复了几分清醒，身后窗户没关，寒风吹来，遍体生寒，顿时打了个寒战，心中莫名一阵后怕。

倪流冲出尹小花的办公室，一路冲下三楼，刚到二楼，就又遇到了肖米。

"倪流，你过来。"肖米不由分说一把拉过倪流，将他拉进了办公室，关了门，"你怎么回事儿？吵那么大声，整栋楼都听见了，你真不想在公司干了？"

"不是不想，就是想请一个月假，尹小花不同意就算了，还侮辱我死去的姐夫，人死为大的道理都不懂，算哪门子领导？"倪流余怒未消，"还有武俊杰也在一边帮腔，我就火了。"

"请一个月假？你疯了？"肖米也生气了，用力一推倪流，"你脑子进水了还是短路了？你跟了一年多的长青路工程到了最后阶段，再有十天半个月，也许就验收了，你现在请假，还一请一个月，你辛苦了一年多的工程最后一刻让别人摘了胜利果实，你冤不冤？长青路工程最后评定为优秀工程的话，你作为技术负责人，该多么光荣……"

肖米确实是真心为他着想，倪流心中微微感动，平心而论，肖米想到的问题他在没来单位之前早就想到了，但人生在面临重大选择时，总要有所取舍，而且他也做好了最坏的打算，也许他在继承姐夫股份的事情上颗粒无收，最后黯然收场，就连姐夫留下的五百万也得如数上交公司，否则会被追究法律责任，而市政一公司还算不错的工作，也因此失去，再回首时，他一无所有，孤苦伶仃地站在风雨之中，满眼凄凉，满目沧桑……

即使如此，他也不会后悔！

人生之路总会出现岔口，是向左还是向右，全在自己的选择，成功了，是自己努力奋斗的结果；失败了，也别怨天尤人，任何事情都有两面性，有成功的希望，就有失败的可能。

“我已经决定了，谢谢肖姐的好心。”以前，倪流在肖米面前从来都是一副嬉皮笑脸的样子，今天却一反常态地一脸凝重，他再一次抱了抱肖米，和以往是调戏或调侃心态不同的是，这一次他心情平静而感伤，“我先走了，肖姐，多联系。”

“哎，倪流，等一下……”肖米也不和从前一样故作媚态，而是微有伤感地说道，“送你一个礼物，当个念想吧，以后我在一公司待不下去了，要是去投奔你，你可别人一阔脸就变，假装不认识我。”

肖米的礼物是一盆盆栽，拳头大小的金琥，长得还算旺盛，倪流也没推辞，接在了手中：“我是脸一阔人就变的人？肖姐，等我发达了，说不定还得亲自上门请你过去帮我。”

“现在说得好听，到时候是不是变脸就不知道了……”肖米悠悠地说道，忽然又笑了，“行了，既然你决定了，就赶紧走吧，尹头儿那里我再替你说说好话，能争取的利益就不能放弃，你说是不是？”

离开单位，倪流回头看了一眼工作了三年的地方，心中多少有一丝留恋，不过想到将来面临的艰难考验和未知的重重波折，他又义无反顾地迈开大步，再也没有回头。

一个月的假期，也许太短，短到倪流还没有在遗产的三方混战中理清头绪，还没有顺利继承宋国文的股份就到期了。也许又太长，长到几天后就风云突变，在洪东旭、倪芳和宋国武的三方联合下没有了招架之力，一败涂地，不得不一脸落魄地回来上班。

当然，洪东旭、倪芳和宋国武三方联合的可能性微乎其微。

不过，凡事总有例外，倪流也设想过，如果他是洪东旭，他就会放下成见，提出一个折中的方案以征得倪芳和宋国武双方的支持，如此一来，就会形成一个强有力的联盟，就算他有遗嘱在手，也会在三方联合的强大力量面前，没有还手之力。

话又说回来，想要联合心思各异的宋国武和倪芳，确实不是一件容易的事情，况且洪东旭本身又心怀鬼胎，所以，在巨额遗产面前，在人人都想瓜分或吞并远思集团的利益驱使下，联合阵线的形成，几乎没有可能。

除非……除非洪东旭光明磊落，一心一意为了远思集团的未来着想，并不想借机全面接管远思集团。

以倪流分析，洪东旭断然不会放过眼前千载难逢的大好时机，商人逐利，洪东旭眼下又是几方争夺战中最有优势的一方，他会拱手将机遇让给他人？虽说倪流和洪东旭尚未谋面，而且他对洪东旭的性格也不够了解，但从人性的角度出发，从洪东旭的所作所为分析，倪流得出的结论是——不达目的，洪东旭是不会罢休的。

同样，倪流在发动奔驰的一刻，也在心里告诫自己，他也是遇强则强的性格，从现在起，他无路可退，不达目的，也是誓不罢休！

工作的事情暂且放到一边，倪流相信尹小花就算再火冒三丈，也不会将他除名，不提有肖米替他周旋，就是他刚才所说的一句暗示强烈的话，相信尹小花听了之后，也会掂量几分。先不管尹小花了，现在他最迫切的事情是尽快理顺头绪，在最短的时间内和王树斌见上一面。

对，就是宋国文临死之前见过的最后一个商场上的合作伙伴王树斌。

倪流坚持要回石门的主要目的就是为了和王树斌谈上一谈，有理由相信，即使王树斌没有在背后有意谋害宋国文，他在宋国文突然意外死亡的事件中，也有不可推卸的推波助澜的作用。

况且，就吴小舞提及的一个疑点——王树斌提出让宋国武来石门接宋国文回襄都——始终让倪流念念不忘，总觉得其中有某种隐情，而且还有一个问题也时刻让他牵挂在心，宋国文从王树斌手中要到了五百万的欠款，却是现金支票而不是转账支票，也是一个让人颇为费解的疑点。

而在宋国文临死之前，也提到了王树斌欠账最多的事实，再加上宋国文死于酒精中毒，又是和王树斌拼酒引起，种种迹象表明，王树斌是宋国文死亡事件中的第一个关键人物。

第二十二章

更多纷争

或者说，是一个节点，而且倪流隐隐觉得，宋国文死后的遗产纠纷，王树斌也不会置身事外，会以某种形式介入其中。既然如此，不如他直接上门和王树斌说个明白，从石门到襄都，一路冰天雪地，狭小的汽车空间内，只有他和吴小舞、宋国文三人，现在宋国文已经亡故，那么在车内宋国文说过什么话，就只有他和吴小舞知道了……这样一个可以拿来大做文章的绝佳机会，倪流肯定不会放过。

倪流发动了汽车，从停车场出来，向右一拐就驶上了市政路，他没有开车去远思集团办事处找吴小舞，在和吴小舞一起与王树斌会面之前，他还有一件私事要处理一下——要和女友梁米见面谈一谈。

元旦放假三天，他本来约好要和梁米一起度过，但突然出现了意外，他忙碌之下，也没有及时和梁米打个电话说一声，而梁米几天来一个电话也没有打来，倪流就知道，梁米生他的气了。

倪流和梁米是大学同学。

倪流是襄都人，梁米是秦城人，同是中省人，不过倪流来自省城以南，梁米来自省城以北，按说地理上的差异不足以造成二人性格的截然不同，毕竟都是中省人，但实际上，倪流和梁米虽是恋人，性格却差异极大。

大学恋爱两年，毕业后在一起三年，五年时间足以让倪流和梁米都充分地了解对方是不是自己想要的那个人，倪流很喜欢梁米，毕业后第一年，他就向她求婚，结果梁米以都还年轻为由拒绝了。

第二年，倪流小有积蓄，再次向梁米求婚，梁米又拒绝了他，拒绝的理由很敷衍——她需要再慎重考虑一下。

第三年，当倪流第三次向梁米求婚时，梁米说了一句让倪流为之心伤的话：

“倪流，你没房没车，拿什么娶我？你明明有一个亿万富翁的姐夫，为什么还要装没钱？你完全可以去当一个富二代，去投奔你的姐夫，至少可以少奋斗十年！”

都说大学时代的感情最可靠，倪流才知道，人会变，感情会褪色，学生时代的纯情到了社会上之后，在复杂的社会环境的冲刷下，在物质生活的冲击下，曾经的海誓山盟也会变成过眼云烟。

梁米变了，虽说还没有变心，但她不再是当年纯真的女孩了。

只是倪流还是不想放弃梁米，想方设法希望梁米能回心转意，他怀念的是大学时代的纯真初恋，是想留下终将逝去的青春，作为一个重情重义的男人，他还是想娶初恋的。

倪流拨通了梁米的电话。

“梁米，你在哪里？”电话接通的一瞬间，倪流听到话筒中传来嘈杂的声音，强烈的节奏感和冲击力，像是舞厅的DJ曲。

“倪流……”梁米的声音像是在狂呼，是兴奋过度的呐喊，“你终于露面了，再不露面，我就要正式宣布我恢复单身了。”

倪流皱了皱眉：“你在哪里？我去接你，有事情要和你说。”

“我在亮水，你过来吧，我也正好有事情要和你说。”梁米热情地回应倪流，“快点呀，我一个小时后要去京城了。”

亮水练歌房在青石巷旁边，离远思集团驻石门办事处不远，是石门有名的豪华歌厅。倪流以前想去亮水歌厅唱一次歌，却在门口望而却步，消费太高，不是他所能承受的昂贵，而且他又不是喜欢放声高歌的性子。

倪流无奈地摇了摇头，他忽然发现，梁米和他渐行渐远，而他似乎无论怎么努力都留不住她即将远行的脚步。

人生，真的是不能若只如初见？

驱车到亮水，大概半个小时，也就是说，梁米只给他半个小时的时间？倪流摇头一笑，也不知是自嘲的笑还是无奈的笑，他开车向前走了不远，正寻思怎样和王树斌见面时，手机突然响了。

吴小舞来电。

“倪流，事情办妥了。不过不知道为什么，我总觉得心里不踏实，五百万元的现金支票，是不是不该兑现？从法律上来讲，这五百万应该归远思集团所有。如果王树斌向洪东旭透露了现金支票的事情，洪东旭向我们索要支票，我们该怎么办？”

这个问题倪流早就想过了，说道：“王树斌为什么要交给宋国文现金支票而不是转账支票？”

“我不知道。”

“宋国文留遗嘱时，头脑清楚，他会不记得现金支票的事情？既然记得，却故意提也没提，就说明了一点，他是有意隐瞒。为什么要有意隐瞒？”

“我还是不知道。”吴小舞被倪流问笑了，“宋总许多事情都不会对我说明白，我又领悟不了……倪流，你有话就直说，别卖关子了。”

“我没卖关子，其实，我也是猜测，这五百万元现金支票，恐怕是宋国文的一个伏笔，到底打的是什么埋伏，我现在也不敢乱说，但有一点可以肯定，宋国文没提五百万元现金支票的事情，王树斌也不会主动向洪东旭提及。”

“可是……”

“没有可是，这钱我们不是吞了，而是暂时借用，等时机成熟时，会还给公司或是根据宋国文的遗愿还给应得的人。”虽然人死为大，但倪流习惯了直呼宋国文的大名，还是改不了口称呼宋国文为姐夫或是宋总，相反，叫惯了宋国文，他反倒觉得宋国文的称呼很亲切。

“好吧，就再信你一次。”吴小舞放心了，就问，“你什么时候来办事处？”

“还得一个多小时，要不，你先回家看看，等我忙完再给你打电话。”想到吴小舞和他一样等于也是消失了几天，而几天来的朝夕相处，吴小舞不但没有提及过她的男朋友，连家人也是只字未提，倪流不由心中微有疑惑，如吴小舞一般年纪的女孩，正是渴望男友呵护和家人照顾的阶段，她怎么就这么独立？

“我不回家。”吴小舞似乎赌气一样，或许是意识到语气过重了，她又笑了一笑，“我不想家，所以不用回家，从小我就独立惯了，经常一两个月不回家也没事。”

“你是石门人？”倪流忽然又想起一个疑问，吴小舞到底是不是石门人，她虽然自称是石门人，不过听她的口音，似乎并非土生土长的石门土著。

“当然是了，你怎么想起来问这个了？”吴小舞咯咯一笑，“倪流，有时候你确实很聪明，很果断，很男人，不过有时候你又很……莫名其妙！”

电话挂断了，倪流愣了一愣，这个吴小舞，似乎也隐藏了许多不想透露的秘密，回头到办事处要调出她的简历好好研究一番，既然她以后是他的重要合作伙伴，他有必要做到对她了如指掌，否则，不用等洪东旭或是宋国武打败他，用人失误的代价就有可能会让他自乱阵脚。

快到亮水歌厅的时候，倪流的电话又响了，他本来不想接听，来电号码很陌生，是襄都的陌生号码，应该不会有太好的事情，不过来电似乎很执着，倪流不接，就一直响个不停。

倪流只好接听了电话："谁这么有耐心？"

"谁这么没耐心，连电话都不接了？"不等倪流说完，对方就打断了他的话，上来就是一串机关枪，"倪流，你太不够意思了，我忙前忙后替你摆平麻烦，你不说声谢谢也就算了，还连我的电话都不接，你还算是男人吗？"

得，不接电话都上升到不是男人的高度了，倪流只好认输："是我不对，林同学，我在开车，正在听歌，走神了，没听到。"

"这个理由很充分，算是过关了。"林凝欢有要事，也就没有再和倪流过多计较，"估计一周左右，公安部就会出来尸检结果，这一次就是最终结果了。如果公安部的复检结果还是宋国文确实是死于酒精中毒，那么你的谋杀嫌疑就彻底洗清了，你和我说实话，倪流，你想怎样虎口夺食拿到宋国文名下的股份？"

虎口夺食形容得好，而且他面对的还不是一只老虎，是一群老虎，倪流也被林凝欢的话逗乐了："我还没想好，不过肯定是一场恶战了。"

"还没想好？真有你的，倪流，你有没有想到说不定到最后，你会被别人当了棋子甚至是炮灰？"林凝欢的语气透露出不屑的意味，"我都后悔帮你了，现在你的胜算越来越小了，除了你姐姐和宋国武之外，远思集团内部反对你的声音也很多，而且据我所知，有几家早就对远思集团虎视眈眈的公司，有襄都的公司，也有石门的公司，现在也准备出手想要割远思集团一块肉，或是想趁机兼并了远思集团，我在想，你前有群虎后有群狼，你又是一个愣头青，最后一场混战下来，不知道还能不能剩下几根骨头？"

林凝欢的话，是轻描淡写的口气，又似乎是玩笑之语，但听在倪流耳中，却如晴大霹雳！

如果说林凝欢事先知道有人在宋国文的尸体上做了手脚，想要栽赃陷害他的事实还不足以让他震惊的话，那么林凝欢还知道远思集团内部对他反对的声音很多，甚至还知道襄都和石门的几家公司也想趁机出手兼并了远思集团，就不由倪流不大惊失色了。

因为，襄都和石门的几家公司闻风而动准备暗中出手的消息，他一无所知，更因为，以林凝欢一个护士的身份，怎么会知道如此绝密的商业机密？

倪流也承认，不管是对襄都的商界还是石门的商界来说，他确实是一个彻头彻尾的愣头青，贸然就被宋国文的一纸遗嘱硬生生拉进了商界，而且一入商界就遭遇了一次无比激烈的商场阻击战，对他26年的人生来说，确实是一次前所未有的重大考验。

不过尽管倪流是商界的初哥，但他也能举一反三，知道商界的一些规矩，更知道各大集团公司想要吞并或兼并哪一家竞争对手，都是一等一的商业机密，非集团的核心人物不可能得知，那么林凝欢到底何许人也，她从何得知襄都和石门的几家公司正在暗中策划兼并远思集团事宜?

“林同学，我最后能剩下几根骨头的事情，以后再讨论也不晚，现在我最想知道的一件事情是，你怎么知道襄都和石门有公司要夹击远思集团了？又是哪几家公司，拜托你一口气把话说清楚行不行？”倪流话说得直接，既然林凝欢不打埋伏、不绕弯子上来就直接告诉他，他和她说话，也没有必要躲躲藏藏。

“我有我的渠道，而且消息也绝对真实可靠，你就不用关心我的消息来源和有哪几家公司要夹击远思集团了，问了，我也不会告诉你。我就是提醒你一下，如果说你在离开襄都之前是四面楚歌的话，那么现在的你，就已经是十面埋伏了。”林凝欢毫不掩饰她的担忧，“还有，你回石门的缓兵之计至少目前看来，是走对了一步，你走之后，宋国武和洪东旭见了一面，没有达成共识，据内部消息，好像还差点吵了一架。现在洪东旭开始着急了，我敢说，三天之内，他肯定会主动和你联系。你要沉住气，掌握主动，别让他牵了鼻子走。”

倪流从远思集团一出来就一刻不停地离开襄都直奔石门，出发点就是以退为进，所谓事缓则圆，他后退一大步，跳出襄都，要的就是只有置身事外才能更冷静、更全面地以一个旁观者的身份分析整个事件，然后权衡得失，从而找出最佳的突破口。

林凝欢不简单，围绕宋国文股份继承等问题，从远思集团内部的动向再到外部的动静，她几乎无所不知，比他强了何止百倍。倪流虽说心中有了一些主意，但信心不足，而且丝毫不知道远思集团创始人宋国文的突然病故对襄都以及石门乃至全省商界，带来了怎样风云突变的影响!

不管怎么样，林凝欢一直在帮他的忙，倪流就郑重其事地说道：“谢谢你，凝欢。”

“先不要谢我。”林凝欢似乎对倪流的感谢并不领情，“我帮你，自然有我的目的，世界上没有无缘无故的爱，更没有无缘无故的帮忙，所以在事情没有成功之前，你先别谢我，也许你以后知道了真相恨我还来不及。”

第二十三章

直面

倪流无语，林凝欢口无遮拦，想到什么就说什么，一时倒还真让他摸不清她是真的直来直去的性格，还是虚晃一枪故布迷阵？好吧，暂且不管林凝欢是基于什么原因要帮他了，眼下先一步步弄清状况再说。

“还有一件事情……”林凝欢又说，“你回石门也没那么安全，石门已经有人注意上你了，小心点，石门至少有两家公司对兼并远思集团兴致很大，而且很有可能背后已经开始有所动作了，你现在是风暴中心的风眼，大小也是个名人了，不管走到哪里，都要小心有人跟踪。好了，我就说这么多了，你好自为之，老同学。”

老同学的声音犹在耳边，电话已经挂断，倪流心中愈加肯定了一个推断，林凝欢绝对不是一个普通的女护士，她说不定也是商场中人，甚至来历不凡。

那么她到底是何许人也？倪流懊恼地一拍方向盘，怪只怪他对石门和襄都商界的了解太少了，完全就是眼前一团黑，不行，一定要恶补一下石门、襄都两地商界的现状，至少做到心中有一盘棋。

倪流当即拿起电话，打给了吴小舞：“小舞，整理一下石门、襄都两地的主要集团公司的资料……”

“早就整理好了。”吴小舞轻松欢快地回应倪流，“而且凡是和远思集团有业务往来，或是和远思集团有竞争关系的集团，我都重点做了标注。”

倪流大喜，吴小舞还真是一个称职合格的秘书：“等我忙完后，从今天开始，用三天时间来学习，争取尽快入门……”

“早该入门了。”吴小舞嘻嘻一笑，“不过现在也不算太晚，你怎么还不来办事处？”

“还有半个多小时吧。另外，你再具体研究一下，石门有哪些公司对吞并远思集团感兴趣……”

放下电话，一抬头，亮水歌厅到了。

歌厅门口停满了各式各样的豪车，宝马、奔驰、沃尔沃和奥迪，曾经几次坐公交车路过亮水歌厅，梁米无比羡慕地说道：“什么时候我也坐宝马来亮水K歌，才是幸福的生活。”

现今，倪流开着奔驰来到亮水，心境却和以前大不相同，他停好车，打通了梁米的电话。

“梁米，我到了，在门口。”

“好，你等一下，我马上出去。”梁米依然兴奋无比，声音很大。

正是下午时分，亮水KTV的霓虹灯还没有点亮，现在还不到KTV营业的黄金时间，门口的车位却已经所剩无几了，今天又不是周末，也不知道有多少人在正常的上班时间却泡在KTV无节制地挥霍青春。

青春最珍贵却又最廉价，珍贵的是短暂而永不再来，廉价的是在曾经拥有青春的时期，每一个人都从来不知道珍惜，等到青春逝去之后，才又追悔莫及。

门前的积雪被清扫得一干二净，寒风吹来，寒意袭人，站在亮水歌厅门前，听到里面隐约传来激情似火的DJ舞曲，倪流蓦然间有一种恍如隔世之感。

“倪流……”一声呼唤将倪流从沉思中拉回现实，抬头一看，梁米一路小跑欢快地来到了他的面前。

梁米身高一米六六，身材高挑，双腿修长，圆脸，一双明亮而撩人的凤眼，她穿了一件白色羽绒服和紧身天蓝牛仔裤，脚上一双翻毛小皮靴，再配合脸上光彩照人的笑容，整个人如一株芍药楚楚动人、妩媚多姿。

“小米，想我没有……”倪流伸手想要将梁米揽到怀中，梁米却轻巧地一闪，躲到了一边，他见梁米神色不对，忙问，“怎么了？”

“没什么。”梁米勉强笑了一笑，她的额头上微有汗珠，应该是兴奋过度的汗水，“你找我有什么事情？”

几天来，倪流没机会给梁米打一个电话，而梁米似乎也遗忘了他一样，电话没有，短信也没有，仿佛他的失踪对她而言无关紧要，一见面又是如此淡漠，他的心就慢慢沉了下去。

“我这几天回襄都，发生了一些意外，一直没有机会和你说个清楚……”倪流伸手要去拉梁米的手，不料梁米再次躲开了。

“没关系，你不用解释了。”梁米摆了摆手，低头看脚下，一边踢脚下的一粒石子，一边吞吞吐吐地说道，“倪流，我们、我们分手吧……”

虽然早有预料，虽然不算突然，倪流还是如被一记重锤击中胸口，胸闷气短，心中一阵疼痛，他一把抱住梁米的双肩，直视他再熟悉不过的容颜，曾经的欢笑和初恋就此远去，他不甘心。

“为什么？为什么？”倪流使劲摇动梁米的双肩。

“放开梁米，你谁呀？”梁米还没有回答倪流，忽然一个人从亮水KTV冲了出来，气势汹汹地冲到倪流面前，一把推开倪流，“你哪里来的野小子，滚开！”

倪流冷不防被推了一把，后退几步，定睛一看，来人年约30岁，额头染了一缕黄头发，个子中等，一身阿玛尼，脸上挂着一丝玩世不恭的讥笑。

倪流并不理会黄毛的嚣张，而是冷冷地问梁米：“梁米，他是谁？”

“他是……”梁米抬起头，目光变得坚定了几分，一咬牙说道，“他是黄文旭，是我的新任男友。倪流，我要和你分手！”

“喂，小子，你听到了，梁米和你分手了，从现在起，她是我女朋友了，你要再敢动她一根手指头，小心我……”

“滚！”倪流毫不客气地打断了黄毛的话，“再多说一句屁话，信不信我打得你满地找牙？”

“呀，小子你挺狂，你有几斤几两？”黄毛说着就要脱衣服，显然是想动手，“我还不信了，我一根手指头就能打得你找不到东西南北。你大爷的，敢跟我横……”

“黄文旭，你少说几句行不行？”梁米急了，抬腿踢了黄文旭一脚，“我的事情，我自己解决，用不着你出面，一边待着去！”

黄文旭狠狠地瞪了倪流一眼，后退两步：“行，姑奶奶你说了算。”

“倪流，我们在一起不合适，五年了，我始终没法说服自己嫁给你，你太没上进心，也没有男人气概，我对你完全失望了。这几天我想好了，我们不能再这样下去了，新年新气象，都给对方一个重新选择的机会，好不好？”

“黄文旭是什么人？”

“他是什么人，你不用管，反正他有房有车，能给我安全感，你呢？你有什么？你能用海誓山盟给我一栋一百平方米的房子和一辆宝马吗？放手吧，倪流，放我走，给我自由，也算是你在我面前最后男人一次，行吗？”梁米一向是强势的性格，只要她认为在理，她会据理力争，不会退让半步，也不会在意别人的感受。

“倪流，放手！”

倪流其实本来就没有抓住梁米的手，梁米拉他到一边说话的时候，是梁米主动拉住了他的手，梁米突如其来的分手让他一时无法接受，正不知要说些什么时，突然，身后传来了一声熟悉而坚定的呼唤。

怎么她也来凑热闹了？倪流回头一看，果不其然正是吴小舞。

换了一身素装的吴小舞，深灰色风衣，美丽动人，蓝色腰带在腰间盈盈一系，如点睛之笔，衬托出身材的曼妙，一条简单却不失大方的马尾辫随意地束在脑后，落落大方，脚下棕色长筒靴，彰显丽人本色。

必须要说，眼前的吴小舞不但让人眼前一亮，而且如凌寒独自开的梅花，香远益清，亭亭净植，高洁如玉。

吴小舞脸色微怒，三步并作两步来到倪流身边，一把挽住倪流的胳膊，微微靠在倪流的肩膀之上，不以为然地说道：“倪流，没想到你的品位这么差，都是什么爱慕虚荣的女人，你还抓住不放？肤浅的女人只在意物质享受，真正懂爱的女人才会知道，易求无价宝，难得有情郎，她永远不会明白，在真正的爱情面前，房子和车子能算得了什么？”

“你是谁？”梁米充满敌意地打量了吴小舞一眼，心中很不舒坦，吴小舞比她漂亮，比她大方，比她还盛气凌人，虽说她决心要和倪流分手了，但在她眼中，倪流就是一个失败者，他没房没车、没理想没追求，更不可能有比她还漂亮的女孩子喜欢，她惊讶之余就不免心中微有失落，“倪流，她是谁？是不是你的新女朋友？”

倪流还没有开口说话，吴小舞手中悄悄用力拧了他一把，他的话到了嘴边就又咽了回去。

“准确地讲，我还不算是他的女朋友，只能说是他的追求者之一。我和一个开红色宝马跑车的女孩同时喜欢倪流，倪流到底会选择她还是我，现在他还没有拿定主意，不过，虽然我没有宝马跑车女孩漂亮，也没她有钱有势，但我相信我的真爱会打动他……”吴小舞仰起脸，脸上洋溢着青春的光彩和骄傲，“倪流才不会肤浅到只看重金钱，他是一个有品位的男人，有品位的男人，只有同样有品位的女人才配得上。”

“你……你骂谁肤浅？”梁米气坏了，听出来了吴小舞的含沙射影，她盛怒之下用手一指黄文旭，“倪流有品位？倪流一个穷小子能有什么品位？他有一身的阿玛尼？他有宝马？他有别墅？他和黄文旭相比，就是一个渣。如果喜欢钱就是肤浅，我宁愿肤浅一辈子。”

黄文旭很配合梁米，得意扬扬地抖了抖身上的阿玛尼，又从口袋中掏出宝马钥匙，故意晃了晃，一脸讥笑：“没钱的人谈什么品位？有钱才是浪漫，没钱那是浪荡。”

“有钱的人不一定有品位，但肤浅的人，肯定没钱。”倪流轻轻一拉吴小舞，他对梁米彻底失望了，五年的爱情不抵一身阿玛尼和一辆宝马，不懂得真爱无价的人，永远体会不到真爱的幸福，他悄声对吴小舞说道，“小舞，我们走，不必非要和他们争论个没完，每个人都有选择自己生活方式的自由。”

吴小舞斜了梁米一眼，伸出纤纤素手：“倪流，车钥匙给我，我来开车。”

倪流见吴小舞眼中闪烁狡黠的光芒，知道她的小性子上来，非要找回场子不可，只好由她，拿出钥匙交到了她的手中。

“不明白为什么那么多肤浅的女孩喜欢坐在宝马后面哭泣，不懂车的女人伤不起，真为她们的智商着急。宝马是驾驶者之车，意思是说开车的人舒服，宝马减震太硬，坐在里面就远不如奔驰舒服了。所谓开宝马坐奔驰，有身份、有地位的男人，都会坐在奔驰车里高谈阔论。”吴小舞故意挑衅似的白了梁米一眼，“有品位的女人，也会坐在奔驰车里面笑，而不是坐在宝马车里面哭。”

梁米睁大了眼睛，不敢相信地看着倪流和吴小舞打开了奔驰ML350的车门，怎么可能？五天没见，倪流翻身把歌唱，居然开上了奔驰？

难道世界上还真有奇迹？

见效果达到了预期，吴小舞悄然一笑，灿如晨霞，她拿出一张银行卡交到了倪流手中：“卡里钱不多了，勉强只够买一套别墅，不过我建议你别在石门买房了，等业务拓展到京城后，在京城置业不是更好？”

钱不多，勉强只够买一套别墅？开什么国际玩笑，梁米呆若木鸡，石门的房价不算太高，但别墅也要两万多一平方米，一套别墅怎么也有两三百平方米，也就是说，卡里少说也有五六百万了？

开百万的豪车，随手可买一套几百万的别墅，如果这还叫没钱，梁米不知道什么级别的人物才叫有钱，就是她新结识的自称是富二代的富家公子黄文旭，也就是开了一辆价值三四十万的三系宝马而已，身上虽然一堆银行卡，相信不会也不可能超过百万。

倪流乌鸦变凤凰了？梁米不敢相信自己的眼睛和耳朵，呆呆地站立当场，迈不动脚步。

黄文旭也愣住了，直直看着吴小舞发动了奔驰，不过他的目光却是落在奔驰车的车牌上，等奔驰车倒出了车位之后，他如梦初醒一般大叫一声：“等一下！”

说话间，黄文旭突然飞一般跑到了奔驰车前，伸开双手站在中间，挡住了奔驰的去路。

第二十四章

遭遇战

吴小舞挂了空挡，目光直视车前几米之外的黄文旭，忽然，她一脚油门踩下，发动机发出了巨大的轰鸣，吓得黄文旭一下跳到一边，让开了路。

倪流笑了，吴小舞不但狡黠而聪明，而且还颇有几分女中豪杰的胆量，不由他不刮目相看。

不料黄文旭跳到一边之后，并没有躲开，而是又来到副驾驶的位置，敲了敲车窗。

倪流火了，黄文旭太嚣张了，还没完没了，他猛然推开车门跳了下去，伸手就拎起了黄文旭的衣领："黄文旭，皮痒了是不是？欠揍的话，大爷今天就成全你！"

让倪流惊讶的是，黄文旭却一改刚才的狂妄，一脸讨好的笑容，任由他抓住衣领并不反抗，反而低声下气地问道："你就是那个倪流？"

那个倪流？哪个倪流？难道还有很多倪流不成？倪流怒极反笑："有话直说，别绕弯。我是姓倪，外号倪达叶。"

"好好，你是大爷，你先松手行不行？脖子勒得难受，倪流，你就是这样对待你的朋友？"黄文旭嬉皮笑脸，轻轻一推倪流的手，"你开的是宋国文的车，再根据襄都商界传来的消息，毫无疑问，你就是宋国文股份的法定继承人倪流，对不对？"

"是又怎样？"倪流上下打量黄文旭几眼，看不出来黄文旭的来历，不过根据他的穿衣打扮和轻浮的言行举止，充其量不过是一个肤浅的富二代而已。

"本来呢，我和你素昧平生，你不认识我，我更不认识你，但有两个原因让我们在茫茫人海中相遇了，第一个原因是因为梁米，她是你的前任女友，是我的现任女友……”黄文旭举止轻浮，说起话来却喜欢长篇大论，而且还滔滔不绝，“表面上看，梁米是我们之间的一道桥梁，如果没有她，我和你不可能见面，更不可能认识。”

“有话直说，有屁快放，别说废话。”倪流不耐烦了，转身要走。

“其实不是，梁米并不是我们之间的一道桥梁，充其量算是一个纽带，实际上，我们之间真正的桥梁是宋国文先生！”黄文旭一个箭步跳到倪流身前，再次拦住了倪流去路，“倪流，先别急着走，听我把话说完。如果我话说完了，你还没有动心，那么你走也可以，或者不解气朝我脸上打一拳再走，也可以，我绝不还手。”

倪流站住，饶有兴趣地看了黄文旭一眼，心想这个黄文旭倒有点意思，就说：“直接说重点。”

“重点就是……”黄文旭天生就喜欢卖弄，让他改了毛病还真是为难他了，他拉长了声调，故意停顿了片刻，然后才加重了语气说道，“重点就是，宋国文先生在去世的当天，在和王树斌见面之前，先和我见了一面。”

倪流顿时愣住了，不知何故，脑中蓦然闪过林凝欢的话——你回石门也没那么安全，石门已经有人注意上你了，小心点，石门至少有两家公司对兼并远思集团兴致很大，而且很有可能背后已经开始有所动作了。

不过转念一想，他又释然了，轻描淡写地说道：“宋国文在石门认识的人多了，他和你见上一面，并不证明什么。”

“是不能证明什么，但如果我说，假如你想顺利继承宋国文的股份，你身边需要一个非常了解宋国文的高参，也就是说，你离不开我的帮助，你怎么想？”黄文旭嘴角露出了一丝玩世不恭的笑，“不是我吹牛，谁也没有我了解宋国文的所思所想，而且除了我之外，再也没有第二个人能够知道宋国文身上的全部秘密。”

“小舞，走。”倪流听不下去了，他认定黄文旭不过是故弄玄虚，一个人身上的秘密，只有他自己能全部了解，黄文旭说得天花乱坠，肯定别有用心，不用再浪费时间听他胡说下去了。

倪流拉开车门就要上车，黄文旭却又说了一句话，顿时让他愣在当场。

“宋总和我见面时说了一句话……”黄文旭抱住双肩，气定神闲地说道，“宋总说，如果有一天我突然不在了，我要把股权留给倪流，让他帮我掌管远思集团，远思集团如果交给倪芳，最后肯定会落到洪东旭手中。真有那么一天的话，文旭，我要你尽你最大所能帮助倪流。”

倪流愣了，黄文旭一个外人，就算从风声中知道宋国文留下的遗嘱，也不可能知道远思集团内部的真实隐患，这么说，他说的话，是实情了？

“走，找个地方聊一聊。”倪流决定深挖黄文旭和宋国文背后的故事，而且他现在身边也缺人手，一个吴小舞显然不够，如果真如林凝欢所说的一样他现在是十面埋伏，那么有黄文旭相助，也算是一件好事，不过……他的目光落在了梁米身上，“不相干的人，就不要来了。”

黄文旭也够光棍，打了个响指，回头冲梁米说道：“对不起了梁米，你自个儿玩吧，我有正事去忙了，回见。”

梁米又觉得羞辱又气恼：“黄文旭，你给我站住，如果你敢跟倪流走，我就和你分手。”

“不好意思，姑奶奶，虽然我很喜欢你，但我是一个事业心很强的好男人，在事业面前，爱情如浮云。”黄文旭一扬他额头上的一绺黄毛，潇洒地冲梁米一挥手，“觉得我够好，就等我。遇到更好的，请随意。”

梁米气得七窍生烟，原指望黄文旭能让她在倪流面前长长脸，却没想到倪流不但有了一个更漂亮的女朋友，而且似乎还发达了，最后连黄文旭也主动凑上去当倪流的跟班，这到底是什么情况？

“对了梁米，我得告诉你一句大实话，不管你爱不爱听，我还是要说，你的眼光真的很烂，守了倪流几年，眼见守得云开见月明了，你又没耐心了，还主动离开了倪流，你不知道现在的倪流是什么身份吧？告诉你，他继承了襄都首富的遗产，他现在是襄都首富了。”

啊……梁米惊呆了片刻，忽然扑到了倪流面前：“倪流，其实我还爱着你，黄文旭就是我拿来气你的道具……”

“怎么样倪流，我说对了吧？有些女人就是肤浅到可以让人一眼看到她的人生下限！”吴小舞一把推开梁米，冷冷一笑，“给别人一个重新选择的机会，也给你自己一个重新做人的机会吧。”

呆呆地望着倪流的奔驰和黄文旭的宝马绝尘而去，梁米愣愣地站在亮水KTV门前，大脑一片空白，耳中传来狂乱迷茫的DJ舞曲，她的心也随着摇摆而坠入了狂乱和迷茫之中。

梁米就如一片被秋风从枝头吹落的枯叶，无人在意她的命运和悲伤，倪流一行两车三人，直接到了远思集团驻石门办事处。

现在远思集团乱成一团，驻石门办事处成了被人遗忘的角落，一次性交了一年的房租，明年这个时候也不用愁有人上门要钱，只管住就是了。偌大的办公室只有吴小舞一人，也不知道宋国文当初成立这个办事处到底是怎么想的，就为了吴小舞有一个办公的地方？

“这地方，当初还是我和宋总一起选中，我说是个好地方，宋总才决定租下的。”一进门，黄文旭就感慨地说道，“没想到，一转眼宋总不在人世了，真是让人不胜唏嘘呀。”

青石巷56号是三杰大厦写字楼，办事处在三杰大厦三楼303房间，足有一百多平方米，完全是一家小型公司的规模，吴小舞的办公室是单间，外面有许多格子间，摆好了桌椅，以倪流的设想，最少也要有三五名员工上班才像个样子。

“租这么大的一个办事处，却只有一个人办公，宋国文真是浪费。”倪流看了黄文旭一眼，“听你的口气，你和宋国文很熟了？”

“这么说吧，如果不是因为你是宋国文的小舅子，宋国文临死时的遗嘱上面，我可能就是股权继承人了。”黄文旭说大话从来不打草稿，张口就来，“我和他的关系密切到了什么程度呢？打个比方说，他经常和我谈论女人，有几次还说到了吴小舞，他说……”

“闭上你的臭嘴。”吴小舞羞红了脸，“黄文旭，你就不能说点儿正经八百的事情？”

“能，当然能。”黄文旭嘿嘿一笑，斜着眼睛打量了吴小舞一眼，小声对倪流说道，“宋总是个男人，他愣是没打过吴小舞的主意，我真服他。要是我是他，放这么一个尤物在身边，早就忍不住了。不过也别说，宋总对你真他二大爷的好，不但股份给了你，还留了一个原封未动的秘书给你，你算是捡了个天大的便宜。”

倪流得承认吴小舞确实是个尤物，但却不认同宋国文对他好的说法，宋国文名下的股份是留给了他，但他越来越发现，宋国文的用心深不可测，可不仅仅是为了让他接管远思集团。

听了黄文旭真真假假的吹嘘，倪流对黄文旭的话又多了几分信任，他坐在高大的办公桌后面，不咸不淡地问道：“黄文旭，我也实话实说，现在我身边也正好缺人手，股份继承之路，很不顺利，而且背后有许多问题，我想不明白，既然你说你是高参，那么你就帮我分析一下现在的局势，该从哪里入手才能打开局面。”

倪流的话有试探之意，尽管黄文旭口若悬河，似乎他和宋国文真的关系十分密切一样，但吴小舞作为跟随了宋国文一年多的秘书也不知道黄文旭是何许人也，就不得不让他怀疑黄文旭的身份和用意。

“该从哪里入手打开局面？”黄文旭颐指气使地冲吴小舞说道，“小舞，先帮我倒一杯咖啡提提神，KTV里面太吵了，现在还脑袋疼。”

吴小舞不去，她看不惯黄文旭摇头晃脑的德行，才不会为他倒咖啡：“要喝自己去倒。”

“好吧，我自己倒。”黄文旭没敢麻烦倪流，不过话里话外还是透露出了他的不满，“刘备三顾茅庐，礼贤下士，求贤若渴，现在人心不古，连一杯咖啡都不给倒，太势利了，太现实了。”

吴小舞气得张嘴想和黄文旭理论一番，被倪流制止了，倪流摇头一笑，小声说道：“别理他，听他卖弄。他有真本事，用他来对付洪东旭和宋国武。没有真本事，等下扫地出门。”

黄文旭倒了咖啡，美美地喝上一口，品味半晌，见倪流和吴小舞都不主动开口问他，他很无奈地说道：“算了，不和你们一般见识，下面，就让你们见识见识我的真本事。不过我可有言在先，倪流，我帮你，不是学雷锋做好事，我要求回报。”

要求回报就对了，如果他无私奉献，倪流更不敢相信他。

“先说你的建议，如果有可行之处，再谈你的回报。”倪流接过吴小舞送来的咖啡，喝了一口，“先尝后买，知道好歹。”

“好，我喜欢和痛快人打交道。”黄文旭站了起来，“让我猜猜你目前的处境，首先，你姐姐反对你继承股权；其次，洪东旭也不会让你顺利继承；再次，宋国武会以大无畏的无赖精神和你拼个你死我活，逼急了他，说不定他还会雇人灭了你，所以你现在是四面楚歌，不对，如果再加上襄都有两家公司，石门也有两家公司都想吞并远思集团，你的处境就是十面埋伏了，啧啧，真是让人忧虑，这一笔巨额遗产对你来说就算是从天而降的金条，最后也要看你用什么接住了，用头，就会被金条砸得头破血流，下场就是有钱没命花。用手，说不定还会被金条砸得生活不能自理，到时候就算有一座金山也没用了。所以说，倪流，你现在麻烦大了。”

倪流的脸色凝重了几分。

没错，黄文旭的话一点儿不假，现在他已经没有退路了，如果说以前他还天真地认为他不想继承遗产还可以全身而退，那么现在他完全想通了一点，遗嘱就是一把“双刃剑”，高悬在他的头顶之上，成功了，可以手握宝剑，披荆斩棘杀出一条血路，最终坐上远思集团董事长的宝座，功成名就，号令天下。失败了，就会被无数人唾弃，不但被家人所不容，还会被宋国武之流鄙视，甚至会被洪东旭之流当成炮灰，直接手起剑落，人头落地。

第二十五章

江山美人

现在的他，前进，有可能一步登天；后退，一无所有，中间没有缓冲地带，他的人生，被宋国文的遗嘱带进了一个绝壁悬崖，而且现在他想要退出也不可能了，他是宋国文股份的法定继承人，不管是谁想要吞并宋国文的遗产或是想兼并远思集团，他都是绕不过去的门槛，除非他意外死亡，宋国文的遗嘱才算失效。

意外死亡……之前倪流没想到事情会一步步滑向深渊，现在他很清楚这一点，他确实成了许多人的眼中钉肉中刺，不说宋国武恨不得杀死他而后快，那些想要兼并远思集团的大公司，恐怕也巴不得他出现什么意外才好。

也就是说，现在的他，只有勇往直前，拿到了股份坐实了远思集团董事长的宝座，才算拥有了安全保障。前进，就是黄袍加身。后退，就是无底深渊，宋国文临死时给他开了一个天大的玩笑。

“你说得很对。”倪流见黄文旭一语中的，心中对黄文旭增加了几分信任，“你怎么知道襄都和石门各有两家公司在打远思集团的主意？”

黄文旭的话和林凝欢的警告不谋而合，由此可见，他说的应该是真话。当然，也不排除黄文旭认识林凝欢，和林凝欢串通一气来诈他的可能性，现在他必须提高警惕，防范一切突然出现在他身边的陌生人。

“我当然知道了，不是早就说过，我和宋总的关系不是一般的密切，宋总在世时，远思集团和哪些集团关系不错，和哪些集团竞争激烈，我都一清二楚。”黄文旭将咖啡杯向前一推，“小舞，帮我续点水总可以吧？”

吴小舞嫣然一笑，和刚才的冷冰冰判若两人：“没问题，只要你真有本事，天天给你倒咖啡也不是不可以。”

“人才，真是人才。”黄文旭哈哈大笑，“倪流，你有福了，有吴小舞这么一个善于察言观色的妖精在身边，你如虎添翼，我得说，你的胜算又增加了一成。当然，如果你再有了我的帮助，你的胜算会再增加四成，也就是说，你有一半的可能突破重围，成为无数人膜拜的最年轻的襄都首富。”

如果黄文旭改掉自吹自擂的毛病，倪流会给他打八分，但现在，他只给他打六分。

“说下去。”倪流不接黄文旭的废话，他坐在桌子上，居高临下地看着黄文旭，“别耽误时间，你肯定知道，时间不在我这一边。”

“事成之后，我要百分之三的股份。”黄文旭显然是谈判老手，先讲条件，“先小人后君子比较好，是吧倪总？”

百分之三？黄文旭真敢狮子大张口，倪流摇头一笑：“不行，要价太高。”

“百分之二，最低了。”黄文旭也站了起来，想在气势上和倪流对等，“你要不同意，我现在就走人，就当我们没有见过。”

“最多百分之一。”倪流用手一指门口，“走的时候，记住关上门。”

“再见。”黄文旭二话不说，转身就走，他大步流星，似乎下定了决心一样，走到门口时，他故意停顿了一下，以为倪流会留他，不料等他迈出了大门，身后也没传来倪流挽留的声音。

行，真行，黄文旭摔门而去。

“啊，真让他走了？”吴小舞惋惜地说道，“他虽然看上去有点不着调、不靠谱，不过像是有点本事，就这么走了，可惜了。”

倪流笑道：“再有才，也不能恃才傲物，他要价太高了。”他又压低了声音小声说道，“他不会走，我数到三，他肯定会回来，一、二……”

真的假的？吴小舞脑中刚跳出不相信的念头，只听门一响，黄文旭果真回来了，他推门进来，一边走一边高声嚷嚷：“算了，算了，我是乐于助人的活雷锋，百分之一就百分之一好了，助人为乐为快乐之本，钱多钱少无所谓。”

“啊！”吴小舞张大了嘴巴，随即对倪流的佩服又多了几分，还是倪流眼光准，看透了黄文旭。

“虚头巴脑的话，就不要说了，文旭，既然要合作，大家就都拿出真本领，你要真有本事，百分之一的股份之外，远思集团的管理层少不了你的一席之地，当然前提是打下江山后你还愿意和我一起跃马江山。”倪流对黄文旭的去而复返很淡定，抬手看了看时间，“时间不早了，如果你的话合胃口，晚上还可以一起吃饭。”

“好吧。”黄文旭也不简单，直接坐回了刚才的位置，脸不红心不跳，好像什么都没有发生一样，“你以退为进，跳出襄都回到石门，是一步妙棋，就是不知道你下一步想先从哪里打开突破口，是王树斌，还是郭容天？”

王树斌是谁，倪流心里有数，郭容天是哪一路神仙，他一无所知，不过有一个察言观色的秘书是好事，吴小舞立刻递上了一份资料。

郭容天，石门容天集团创始人，现任容天集团董事长兼执行总裁。容天集团是一家集新型建材研制开发、农业科技开发、房屋建筑工程施工总承包、房地产开发、园林绿化、宾馆饭店为一体的综合性大型民营企业。

大概了解了一下郭容天及其创建的容天集团后，倪流点头说道：“先从谁身上打开突破口，有什么区别吗？”

这一句话问得高明，既掩盖了倪流并不知道郭容天是何许人也的事实，又将倪流本想以王树斌为突破口的真实用意藏在了背后，并且化掌为刀，成了一道考验黄文旭的测试题。

“区别大了。”黄文旭卖弄的毛病又来了，他一五一十地分析说道，“从表面上来看，宋总生前和王树斌关系最好，不管是远思集团和中远集团的业务合作，还是他和王树斌的私交，都可以称得上是亲密战友，而宋总和郭容天，虽然也算关系不错，但就仅限于泛泛之交，除了公事公办上的交往之外，他和郭容天坐在一起吃饭的次数都不超过三次。但实际上真实情况却是，宋总不止一次对我说过，他更愿意和郭容天合作。

“如果你先找郭容天当突破口，你就舍近求远了，容天集团和远思集团是有不少业务上的来往，但都只限于集团业务，也就是说，郭容天对宋国文的了解也只是表面，不深入。那么你一定会说先找王树斌是正经了？不过话又说回来，你找王树斌当突破口，要是没有人引荐，你连王树斌的面都见不到，而且现在宋国文一死，作为最后一个和宋国文喝酒的商场上的朋友，王树斌现在正在躲避媒体和许多人的追问，人藏在哪里你都不知道，但是……我知道！倪流，你做出的最英明的决定就是和我合作，没有我，你在石门的商界，寸步难行。”

等黄文旭滔滔不绝地说完，倪流满意地笑了，至此他基本上相信黄文旭就算不是宋国文生前最好的朋友，也肯定和宋国文有过深交，伸手和黄文旭握手：“预祝我们合作成功，走，吃饭去。”

“你们男人也太无情了，刚才还明明是情敌，怎么一转眼又成了亲密战友了？”吴小舞嘟囔了一句，“可怜的梁米，被你们同时无情地抛弃了。”

“小舞，这你就不懂了，江山美人是什么意思？江山在前，美人在后，有江山，才有美人。”黄文旭对吴小舞循循善诱，“梁米不是我和倪流的障碍，相反，她是桥梁，是她沟通了我和倪流，才让我和倪流有了认识的可能。当然了，一个人不能总走在桥上，过了河，桥也不是说非拆不可，但肯定要抛到脑后了，是不是？”

“男人是不是都这样？”吴小舞对黄文旭的兴趣越来越浓了，“你到底有没有爱过梁米？”

“爱？我才认识她几天，说爱就太浮躁了，爱能轻易说出口吗？顶多算是喜欢吧，喜欢和爱不一样，喜欢就是一种来得快去得也快的感觉，就和现在我喜欢你一样……”

“你不是石门人吧？听你口音，有点京城味儿，你到底是什么来历？”吴小舞直接无视了黄文旭最后一句话，问到了倪流一直关心的问题重点。

“你想知道我是谁？”黄文旭搓了搓手，嬉皮笑脸地说道，“叫一声黄哥我就告诉你。”

“黄哥。”吴小舞开口就叫。

黄文旭愣了一愣，不敢相信地说道：“不是吧，传说中孤傲的吴小舞，这么容易就投降了，我太幸福了。好吧，我告诉你，我是京城人，不过常年厮混在石门，现在的职业是投资顾问。”

投资顾问说好听点就是理财师，说难听点就是拿别人的钱为自己赚钱的二道贩子，当然，其中不乏骗子和高利贷从业者。

倪流心中暗暗佩服吴小舞随机应变的水平，她傲然时如红梅凌寒独自开，世俗时又如樱花热烈而奔放，让人不清楚哪一个她才是真实的她。

“去哪里吃饭？”到了楼下，倪流正要开他的奔驰，却被黄文旭制止了。

“去大宅门。别开你的奔驰了，太扎眼，太多人认识这车，你一出门就会被盯上了，别说想秘密行动了，你的行踪都会被别人摸得一清二楚。”黄文旭扬了扬手中的宝马钥匙，“开我的宝马，我的车每天换一副牌照，回头我弄一副军牌给你安上，你再出门也就安全了。”

不错嘛，倪流心情大好，遇到黄文旭，还真是捡到宝了，人生呀，果然是有一失必有一得，跑了个女友，多了个帮手，很合算的生意。

三人到了大宅门，黄文旭显然是常客，对门口穿旗袍的两个迎宾小姐说道：

“樱花、冷月，最近肯定没好好吃饭，小脸又瘦了。”

冷月笑着作势欲打黄文旭：“黄郎，三天没见你，你去哪里了？是不是忘了我和樱花了？”

“怎么会？”黄文旭伸手一捏冷月的腰肉，“忘了谁，也忘不了我的冷妹妹，对了，最近有没有什么新闻，让哥哥乐呵乐呵。”

这个黄文旭还真是一个人物，三教九流，上至宋国文、王树斌等商界巨鲸，下至社会底层的迎宾小姐，他都能应付得了，确实有点本事。

“没什么新闻，天天老样子，生活真是没有趣味，烦都烦死了。”

黄文旭搓了搓手，小声问道：“冷月，有没有见到王树斌？”

“王总呀？”冷月犹豫片刻，“老总说了，不能透露客人的隐私。”

“老总是不让你向外人透露，我是外人吗？”黄文旭挤眉弄眼冲冷月嘿嘿一笑，“你当我是外人，我很伤心呀，妹子，我一直当你是我的好妹妹。”

“唉，怕了你了，见到了，王总就在楼上305房间。”冷月伸手一推黄文旭，“我可是冒着被老总开除的危险，你可要记得请我吃消夜补偿我。”

“一定，一定。”黄文旭说得好听，带领倪流几人上楼，转身就说，“傻丫头一个，哥是随便带女孩子出去的人吗？”

倪流笑了：“文旭，你骗小女孩的水平确实不一般，有花花公子的潜质。黄郎这个外号不错，不过听上去总有黄鼠狼的味道。”

嘴上这么说，倪流心里却佩服黄文旭套话的本事，原以为他只是随口一说来大宅门吃饭，没想到，他还打了埋伏，是来大宅门找王树斌来了。

黄文旭轻车熟路带倪流和吴小舞上楼，到了二楼的醉仙居，三人进去，点好菜，要了一瓶白酒，几杯酒过后，黄文旭就和倪流称兄道弟了。

第二十六章

阻击战

“老弟，人生难得一两次机会，一定要抓住，要不后悔一辈子。我觉得你的决定很正确，宋总留遗嘱把股份给你，你就要继承下来，为什么不要？姐姐的面子重要，还是宏图大业重要？你接手了股份，掌管了远思集团，比你姐接手强多了，你姐斗不过洪东旭，我告诉你，宋国文这辈子虽然做出的正确决定不少，但他临死前留下的遗嘱，是他这辈子做出的最英明、最有远见的决定……”黄文旭酒量不行，酒品也一般，才三两酒就舌头大了，滔滔不绝说个不停。

差不多过了一个小时后，黄文旭忽然酒醒了，一拍倪流的肩膀站了起来：“襄都两家对远思集团虎视眈眈的公司是首远和步凡，石门两家打远思集团主意的公司是中远和容天，现在你明白你的处境了吧？今天是你的幸运日，遇到了我，石门的大门就完全打开了。走，上楼去堵王树斌。”

倪流现在对黄文旭的评价是四个字——“可堪大用”！

应该说倪流的性格方正有余，圆滑不足，而黄文旭的圆滑和世故正好弥补了他的不足，吴小舞虽然随机应变的本领也不错，不过毕竟是个女孩，脸皮薄，许多事情也不好意思说出口，可以说，黄文旭的出现正好弥补了整个团队的不足。

倪流现在越来越意识到，只靠他一个人孤军作战，没有胜利的可能，就算有吴小舞相助，他依然是四方之中最弱的一方，姐姐有父母支持，占据道义的制高点。宋国武有宋国文的父母支持，站在亲情血脉的制高点。洪东旭有整个远思集团支持，站在权力和主动权的制高点。只有他，一无所有，背水一战。

既然他最弱小，就得剑走偏锋，不按常理出牌才能取得出其不意的胜利，好在他手中最大的王牌就是宋国文的遗嘱，只要他不声明放弃遗嘱，别人再闹再折腾，站在法律的角度，绕过他而处置宋国文名下的股份，等于是犯法。

现在看来，回石门这一步，算是真走对了，姑且不提能不能从王树斌身上打开缺口，就是和黄文旭认识并且拉黄文旭入局，就是出人意料的惊喜收获。如果他现在还在襄都，要么处在家人的炮火攻击之下，灰头土脸；要么被宋国武找来一群地痞流氓围攻，焦头烂额；要么被洪东旭施展各种手段威逼利诱，一筹莫展。

哪里会有现在即将打开的局面？

当然，回石门也有一些始料不及的麻烦，单位头头儿的刁难和同事的排挤，以及梁米的分手，好在都过去了，倪流现在更是体会到了一个真理——在没有成功之前，没人在意你的感受。在没有成就之前，世界不会在意你的尊严。

那么他就一心向成功的高峰攀登，等他成功之后，再转身回去，看看世界还是不是原来的模样。

305房间在走廊的尽头，倪流跟在黄文旭身后，他的身后，跟着吴小舞。三人来到305门前，黄文旭敲响了305的房门。

“谁呀？”里面传出一个微带南方普通话的声音，听声音，有50岁开外了。

“服务生。”黄文旭假着嗓子说道，“上菜。”

“不是菜都上齐了？”声音微有几分不耐烦，“不要菜了，赶紧走。”

“今天有从下江空运过来的鲤鱼，张总说，贵宾房，免费赠送一份。”黄文旭眼睛眨都不眨，谎话就脱口而出。

倪流差点笑喷，这小子说谎也不打草稿，鲤鱼这种最普通的鱼还用从下江空运？智商是硬伤呀，这句话怕是露馅儿了。

不料，里面的人也没多想，听到空运就以为肯定是少见的好东西，当即就拉开了门。

门一响，一个瘦高男人就出现在了倪流面前。

瘦高男人50来岁，身高有一米七，因为过瘦的原因，乍一看如同一根竹竿。有钱难买老来瘦用在他身上再贴切不过，脸颊都陷了进去，显得眼睛大而空洞。

他就是王树斌？倪流一愣，王树斌的形象也太让人惊讶了，哪里像一个老总，简直就是一个貌不惊人的老头。

身后的吴小舞轻轻捅了捅他的后腰，倪流会意，吴小舞是用动作告诉他，此人正是王树斌。

“黄文旭，怎么是你？”王树斌一见黄文旭，面露不耐之色，伸手就要关门，“这里不欢迎你。”

“不欢迎我，我知道，所以不是我要找你，是他。”黄文旭任务完成，一手推门，一手将倪流推到身前，“王总，认识他吗？”

王树斌不认识倪流，却认识倪流身后的吴小舞，他惊讶地问道：“吴小舞，你怎么来了？”

“我怎么不能来？”吴小舞紧跟在倪流身后，她轻轻一推倪流，倪流就冲开了王树斌的阻拦，一步迈进了房间。

“他是谁？”王树斌用手一指倪流，一脸怒气，“你们要干什么？”

“不干什么。”倪流四下打量了一下房间，见房间中只有王树斌一人，心中更加确定一个事实，王树斌是在躲人，他淡淡一笑，“就是有件事情要和王总好好谈谈。”

“你是谁？”王树斌见他连问几遍，没人告诉他倪流是谁，不由恼了，“请你们出去，我要叫保安了。”

“我是宋国文股份的法定继承人。”倪流郑重其事地说道。

“你是倪流？”王树斌一脸惊愕，“宋国文的死和我没有关系，你找我做什么？”

“我没说姐夫的死和你有关系，王总，你慌什么？”倪流自顾自地坐下，见开局不错，先入为主掌握了先机，心中大定，就向黄文旭使了个眼色。

黄文旭会意，当即关上了房门，还站在门口，明显是把风。

吴小舞嘻嘻一笑，伸手拿过王树斌放在桌子上的手机：“王总的手机好像是一万多，让我看看，你没意见吧？以后我就可以对别人说我玩过一万多的手机了，多自豪。”

王树斌没招了，倪流把他想要夺门而出和打电话叫人的两条路全部堵死了，他无路可走了，就又镇静了几分：“倪流，有事说事，别弄这些没用的手段，我和国文是关系很好的朋友，他不幸去世，我也很难过，但现在远思集团的乱象，和我没有关系，你找我，我也帮不了你。”

到底是人老成精，一开口就想堵了他的嘴，倪流摇了摇头：“王总，你误会了，我找你，是想向你请教几个问题。”

“你不觉得你请教问题的阵势，太大了？”王树斌坐在了倪流的对面，完全恢复了平静，拿出了高人一等的气势，“你还小，要学会尊老爱幼。”

“在王总面前，我是晚辈，所以我要向王总学习的地方还很多。尊老爱幼是传统，王总，作为前辈你也应该爱护晚辈，对不对？”倪流以其人之道还治其人之身，不着痕迹地还了回去，“我尊老，你爱幼，才是和谐社会嘛。相信王总也知道了一些细节，姐夫临死前，连打了三个电话让我开车送他回襄都，当时大雪封路，我开了十多个小时，从石门一路护送姐夫回家，在路上，姐夫和我说了许多事情，其中有两件和王总有关……”

王树斌的脸色微微一变：“和我有什么关系？宋总的遗嘱，是宋家的家事，是远思集团的内部事务，我是一个外人。”

“王总怎么能算是外人呢？呵呵……”倪流意味深长地笑了，“王总和姐夫私交很好，当时你还想让小舞打电话让宋国武来接姐夫回去，据我所知，姐夫在外面很少说家里的事情，所以除非和姐夫关系特别好的朋友，一般人都不知道姐夫的家人，王总显然是一个例外，不但知道姐夫的家庭成员，还和宋国武关系不错。”

“我见过宋国武几次，和他也算熟悉，倒是没听国文提过你，也不知道你在石门，要不当时就会让小舞打电话让你送国文了。不过最后国文还是让你送他回了襄都，如果是宋国武来接国文，说不定事情就不是现在的样子了，国文的遗嘱继承人，也许就不会是你了。”王树斌话里有话，流露出对倪流的一丝轻视，心想嘴上没毛的一个年轻人，还想挤对他，也不想想他是谁？

天真，真是天真，就算倪流三个人一起上阵，也别想从他手下讨了便宜。

倪流含蓄地笑了：“这么说，王总很怀疑我在半路上做了什么手脚，所以姐夫才会留下一个谁也想不到的遗嘱，是不是？”

王树斌摇头：“我没这么说，是你自己说的。”

“王总，有一件事情我一直想不明白，姐夫一死，宋家上下都认为姐夫是被人谋害了，都怀疑我，为什么就没人怀疑和姐夫最后一起喝酒的王总？以宋国武谁都怀疑的性格，他一点儿也不怀疑是你害死了他的亲哥，这里面，是不是有什么说法？”

“倪流，说话要凭良心，不要信口开河，我认识国文十几年了，比你认识他的时间都长。别看你和他是亲戚，但要论关系远近，你未必就有我和国文感情深厚，我会害他？我和他是兄弟一样的感情！”王树斌微有激动，还咳嗽了几声。

倪流见成功地激起了王树斌的怒火，心中暗喜，忙递上一杯水：“王总，别激动嘛，就事论事，不是怀疑你，是想弄清事实。毕竟，我现在是姐夫的法定继承人，以后早晚会接管远思集团，既然姐夫这么信任我，我不能让他死得不明不白，是不是？更不能让他死后也不得安生，被一些别有用心的人趁机吞并他辛辛苦苦创立的远思集团，王总，你不知道在姐夫临死之前，他对你有一个什么样的评价……”

吴小舞被倪流真真假假的话吸引了，猜不透倪流的真正用意，就饶有兴趣地旁观倪流和王树斌的斗法。黄文旭也老实了，站在门口，背靠在门上，双手抱肩，脸上挂着若有若无的笑意，一边坐山观虎斗，一边在心里对倪流有一个更真实客观的全面评价。

“哦，国文怎么评价我？”王树斌将信将疑，直视倪流的眼睛，“俗话说‘人之将死，其言也善’，我还真想听听国文对我最后的评价。”

商场中人，重利重名，谁也逃不过“名利”二字，倪流心想，王树斌既然在乎名声，一切就好办了，虽说和老奸巨猾的王树斌相比，他还稍嫌稚嫩，好在他不是一个人在战斗，而且他的优势也非常明显——宋国文到底说过什么，只有吴小舞可以推翻他，除此之外，死无对证。

“姐夫说，他把股份交给我，就是想让我以后接管远思集团，如果我在接管远思集团的过程中，有任何困难，都可以找王总帮忙，王总是一个重情重义的朋友，也是他最信任的合作伙伴。”倪流一本正经地说出一句假话，兵不厌诈，在尔虞我诈的商场更是如此，况且在他的印象中，王树斌原本就不是什么好人。

王树斌即使不是害死宋国文的罪魁祸首，也负有不可推卸的责任，但在事发之后，他却躲了起来，不管是心虚还是别的原因，都让倪流不齿他的为人。

倪流今天不好好整治王树斌一番，他就不是倪达叶。

王树斌不动声色地苦笑：“国文呀……唉，英年早逝，让人痛惜。说我重情重义，我谢谢他对我的肯定，不过说到能帮你接管远思集团，呵呵，我一个外人，还是不要插手远思集团的内部事务了。”

“王总，对姐夫来说，你不是外人，对远思集团来说，你也不是外人。”王树斌果然老奸巨猾，好处收下坏事就推，倪流才不会让他称心如意，“而且姐夫临死前再三告诉我说，遇到困难先来找王总，现在我遇到困难了，王总，看在姐夫和你多年好友的分儿上，现在远思集团内忧外患，姐夫辛苦打下的江山即将毁于一旦，你不能见死不救呀！”

王树斌虚与委蛇再三推托，愈加让倪流相信，即使宋国文之死和他没有关系，在远思集团现在的内乱问题上，他绝对也有摆脱不了的干系，说不定宋国武一直在尸检问题上大做文章，就是得自王树斌的授意。

倪流既然好不容易见到了王树斌，就是要当面逼他表态。

第二十七章

初战告捷

“我真的是无能为力，倪流，你就不要为难我了。因为国文的事情，我最近也是心力交瘁，连家都不敢回，你也要体谅我一下，好不好？”王树斌言语恳切，眼中甚至有泪花闪动，“我承受了许多想象不到的压力，伤心、自责、失眠，已经连续一周没有回家和家人团聚了。”

吴小舞嘴角浮现出一丝玩味的笑容，黄文旭也意味深长地笑了，倪流更是笑得很含蓄，他看了出来，王树斌被他逼到了墙角，开始由虚与委蛇转为打悲情牌了。

倪流继续穷追不舍：“姐夫对王总有两个评价，先是说王总是一个重情重义的朋友，但他又说，王总为人谦虚谨慎，轻易不会答应帮别人出面，不过姐夫说，远思集团和中远集团利益相关，他相信王总为了中远集团的未来发展着想，肯定会不遗余力地帮助我接管远思集团。而如果我因为在王总的帮助下坐上了远思集团董事长的宝座，以后在合作伙伴的选择上，肯定会首选王总。”

王树斌的眼皮跳了跳，下意识地多看了倪流一眼，心中大起波澜。

原以为倪流不过是一个商场新手，什么都不懂，被宋国文一纸遗嘱强行推到了台前，肯定手忙脚乱，再加上周围群虎环伺，最后倪流要么向亲情投降，将继承权转让给倪芳；要么向权势屈服，被洪东旭玩弄于股掌之间；要么被宋国武打得低头认输，同意拆分远思集团……

却不想，倪流杀出了襄都的重围，居然懂得迂回之策，杀回了石门，而且还出人意料地找到了他的门上……王树斌心思大动，这个倪流，比他想象中厉害了太多。

宋国文立遗嘱传位给倪流，别人怎么想的王树斌不知道，他当时听到消息后是既惊讶又无语，莫非宋国文当时真是昏了头，怎么会想到把股份传给一个外人？好吧，就当宋国文是想让倪流替他保全远思集团，认为倪流比倪芳更有商业头脑，可以让远思集团挺过被人吞并的危机，但宋国文难道没有想过，倪流不是商场中人，甚至没有过从商经历，他怎么可能从一个无名小卒一跃成为一家大型集团公司的董事长?

今日一见倪流，初步接触之下，王树斌才不得不佩服宋国文的眼光，倪流思维缜密，说话滴水不漏，层层推进，竟然一步步把他逼到了退无可退的处境。

好一个倪流，有一套，王树斌这才意识到他小瞧了倪流，没有把倪流当成真正的对手对待，如果他再轻敌下去，说不定还真会被倪流绕了进去。

“倪流，说实话，我不是不想帮你，而是实在不好插手远思集团的内部事务。今天我接到了东旭的电话，他说如果你来石门找我，让我劝你回襄都，逃避不能解决问题，只有面对面地谈判，才是解决问题的根本途径。”

洪东旭动作真快，倪流瞬间想起了林凝欢的提醒，果然，洪东旭着急了，他也意识到了他回石门会找王树斌，居然提前打来电话堵他的路，商场上的较量，比他预料中还要激烈。

也是，毕竟涉及宋国文名下股份的归属，牵涉到远思集团的未来，是必须慎之又慎的大事。

和洪东旭的阴险狡诈相比，王树斌打太极的水平高明到了让人高山仰止的境界，攻守兼备，不管他怎样利诱和暗示，一直不动如松，没有明显的破绽，不愧是纵横商界多年的高手。

“我当王总是长辈……”倪流才不会就此认输，他必须在王树斌身上打开一个缺口，否则功败垂成很伤士气，就很失落、很无奈地说道，“我现在的处境，王总肯定也清楚了，我想请王总帮我拿一个主意，到底要不要接受洪总的条件?我现在心里很矛盾，很想接受洪总的条件，又怕辜负了姐夫的信任，可是我毕竟不是商场中人，就算接管了远思集团，也没有领导远思集团的才能，所以，还不如变现股份，拿一笔钱走人，让出位置，让有才能的人坐，这样也皆大欢喜。”

倪流说得很诚恳，似乎真想就此收手了，王树斌本来一直紧绷着神经，唯恐被倪流套了话去，结果千防万防还是没有防住，被倪流绕了进去。一听倪流犹豫不决，忙开解倪流。

“这事儿，你的想法基本正确，东旭的提议，确实是解决眼下难题的好办法。变现股份是一条现成的大道，继承股份再接管远思集团，是一条羊肠小道，放着现成的大道不走非走小道，是自己给自己找麻烦……”王树斌还想滔滔不绝地说下去，试图再加一把火让倪流不再犹豫，忽然想到了什么，急忙闭嘴了。

一抬头，见倪流一脸似笑非笑的神情，似乎是在嘲讽他说漏了嘴，他心中又气又恼，好一个小兔崽子，敢算计我？

“我可没有算计王总的意思。”倪流笑得很开心，“我就说嘛，王总怎么会不关心远思集团的归属问题？远思集团和中远集团的利益可是息息相关。不过看起来，王总似乎并没有站在我这一边，我想提醒王总一句，雪中送炭好过锦上添花一百倍，等有朝一日我坐上了远思集团董事长的位子之后，远思集团所有和中远集团的合作项目，我都要重新考虑。

“虽然现在我面临困境，但不要忘了一点，我是宋国文股权的唯一合法继承人！在我没有宣布放弃继承权之前，远思集团最后姓什么，如果没有我的签字，谁说了也不算！”倪流掷地有声，话一说完，一下子站了起来，“空运的鲤鱼，王总是吃不上了，王总的立场，我算是明白了，对不起了王总，打扰你了。”

王树斌脸上发烫，他刚才再三强调他是一个外人，不方便插手远思集团的内部事务，却对洪东旭向倪流提出的股份交换协议了如指掌，证明他不但时刻关注了倪流继承股份一事，还等于当面承认了他和洪东旭在股份问题上有过交流，等于是自己否认了自己的话，自己打了自己的脸。

“啪、啪、啪！”三声清脆的掌声响起，黄文旭忍了半天没有说话，现在终于开口了，一开口就是冷嘲热讽的语气：“王总，常在河边走，就得做好湿鞋的心理准备，你老奸巨猾很多年了，栽在了一个刚刚入行的年轻人手里，是不是心里特憋屈、特郁闷？不要紧，回头我空运一条鲤鱼给你赔不是。”

王树斌才想起正是黄文旭假冒服务员，以空运鲤鱼的名义叫开了他的房门，原来他之前已经被愚弄一次了，顿时火冒三丈，用手一指房门：“黄文旭，滚出去！”

“滚什么的字眼，太难听了，不符合你王总的身份。你也放心，我这就走，不会碍你的眼了，既然你已经站队了，我们以后就是商业对手了，下次再见面，王总你对我客气点儿，鄙人现在身份不同了，现在是倪流的高参，以后说不定还会是远思集团的副总，中远集团想与在倪董和黄总统治下的远思集团合作，怕是很难了。”

“就凭你们几个小年轻？”王树斌见事已至此，也就不再遮遮掩掩，当即大笑，“走着瞧，我敢打赌，你们最后肯定会一无所获，而且说不定还会惹一身麻烦。”

“宋国武都告诉我了，王总，他说抓住尸检的问题不放，也是你给他出的主意。”倪流冷笑一声说道，“为了阻止我成功入主远思集团，王总可是费了不少力气，以后等我成了远思集团的董事长后，一定会好好谢谢王总的盛情厚意。”

“你的威胁对我来说，一点儿力度也没有，倪流，别硬撑了，缴械投降，你也许还有一条生路，别自己非要把路走绝了。”谈判破裂，立场摆明，也就没有必要客气，王树斌做了一个送客的姿势，“不是我看不起你们几个人，实在是你们的战斗力太弱了，要钱没钱，要人没人，要什么没什么，怎么玩？听我一句话，放手，拿钱走人，就是一个皆大欢喜的结局。”

“如果我非要坚持拿到股份呢？”倪流总算彻底看清了王树斌的真面目，宋国武紧抓尸检问题不放，非要置他于死地的背后，到底是不是王树斌的主意，他还真不清楚，但刚才他有意诈一诈王树斌，随口一说，不料王树斌居然没有否认，毫无疑问，王树斌还真有推脱不了的干系。

好一个王树斌，原来早早就介入了遗嘱事件之中。

“倪流，你面对的不只是倪芳、宋国武和远思集团，还有几家公司的围堵，你如果想连命都赌上，那就试一试吧，别以为一个遗嘱在手，你就号令天下了，法律上的事情，该变的时候，也会变通。实在变通不了的时候，拖，也能拖死你。”王树斌下了逐客令，“几位，不送了。”

吴小舞终于插话了，她从进门时就一直以旁观者的姿态不发一言，现在也忍不住了：“王总，我知道你想借宋国武或洪东旭的手吞并远思集团，你早就对远思集团虎视眈眈了，宋总生前也说过远思集团最应该提防的就是中远集团，不过你可能忘了一点，你现在站队还是站得太早了，万一倪流接手了远思集团，你先前的努力就白费了。再退一万步讲，就算倪流转让了股份，最终远思集团落到了洪东旭手里，你认为洪东旭千辛万苦拿到了远思，他还会让你吞并？”

倪流三人，倪流正面进攻，和王树斌过招打的是遭遇战，黄文旭从侧面攻击，打的是心理战，吴小舞从背后反击，打的是阻击战，三个人，三种战术，轮番上阵，虽然没有攻克王树斌这个久经商战的堡垒，但至少让王树斌腹背受敌，险些招架不住。

等倪流三人走后，王树斌余怒未消，在房间中来回走了半天，回想起和倪流三人的较量，越想越觉得气愤，自始至终，他居然没有掌握主动，没有占据上风，想他堂堂的中远集团的董事长兼总经理，什么大风大浪没有见过，却让几个小年轻围攻得只有招架之功没有还手之力，传了出去，一世英名就付诸东流了。

不行，一定要好好给倪流制造一个障碍，说什么也不能让倪流顺利继承了股权。

"东旭，倪流刚和我见了一面。"王树斌拨通了洪东旭的电话，"看样子，倪流是铁了心要接手远思了，他现在也知道了我的立场，中远集团暴露了，不能再躲在背后运作了，我准备发表一个声明，对远思集团表示一下支持。"

"倪流怎么就找到你了？你不是藏了起来吗？"洪东旭吃惊不小，中远集团的暴露，会对他的计划带来十分不利的负面影响，他必须调整策略才能进行下一步，"你怎么能向倪流明确你的立场呢？"

王树斌无奈地叹息一声："人有失手啊，一不留神就着了小兔崽子的道儿，被他套了话去，真是气人。倪流能找到我，全是因为黄文旭这个浑蛋……"

"黄文旭是谁？"

"我也说不好他到底是谁，只知道他是京城人，常年混迹在中省的商圈，打着投资顾问的名义，到处坑蒙拐骗，这小子真本事没有，就是能说会道，中省有头有脸的人物，几乎没有不知道他的。黄文旭名气不小，但他到底是什么来历，却没有几个人说得清楚。"

"好吧，既然事情到了这一步，只能这样了。王总，我们的计划还照常进行，另外，你负责通知一下郭容天，别让郭容天再和倪流接触。"洪东旭心中懊恼，早先应该想办法留倪流在襄都才对，现在倒好，倪流离开襄都脱离了他的控制，一回石门就摸到了王树斌这条线，如果再让倪流顺藤摸瓜下去，他的计划就有了暴露的危险。

"我这就通知他。"迟疑一下，王树斌还是问道，"东旭，你真是要拆分了远思集团然后卖掉出国，而不是想接手远思之后，让远思姓洪？"

尽管不愿意承认，但王树斌还是无奈地发现，吴小舞的话还是在他的心里留下了阴影。

"你不相信我？"洪东旭轻松地笑了，"树斌，我们是多年的老朋友了，我的情况你还不清楚？我是真不想再在国内待下去了，就想移民加拿大养老，人老了，心气没了，什么事业，什么名声，都不如健康、平安、幸福重要。你放心，只要我顺利拿到了股份，成了远思的最大股东，我就会将远思一分为四，其中最大的一块肥肉，就会成为中远集团的分公司。"

第二十八章

内幕重重

“呵呵，我不是不相信你，是想确认一下我们的合作，好准备好拆借的资金。”王树斌心里踏实了许多，“三亿的资金不是小数目，需要时间，不过等你摆平了倪流，在他签字转让股份的时候，我这边三亿资金应该已经准备好了。如果真能让倪流让步，用三亿去换他手中宋国文的股份，这一笔生意，可是划算得很。”

“呵呵，你也很划算呀，王总，你拆借我三亿，我送你价值五亿的四分之一的远思集团，等于是一倍多的利润，到时候，你的中远集团如虎添翼，成为中省房地产的龙头企业，便指日可待了。”

“借洪总吉言了。”王树斌眉开眼笑，忽然想到了一个问题，“对了，会不会宋国文生前就知道了你的计划，所以他在临死时，才突然立倪流为继承人？”

“宋国文……应该不知道吧，我觉得他立倪流为继承人，就是喝酒喝糊涂了，伤了脑子，哈哈。这些年，也辛苦宋总了，喝了那么多酒，为远思的发展算是真的做到了鞠躬尽瘁死而后已了。也幸亏他突然死了，要不我的计划还得迟上几年才有可能实现。不管他立谁为继承人，远思在内忧外患之下，绝对保全不了了。”

放下王树斌的电话，洪东旭一个人坐在没有开灯的办公室，脸色如窗外的夜色一样，阴冷而凝重。窗外的灯光映了进来，正好照在他的半边脸上，就让他的脸一半清晰一半模糊。

一个人在黑暗中不知道沉静了多久，洪东旭忽然自言自语地说了一句：“你们不过都是我的棋子罢了……”

从大宅门出来，倪流三人回到了办事处。

办事处有两间独立的办公室，可以住人，倪流和吴小舞晚上就一人一间，也省了住宾馆的钱。

黄文旭只待了一会儿就走了，走之前，他只和倪流说了三句话，第一句话是对倪流今天对决王树斌的赞叹，第二句话是让倪流好好思索一下下一步怎么办，第三句话是他明天一早过来，争取明天见到郭容天。

黄文旭一走，空空荡荡的办事处，就只剩下倪流和吴小舞孤男寡女了。

格子间的区域黑着灯，望着空无一人的座椅，颇有一种繁华落尽之后的凄凉，实际上，远思集团驻石门办事处，就从来没有繁华过，从成立之初到现在，最多的时候三四个人，大部分时间，只有吴小舞一人。

倪流洗了澡，走出房间，在漆黑一片的格子间里散步，从窗外透过的点点灯光如梦如幻，仿佛是一个久远的沉睡不醒的梦境。

站在窗前，打开窗户，冷风吹来，让他的头脑顿时清醒了许多。和王树斌的一次交锋，算是收获不小，虽然最终没能争取到王树斌的支持——事实上倪流也原本没有指望王树斌能和他站在一起——至少让他看清了一个现实，远思集团的内部纷争，有外部势力的介入。

王树斌只是其中之一，如果林凝欢和黄文旭所言不虚的话，那么石门的两家对远思集团虎视眈眈的公司，一家是中远，另一家就是容天了？中远选择了和洪东旭合作，显然王树斌认为洪东旭掌握了大局，也认定洪东旭早晚会全面掌管远思，那么洪东旭许下了什么承诺才让王树斌坚定地站在了他的对立面，而不选择和他合作？

肯定不仅仅是因为王树斌轻视他的年轻，看轻他的能力，归根结底还是利益优先。

算了，倪流摇了摇头，不去争取王树斌了，而且直觉告诉他，他和王树斌不是一路人。既然不是一路人，就算用利益捆绑在了一起，在关键时刻也难保王树斌不反戈一击，与其与狼共舞，不如另寻出路。

也不知道郭容天是什么样的人，如果郭容天能选择和他合作，或许来自洪东旭和远思集团的压力会减轻一些，倪流揉了揉太阳穴，一拳打在窗台上，也不知道他现在走的从侧面包抄的道路是不是正确，如果再回襄都，说服姐姐、摆平宋国武，然后和洪东旭正面面对，会不会比现在的处境更好？

“我觉得，从外围突破比从内部突破更有挑战性，也会更有成效。”不知何时，吴小舞来到了身后，她似乎猜到了倪流的所思所想一样，“倪流，开弓没有回头箭，现在双手空空回襄都，就算和洪东旭面对面又有什么用？你没有和他对话的资本。”

对，资本，就是资本，倪流猛然回过身来，双手放在吴小舞的双肩上：“小舞，远思的现金储备，是不是不太健康？”

吴小舞刚洗过澡，头发未干，头上包了一条速干毛巾，身上穿了浴袍，浴后美人最有居家的诱人之美，微微泛红的粉颈在黑暗中闪耀迷离的光泽。

“具体的财务状况，我也不是很清楚，我又接触不到公司的核心机密，不过根据宋总生前偶尔透露的一些话可以猜到，远思集团近年来由于投资房地产，负债率比以前高了许多，曾经一度高达百分之九十。”

百分之九十的负债率？接近资不抵债的边缘？倪流心中一跳，又一想，负债率高并不可怕，只要公司盈利能力强，完全可以消化掉高额的负债，但有一点，在高负债率的前提下，如果有一个重大项目出现投资失误，就有可能导致严重的后果，轻则出售子公司以缓解危机，重则破产倒闭。

“洪东旭提出以三亿元收购我手中的股份，如果现在远思集团拿不出三亿的现金，如果你是洪东旭，你会怎么做？”倪流忽然想通了什么，他要和吴小舞假设一个可能。

“我会找别的公司拆借。”吴小舞歪头想了一想，嘻嘻一笑，“不过如果远思集团没有偿还能力，别的公司也不会借钱，除非……”

“除非以公司当抵押。”倪流眼前一亮，“就如你向我借钱，你又身无分文，我还是借给了你一大笔钱，为什么？因为我事先得到了承诺，如果到时你还不了钱，就以身抵债。”

“去去去，拿什么比喻不好，非拿我。”吴小舞呸了倪流一口，不满地白了倪流一眼，“我想，会不会王树斌答应拆借三亿给洪东旭，洪东旭拿远思集团的分公司当抵押，这样，洪东旭以极低的代价拿下了整个远思集团，而王树斌也以极低的价格兼并了远思集团的部分业务，皆大欢喜嘛。”

确实，洪东旭和王树斌是皆大欢喜了，倪流却吃了大亏，准确地讲，是死去的宋国文的资产大幅缩水，最终满足的只是洪东旭一人的私欲。

“小舞，行呀，我发现你越来越有商业头脑了。”倪流一时兴奋，用力一拍吴小舞的肩膀，“再说说看，洪东旭有了王树斌一人的支持就足够了，为什么传言说有四家公司想要兼并远思？难道说，洪东旭一女四嫁？”

“哎呀，倪流，我恨你！”吴小舞被倪流打得身子一歪，差点没有摔倒，她抬腿踢了倪流一脚，“你真舍得下狠手，打得我好疼，我是女孩子好不好，你懂不懂怜香惜玉？怪不得梁米要和你分手。”

倪流吓了一跳，才知道激动之下下手重了，忙伸手去揉吴小舞的肩膀：“对不起小舞，我是兴奋过度了，真的不是故意打疼你，我哪里舍得让你难过？来，你再打我三拳、踢我两脚，消消气。”

“才不要。我又不是暴力女，干吗打人？”吴小舞又笑了，“对不起呀倪流，刚才故意碰你的伤口，我不该说梁米的事情。”

“没事，都过去了，我早看开了。”倪流摆了摆手，一脸无所谓的表情，“旧的不去，新的不来，天下好女孩多的是，而且我也想明白了，她叫梁米，而我偏偏不喜欢吃大米，就说明我和她有缘无分。”

“瞎说，这是什么歪理邪说？”吴小舞眼睛带笑打量了倪流一眼，“男人是不是都喜新厌旧，梁米和你分手，你正好可以光明正大再找一个新女友了？”

“就算梁米不和我分手，我又没有结婚，也有再重新选择女友的自由，而且如果我再花心一点，同时找三四个女友，也是可能发生的，是不是？”倪流现在越来越喜欢吴小舞了，他才发现，吴小舞在端庄优雅之外，还有活泼乐观的一面，“一个男人同时交往三四个女友，只是道德层面的问题，但如果一家公司同时许诺给四家公司同一个承诺，就是法律层面的问题了。”

吴小舞低头一想，说道：“对呀，洪东旭老谋深算，不可能同时向四家公司提出以远思分公司为抵押拆借三亿的要求，但既然传出有四家公司想兼并远思，就说明肯定有四家公司和洪东旭有过接触了，想要兼并远思，必然绕不过董事会，必然要首先征得洪东旭的同意。”

远思集团不是上市公司，想兼并远思，最直接、最快捷的路径就是和董事会达成协议，收购股东手中的股份，从而达到控股的根本目的，而目前远思最大的股东宋国文去世，他名下的股份暂时悬空，作为第二大股东兼执行副总裁的洪东旭，就暂时代理了董事长之职，拥有了决定权。

倪流就想不明白了，洪东旭到底在打什么主意？洪东旭的最终目的显然是想全面接管远思集团，但如果四家大型集团公司都向远思拆借了资金，到时远思还不起债务，下场就不是被兼并了，而是被直接拆分卖掉了。

卖了远思，那么洪东旭不就成了孤家寡人？失去了远思集团的洪东旭，他还能做什么？他不是一心想要将远思纳入他的名下，眼下这个千载难逢的机会他真会错过？

又或者是，洪东旭的最终目的是想全面接管远思之后，再将远思化整为零，分割出售？洪东旭到底在打什么如意算盘？倪流越想越觉得头大，忽然觉得以前还是小瞧了洪东旭，洪东旭深藏不露的心机，怕是在下一盘很大的棋。

“想不明白了？”吴小舞见倪流想得入神了，伸出右手在他眼前晃了一晃，又推了他一把，“行了，别想了，赶紧睡吧，不管洪东旭想怎么处置远思集团，他都要先摆平你，所以，你只管守株待兔就行了，早晚，他会和你有一次面对面的对话。”

倪流点头：“话是这么说，还是早一步知道洪东旭的计划，才好更好地抢占先机，不能等接手了远思集团之后才忽然发现，远思已经被洪东旭拆分了。”

“尽人事听天命吧，反正我们尽力就是了。”吴小舞打了一个大大的哈欠，“困了，早点睡。”

望着吴小舞窈窕的背影，倪流突发奇想，恶作剧地说道：“小舞，晚上锁好门，小心色狼。”

吴小舞头也不回，嘻嘻一笑：“就凭你的身板，打不打得过我还是两说。如果你真有色心，就做好被打得生活不能自理的心理准备。”

倪流一脸愕然，愣在当场，吴小舞竟然如此强悍！

一夜无话，次日一早，黄文旭却没有如约而至，而是打了一个电话，说他临时有事走不开，让倪流先不要轻举妄动，等他消息。

“何必等他，我们去找郭容天算了。”吴小舞提议，“黄文旭来路不明，我心里不踏实，虽然他有点儿鸡鸣狗盗的本事，不过如果事事都依靠他，说不定会因小失大。”

倪流乐了，黄文旭的本事虽然不入流，但也不能说是鸡鸣狗盗，吴小舞对黄文旭有偏见，他直接过滤了吴小舞的提议，提出了他的看法：“我不是要等黄文旭，而是正好趁现在有时间，好好研究一下石门和襄都各大集团公司的实力和业务范围，好好补补课。”

“好吧，我也需要充充电，从现在起，我们一起上课。”换了一身衣服的吴小舞容光焕发，显然是昨晚休息得不错，她拿过资料，摆在办公桌上，和倪流相对而坐，埋头学习了起来。

吴小舞欢快时如小女生，霸气时如野蛮女友，认真时还真如白领丽人，她低头托腮的模样，就如一个备战高考的高中女生，倪流暗暗一笑，捡到宝了。

收起杂七杂八的心思，倪流也投入到了学习之中。

第二十九章

确定方向

一连几天，黄文旭既没有露面，也没有再打来电话，倪流和吴小舞除了吃饭之外，就没有下楼，系统地研究了一下中远集团、容天集团的业务范围和近年来的扩张步伐，发现了几个疑点。

一是中远集团和远思集团的业务交集的范围不大，甚至可以说，中远集团的未来发展方向和远思集团涉及的行业，几乎没有太多的交叉点，换句话说，中远集团除非想跨行业扩张，否则没有理由对远思集团大感兴趣，更不用提兼并远思集团了。

相比之下，容天集团和远思集团在房地产开发、新型建材的开发和酒店宾馆等行业上，有明显的业务交叉，也就是说，如果说中远和容天谁更有可能在远思危机之时趁机出手兼并远思，容天的动机要更强烈一些。

不过据吴小舞所知，远思和容天虽然有过一些合作，但合作的项目都不大，反而不如远思和中远的合作程度密切。倪流想到了另一种可能，或许在宋国文的远景规划中，远思的下一步，要和中远有更多的业务联系，或者说，远思要改变发展思路，重新确定发展方向。

这也就可以解释为什么宋国文和王树斌私交深厚，就连临死之前的最后一场酒，也是和王树斌共饮。

一连三天，黄文旭就如凭空消失了一样，再也没有了消息，吴小舞就认为黄文旭知难而退，见从倪流身上骗不到什么油水，不辞而别了。

"走了正好，不信凭我们两个人就不能打开局面。"吴小舞扬了扬手中的电话，"我已经预约了郭容天，总裁办答复说会尽快给我们消息。"

总裁办的答复是官方答复，任何官方答复都是官腔，当不得真，倪流几天来如果不是沉浸在学习之中，他早就直奔容天集团的总部了，不信还不能把郭容天堵在办公室内。

“不用等答复了，明天一早，直接登门。”倪流做出了决定，三天来，他充电也充得差不多了，自我感觉差不多已经摸到了商界的大门。

当然，理论知识只有真正运用到实际中，才算有用，而理论联系实践的过程，也是一个充满了无数变数和失败的过程，摸到了大门，其实离推开大门然后登堂入室，还差得很远。

“不等黄文旭了？”吴小舞打趣倪流，“他可是你的狗头军师。”

倪流佯怒：“这几天我在忙什么，你心里有数，是在专程等黄文旭吗？”

“管你是不是，反正我对黄文旭这个人保留看法。”吴小舞又一拢头发，“对了，我已经让人换好了车牌，再开宋总的奔驰出去，就不会被别有用心的人盯梢了。”

“晚上去哪里吃饭，我请客。”为了学习，倪流和吴小舞吃了几天的小吃，实在是无法忍受了，今晚决定来一顿开胃大餐。

“去涮火锅好了……我要吃东来顺。”吴小舞双眼放光，一副吃货的馋样。

“准了。”

倪流和吴小舞一起下楼，到了地下停车场，二人刚坐上奔驰，倪流的手机就响了。吴小舞见状，一把把倪流从驾驶座拉了下来，让他去坐副驾驶位，她插进钥匙，发动了汽车。

倪流摇头笑了笑，老老实实地坐在了副驾驶位上，接听了电话。

“倪流，你还在石门？”是倪芳来电。

“姐，我还在石门，家里还好吧？”姐姐的来电，让倪流百感交集，仿佛一下和姐姐生疏了许多，以前在姐姐面前，他可是说话十分随便，现在拘束了许多。

“不太好，爸妈都病了。”停顿了片刻，倪芳似乎不想让倪流太担心一样，又补充了一句，“不过没大问题，老毛病犯了，也是在担心你。”

“姐，我没事，一直在忙远思的事情，姐夫遗嘱的背后，有内情，事情比表面上复杂多了。”倪流听出来姐姐的心气没那么高了，就想趁机宽慰姐姐一番，“你告诉爸妈，我过段时间会回家看看，让他们别担心。”

“姐想和你商量一个事情……”倪芳支支吾吾地说道，“有人和我说，远思集团现在资不抵债，就算接手了，说不定也会破产，还不如现在就变现了股份，也能保一个衣食无忧。”

果然，洪东旭按捺不住了，派人去说服姐姐了？倪流兴奋了，战意高涨："变现是好事，我想知道，谁出面劝你要变现股份的？"

"嗯……这个你就别问了，姐就想告诉你，如果股份能变现的话，价格合适就变现了吧，钱一人一半，怎么样？"

到底是谁出面劝动姐姐改变了主意，不再坚持继承股份接管远思集团，而要变现呢？倪流心中疑窦丛生，姐姐还非要保密，那么就说明这个人不是洪东旭，也应该不是远思的人，否则，姐姐没必要保密，如果他没有猜错的话，这个躲在暗处的人应该就是襄都两家想要染指远思的公司的其中一家。

"变现也不是不可以，主要是看对方出价多少了。"倪流不慌不忙地说道，扭头看了吴小舞一眼，吴小舞冲他展颜一笑，还伸出大拇指夸他表现出色，他就无声地笑了，"说说报价。"

"三亿两千万。"倪芳的声音不大，似乎做了亏心事一样。

倪流完全可以理解姐姐的心思，一开始姐姐坚持要继承股份，还摆出不接管远思集团誓不罢休之势，突然之间就态度大变，不再坚持要股份而想变现了，想必姐姐也觉得心里有愧，愧对九泉之下的姐夫，所以，她现在也不理直气壮了。

洪东旭向他报三亿，神秘人物向姐姐报三亿两千万，倪流几乎要仰天大笑了，终于，他发现他自身的价值所在，终于，他找到了突破重围的切入点，就如同上次一路漫天风雪护送宋国文回襄都一样，现在他的心情，就和当时看到道路尽头闪烁的救护车的灯光一样，是说不出来的喜悦和轻松。

"姐，只要我们同心协力，一致对外，外人终究打不败我们。"倪流坚定地说道，"你先不要答应对方，也不要一口回绝，就说和我商量一下，要表现出很感兴趣的样子，再适当提提价格，然后等我回襄都，见面再商量细节。"

"好，我听你的。"倪芳不再犹豫不决了，而是干脆地说道，"倪流，你自己要小心，我听说有人要对你不利。"

"知道了，姐。"倪流的心情一下轻松了许多，过了姐姐这一关，让他的心理压力大大减轻，这样，他就可以轻装上阵了。

"果然来了。"吴小舞听到了电话内容的大概，猜也猜到了八九分，"洪东旭出三亿，有人就出到了三亿两千万，倪流，你反败为胜的机遇来了。"

倪流嘿嘿一笑，毫不掩饰他的喜悦之色，拿出手机给郭容天发了一个短信："小舞，我们打个赌，不出三分钟，郭容天就会亲自打来电话约我见面。"

“才不和你打赌。”吴小舞熟悉了倪流的把戏，嗔怪地翻了倪流一个白眼，“赢了，没彩头。输了，又没意思。”

汽车驶上了繁华的正义街，路过一个路口等红灯的时候，倪流的手机果然响了。

倪流冲吴小舞眨了眨眼，一脸得意的神情接听了电话。

“郭董，几次约你都约不到，很让我伤心呀。”倪流阴阳怪气半开玩笑地说道。

郭容天的嗓音是浑厚的男中音，他话不多，只说了一句话就挂了电话：“明天上午十点，我在西山钓鱼台。”

石门的西山钓鱼台和京城的钓鱼台国宾馆可没有半点儿关系，只是一处名叫钓鱼台的山间别墅，沿石门的迎宾大道一路向西，出了市区之后是山前大道，再沿两侧全是农田和树林的山前大道西行十公里，就是石门久负盛名的山间别墅。

山间别墅依山而建，真山真水，引山上清泉，就地建成一座偌大的人工湖，湖光山色，波光粼粼，人工湖中，有几个人工小岛，坐在岛上的绿树浓荫之下，偷得浮生半日闲，垂钓一日，悠闲似神仙。

山间别墅当年刚推出之时，以一幅湖光山色的如诗画卷点缀一名钓者的强烈视觉冲击力震撼了石门，山间别墅一举成名。

只是钓鱼台的形象太深入人心，以至于山间别墅的大名被人遗忘，反倒是钓鱼台别墅的别名叫响了。开发商也有意思，从善如流，悄悄地改山间别墅为钓鱼台别墅。

在石门，一提起钓鱼台，几乎无人不知，无人不晓，当然，也都知道钓鱼台之地，谈笑有权贵，往来无平民，非富即贵，一般人别说想在湖光山色之间浮生半日了，就连门前的一块价值十几万据说从泰山运来的石头都买不起。

好在百姓也有百姓的乐趣，有人就在钓鱼台别墅对面投资了一个集休闲、娱乐和住宿为一体的草堂，命名为半日草塘。

半日草塘虽然不如钓鱼台别墅奢华富贵，但池塘、荷花、杏树、桃树一应俱全，再有乡村风味的小吃和烧烤，可以钓鱼，可以吊床，也可以水晶帘动微风起，满架蔷薇一院香，快乐不分贫贱，幸福只在心间。

倪流去过半日草塘，没有去过钓鱼台，只在外面远观过钓鱼台的奢华。

“成了，明天去钓鱼，小舞，等下去买一个钓鱼竿，我也去钓鱼台体验一下湖光山色的美景和顶级权贵的休闲娱乐。”倪流乐呵呵地笑道，“怎么样，我回石门的决定，现在看来是非常英明的一步吧？”

“倪总英明。”吴小舞车技还行，在车流中驾驶宽大的奔驰ML350，游刃有余，还有余暇和倪流说笑，“你打算向郭容天开价多少？”

“要看他有多大的诚意和决心了。”倪流转动手中的手机，“反正不能比神秘人士的三亿两千万少。”

“这么说，你真的打算变现股份了？”吴小舞不满地看了眉飞色舞的倪流一眼，“年纪轻轻的，拿一笔钱就养老，怎么想怎么觉得人生充满了无趣，再万一你一有钱就变坏，成了一个花花公子，得祸害多少良家妇女，天哪，我现在帮你，是不是正在为虎作伥？”

“行了，你就别杞人忧天了，我这个人很专一，要祸害就只祸害一个人，而且一祸害就是祸害她一辈子……”倪流想起了什么，话说一半停住了，回头看了一眼，“不对，那辆9G868牌照的宝来R，一直跟了我们半天，估计来者不善。”

吴小舞从后视镜观察了一下，有了印象：“没错，从我们一出门就跟上来，跟了三个路口了，看来是奔我们来的。”

倪流一拳打在车门上：“可惜了，要是我开车，非甩了它不可。一辆宝来R也敢挑战奔驰，找死。”

吴小舞双眼放光：“要不……我试试？”

“你？”倪流大摇其头，“拉倒，你的水平也就是能安全地把人从甲地送到乙地，别逞强，小命比出气重要。”

“别小瞧人。”吴小舞不满地回敬了倪流一个大大的白眼，眼睛的余光一扫后视镜，脚下油门一踩，奔驰ML350猛然发出一声轰鸣，咆哮着向前冲了出去。

后面的宝来R见奔驰ML350想跑，哪里肯干，也发出声嘶力竭的吼声冲了上来。

2005年上市的宝来R是一汽-大众出产的一款高性能改装车，黑色车身，车后巨大的尾翼似乎宣告它不俗的性能和运动款的本质，1.8升涡轮增压发动机，压榨出180匹马力和235Nm的扭矩，百公里加速仅需要8.6秒，应该说，性能不俗，马力强劲，基本上可以秒杀路上百分之八十的汽车。

只不过早就停产多年的宝来R，现在已经到了暮年，美人白头，英雄迟暮，而且面临的对手又是奔驰ML350，3.5升的排量，比1.8升的排量大出几乎整整一倍，尽管没有涡轮增压，但依靠大排量的六缸优势，以及高达300马力的强劲动力，其提速和瞬间爆发力，远非宝来R所能相比。

第三十章

将欲取之

转眼工夫，奔驰ML350如脱弦之箭，接连超过十几辆汽车，将宝来R远远地抛到了后面。

倪流目瞪口呆："小舞，你，你，你的开车水平也不错嘛。"

吴小舞哼了一声，得意扬扬地一笑："海水不可斗量，早告诉你，不要小瞧人了……"

此时夜色完全降临了，汽车都开亮了大灯，从后视镜中也看不清后面的汽车是什么颜色和型号，宝来R就如一道阴影一样，完全消失在了倪流和吴小舞的视线之中。

"会是谁派来的人？"吴小舞恢复了正常驾驶，如果说刚才她就是一头凶狠的野兽，现在的她又变回了温柔的淑女，还不经意地一拢秀发，姿态优雅而动人，完全不似刚才的凶猛。

"多半是王树斌的人，不过，也不能排除是郭容天的手下……"倪流话未说完，一辆黑车开着远光灯从右侧超车，几乎擦着奔驰ML350后视镜呼啸而过。

宝来R又来了！

宝来R超车后，迅速回轮，然后刹车灯亮起，显然是想堵截倪流的车。

如果是倪流，他会先补上一脚刹车，然后观察左右后视镜，从有空位的一侧超车，只是现在他坐在副驾驶位，汽车不由他指挥，方向盘掌握在吴小舞手中。

吴小舞几乎没有点刹车，车速维持原来速度——尽管在市内车速并不快，充其量五十公里左右，但奔驰ML350车身宽大，重心高，不点刹车的紧急转向，几乎让倪流的身子腾空跃起，他双手紧紧抓住门上的把手，惊恐的目光直直地盯着奔驰的车头在距离宝来R的车尾只有十厘米时一闪而过。

好险！

倪流几乎惊吓出一身冷汗，吴小舞太疯狂了，简直让他不敢相信自己的眼睛，这……这是那个柔弱无助、在宋国文死后发愣了三天的吴小舞吗？前后反差太大了，完全就不像是同一个人。

由于吴小舞的动作过于干脆利索，如惊鸿一瞥，后面的车根本就没有反应的时间，一头就撞在了宝来R的屁股上，轰的一声巨响，宝来R车后耀武扬威的尾翼被当场撞飞，后备厢当即被撞得凹陷了一个大坑。

按说宝来R也算比较硬朗的汽车了，奈何时运不济，后面撞它的车是号称小坦克的沃尔沃XC60，这辆在各项最严格测试中保持不败之身的SUV，车身强度几乎无出其右，宝来R与之相比，只能老老实实地甘拜下风。

屁股被撞得稀烂的宝来R，不但没有收敛的意思，反而更加丧心病狂了，开着远光灯，如毒蛇一样又朝奔驰ML350迅速逼近，看样子是不给倪流一个教训誓不罢休。

倪流火了："你大爷……小舞，别它。"

吴小舞却没有如倪流所言别宝来R，而是一加油门，想要甩掉对方，奈何市区之中，车水马龙，才一提速就被前面缓慢的车流挡住了去路。

还好，正好前面是一个路口，吴小舞车速不减，紧跟在一辆奥迪后面，在黄灯闪烁时，大有闯红灯也要通过之势。

宝来R提速不如奔驰ML350快，等它冲上来时，已经来不及变道别停奔驰ML350了，它情急之下，猛一变道，从奔驰ML350右侧切入车道，在红灯亮起时，箭一般冲过了斑马线。

可惜的是，它又上当了，就在它闯红灯的一刻，吴小舞一脚急刹车刹停了奔驰，奔驰稳稳地停在了斑马线以内。

宝来R再次被耍，闯了东西方向的红灯，此时南北方向的车流已经放行，它不可能停在路口中间等候奔驰，迟疑了片刻，突然加速离去。

眼见就要驶过路口驶入主道时，一名自行车行者突然出现在宝来R前面五米之外，此时如果宝来R及时采取制动措施，也可以避免行人被撞，宝来R却没有丝毫犹豫，一头就撞在了自行车行者身上。

自行车和骑车人同时被撞到了半空之中，在空中空翻三周半，然后重重地摔倒在地上，眼见是活不成了。

宝来R依然没有停上一停，咆哮着逃逸而去，却慌不择路，一头撞在了机动车道和人行道中间的台阶上，"砰"的一声巨响，车头冒起冲天的白气，再也动弹不了半分。

倪流暴怒了，他最见不得肇事逃逸，何况被撞的骑车人是一个花白头发的老人家，他紧握拳头，紧锁眉头，沉闷地一声怒吼：“小舞，别车。”

吴小舞此时也变成了一头凶猛的美人豹，目光死死地盯着几十米外的宝来R，信号灯一变，她脚踩地板油，奔驰猛然电闪一般冲了过去。

奔驰停在了宝来R的左前方，死死地将宝来R别在了三角区内，车一停稳，倪流就从车上跳了下来，一把拉开宝来R的驾驶门，从里面拉出司机，一扬手一拳就打在了司机的鼻子上。

“你大爷，想找我的麻烦？我先收拾了你再说。你大爷，肇事逃逸，猪狗不如！”

人最脆弱的地方就是鼻子，鼻子中拳，痛得浑身酸痛，在剧痛之下，人就会失去攻击性。倪流一拳打得对方满脸开花，在对方双手捂脸的同时，又一拳打在了对方的肚子上。

倪流够坏，专打对方人体最脆弱的地方，用最小的力气让对方品尝最大的痛苦，并且让对方一招之内失去反抗之力。

相比他的一剑封喉的奇招，另一个见义勇为者的出招，就是拳拳到肉的实招了。

就在倪流刚刚跳下汽车的那一刻，不知道从哪里冒出一辆宝马，停在了宝来R的右侧，从车上下来一人，二话不说拉开宝来R的副驾驶门，将坐在副驾驶的人从座位上揪了出来，先是一提膝盖撞得那人掉了几颗门牙，又一脚踢出，正中那人的胸膛，生生将副驾驶踢出几米开外。

平常见多了宝马车主撞人打人的嚣张，第一次见到宝马车主惩恶扬善，围观的明白真相的群众都大声叫好。

宝马车主打人完毕，笑呵呵地冲倪流打了一个招呼：“打仗亲兄弟，倪流，我们算是并肩作战了。”

等警察赶到处理善后的时候，奔驰和宝马早就一前一后驶离了现场。

东来顺二楼的222雅间内，倪流、吴小舞和黄文旭三人坐在一起，一边吃着可口的火锅，一边说起几天来发生的事情。

黄文旭一边搅动一锅泛着红红的辣椒油的汤，一边咧着腮帮子说道：“兄弟，我气大了。”

三天未见，黄文旭成了熊猫眼不说，脸上还有瘀青，更可笑的是，下巴上还贴了一张创可贴，样子要有多滑稽就有多滑稽，不过脸上的伤并不影响他的食欲，他吃得热火朝天，骂得痛快淋漓。

“上次和你们一分开，我就想先去和郭容天见面聊一聊，打个预防针，没想到，刚到郭容天楼下，来了几个人围住了我，不由分说就是一顿暴打。丫的，哥武功再高强，也是好汉难敌一群流氓，结果就被打得遍体鳞伤，最后小强临走时还威胁我说，如果我再敢多管闲事，下次就会打断我的腿。狗娘养的，什么人渣，敢威胁小爷？也不看看小爷是谁？”

倪流忍住笑，实在不好意思嘲笑黄文旭的狼狈，吴小舞也是咬着嘴唇，想笑不好意思笑，黄文旭这么惨，说到底还是因为倪流的事情被打，做人，要有同情心。

“我这个人好面子，不过人人都好面子，这也没什么，所以这几天我就在家养伤，没好意思出来见你们，今天感觉可以出来见人了，就到办事处去找你们，正好碰到你们出门，还没来得及和你们打招呼，就发现了宝来R鬼鬼祟祟地跟在你们后面，丫的，宝来R就是打我的一伙人小强的车，我就知道，小强这帮人，打了我，现在又想收拾你们了。

“嘿，我以为你们几个回合就会被宝来R截留，宝来R虽然马力没多大，但个子小，灵活，在市区最善于穿梭，没想到，神了，小舞玩车玩得跟专业车手一样，最后还逼得宝来R撞车了，牛叉，佩服，服了，小舞，来，敬你一杯！”

吴小舞和黄文旭碰了碰杯：“黄哥，你也挺英勇嘛，受伤了，一个人养伤，也不需要人安慰。我最佩服孤胆英雄一样的男人，我敬你。”

“要说孤胆英雄，还得是倪流。”黄文旭举杯向倪流示意，估计是说话动作幅度过大，扯到伤口了，痛得一咧嘴，“从舌战王树斌，到拳打流氓，倪流就和功夫熊猫一样，勇往直前，盖世无双，我越来越发现，宋总有眼光，而且我还相信，倪流可以用一年走完别人十年才能走完的路。”

倪流一直以为黄文旭是一个嬉皮笑脸的主儿，不承想，黄文旭也有正经八百的时候，想起刚才黄文旭和他并肩作战时，下手那叫一个狠，发疯一样，拳拳到肉，招招实在，一看就知道，也是一个性情中人。

受伤了，躲在角落时养伤，养精蓄锐，伤好了，提枪上马，快意恩仇，是个男人，倪流和黄文旭碰了杯：“文旭，客套话和恭维话就不必说了，明天一早陪我去钓鱼台。”

“去堵郭容天？”黄文旭惊喜地一拍桌子，“我刚打听到郭容天最近几天都会在钓鱼台，不在市区，正要告诉你一起去钓鱼台堵他，原来你已经查到了郭容天的落脚地，行啊，有一套。”

怎么能是堵，是会面，要是堵，就落了下风了，倪流哈哈一笑：“郭董亲自约我面谈。”

“啊！不是吧？怎么可能？郭容天是中省最难打交道的老总，谁都知道他的脾气相当孤傲，一般人他连正眼都不会瞧……他怎么会主动约你？不是我贬低你，倪流，以后等你坐上了远思董事长的宝座，才算拿到了和郭容天平起平坐的门票，现在嘛……在他眼里，你还不算入流。”

黄文旭的话不好听，却是大实话，倪流也不恼，他也知道现在的他虽有遗嘱在身却无股份在手，不过是名义上的继承人，等什么时候走完了法律程序，股份真正转移到了他的名下，才算名至实归，而从名至落实到实归，看似简单的一步，中间隔了千山万水的鸿沟，有时候也许永远也跨越不过去。

不过话又说回来，商机就如稍纵即逝的流星，流星一闪，慢上半拍就会错过，商界中人，有人稳健，有人谨慎，但更有人喜欢冒险，喜欢突进，倪流相信，郭容天在孤傲的性格背后，有一双敏锐的眼睛和一颗不甘落于人后的心。

“文旭，一只股票，在什么时候投资可以利润最大化？”倪流决心考一考黄文旭。

“当然是原始股了。”黄文旭想轻描淡写地笑一笑，不料一笑又牵动了伤口，疼得他一咧嘴，怒道，“王树斌，狗东西，小爷一定还回来，等着。”

宝来R的幕后黑手是王树斌，在倪流和黄文旭一见面时就达成了共识，经此一事，王树斌在倪流的人生通信录中，已经被拉进了黑名单。

“现在，我、小舞，再加上你，三人组合，就是一只升值潜力巨大的原始股，所以，我向郭董提问，如果有人出价三亿五千万购买我手中的股份，我该怎么办时，郭董就约我明天和他见面。”倪流信心十足地说道，“我是还没有入流，但我手中有遗嘱，遗嘱，就是筹码。”

“高，这一手高，二桃杀三士。”黄文旭乐了，他忍着痛也非要笑一笑不可，“我感觉，你现在虽然还没有入流，但已经入门了，入门的速度，比我预期的快了不少。”

“咔……”黄文旭龇牙咧嘴比哭还难受的笑容，让吴小舞忍不住笑喷了。

黄文旭不干了：“哎，哎，妹妹，这就是你的不对了，没同情心默默地走开不是你的错，不走开还嘲笑别人，就是你的错了。”

“好，好，对不起，我不该笑话你。”吴小舞举手表示歉意和投降，“不过我必须声明，刚才的笑，不是嘲笑，而是善意的烘托气氛的笑。”

倪流自得其乐地靠在椅子上，用力舒展了一下腰身：“这可不是二桃杀三士，这是将欲取之，必先与之。我就奇怪了，大奔明明换了牌照，怎么一出门还是被盯上了？”

第三十一章

前景大好

“对了，我也正琢磨这事儿呢，看来，办事处也不能住了，今晚，换地儿了。”黄文旭忽然想起了什么，一脸狐疑地打量了倪流和吴小舞几眼，嘻嘻一笑，“你俩，这几天一直住在办事处？”

“是啊，怎么了？”吴小舞不明就里，以为哪里不对，“不住办事处住哪里？办事处那么大的地方，闲着也是闲着。”

“不是，妹子，你也太纯情了吧，你可千万别告诉我，你还是处女？”黄文旭坏水发作，笑得前仰后合，就差一头栽进滚烫的火锅里，“我的意思是说，你和倪流孤男寡女……”

吴小舞明白了，脸一红，连忙摆手打断了黄文旭的话：“打住，打住，亏了我刚才还同情你，你还是人嘴里吐不出狗牙，怎么什么事情经你的脑子一过，就非得往色情方向想？”

“我怎么了我？冤枉啊。”黄文旭还叫屈，“男人女人一起做爱做的事情，怎么就色情了？那叫男欢女爱懂不懂？是你思维不正常，不是我想法太流氓。不是，那句话你也说错了，不是人嘴里吐不出狗牙，而是狗嘴里吐不出象牙……”

“笨蛋，上当了。”吴小舞的俏脸被房间的热气一激，白里透红，粉嫩无比，“你都自己承认是狗嘴了。”

倪流含蓄地大笑：“哈哈哈哈……文旭，小心点，女人心，海底针，大海捞针本来就是一件吃力不讨好的事情，捞不到，活该倒霉。捞到了，说不定还会被扎上一下，一刺伤人手，再刺伤人心。”

“一刺伤人手，再刺伤人心……好句子，我得记下来，下次泡妞用。”黄文旭说记还真记，拿出纸和笔就记了下来，“对了，还有一件事情我要郑重声明一下，兄弟，我和你不是情敌了，我和梁米已经正式分手了。也不对，不能叫分手，从来没有牵手，怎么能叫分手？这么说吧，我不泡她了。”

也难为黄文旭染了一头黄毛的新潮打扮，居然随身带了纸和笔，这种强烈的对比和反差，实在让人无语。

“为什么？她不合你的胃口？”倪流没问原因，吴小舞却非要刨根问底，到底是女人，天生就有热衷八卦的好奇，“还是你为了和倪流处好关系，忍痛割爱，先要江山了？”

“都不是。”黄文旭摇了摇头，一脸的深刻和痛心，“我想明白了一件事情，一个太物质的女人，就算一开始能给你带来短暂的快乐，但最终带给你的还是永久的痛苦，痛定思痛，我以后不再当一只浪迹花丛中的小蜜蜂了，从今天起，我要做一个幸福的人，喂马，劈柴，周游世界。从明天起，关心粮食和蔬菜。从后天起，我要娶一个柴火妞，和她一辈子相爱……”

倪流的心情舒畅了许多，不仅仅因为明天即将到来的和郭容天的见面，还有他现在对黄文旭做到了完全的信任，而且甚至可以说，虽然黄文旭油腔滑调，但他发现，他越来越喜欢黄文旭的性格了，于嬉笑怒骂中攻克一个又一个难关，总好过愁眉苦脸地冲锋陷阵。

至于梁米，倪流摇了摇头，将她赶出了他的脑海，往事不可追，过去就过去了，人生本来就是负重前行，该放下的包袱，要及时放下。

饭后，倪流和吴小舞没再回办事处，而是找了一个宾馆住下。黄文旭告辞而去，他不说住在哪里，倪流也没问。

“小舞，根据目前掌握的情况是，一共有四家公司对远思感兴趣，现在有三家已经露出了冰山一角。”坐在吴小舞房间，喝着吴小舞泡好的毛尖，倪流开始分析下一步的切入点，“石门有两家，中远是一家，容天是一家，还有一家是襄都的公司，具体是哪一家，现在还没有更多的信息，但从对方的报价来看，三亿两千万，刚好多过洪东旭的三亿，那么是不是可以说，这一家私下跟我姐接触的公司，也和洪东旭有过接触，甚至可以说，也是洪东旭视线之内的合作候选人之一？”

“应该是。”吴小舞肯定地点了点头，穿了一身休闲衣的她，平添了几分居家的温馨气息，“以洪东旭的老谋深算，他肯定不会把赌注放到王树斌一个人身上，买东西还要货比三家呢，他和王树斌关系再好，也好不过和钱的关系，襄都的神秘公司……难道说是步凡集团？”

“步凡？”倪流一愣，随即想了起来，步凡是襄都仅次于远思的一家集科研、建材开发和工程安装的大型集团公司，董事长庄步凡也是襄都商界举足轻重的重量级人物，“步凡和远思业务交叉不多，而且以前也没有合作过项目，步凡想现在阻击远思，除非是……”

“除非是步凡想拓展业务范围，进军房地产业。”吴小舞托腮沉思，双眼迸发出思索的光芒，“远思在前年最成功的一个转折点就是开发了远见小区，远见小区的大获成功，标志着远思进军房地产业的努力达到了预期目标，同时，也确立了远思在襄都房地产业的地位。远思在全省房地产业内，不管是实力还是规模，抑或是影响力，都不在前列，但在襄都，远思已经打出了自己的品牌。如果步凡有意进军房地产业，吞并远思，借鸡生蛋，不但风险会降到最低，而且还可以迅速占领市场，从而达到风险最小化、利润最大化的最完美战略。”

吴小舞越来越上路了，果然是环境造就人，倪流心中底气更足了：“先不管是不是步凡了，我有把握让襄都的两家公司，在最短的时间内，现出真身。对方通过我姐报价，本意还是想传递到我的耳中，最终，还是绕不过我，我估计呀，只要我稍微向我姐松口，对方就会直接和我对话了。”

吴小舞本来坐在床上，一下跳了起来：“不是，倪流，我听你的口气，好像越来越倾向于转让股份了，你到底是什么意思？你得给我交个底，别让我跟你奋斗了半天，最后你变现了股份，拿一笔钱直接去混吃等死了，要这样，我可不跟你了。”

倪流眨眨眼睛，笑得很神秘：“你猜我最后会选择哪一条路？”

“我可猜不透你，你这人心思太深，让人看不懂。”吴小舞噘着嘴，三分不服气，四分不满意，“我现在都在犹豫，要不要一直跟你走下去，万一有一天你把我卖了，我没准儿还傻呵呵帮你讨价还价呢。”

“哈哈……”倪流也站了起来，来到吴小舞身旁，轻轻一抱吴小舞的肩膀，“小舞，人的一辈子经历的事情有很多，但风雪兼程、生死相依的经历，也许只有一次。从小到大，我一直就有一个座右铭，从来就没有改变过。”

吴小舞轻轻扭动身体，想挣脱倪流的胳膊，却没能让倪流松开，她就轻轻一推倪流：“要和我保持友谊的距离，别过界。”又嫣然一笑，“什么座右铭？”

“靡不有初，鲜克有终！”倪流被吴小舞推开，没再继续向吴小舞发动攻势，他嘿嘿自嘲地一笑，没有解释他刚才抱了吴小舞一下的动机，其实他倒没有想怎么着吴小舞，只是心里有一种想和吴小舞并肩作战的渴望，或许是吴小舞太漂亮了，让他情不自禁就抱她入怀了。

男人亲近女人，不能说就一定是想要流氓，有时候也许只是一种心理上的需求。

“靡不有初，鲜克有终！”吴小舞重复了一遍倪流的话，若有所思地说道，“做事情，都想有一个好的开端，但很少会有一个好的结局，善始善终的人和事，还是太少了。倪流，你的意思是，你想时刻提醒自己做事情要善始善终？”

“是呀，从小到大，我虽然没有做过什么轰轰烈烈的大事，但无论哪一件事情，我都做到了有始有终，就像和梁米的恋爱，我明知道她对我早就没有了感情，但还是等她主动提出分手，为的就是从哪里开始就从哪里结束。所以，既然决定了继承股份，我就会一条路走到底，否则，在洪东旭让孟岩提出以三亿交换股份时，我就不会拒绝了。”

“既然这样，还和郭容天见面有什么意义？”吴小舞被倪流弄迷糊了，她虽然也猜到了倪流不是变现股份放弃远思的想法，但却想不通倪流和郭容天周旋的目的所在，“你想借郭容天的势？”

“答对了。”倪流认真地说道，“我们现在处在风暴的中心，又最弱小，想要取胜，只能剑走偏锋，多个朋友多条路，既然郭容天对远思也感兴趣，坐在一起谈一谈，也许可以开拓思路，发现双方的利益共同点。也许到最后不仅仅是借势了，还有可能是联盟……”

吴小舞越来越佩服倪流了：“我明白了，我终于明白了，宋总为什么会选择你当他的继承人，他是完全看透了你的为人，知道你最大的优点是做事情有始有终，不会中途放弃，所以，他相信把股份和远思交给你，你一定会比别人做得更好。”

倪流三分得意、三分自满地说道：“不瞒你说，我还有一个最大的优点你没有发现，就是心细、遇强则强、永不服输。”

“心细？遇强则强我算是领会过了，心细又体现在哪里？”吴小舞摇了摇头，叹息一声，不无幽怨地故意说道，“男人心细，是好事还是坏事呢？”

“用在正路上就是好事，用在斤斤计较上就是坏事。”倪流的自信一向很强大，“我就举一个小例子——在和王树斌交手的时候，不管我把王树斌逼得多紧，到最后王树斌甚至都气急败坏了，他一直提都没提五百万现金支票的事情，这说明什么？”

“是呀，我怎么漏了这个细节？”吴小舞服了，冲倪流伸了伸大拇指，“强，心细如发，可是你得告诉我，他为什么被气得快暴跳如雷了，也不提五百万元现金支票的事情，而且他既然和洪东旭同流合污了，就应该告诉洪东旭这事儿，洪东旭完全可以拿这事儿找我们的麻烦，甚至可以以侵吞公款的罪名抓了我们？可是……一切都没有发生，为什么呀？”

倪流坏坏地一笑：“真想知道为什么？”

“想呀。”吴小舞用力地点头。

“自己好好想想去。”倪流一拍吴小舞的肩膀，“晚安。”

“你……”吴小舞险些没被倪流气得背过气去。

回到房间，倪流理顺了一下思路，眼前的迷雾渐渐散去，他仿佛看到了一缕阳光穿透了重重云雾，正在向他展现一个无比光明的前景，突然，电话又响了。

难道又是姐姐来电？一看来电号码是襄都的座机，倪流也没多想，顺手就接听了电话。

“倪流，你以为你躲在石门我就找不到你了？想得美！告诉你，限你三天时间回襄都解决遗嘱问题，否则，小心出门被车撞死。”

宋国武气急败坏的声音夹杂着恶毒的咒骂和攻击，如天边雷声一样滚滚而至，震得倪流的耳朵嗡嗡直响。

倪流才不屑于和宋国武对骂，只回答了他一句：“等你刷牙之后再打来电话。”就直接挂断了电话。

电话刚一挂断，宋国武就又气势汹汹地打了过来，上来第一句话就是：“倪流，你个浑蛋敢挂我的电话……”

“哦，还没刷牙？”倪流又挂了。

第三次宋国武终于服软了：“倪流，你先别挂，我有话要对你说。”

“有话就说人话，别跟疯狗一样乱叫。”倪流冷冷地说道，“宋国武，别以为你为了得到遗产，在背后做的一些见不得人的勾当没人知道，如果我都捅出去，你别说能拿到一分钱了，下半辈子直接去监狱里养老吧。”

宋国武还真被吓住了，支吾了半天才说：“倪流，你、你、你见过王树斌了，他都和你说什么了？”

智商是硬伤，倪流无声地笑了，就宋国武的几把刷子，还想在遗产争夺战中分一杯羹？最后被人害死了还得问牛头马面是哪一位害死了他，商场上的事情，拼的是财力，比的是智商，财力不雄厚，智商不高人一等，就别硬挤进来让别人利用了。

第三十二章

成交

“说吧，找我什么事？”倪流没回答宋国武的问题，直接让他说正事，“我时间宝贵，没工夫和你瞎扯。”

“那个，那个尸检的事情……”宋国武吞吞吐吐地说道，“出来最后结果了，报告说，我哥确实是死于酒精中毒。”

“所以呢？”虽然结果早在预料之中，倪流心中还是一阵狂喜，洗清了谋害宋国文的嫌疑，接下来如果他再大摇大摆地出现在远思集团，强烈要求为他办理股份交接手续，洪东旭会想出什么法子来阻拦他？

“虽然你直接谋杀的罪名被排除了，但间接谋杀的嫌疑你就是跳进黄河也洗不清，如果我一口咬定你在路上故意耽误时间，就是为了拖死我哥，你浑身是嘴也说不清。”宋国武泼脏水的水平也挺高，颠倒黑白的时候，比刚才说出真相时还理直气壮，“后果到底有多严重，你是聪明人，一想就明白了。”

倪流是明白了，宋国武从开始到现在的所作所为，归根结底四个字——“胡搅蛮缠”，当然，也可以用无理取闹形容，目的只有一个，要从宋国文的死中，从中渔利。其实以倪流的为人，受宋国文巨额遗产的恩惠，他不会亏待宋国文的家人，就算宋国武不提任何要求，他至少也会拿出上千万来安抚宋家。

宋国武闹到现在，黔驴技穷，只剩下死缠烂打的最后一招了，倪流清楚一个事实，不拿到好处，宋国武就是要钱不要命的癞皮狗，绝对没完没了。

“宋国武，你到底想要多少钱，直接说。”倪流懒得再和宋国武多说了，多说无益，和没品的人直接谈利益才是上策。

“我要一个亿。”宋国武狮子大张口，“洪东旭说你准备卖了股份，变现三亿现金，我要三分之一，不多吧？给我一个亿，事情就算过去了，不给我，我让你一天也不得安生。”

洪东旭是什么意思，透露三亿换股份的秘密出去让宋国武知道，是想让宋国武逼他就范，还是想继续把水搅浑，好让他坐收渔人之利？倪流冷笑了，洪东旭忘了一句话——聪明反被聪明误。

是，倪流承认他初入商界，商场规则不熟悉，商战谋略没经验，问题是，商场也好，官场也好，共通的地方是人性，商战最终面对的是一个个活生生的人，准确地把握人性，将人性放到利益的天平上去衡量，就会得出每一个人的分量和价值。几千万甚至几亿哪怕几十亿的项目，最终也会由具体的人来操作，从人性入手，就抓住了问题最关键的点。

有的人分量大过价值，有的人价值大过分量，但不管是哪一种人，万变不离其宗的是，每个人都有做人的底线，超过底线，人性就会扭曲，价值取向就会不择手段。

几年的工作经历也让倪流悟出了一个道理，不管做什么事情，先要抓住最关键的人，人事人事，人在先，事在后，人为主，事为辅，无人不成事，现在，他就准备反手一击，摆脱现在被动的局面，充分利用宋国武的贪婪，让宋国武成为他棋盘上的一颗棋子，将洪东旭一军。

“一个亿呀……”倪流故意拉长了声调，“是不是太……”

宋国武果然上当了，不等倪流说完，就迫切地说道：“一亿是我的底线了，不能再少了，少一分，免谈。”

“国武呀，你误会我的意思了，我是说，你风格挺高，四个亿，你只要一个亿，我肯定没有意见了。”倪流开始挖坑了。

“什么？什么？！四个亿？洪东旭告诉我说是三个亿，他怎么可能骗我？”宋国武急了，大声嚷道，“倪流，你说清楚，怎么又变成四个亿了，要是四个亿，我要一亿就太亏了，不行，我要一亿五千万。”

“要是最终能卖到四亿，给你一亿五千万也好商量。洪总怎么和你说的，我就不清楚了，反正石门有一家公司正在和我谈，出到了四个亿，国武，你说洪总只出三个亿，是不是想黑我们的钱？”倪流挖坑完毕，开始推人了，“按说以洪总和姐夫的关系，和你的关系，他应该出价最高才对，却比别人出价整整少了一个亿，一个亿，不是一千万、两千万的小数目……”

一亿五千万和一个亿，差了整整五千万，在五千万巨款面前，哪怕只是眼前飘动的虚幻的数字，在宋国武心中，也是无法接受的落差，他勃然大怒：“倪流，你继续和石门的公司谈，一口咬住四个亿的价格不能让，我明天就去找洪东旭，这老东西，想坑我，没门儿。我让他出到五个亿，要不不卖给他，怎么样？”

不错，达到了预期，不过倪流觉得还有必要再火上浇一把油：“我正在找会计师事务所估价，也许能估到六亿，国武，除了洪东旭之外，你也可以和远思其他的大股东或者襄都别的大公司接触一下，询询价也没什么损失，是不是？不估算好价格，仓促就低价出手，最后吃亏吃大了，哭都没地方哭去，是不是？这样，我口头答应你，只要股份能变现，绝对少不了你的好处。而且变现价格越高，你的收益就越高。”

好了，在为洪东旭挖坑的同时，他又为宋国武设置了一个不可能的任务，总要让宋国武有事在忙，才能拴住宋国武一颗不务正业却贪得无厌的心。

“行，我知道该怎么办了，倪流，只要你答应股份转让金分我三分之一，我就保证不再和你闹，还会和你一起对付外人。”宋国武还不知道他已经跳坑了，被一亿多飘在空中的空头支票晃花了双眼，“给句痛快话，三分之一，成交不成交？”

“成交！”倪流几乎没有犹豫就一口答应了，“如果股份转让成功，我保证分你三分之一。”

“一言为定！”宋国武兴奋地扔下一句话，就挂断了电话，“等我好消息，我去找洪东旭谈谈，让他出四亿五千万。”

这下好了，洪东旭有的受了，倪流几乎要哈哈大笑了，又想起他刚才话里的伏笔——如果股份转让成功——等于是一张主动权完全掌握在他手中的空头支票，他就忍不住要自言自语地说上一句：“不好意思了，宋国武，如果我根本就没有打算转让股份，到头来，你一分钱的好处也得不到。”

钓鱼台别墅位于市区西部山前区地质公园南侧，距市中心直线距离约15公里，向南，2公里处为封龙山旅游景区；向北，6公里为龙泉寺旅游景区；向西，是苍茫绵延的太行山脉。

从地理位置上来说，钓鱼台是一块风水宝地，沿山前大道一路西行，十几分钟的车程，就可以从市区直通别墅。不过据倪流得知的数据，钓鱼台别墅的销售并不太好，原因既不是价格过高，也不是距离市区过远，而是决策失误。

失误就失误在了钓鱼台别墅是独栋别墅，不是联排别墅。

联排别墅比独栋别墅造价低，也不如独栋别墅高档和私密性强，按说有财力购买钓鱼台别墅的消费阶层，都是非富即贵的人群，应该更喜欢独栋别墅才对，只是市场变幻莫测，消费者心理难以准确把握，主打高尚、独栋和私密性强的钓鱼台别墅从前年开盘以来，到今年为止，只销售了二分之一的楼盘，时至今日，尚有将近一半的楼盘没有售出。

从积压率来说，这是一个失败的项目。

不管是钓鱼台湖光山色的私家风光，还是依山而建的自然清新的田园气息，都符合现在繁忙的都市高端人群的消费理念——向往自然、亲近自然并且拥抱自然，但为什么销售不如预期火爆，名气很大，关注度很高，最终成交的单子却不足一半，往往许多人驾驶豪车而来，兴冲冲参观了别墅之后，却一脸失望地摇头离去？

"私密性是一把'双刃剑'，成也私密性，败也私密性……"倪流一边开车，一边对坐在副驾驶位的吴小舞和坐在后座的黄文旭说道。

"你不是学的市政工程吗，怎么也研究房地产市场？"吴小舞一只手支在车门上，托着头，歪着脑袋问倪流。

"梁米学的是建筑，她上大学的时候，是一个勤奋好学的好学生。刚毕业的时候，是一个喜欢钻研的好员工，现在嘛……"倪流摇了摇头，"时间会改变一切，改变一个人的理想，改变一个人的坚持，也改变真理和谎言……时间是验证真理的唯一标准。"

"扯，时间怎么会是验证真理的唯一标准？"黄文旭正在后座拿着平板电脑切水果，切得正起劲，一下被倪流的话绕了进来，放下平板电脑就反驳倪流，"实践才是。"

"实践会出错，时间永远不会。"倪流无意和黄文旭争论，只解释了一句就又回到了正题，"当年钓鱼台刚开盘的时候，我和梁米还坐公交车来参观过，当时我就说了一句话，钓鱼台别墅的销量，不会太好。梁米还反驳我，说我没钱不代表别人没钱，她说钓鱼台别墅一定会大卖。"

"钓鱼台没有大卖，不是石门的富人不够多的原因，而是另有原因。"吴小舞插了一句，"倪流，你不简单呀，几年前就这么有眼光了，这件事情，你是不是也和宋总聊过？"

"聊过，刚开盘的时候，宋国文就考我，问我钓鱼台以后的前景怎么样，我就说，不会太好，也不会太坏，半死不活，他不信，问我何以见得？"倪流回忆起了往事，想起和宋国文坐而论道的岁月，不由摇头笑了笑，"我说就凭钓鱼台的别墅私密性太好这一点，就不会大卖。每两栋别墅之间，距离过远，而且整个钓鱼台的别墅区规划太大，虽说西部山区的地皮便宜，而且也是为了就着山势而建，但整个小区的规划太分散了，国人不比老外，虽然喜欢私密，但从本质上来讲，国人还是喜欢有热闹的私密，既保持了一定的私密性，又可以抬头看到邻居，和邻居打打招呼，更喜欢让别人看到他买的新车和新包、新鞋，等等，所以，怎样合理地保证一定的私密性，又不妨碍正常的人际交往，这个度，不好把握。”

“后来呢？”吴小舞被倪流的故事吸引了。

“后来……后来就是时间验证了我的预言，钓鱼台不温不火，名声在外，口碑不错，却叫好不叫座，梁米说我是瞎猫碰到了死耗子，蒙对了，宋国文却对我赞不绝口，说我极有商业眼光，不跟着他干就太可惜了。”阳光不错，透过车窗落在倪流的脸上，衬托得他的脸庞朝气蓬勃，他微微眯了双眼，眼中流露出向往的神色，“也许宋国文临死前把股份留给我，是认为在我的带领下，远思能走出一条全新的开拓之路，他肯定不会想到，他的遗嘱引发了轩然大波，我的继承之路，波折不断，困难重重。”

“有困难是好事，倪流，打铁还得自身硬，你现在的磨难和挫折，对你以后的成长，是一笔宝贵的财富。”黄义旭不玩游戏了，坐直了身子，难得地说了一番正经八百的话，“不瞒你说，钓鱼台别墅项目失败在了哪里，我也系统地研究过，花了我一年多的时间，我才得出了和你相似的结论，你在开盘的时候就看了出来，这么一对比，你好像还真有两下子。不过你显然没有系统地研究过钓鱼台别墅失败的综合因素，私密性是主要原因不假，但却只是其中之一，还有另外两个原因，也起到了一定程度的推动作用。”

奔驰行驶在山前大道上，如一道黑色的闪电。由于冬天的缘故，路上车不多，一眼望去，远处灰沉沉的山峰如在眼前。两侧树木的树叶落尽，在寂静中等待下一个季节的轮回。

第三十三章

智斗

“哪两个原因？”不等倪流说话，吴小舞先问出了口，“哎，黄文旭，你不是做投资理财生意，怎么也关注房地产？”

“房地产也是投资理财的一个方面，你以为买房子的人都是为了自住呀？有许多人是为了投资升值。”黄文旭不无得意地说道，“告诉你一个秘密，一个房地产项目能不能大获成功的关键：一来在于有没有准确地把握了刚需消费者市场；二来是不是符合投资客的升值期待，如果有许多投资者认为这个项目有升值潜力，那么这个项目绝对会火爆。每一个火爆楼盘的背后，都有一大票投资客。钓鱼台别墅的失败一是没有把握住自住消费者对私密性要求的心理尺度，二是不符合投资客的市场预期，三是时机选择得不太好，在钓鱼台刚开盘时，石门还没有重点开发山前大道，等钓鱼台别墅的市场关注度过后，石门市政府高调宣布将投巨资开发山前大道，要把山前大道打造成省会第一条美景大道，可惜的是，东风来晚了，钓鱼台想借东风，也时不我待了……”

倪流赞同黄文旭的结论：“文旭的结论很系统，也很专业，比我的看法高屋建瓴多了。”

“那是，没有两把刷子，敢当投资理财顾问？拿着别人的钱赚钱，必须要有过硬的口才和眼光才行。”黄文旭王婆卖瓜——自卖自夸的时候，毫不吝啬赞美之词，“我要是没有点儿真本事，也不会有现在的成就，整个石门谁不知道一句话——要恋爱，找皇上。要投资，找黄郎。”

钓鱼台门口警卫森严，倪流交上了驾照，又通报了郭容天的名字，警卫向郭容天求证后，才放行。管理之严，盘查之密，和党政机关不相上下。

驶过恢宏的仿罗马风格的大门，望着正对门口的一方巨石上金光闪闪的五个大字——“钓鱼台别墅”，倪流不无感慨地说道：“当年刚开盘的时候，我和梁米来参观，我说了一句话——豪车别墅，大丈夫当如此也！”

“没出息。”吴小舞白了倪流一眼，“开一辆奔驰，买一栋钓鱼台的别墅，你就满足了？等下你见到了郭容天，你应该再说一句话……”

“什么话？”倪流乐呵呵地看着吴小舞，见吴小舞今日一身干练的打扮，脸上微施脂粉，颇有几分白领丽人的风情。

“彼可取而代之！”吴小舞挥舞右手，用力举在胸前，“大丈夫要的是建功立业，开辟疆土，而不是挥金如土，醉生梦死。”

“得了，倪流一会儿演刘邦，一会儿演项羽，还是谁也别演了，演自己最好。对了，说了半天，马上就要见到郭容天了，你们谁知道，钓鱼台别墅，到底是哪家公司开发的项目？”黄文旭比女人还女人，居然拿出镜子梳理了几下头发，“我伟岸的形象，得时刻保持，第一印象很关键。”

倪流和吴小舞不约而同地瞪了他一眼，异口同声地说道：“容天集团！”

没错，钓鱼台别墅正是容天集团进军房地产业的第一个重大项目，正是钓鱼台项目的失利，才让容天集团进军房地产业的步伐大大放缓。直到今天，容天集团还没有从钓鱼台项目失利的阴影中走出来。

私家车兴起后，2010年后的新兴小区，都实现了人车分流设计，机动车一进小区大门就直接下了地下车库，不会占用地上空间，钓鱼台别墅小区是别墅区，各家的车库都在各家院内，小区内也就没有实行分流控制。倪流一看时间，正好到了和郭容天约定的十点钟，就打通了郭容天的电话。

“郭董，我到了。”昨天郭容天只告诉了倪流会面地点，没说太具体，倪流也并不认为郭容天就住在钓鱼台，所以他也没有郭容天会请他到家中做客的觉悟。

“我在湖光山色，8号台。”

湖光山色就是位于钓鱼台别墅小区中心地带的人工湖，虽说是人工湖，却是山泉水，是活水，就如一块碧玉一般点缀在钓鱼台之内，犹如点睛之笔。

只是现在是冬天，万木萧索，湖水没有结冰，却寒气袭人，若是夏日炎炎之际，一把遮阳伞，一把沙滩椅，一杆鱼竿，在湖边悠哉半日，也是快乐似神仙。

湖心岛在湖的中心，有四条走廊通到岸上，岛上中间是一座人工土山，上面有凉亭、树林和健身休闲场所，岛的周围，是人工沙滩，沙滩上，有许多木椅、长凳和遮阳伞组成的钓鱼台，具体有多少个一时难以数清，一眼望去，四五十个绝对不会少。

必须要说，钓鱼台别墅无论生态环境、配套设施还是真山真水的景观，在石门无出其右者，即使现在山前大道火热开发，沿道路两侧的荒山野岭又新建了不少别墅，个个打出不同的卖点，但和两年前的钓鱼台别墅相比，似乎总是欠缺了一份从容和沉稳，多了一份功利和浮躁。

现在是冬天，沙滩和钓鱼台上，空无人影，还好天气晴朗，否则站在湖心岛上，还真有萧索的感觉。相信如今郭容天站在湖心岛上，想起两年前开盘时的盛况，再对比日渐衰落的现状，再联想到山前大道的开发带动了沿线几处别墅小区的火爆，他的内心或许是寒风刺骨。

8号台，有两个背影坐在长椅上，一男一女，男的年约五旬，女的25岁左右，青春正好。

不等倪流上前，郭容天已经站了起来，回身说道："你就是倪流了？"

郭容天是典型的北方大汉形象，方脸浓眉，只不过眉头紧锁，就显得过于忧国忧民了。再加上他一身灰色大衣和灰色长裤，配合萧索的湖边风景，就颇有一种沧桑感。

旁边的女子穿了红艳如火的羽绒服，奔放如蓝天的牛仔裤以及一双纯净如白雪的翻毛靴，瓜子脸上一双杏眼千娇百媚。

"郭董您好，我是倪流。"倪流伸手握住郭容天伸过来的右手，微微欠了欠身子，表现出了晚辈向长辈致敬的诚意，"这是吴小舞，我的秘书。这是黄文旭，我的助手。"

郭容天依次和吴小舞、黄文旭握了手，对黄文旭他没有过多的表示，对吴小舞特意多说了一句："小舞，我们是第二次见面了。"

吴小舞担任了宋国文一年多的秘书，却只见过郭容天一面，宋国文和郭容天的私交如何，由此可见。

倪流以为穿红羽绒服的女孩是郭容天的秘书，不料郭容天并没有介绍她是谁，就开始了会谈。

"倪流，你对钓鱼台别墅小区的印象怎么样？"郭容天背起双手，迈步沿着沙滩向前走去。

倪流跟在郭容天的身后，心想不知郭容天是随口一说，还是有意考他一考，他沉思片刻，并没有正面回答郭容天的问题，却说到了另外一件事情："前段时间我想买一套房子，结婚用房，是刚需。选来选去我选中了一处小区，名字叫全棉时代，郭董应该也听说过这个项目。”

郭容天点了点头，并未说话，虽然倪流的话题扯远了，不过他有耐心听倪流说下去。

“喂，倪流，我爸问你对钓鱼台别墅小区的印象怎么样，你怎么说到全棉时代了？全棉时代是高层中档小区，能和独栋别墅的钓鱼台高档小区相比？你会不会回答问题呀？”走在郭容天右侧的女孩口气居高临下地指责倪流，眼睛中流露出轻蔑的神色，“就你这智商，还想跟我爸谈判？我看你赶紧走人得了。”

“丽丽！”郭容天扭头呵斥了女孩一句，又对倪流说，“别理她，继续。”

原来女孩不是郭容天的秘书，而是他的女儿郭丽丽。黄文旭和吴小舞走在后面，从见到郭丽丽第一眼起，黄文旭的目光就不离郭丽丽左右，从她的脸蛋看到胸，再从胸看到大腿，全身上下都被黄文旭色眯眯的目光扫描了一遍。

“这妞儿不错，我喜欢。”黄文旭小声地对吴小舞说道，“小舞，你告诉倪流，这妞儿我预定了，别让他跟我抢，他有你就行了，别再染指郭丽丽了。”

“滚蛋，你爱泡谁就泡谁，别拿我和倪流开玩笑，我有男朋友了。”吴小舞抬腿踢了黄文旭一脚，又冲他挥了挥拳头，“下次再胡说八道，我就和你断交。”

“拉倒吧你，你有男朋友？鬼才信。就凭我火眼金睛的色眼，一眼就看穿了你外表沉静、内心狂热的本质。你以前也许有过男朋友，但肯定不是一次成功的恋爱，而且他伤你很深，你不愿意提起伤心的往事，却又对他念念不忘，所以，你才在现在单身的事实下口口声声说自己有男朋友，其实是生活在往事的回忆之中不愿意醒来。”黄文旭口若悬河，一本正经地点评了吴小舞一番，又嬉皮笑脸地说道，“怎么样，我说对了吧？你承不承认都不要紧，我对你的过去不感兴趣，也不关心，我现在有了新的人生目标，她就是丽丽，小舞，我一定要拿下郭丽丽，让她成为我们通向成功之路的阶梯。”

“我呸。”吴小舞啐了黄文旭一口，“胡说八道，满嘴放炮！一边去，懒得理你。”

“正好，我还懒得理你呢。来，换换位置，让我跟在丽丽身后，方便欣赏她动人的背影和优美的曲线。”

吴小舞无语了，她不再理会黄文旭，转身看向了湖水，目光中有一丝复杂难言的情绪跳动，也不知是风太冷，还是黄文旭的话真的触动了她的内心，不经意间，眼角有一滴晶莹的泪珠滑落。

倪流走在郭容天的左侧，微冷的北风吹动他衣服的下摆，让他的身影显得洒脱而淡然，他只是淡漠地看了郭丽丽一眼，继续说道："全棉时代位于二环以内，在三条路交会的三角地带，交通十分便利，而且周围环境安静，是一处宜居小区，最重要的是，价格还不贵，合六千多一平方米。在石门二环以内的房价普遍在七八千的今天，还能在二环内不算偏远的地段买到六千多一平方米的房子，算是幸运的了，对不对？"

郭容天面无表情，只是静静聆听。

"其实不是，一分价钱一分货的道理，永远是真理，商家的本质是榨取利润，全棉时代的房子之所以不贵，一是因为地皮是城中村改造的地皮，小区八栋楼，其中四栋是回迁房，用四栋楼的代价来换取地皮的免费使用，折价下来，肯定会比单纯的购买地皮要便宜许多。二是全棉时代从开盘到现在，两年多了，一直没有办下来土地证，没有土地证，就办不了房证，也就是说，全棉时代五证不全，这样的房子，自然卖不上高价，只能以低价取胜。

"交房的时候，许多不起眼的地方的用料以次充好或是偷工减料，最气人的是，作为最大卖点的房屋质量也被人发现了猫腻，结果引发了购房者的怒火，许多购房者一怒之下联合起来，冲击了全棉时代的销售部，差点酿成群体事件。最后报纸、电视台和网络一曝光，全棉时代没有预售证的内幕被捅了出来，全棉时代的开发商中省信誉房地产开发公司，名声一落千丈，名叫信誉房地产公司却没有信誉可言，信誉房地产想借全棉时代一炮打响进军房地产业的脚步，就此停止不前了。"

第三十四章

碰撞

全棉时代事件，郭容天当然听过，听倪流讲完，他停下了脚步，脸色沉静如水地问道：“全棉时代的失败和钓鱼台别墅的失败，没有相同的地方，不好拿来类比。你的故事是不是想说，在你眼里，钓鱼台也和全棉时代一样，是一个操作不当导致的失败品？”

“切，你懂什么？不懂装懂罢了。你才多大，有没有独立运作过哪怕一个一百万的小项目？没有吧？没有就不要纸上谈兵了，事后诸葛谁都会。有本事提出改进的建议，而且还能反败为胜，才算真本事。”郭丽丽不以为然地说道，轻描淡写的口气，充满了对倪流的轻视。

要是平常，倪流早就三言两语反驳得郭丽丽无话可说，但现在他重任在肩，他的任务不是打击一个嚣张富家女的狂妄，而是要说服郭容天在远思遗产争夺战中，立场向他倾斜，所以他并不回应郭丽丽的挑衅，而是回答了郭容天的问题。

“在我看来，全棉时代和钓鱼台的失败，是不能相提并论，但如果转变一下角度的话，全棉时代和钓鱼台未必就不能起死回生。”对于自视过高的人来说，直接无视之就是最好的反击，倪流悄然向黄文旭使了一个眼色。

果然不出倪流所料，郭丽丽对倪流对她的两次无视愤怒了，她跳到倪流面前，用手指着倪流的鼻子：“倪流，你什么意思？你不要太狂了，告诉你，容天集团我也是股东之一，就凭你对我的态度，你想和容天合作，休想。”

黄文旭人影一闪，如一道阴影突然就冒了出来，横在倪流和郭丽丽的中间，他打了个哈哈：“郭小姐，在下黄文旭，人称玉面黄郎，早就听说过郭小姐的芳名，对人人向往的石门一枝花仰慕已久，今天一见，石门一枝花的外号名不副实……”

倪流现在必须形象正面，不能在郭容天面前有丝毫闪失，面对郭丽丽的刁钻，倪流不方便直接还击，黄文旭就知道，他是替倪流挡下刁蛮公主无理取闹的不二人选。

“什么石门一枝花？胡说八道。”郭丽丽嘴硬，不过还是被黄文旭随口胡编的石门一枝花的说法吊起了胃口，“我怎么没有听说有这个说法？”

见郭丽丽上钩，成功地被他转移了注意力，黄文旭得意地向倪流回了一个眼色，一把拉过郭丽丽：“丽丽，你当然没有听过石门一枝花的说法，因为现阶段还没有正式对外宣布评选结果，还处在保密阶段。石门一枝花是我们皇上协会共同推荐并且公平投票推举出来的一个荣誉称号，获得石门一枝花称号的美女，必须艳压群芳，不论是相貌、身世、气质还是身材，必须样样第一，才配得上石门一枝花的美誉。”

“什么是皇上协会？”郭丽丽被黄文旭拉下了水，“为什么说我又是又不是石门一枝花？”

“因为……”黄文旭见猎心喜，见进展顺利，心花怒放，兴奋度暴涨，“以你的相貌、身材和身世，石门一枝花的称号太埋没你了，你应该是中省一枝花才对。”

“啊？”郭丽丽如坠云端，不，其实是掉进了云山雾罩的美丽谎言之中，“我……你们都评选了谁？有没有白丁？有没有付先先？有没有连若菡？我是不是比她们得分都高？你们要是让她们得分比我高，就是你们有眼无珠！”

吴小舞现在不但越来越佩服倪流的识人之明——识人用人，是一个执掌大局的上位者必备的基本素质——也越来越欣赏黄文旭插科打诨的本领，有时候遇到刁蛮难缠的人物，还真需要黄文旭这样嬉笑怒骂的怪才对付。

郭容天也不知道是对女儿过于纵容，还是故意让女儿的刁蛮为倪流制造难题，反正他没有批评郭丽丽一句，就当郭丽丽对倪流的无理没有发生一样：“说说你的想法，我还真对怎么样让全棉时代和钓鱼台起死回生大感兴趣，哪怕只是纸上谈兵，也算是一个消遣了。”

消遣一说，明显流露出郭容天对倪流的轻视，倪流不以为意，和久经商场的郭容天相比，他确实是初出茅庐，而且也正如郭丽丽所说，他没有独立运作过哪怕一个一百万的小项目，他的理论，没有经历过一次实践的考验。

说错了不怕什么，怕的是不敢想不敢说，当年他和宋国文在一起的时候，宋国文问什么他就说什么，知无不言，言无不尽，就算其中有初生牛犊不怕虎的冲动，也是他敢想敢干的性格使然。

“如果能把人生中轰轰烈烈的大事都看透了，当成消遣一样活着，也是很难达到的境界。”倪流不是自嘲，是有感而发，在郭容天面前，他是没有实力、没有资历、没有经验，但并不代表他以后达不到郭容天的高度，许多人不是没有做大事的才能，只是没有做大事的机会罢了。

心有多大，舞台就有多大。舞台有多大，天地就有多宽。

“全棉时代的地理位置很好，三条道路的交会之处，完全可以以四通八达、人生纵横当卖点，再下大力气拿到土地证，五证齐全后，立马在全省主要媒体上大打广告，以全省第一家绿色生态太阳能小区为噱头，整体均价每平方米提升1000块，广告文案做得大气一些，再打出香港设计京城施工的旗号，时间不用多久，狂轰半个月的广告之后，原业主都会因为房子的巨大升值而不再闹事，同时还因为买得早得了实惠而沾沾自喜，而全棉时代的名声打响之后，信誉房地产的信誉，也就回来了。”

郭容天对倪流关于全棉时代反败为胜的论述不置可否，不过不可否认的是，全棉时代在营销手段上的低级和不入流也是事实，从来没有在媒体上打过广告，整个营销和推广全部靠街头小广告投放，所以一直给人很低端、很小家子气的感觉。

“钓鱼台又该怎么反败为胜？”郭容天并不想就倪流为全棉时代开出的药方点评，也不想去深思是不是可行，全棉时代是不是反败为胜，他不关心，和他也没有什么关系，他只想知道，倪流又会为钓鱼台开一剂什么药。

毕竟和全棉时代现在还在热度之中不同的是，钓鱼台的热度，已经过去了。不过，倪流为全棉时代开出的药方，系统而全面，倒让他还真有几分期待倪流接下来会说些什么了。

“钓鱼台现在可走的路不多了。”倪流并不掩饰他对钓鱼台现状的失望和未来的担忧，“只能死马当活马医了，我只负责提供一个思路，是不是可行，还得郭董裁决。”

倪流用手一指远处的两栋独栋别墅之间的空地——说是空地也不恰当，中间有花草，只不过因为冬天的缘故，花草枯萎，显得空旷而萧索——说道：“我大概算了一下，两栋别墅之间的空地大概有半亩，一年三季有花草，冬天荒废，如果在空地上建造一座宅子，造价不用太高，地皮是现成的，材料和人工大概十万块就能解决问题，宅子可以停两辆汽车，有一个卧室、一个厨房，剩下的地皮就架一个温室大棚，可以种植蔬菜，建成之后，老住户免费赠送，新客户买房即赠……”

郭容天沉默不语，心中却是惊涛骇浪，倪流的主意看似异想天开，甚至可以说突如其来，完全不合常理，但仔细一想，却大有玄机，完全弥补了钓鱼台在布局和规划上的所有缺陷！

一座带温室大棚的宅子，确实成本不高，十万元的造价对一座动辄几百万的别墅来说，作为附赠品也不算多高的成本，不过就是每栋别墅少赚十万元就行了，而如果因此多卖出一栋别墅，整个小区内全部宅子的成本就回来了。

最关键的是，宅子连接了两栋别墅之间的空地，让独栋别墅之间加强了联系，同时又保证了足够的私密性，将钓鱼台因私密性过强而导致的人气不足的缺陷化解于无形之中。而温室大棚种植蔬菜，对，还可以再多划分一块地方建造一个鱼池，等于是一处坐享田园风光的老宅子，满足了都市人向往田园生活的心思，安放了都市人生活在别处的不安分的心。

购别墅赠私宅，又可以重新点燃钓鱼台早就过气的热度，或许还可以再次掀起钓鱼台早就被人遗忘的热潮，郭容天感觉心中的一股火苗腾地燃烧了，随后越烧越旺，让他几乎控制不住跃跃欲试的心，直想扔下倪流就去召开董事会讨论项目的可行性。

郭容天承认，他被倪流的主意打动了。

不过，郭容天毕竟久经商场，不会轻易表露他的真实内心，深呼吸几口气，恢复了理智，他没有对倪流的提议发表任何看法，却转移了话题："倪流，如果你接手了远思集团，以后的发展思路，是以房地产为主了？现在国家正在大力收缩房贷，在挤压房地产市场的水分，你还看好房地产市场？"

好一个心深如海的郭容天，倪流拿出了诚意，先后抛出了针对全棉时代和钓鱼台案例的分析来投石问路，郭容天是不是认可暂且不论，却连一句回应也没有，也太拿大了吧？倪流心中不服，不过他还是保持了足够的平静，在他没有实力之前，隐忍不是软弱，而是蓄势。

"房价虚高是事实，但石门是二线城市，又是新兴的省会城市，现在市区才300多万人口，未来的发展空间还很大，按照大多省会城市500万人口的容量，石门还有200万人口的增长空间，200万人，郭董，得是多少套刚需的住房？"倪流再次拿出了十足的诚意，他不信他打动不了郭容天，"而且农村城镇化的目标，又会带动房地产的新一轮热潮，未来20年，国内将会新增上万个新兴的小城镇，下一步的发展方向是，得农村者，得天下。"

"如果你接手了远思，选择和容天合作的话，你会怎样和容天合作？"郭容天还是不动声色，但话题终于开始深入了。

倪流总算心中一块巨石落地了，经过艰苦卓绝的较量，终于，郭容天初步接纳了他。如果说和王树斌的过招是真刀真枪的直接碰撞，那么和郭容天的交手就是一次斗智斗勇的智慧碰撞。

“我还没有想那么长远，当然，能和容天合作，是我优先考虑之一。”如果说刚才是倪流的试探，既然试探成功了，那么现在他开始收回谦逊，以平等的姿态和郭容天对话了，“合作的前提，是建立在我能顺利入主远思的前提之上。”

“倪流，有一个问题不知道你想过没有？”郭容天用手一指远处的高楼，“从打地基到封顶，万丈高楼平地起，中间要经过多少道工序？同样，从一个刚入门的员工到董事长，中间隔了多少级别？”

倪流明白了，郭容天是暗示他根基不稳，没有从底层一步步扎实地走向高层的经历，换言之，郭容天就算支持他接手远思集团，也不看好他担任了董事长之后的远思集团的前景。

“从员工到部门经理，再到大部经理，再到分公司经理，再到总部副总……呵呵，从一个刚入门的员工到董事长，中间确实隔了许多级别，但如果换一个角度来说，作为继承人，可以一步登天不需要经过每一个阶段而直接坐上董事长的宝座。人和人不同，有人适合从零到十的创业，比如刘邦，而有人适合从十到一百的开拓，比如刘彻……”倪流轻松自如地笑了笑，笑容中充满了自信，“反正我见郭董，拿出了百分之百的诚意，就和我刚才为钓鱼台提出的建议一样，最后怎么做，还得郭董决定。”

第三十五章

条件

倪流悄然向吴小舞使了一个眼色。

吴小舞看了看手表，向前一步："倪总，本来下午还要和华达集团的孟林开孟董见面，刚才我收到孟董秘书的短信，孟董想现在就见面……"

"现在呀？"倪流不置可否，微一停顿，目光看向了郭容天。

华达集团也有意插手远思的事情？郭容天心中一动，尽管他宁愿相信倪流不过是虚晃一枪，只为加大谈判的筹码，是常见的商业伎俩，但迫切想要在远思事件上抢占先机的心情，让他没有拿捏的时间，万一是真的，再万一倪流和华达谈判成功，他岂不是功亏一篑了？

关键是，远思事件是百年不遇的机遇，只此一次，下不为例了。

问题是，如果支持倪流，他将会站在了洪东旭的对立面，如果倪流失败，最终没有入主远思，那么他的赌注下错，将会彻底得罪洪东旭，别说能在远思事件中分一杯羹了，怕是连和远思集团合作的机会都没有了。

但……万一倪流真的成功了呢？郭容天左右为难，倪流比他想象中更聪明、更从容，也更有商业头脑，宋国文眼光不错，选定的接班人是个难缠的角色，只是倪流毕竟太年轻了，就算他入主了远思集团，最终能否完全控制远思集团还在两可之间。

那么，既不会得罪洪东旭，又可以让倪流感激的办法只有一个了，郭容天沉稳地说道："洪东旭出价三亿收购你手中的股份，你来找我，是想向我抛售你手中的股份，还是想让我不拆借资金给洪东旭？"

终于说到了问题的关键点上了，郭容天虽然深不可测，比咄咄逼人的王树斌难对付多了，倪流却依然有信心和郭容天周旋一二，毕竟，他手中有王牌可打："襄都也有一家公司出价了，三亿五千万。"

郭容天微微震惊："这么说，你是想转让股份，不想接管远思了？"

"也不一定，如果最终转让的价格达到了心理预期，我也许会直接转手了事，股份转让给一家大公司的话，我就不用和洪东旭面对面较量了，直接拿钱走人，何乐而不为？不管哪家公司接手了股份，以公司之力和洪东旭对抗，洪东旭再想阻拦，也要掂量掂量对手的分量再说。他敢欺负我一个人单枪匹马，却不敢欺负如郭董、孟董一样的人物……"倪流的话没有说死，留了余地的同时，又抛出了足以让郭容天动心的诱饵。

"洪东旭提出向我拆借三亿资金，等他接手了远思集团之后，会以股份或是子公司的形式归还。"郭容天并不是出卖洪东旭，而是拿他和洪东旭的交易说事，明人面前不说暗话，以倪流的聪明，应该早就摸清了都有谁和洪东旭有过私下接触，"但如果有更好的选择，比如说三亿五千万可以直接拿到宋国文名下的全部股份，那么和洪东旭的口头承诺也就不必当真了。"

郭容天也报价了，不过报价太低了，虽说三亿五千万只是倪流哄抬物价的报价，但离他的心理预期还有不小的差距，倪流就说："华达的孟总昨天和我初步达成了意向，他愿意出价到四亿五千万。"

商场上的谈判，本来就是一个你来我往的心理较量过程，一方漫天要价，一方坐地还钱，要高价没什么，只要真有意向和诚意，一切都可以继续深入再谈。兵不厌诈，也是商场的惯例。

倪流是没有商战的亲身经历，但和宋国文接触了三年有余，耳濡目染下，在宋国文的叙述中，也算是亲身经历了许多惊心动魄的商战，资本世界里的规则不一定全是弱肉强食的规则，也有许多以少胜多的案例，就和历史上许多著名的战役一样，决定胜负的不是哪一方实力上的压倒性的优势，而是领军人物的心理素质和决策的正确性。

有一则华尔街的真实的收购案例，一家破产倒闭的小公司被一家大型集团公司看中，大公司的CEO由于近来业务不佳，有被董事会罢免的危机，为了维持他担任CEO之位的高薪，他有必要完成一次收购来提升威望，并且给董事会和股东一个交代，而被他看中的小公司正好弥补了他所执掌公司的短板，如果收购成功，会让公司的股票大涨，也会让董事会即将对他提交的不信任案破产。

在这样的前提下，CEO和小公司的创始人接触了三次，三次都没有达成协议。小公司的经营状况不佳，财务报告显示已经资不抵债，只有破产一条路可走了，在这种情形下，再收购这家公司就是赔本买卖。不过小公司的创始人用拆借的方式让公司的账面上显示有五亿美元的资金，并通过了收买等手段让审计部门审计过关。

最后一次小公司的创始人和CEO坐在一起吃饭，CEO报价五亿五千万，小公司创始人报价六亿五千万，CEO还价到六亿，小公司创始人同意了，二人草签了协议，分手的时候，CEO问对方心理底价是多少，对方说是五亿五千万，对方又问CEO的底价是多少，CEO笑着说，是六亿五千万。

二人都达到了心理预期，皆大欢喜，握手告别。

等完成收购手续后，有人提醒CEO说小公司的审计出了问题，其实资不抵债，已经破产了，但此时CEO已经借收购案重新赢得了董事会的信任，而且公司的股票大涨，他就将审计材料扔到一边，说了一句意味深长的话："这场收购，没有输家。"

是呀，小公司创始人还清了欠债，还凭空赚了一亿美元，足够养老了。公司CEO保住了高薪的CEO宝座，重新获得了董事会的信任，而且公司股票大涨，市值增加不少，六亿美元对于公司庞大的市值来说，九牛一毛，只凭股票市场的上涨，就不止带来十亿市值的涨幅，也确实，似乎谁也没有亏损。

那么到底亏损的五亿美元由谁承担了？

倪流不是MBA，也没有相关的从业经历，但他依然可以从这个案例中认清一点，资本市场的运作，不必拘泥于市值和真正价值的不对称，有时候市值和实际价值会有严重的落差，而有时候，又会有超出想象的拔高。

郭容天听倪流报出四亿五千万的价格后，不说话了，背着手继续向前走了几步，来到16号钓鱼台，他不走了，坐在了长椅上，拍了拍身边的位置："坐。"

黄文旭和郭丽丽没有跟过来，落在了后面，二人也不知道在说些什么，反正黄文旭一开口，郭丽丽就笑个不停。

吴小舞站在一边，保持了一定的距离，在等倪流和郭容天最后的谈判。

"远思集团百分之七十的股份，价值不止四亿五千万，就是六亿五千万也值，但我不妨告诉你，没有哪一家公司会出到五亿以上的价格，你知道为什么吗？"

"知道。"倪流很干脆而直接地回答了郭容天的问题，"现在都是想乘人之危压低价格，也是看到远思集团的内斗太麻烦，从表面上来看，远思百分之七十的股份市值超过七亿，但鉴于接手股份之后有可能面临的官司和远思内部的巨大阻力，本着风险最小，利润最大的原则，如果以正常的市值收购股份，就太冒进了。还有，远思不是上市公司，财务报表不那么正式和准确，不能让人从中得到远思集团最准确的市值。所以，五亿是一个既能让我接受又让收购方感觉有利可图的折中价位。”

“呵呵，你倒是快人快语。”郭容天难得地笑了一笑，“我有两条路任你选择，一是出价五亿直接收购你手中的全部股份，你负责在容天接手远思的过程中，尽最大能力扫清障碍。二是容天中止和洪东旭的合作，不再提供一分资金给洪东旭，并且会提供一切可能帮你接管远思集团，比如提供资金支持，提供法律援助，必要时，容天集团可以直接出面挺你……”

比起王树斌的简单直接，郭容天还是老谋深算多了，两条路，不管哪一条，都是一个陷阱，当然，在商言商，倪流也能理解郭容天处处维护容天集团利益的做法，商人的本质就是逐利，只要手段正当合法，就无可厚非。

“我想知道，如果我选择第二条路，等我接管远思后，需要怎样回报容天？”倪流再清楚不过，第一条看似好走，其实最后五亿现金未必真能到他手中，而第二条路更是看似鲜花满径，其实在鲜花的后面，是遍地荆棘。

“三年内，远思所有的房地产项目全部采用容天出产的建材，两年内，远思和容天共同开发一两个项目，一年内，远思向容天共享远景规划……”郭容天话一说完，一拍腿站了起来，“我就不留你了，中午还有个会议。”

行，手腕挺高，谈完就逐客，既不给他思索的时间，也不等他回答，倪流也很干脆地站了起来，和郭容天握了握手：“那好，就不打扰郭董了。”

倪流话也说得空灵，等于没有回应郭容天的两条建议。

中午的阳光很好，汽车载着三人驶出钓鱼台的时候，黄文旭坐在后座频频回望，意犹未尽地说道：“一见钟情，相见恨晚，倪流，你负责摆平郭容天，我负责搞定郭丽丽，我们双管齐下，干脆把容天一锅端了，怎么样？”

“话说得轻巧，容天是块硬骨头，不好啃，郭容天比王树斌难对付多了。”吴小舞全程参与了倪流和郭容天的交锋过程，对情况比黄文旭了解，她摇头叹息说道，“黄文旭，你以为摆平郭容天就和你搞定那个没脑子的公主一样容易呀？做梦吧你。”

“倪流，你到底想选择怎样和容天合作？”吴小舞又好奇地问倪流。

“今天的会谈，郭容天没带秘书，却带了女儿，为什么？”倪流没回答问题，反而又抛出了问题。

“为什么？为了让我泡呗。”黄文旭哈哈一笑。

“一边去，别捣乱。”吴小舞嗔怪了一句，微微一想就想通了，“郭容天是想暗示，他想和你建立私交。”

“猜对了。”倪流不无感慨地说道，“郭容天此人，用心太深了，其实他想让我选择第一条路，却又猜到我不会转让股份，就特意为我挖了一个大坑，也就是他所说的第二条路，实际上，如果我选择了第一条路，容天收获的是立竿见影的眼前利益，而如果我选择了第二条路，容天收获的是来日方长的长远利益，不管我选择哪一种，容天都是最后的赢家。”

吴小舞没听明白：“说了半天，我们还是没有选择了？照我看，选择第一种肯定不行，你本来就不想转让股份，还是选择第二种好了。”

倪流一脸高深莫测地摇了摇头：“郭容天希望我选择第一种，却认为我肯定会选择第二种，我偏偏要给他一个惊喜，就选择第一种。”

“啊，五个亿，转让全部股份，倪流，你不想玩下去了？”吴小舞大失所望。

“小舞，你的觉悟有待提高，你的情商有待加强，你的眼力有待进步。”黄文旭深刻地摇了摇头，语重心长地说道，“不要轻易被倪流虚晃一枪的决定迷惑了眼睛，以倪流的小奸小猾，怎么会被郭容天的老奸巨猾打败？他都说了要送给郭容天一个惊喜，那么想都不用想，用五亿换股份，不过是他的将计就计。我现在很替你担心，就以你的智商和情商，不定什么时候被倪流骗得主动投怀送抱，还心里爱他爱得死去活来……”

“滚！”倪流怒骂黄文旭，“黄文旭，你大爷……”

“滚蛋！”吴小舞扬手拿起纸巾盒扔向了车后座的黄文旭，“你二爷……”

“对不住了二位，我既没有大爷也没有二爷，让你们费心了。”黄文旭嬉皮笑脸地接过纸巾盒扔到一边，又一本正经地对倪流说道，“倪流，这么着，吃过午饭，先送小舞回宾馆，然后我再引荐你去见一个人，怎么样？”

第三十六章

兵无常形

“见谁呀，还要躲着我？”吴小舞咬着嘴唇，吃吃地不怀好意地笑，“别以为我不知道你们男人的勾当，肯定是想去夜总会，是不是？”

“姑奶奶，你懂的还挺多，不过明显你犯了一个常识性错误，夜总会的定语是夜，现在可是白天。”黄文旭拍了拍倪流的肩膀，“怎么样，去不去？”

倪流知道黄文旭没什么好事，他肯定不是带他去见谁，就是想去放松，算了，现在他没有心思去潇洒，而且说实话，他也不是一个喜欢放纵的人。

“我在想……”倪流没回答黄文旭，而是说到了正事，“现在虚晃一枪容易，等到郭容天发现我们明修栈道，暗度陈仓的时候，他肯定会恼羞成怒。”

黄文旭见倪流无意去放松一下，也就不提了，接话说道：“恼羞成怒又能怎么样？生意场上的事情，本来就是你有初一我有十五，他拿出五个亿，也不是做慈善事业，是想获得高额回报。做生意都会有赔有赚，只赚不赔的生意是税务局。到时候如果他不服气，让我和他打擂台，愿赌服输，别输不起，是不是？不过话又说回来，也许到时候我就成了郭容天的女婿，他连整个容天集团都被我当嫁妆笑纳了，他哭都没地方哭去。”

“黄文旭，以后出去别说你认识我。”吴小舞白了黄文旭一眼，眼神很凌厉，“丢不起那个人。”

“吴小舞，你什么意思你？窃钩者诛，窃国者为诸侯，窃别人女儿而得天下者，皇上也。”黄文旭很热衷于和吴小舞斗嘴，而且一斗嘴就非要分出胜负不可，“灰姑娘可以嫁入豪门，草根男为什么就不能娶了豪门女？社会资源分配的不公平，不是人为的不公平，而是个人能力的不对等造成的不公平，这个世界本来就是谁有本事谁就高人一等。”

“行了，不要吵了。”倪流制止了二人的争论，“正事还忙不完，还有闲心闹？真怕了你们了。”

黄文旭嘿嘿一笑：“恶人自有浑蛋磨，浑蛋自有王八蛋磨。倪流，和郭容天交手一定要记住一点，赢，要赢在光明正大上，郭容天这个人，有容人之量，也输得起。”

倪流点了点头：“走，先去吃饭。”又想起了什么，对吴小舞说道，“小舞，回头你再向华达、中羽、创世和东方几家公司散布消息，提出合作意向。”

午饭，三人在一家炸酱面馆简单解决了一下，吃饭时，又商量了一下细节问题，黄文旭建议，在吴小舞向石门几家公司提出合作意向时，适当含蓄地点一点和容天、中远已经有过初步接触，并且尽量造成让对方误以为已经即将达成合作意向的错觉，也好让以上几家公司有足够的动力加入到混战之中。

“兵无常形，水无常势，该夸大就夸大，该吹牛就吹牛。”黄文旭一边麻利地吃着，一边说个不停，“我说倪头儿，你这一手高明，洪东旭的初一已经过了，现在轮到我们过十五了，他想拉三四家公司入局，把远思的水搅浑，想浑水摸鱼，那好，我们就再引进来更多的水，不但要把水搅浑，还要把水盘活，最后汇聚成一条奔流不息的河流，看看最后谁笑着站立在潮头。”

“最后站立在潮头的人只能是倪头儿，不会是你。”吴小舞也跟着黄文旭称呼倪流为倪头儿了，她的吃相比黄文旭优雅多了，而且不发出一丝声响。

“我不和倪头儿争风头，我甘愿当他身后的一朵浪花。”黄文旭吃饱了，擦了擦嘴，用手做了一个噤声的姿势，然后打出了一个电话，“盛总，对，是我，小黄，有一个项目不知道你感不感兴趣？现在投资六个亿，最快一个月，最晚半年，连本带利返回七个亿……什么，不可能？在我黄郎的手中，没有不可能的投资神话。好，就这么说定了，今晚见面聊。”

放下电话，他哈哈一笑：“搞定，又拉一个大亨入局了。”

“盛总，哪个盛总？”吴小舞猜到了八九分，惊讶地张大了嘴巴，“不会是盛世药业的盛夏吧？”

“恭喜你，答对了。”黄文旭得意地说道，“小舞，黄哥以后让你吃惊的地方多着呢，以后学着点儿，保你一辈子受用。”

“去，嘚瑟。”嘴上这么说，吴小舞心里多少有几分佩服黄文旭，盛世药业的盛夏在中省可是响当当的人物，据说身家几十亿，拥有了几百种药品的中省总代理权，是中省医药界呼风唤雨的人物。盛夏为人孤傲，平常人很难接近。作为30岁的单身女人，她的漂亮和单身之谜，一直是中省商界人士津津乐道的话题。

下午，三人回到宾馆，又开了一个小会，围绕怎么利用手中的遗嘱大做文章的话题，展开了热烈的讨论，最后一致达成共识——不怕加入战团的人多，越多越好，现在倪流手中的遗嘱，就要炒成香饽饽，造成奇货可居、价高者得的假象，当成一个筹码，借外部势力撬动洪东旭对远思集团密不透风的掌控。

“下一步，三天之后，再回襄都，杀洪东旭一个回马枪。”倪流战意高涨，“相信远思集团也不会被洪东旭掌控得密不透风，必然有隙可乘，否则，林凝欢也不会清楚远思集团内部的一举一动了。”

“说到小护士林凝欢，我还真对她很感兴趣，回头介绍我认识一下。”黄文旭的老毛病又犯了，挤眉弄眼地坏笑，“我还没有交过护士女朋友。”

倪流直接无视了黄文旭的屁话。

晚上，黄文旭去会盛夏了，也不知道他是真心替倪流办事，还是公私兼顾，吴小舞打趣他：“要是你能打动盛夏的芳心，我以后就算真服了你了。”

“盛夏？算了吧！”黄文旭大摇其头，“就算天下女人都死光了，我也不会碰盛夏一根手指头，盛夏可不是省油的灯，多少男人都栽在了她的手里，被她打击得体无完肤，我对生活还充满了乐趣，不想过早地失去生活的希望。”

盛夏真有这么厉害，让黄文旭畏之如虎，背后是不是有什么内情？吴小舞八卦之火熊熊燃烧，拉住黄文旭就要问个明白，黄文旭一扬头上的黄毛，一挥人手，转身跑了：“沙扬娜拉，小舞桑。”

第二天，黄文旭打来电话说是感冒了，要休息一天。正好，倪流也要休息一天，理顺一下思路，思索一下下一步，吴小舞则开始电话联系几大公司的秘书，借她为宋国文担任了一年多秘书的便利，和各大公司的董事长或总裁秘书都有过接触，联系起来也就方便多了。

一上午时间，吴小舞差不多打出去了六七个试探电话，基本上对方的答复如出一辙，会转告董事长或总裁，一有消息，就会回复。

“会有几家有答复？”吴小舞没有多少信心，“会不会都没有了下文？这样撒网，我总觉得太不好玩了。”

“不好玩？”倪流乐了，“做生意可不是为了好玩，有时候看似很无聊甚至很没有意义的事情，但也许就能获得意想不到的成功，知道为什么吗？因为，在利益的驱使下，人的智商会达到极限，甚至会有许多匪夷所思的鬼点子出来，我讲一个好玩的故事让你听听。”

“好呀，好呀，我最爱听故事了。”吴小舞露出了天真的一面，跳着脚叫好。

“听好了，许多道理，在故事之外。”倪流坐正了身子，目光不经意间落在吴小舞粉嫩的锁骨上，不由心神一荡，忙收回心思，说道，“故事的开头是，有一伙劫匪在抢劫银行时说了一句至理名言——通通不许动，钱是国家的，命是自己的——结果大家一听，都一声不吭地配合抢劫了。这里引申出来的道理是，观念转换，让不明真相的群众明白真相，改变他们原有的固定的思维方式。”

吴小舞“扑哧”笑了：“这是诡辩。”

“听我把故事讲完，别打岔。”倪流瞪了吴小舞一眼，“劫匪看了一眼穿着裙子、叉开大腿躺在桌上的出纳小姐，不耐烦地说道，小姐，请你躺文明些，这是劫财，又不是劫色——这叫什么，这叫坚持职业操守，该干什么就干什么，不该干的，坚决不干！”

吴小舞又想笑，见倪流一脸严肃认真，忍住了笑。

“劫匪抢劫成功，一个新来的劫匪（硕士学位）按捺不住地问道，老大，我们赶快数一下抢了多少钱，老大（小学文化）眼睛一瞪说道，你傻啊？这么多，不等你数清警察就来抓你了。想知道多少钱，简单，今天晚上看新闻不就知道了？”

“这个道理我懂……”吴小舞忍不住了，举手发言，“这就叫工作经验，这年头工作经验比学历更重要！”

倪流笑着点头，又继续说道：“劫匪走后，主任说，赶紧报案！行长不慌不忙地说，急什么？把我们上次私自挪用的几百万也加上去再报——这叫紧紧抓住形势，化不利为有利。

“主任一听乐了，要是劫匪每个月都来抢一回就好了，这样，我们每个月可以随便挪用公款了——这叫工作很枯燥，快乐最重要。

“第二天新闻报道银行被抢了一亿，一帮劫匪数来数去却只有两千万，劫匪头子破口大骂，妈的，老子拼了一条命才抢了两千万，银行行长动动手指头就赚了八千万，看来这年头还是要读书啊！不读书，卖命；读书，卖聪明。这叫什么，这叫知识就是金钱的最有力证明。”

吴小舞听得入神了，连连点头：“高，一个比一个高。”

倪流笑道：“高人还在后面——银行行长看到新闻后激动地对主任说，行呀，你小子可以，胆儿够肥的啊，一下多加了八千万，以后两年可以随便签单了。主任笑着谦虚几句，直夸行长领导有方，心里却如释重负地想，奶奶的，终于通过劫匪把买中石油股票的窟窿补上了，感谢劫匪的祖宗十八代，这一辈子都安生了——这叫敢于抓住机会顺势而为，敢于冒险。”

“服了，真服了。”吴小舞眼睛都直了，“现在我才真相信了一句话，人外有人，天外有天，这一帮人生动地上演了一出堪比华尔街对冲基金制造金融危机还要精彩的骗中骗……哎，不对倪头儿，你讲这个故事是不是要为我洗脑，是想告诉我，下一步就是为达目的不择手段了？”

“当然不是，傻丫头，我是想告诉你，任何不利的事情，都有可能转化为有利的一面，关键就在于你怎么运作了，借势借力，顺势而为或逆势而为，全在一念之间。观念，观念就是第一生产力。”最近发生的一系列事件，让倪流感悟很多，也让他迅速地成熟起来。

“我才不是傻丫头……嗯，我学习了。”吴小舞虚心受教地点了点头，“后天回襄都，明天会有有利于我们的风声传出吗？”

“会，一定会。”倪流肯定地说道，“现在我反倒感谢洪东旭了，如果不是他拦着不让我顺利继承股权，现在的我也许已经坐上了远思集团董事长的宝座，但坐上了又能怎样？不一样是两眼一抹黑，什么都不懂？坐上宝座和不坐上，区别大了，坐上的话，我就没有了眼下手拿巨大的诱饵周旋在各大公司之间的宝贵的锻炼机会了，现在是磨刀不误砍柴工，在坐上董事长的宝座之前，先补一补商战的一些基本规则和基础课。”

“对，现在的策略就是高筑墙、广积粮、缓称王。”吴小舞握了握拳头，“倪头儿，我现在觉得你的胜算又增加了一成，看来当初选择跟着你，是一个正确的决定。”

“哈哈，也许不久之后你会说，选择跟着我，是你这辈子最正确的决定。”

“不是吧，倪头儿，我夸你，你也应该继续保持谦虚谨慎的作风，毕竟万里长征才走完第一步，不能骄傲自满。”吴小舞夸张地摇了摇头，“以后的事情以后再说，至少现在我没有后悔，明天就等好消息了。”

第三十七章

策略

次日一早，黄文旭早早过来，迫不及待地向倪流汇报他和盛夏商谈的结果。

“结果出人意料的好，我也就是抱着试一试的态度，你不知道，盛夏这个女人，傲得很，不过也没办法，人家傲有傲的资本，中省一枝花的相貌，十几亿的身价，掌控一个医药帝国的权势，她不傲，谁傲？我以为盛夏对远思不感兴趣，不想一开口她就说她也听说了远思的变故，对购买倪头儿手中的远思股份很感兴趣。她还说，如果倪头儿抛售手中股份的消息只是一个商业策略，不是真想抛售，她也愿意配合我们演戏，适当哄抬一下价格。”

盛夏这么上路？倪流顿时对这个只闻其名，未见其面的奇女子大感兴趣了，当然他也清楚，天上没有掉馅儿饼的好事，就算真的意外掉下一个，也要小心了，馅儿里面估计有毒。

“盛夏配合抬高价格，想要什么回报？”既然盛夏眼光很毒，一眼就看出了他抛售股份的行为是虚张声势，那么盛夏主动提出要替他壮威，必然有附加条件。

“我也问了，你猜她怎么说？”黄文旭一拍大腿，啧啧几声，“我平生没服过谁，现在我是真的服了盛夏了，她说她不需要回报，她只是欣赏你敢于挑战的勇气，敢于颠覆自己的人生，她欣赏你，就愿意支持你。对了，她还说，如果有机会，希望和你见上一面。”

“有机会吧。”倪流却并没有黄文旭期待中的兴奋，对盛夏主动提出的见面要求，漠然处之，淡淡地说道，“替我谢谢盛总的好意。”

“不是吧，你怎么一点儿也不激动？倪头儿，你是不是不清楚盛夏是谁？我再好好讲讲盛夏的历史。”黄文旭挽起袖子，摆出准备大讲特讲的姿态。

“不用了，我知道盛夏是谁，不过眼下我们有更重要的事情要忙，暂时还顾不上和她深交，何况以我现在的实力，和她也不可能有什么深交，与其在她面前放低姿态让她施舍我们恩惠，不如努力提高自身实力，用实力说话。”倪流拍了拍黄文旭的肩膀，“文旭，我和你不一样，你可以不以风骚惊天下，但求无耻动世人，而我的安身立命之本，只有资本！”

黄文旭不说话了，沉默地点了点头，就和官场以职务论大小一样，商场上，以资本论英雄，倪流被一纸遗嘱推到了台上，他只能成功，不能失败。成功了，或许鲜花、掌声、权势和财富应有尽有；失败了，连回到以前的机会都没有了。倪流现在只有努力抓住手中的遗嘱，尽快实现他的目标才是根本。

到了中午时分，期待中的电话一个也没有打进来，吴小舞焦虑不安，虽说倪流现在有了郭容天的口头承诺和盛夏的外围支持，但显然力度还不够，如果昨天抛出的抛售股份的消息没有回应，就证明了一点，各大集团不愿意蹚浑水，不看好倪流的前景。

就算各集团哪怕只是稍微流露出一丝的意向，也会让吴小舞心神大定，力量的对比本来就是此消彼长的天平，如果倪流只带着郭容天的承诺和盛夏的支持回襄都，怕是对洪东旭带不来实质性的压力。

主要是，倪流并不想真正抛售股份，如果他真的想一抛了之，郭容天出价五亿，也勉强可以接受了。倪流是想借势，不但要借郭容天的势，借盛夏的势，还要借各大集团的势。

吃过午饭，倪流和吴小舞、黄文旭一起去了一趟办事处，准备拿上东西，明天一早就返回襄都了。

几天没来办事处，办事处依旧如故，偌大的房间因为缺少人气而格外冷清，黄文旭围着房间转了一圈说道：“不如把办事处转租出去算了，留着也是浪费，而且现在办事处也被王树斌盯上了，不安全。转租出去，一年少说也有十几万收入，蚊子腿也是肉，是不是？”

倪流没理黄文旭，办事处他才不会转租出去，宋国文既然花大价钱租一个空壳办事处，肯定有他的考虑，现在留着，以后也许有用。

刚进办公室，办公桌上的电话就响了，倪流一愣，一想打来办事处的电话肯定和他无关，他也就没有打算接听。

黄文旭手快，不管三七二十一就接听了电话：“喂，哪位？找谁？打错电话了。”

倪流乐了，这个黄文旭太活宝了，接了电话也不好好说话，故意捣乱，他正要开口说几句什么，黄文旭却脸色一变，伸手将电话递给了他："你的电话……"

还真是找他的电话？倪流狐疑地接过了电话："你好，哪位？"

"倪流，我是王树斌。"

倪流顿时吃了一惊，抬头看了黄文旭一眼，黄文旭也意识到了什么，脸色不善地迅速来到窗前向外一看，随后冲倪流点了点头，意思是外面确实有人监视。

好一个王树斌，原来一直在密切监视办事处，怪不得人一回来电话就响了，王树斌到底想怎样？

"王总真是神通广大，我刚到办事处，你的电话就打了进来，这么说，我的一举一动都在你的监视之下了？"倪流冷冷地说道，"王总，你是想告诉我，你在石门可以为所欲为了？"

王树斌的声音也很冷："随你怎么想，倪流，我就是想提醒你，你还年轻，不要为了所谓的理想误了前途，三个亿够你花一辈子了，五个亿也是花一辈子，你又何必折腾个没完，非要为了多两个亿而上蹿下跳？就算你非要拉一群人进来，远思这锅汤，分汤的勺子，也不会掌握在你的手中。"

看来，王树斌是明确立场，要和他对抗到底了，倪流心中火起："王总的话也很有道理，按说以王总现在的年纪，也见过许多大风大浪了，什么事情没有经历过，何必还派人撞车又打来电话刷存在感？退下来回家，含饴弄孙、颐养天年不是更好？人老了，该让位就得让位，别不服老。不是还有一句话说，宁欺白须公，莫欺少年穷，我比你年轻几十岁，世界早晚是我的……"

"你……"王树斌被倪流呛得几乎说不出话来，火气更盛了，"倪流，你别不识好歹，别以为你有多好的未来，想要堵死你的路，很容易。"

"是吗？"倪流轻描淡写地笑道，"既然很容易，王总又何必派人监视办事处又亲自打来电话，直接就堵了我的路不就行了？王总，一个人在高位久了，很容易被权势迷了眼睛，以为自己真的无所不能了，其实不是，站得高，是因为山高，不是自己个子高。我记得上次见面，王总除了年纪比我大了几十岁之外，个子似乎也不比我高。"

"倪流，伶牙俐齿解决不了根本问题，我劝你，放手吧，别再闹了，接受洪东旭的条件，拿上三亿直接走人，去美国，去欧洲，去哪里不行？三个亿，你每天花天酒地，一辈子也用不完，反正是白捡来的，做人，不要那么贪心！有了三亿还想五亿，有了五亿又想七亿，什么时候是个头？关键是，钱不是你自己赚的，三亿也就足够了，是不是？这样，你指定一个账号，只要你点头，三亿马上到账，你想要美元，就折算成美元，想要欧元，就折算成欧元，怎么样？

“还有，别人许诺的四亿也好五亿也好，不过是想蹚浑水，是想制造麻烦，这是商业上的一种策略，等你真和他谈判的时候，他会附加许多条款，你经验少，容易轻信别人，等发现协议上的漏洞，就晚了，到时候说不定连三亿都拿不到……倪流，石门商圈里，谁也没有我和国文关系好，国文临终前不是交代，让你有解决不了的困难就来找我？这就说明国文知道你会遇到各种各样的难题，而你刚进入这个圈子，很容易被各种商业技巧欺骗，只有我，是真心实意为你着想……”

别人是先礼后兵，王树斌倒好，前倨后恭，先硬后软，刚才是威逼，现在又想动之以情利诱他？倪流不说话，静静地听王树斌讲了足足有十分钟，等王树斌说完之后，他才慢悠悠地说了一句：“王总，说完了？”

“说完了，怎么样倪流，想通了没有？”王树斌还以为他舌灿莲花，以他几十年在商场舌战无数人的经历，必将可以手到擒来，将倪流斩落马下。

可惜，倪流虽是初入商场，但他和宋国文交往了三年，三年来，宋国文对他讲过无数商场上的案例，也说到了商场上人心叵测，为了利益，别说朋友反目，就是父子相残、兄弟相仇的也有，人性，在巨大的利益面前，会淋漓尽致地展现出最丑陋的一面。

当然，人性也有向善向上的一面，宋国文多次告诫倪流，商场上的竞争，虽然策略和手段很重要，有时候也不得不采取一些见不得阳光的手法，但总体来说，经商即人性，真诚待人，人必真诚待我，以欺诈行世，必定收获惨痛的失败。

倪流不想不知道，一想吓一跳，不知不觉三年间，他和宋国文交往之中，潜移默化，不知道明里暗里受到了宋国文多少的影响。

“想通了。”倪流深吸了一口气，每个人都会习惯性地以己推人，好吃的人认为天下人都是吃货，贪婪的人以为人人都是贪心不足蛇吞象，所以王树斌以为他和郭容天谈到五亿，又放风给许多家集团要抛售股份，是为了坐地起价，为了贪得无厌，随他怎么想好了，他会始终坚持他的初衷不变，“如果王总现在退休，我明天就拿上三亿扔下股份转身走人！”

“倪流，你浑蛋！”王树斌气急败坏，“既然你敬酒不吃吃罚酒，就别怪我翻脸不认人了。”

说的比唱的还好听，好像王树斌王总还真的念旧，真的对他关照一样，倪流深刻地摇了摇头："王总，不知道你平常有没有时间读书，有的话，推荐你看看《水浒传》，其中有一段宋江于江边浔阳楼题写了一首诗，前两句是——心在山东身在吴，飘蓬江海谩嗟吁——后两句是什么，我不记得了，你回头可以翻一翻，看一看，记一记，会让你明白许多事理。"

话一说完，倪流就直接扔了电话，不再和王树斌多说一句。

"后两句诗是什么呀？倪流，你别用诗考我，我是诗盲，快告诉我，我好奇。"倪流打电话的时候，黄文旭也在一旁打出了一个电话，打完电话，他就一脸胸有成竹了。

"笨蛋，这都不知道？"吴小舞得意地一笑，背着手，踮着脚尖，摇头晃脑地背道，"听好了，后两句是——他时若遂凌云志，敢笑黄巢不丈夫——倪头儿是警告王树斌，骑驴看唱本——走着瞧！"

"不怕有流氓，就怕流氓有文化，倪头儿，从今以后，你就是我的偶像。"黄文旭大拍马屁。

"滚一边儿去。"倪流抬腿踢了黄文旭一脚，"你才是流氓，我是有文化的栋梁。"

"栋梁和流氓，其实没什么本质的区别。"黄文旭挨了一脚，跳到了一边，哈哈一笑。

"胡说八道，满嘴放炮。"吴小舞笑骂，她不经意地向楼下一看，惊呼起来，"不好了，楼下被人围住了，我们怎么出去？"

楼下，停了四五辆车，清一色的奥迪，围成了一个半圆，正好堵住了出口，明显是王树斌的打手在围堵倪流几人，意图很明显，堵死你，看你怎么走。

倪流不慌不忙地看了黄文旭一眼："突破重围、夺路而逃的难题，就交给黄郎了。"

"我？我不行，我又不是石门人，人生地不熟的，怎么解围？"黄文旭大摇其头，"这事儿，得倪头儿出面解决，谁让你是头儿？"

"事事都让头儿亲自出面，还要你做什么？"倪流才不会被黄文旭的假装骗到，哈哈一笑，"行了，别装了，刚才你看到楼下有情况，马上就打了电话，估计不出十分钟，救兵就到了。"

第三十八章

转折

黄文旭一脸沮丧地摇了摇头："真没劲，这都被你看出来了？我说倪头儿，当头儿就得有当头儿的觉悟，不要太聪明了，有时候得给下面的人留点儿余地，大智若愚才是上位者的最高境界。"

"真的有办法能脱困？"吴小舞见倪流和黄文旭谈笑风生，浑然不把眼下的难题当难题，她虽然相信倪流和黄文旭都有本事，可是现在是硬碰硬的时候，要花招没用。

"少安毋躁。"倪流反倒坐了下来，自顾自地倒了一杯茶，"小舞，你猜什么时候洪东旭会亲自打来电话，主动提出要和我见面谈谈？"

"我猜不到，不过我觉得现在洪东旭应该还有信心，他还没到慌了阵脚的时候。"

"差不多也快了。"黄文旭朝窗外张望，也不知道他说的快了，是说洪东旭快乱了阵脚了，还是救兵快要到了。

电话又响了。

"倪流，不是说你联系了好几家公司，除了郭容天之外，至少有三五家和你达成了初步意向，怎么现在你被困住了，没有一家公司肯为你出头？"王树斌哈哈大笑，"现在知道自己的分量了吧？别以为你手里有一份遗嘱就是一个人物了，你还差得太远，在别人眼中，你就是一块肥肉，人人都想吃，但再受欢迎的肥肉也只是肥肉，没人会和肥肉交朋友。"

王树斌一把年纪了，为老不尊不说，还挺喜欢嘲笑人，估计以前没好好受过教育，倪流也懒得再和王树斌较真儿了："王总，你错了，我还真不是一块肥肉，我就是一个手里举着宝贝到处炫耀的小孩，你要充满童心地看待我现在的所作所为……"

王树斌差点没气晕过去，倪流刀枪不入，都事到临头了，还能笑得出来，他不知是傻了还是早就想好了对策："倪流，再给你五分钟的考虑时间，如果你还是认死理，你就做好老老实实在办事处待上几天的心理准备吧，还想'他时若遂凌云志，敢笑黄巢不丈夫'，今天就先灭了你的威风。"

不简单，敢情王树斌刚才还真去查了《水浒传》，倪流哈哈一笑："来而不往非礼也，王总，你今天的盛情难却，先收下了，以后一定加倍偿还。"

"来了。"倪流刚扔了电话，黄文旭就喜形于色地朝楼下一指，"走起，救兵来也。"

"谁呀，谁呀，来了多少人？"吴小舞急忙来到窗前朝外探头一看，不由大失所望，"才一个人？这……能成吗？"

三人到了楼下，从地下停车场开了奔驰，刚出出口，就寸步难行了，几辆奥迪还是大张旗鼓地围在一起，堵得水泄不通，别说能过车了，连个人都过不去。只不过此时在奥迪车阵的外围，又多了一辆很拉风的红色宝马跑车。

一个新潮女郎戴着大大的墨镜，斜靠在车上，正态度倨傲地打电话，刚收起电话，就发现了倪流一行，立刻兴奋地冲倪流三人挥手："黄郎，黄郎……"

"其实……"吴小舞咬着嘴唇，忍住笑，"黄鼠狼，我更喜欢你的另一个外号——皇上，一想到郭丽丽的樱桃小口嗲声嗲气地喊你皇上，瞬间就能让人心情舒畅一百倍。"

"去去去，吴小舞，你要是能少一些讽刺别人的恶趣味，多一些高雅的情操，我敢说，你的女性魅力会上升百分之五十的经验值。你少嘲讽我几句会死吗？我是好色了一点，但又没有对你始乱终弃，要是倪头儿哪里对不起你，你冲他讨还青春，别冲我。"

"怎么又扯上我了？"倪流见从奥迪车上呼啦啦下来十几号人，气势汹汹地包围了过来，也顾不上扯闲篇了，"小舞，你在车上别下来。文旭，下车。"

"可惜没开我的车，我的车上有家伙。"黄文旭遗憾地说道，"要不，今天说什么我也得撂倒几个不可，丫的，就那个光头看到没有，上次打得我没脸见人的就是他。"

"后备厢有家伙。"倪流扔下一句话，先跳下车，转身来到后备厢，拿了两根棒球棍，和黄文旭一人一根，面无惧色地来到了十几个奥迪男的面前。

"你就是倪流？"为首者是一个光头，30多岁的样子，肥头大耳，满脸红光，乍一看不像黑社会，倒像个相声演员，"你就是黄文旭？"

既然对方早就把自己的情况摸得门儿清，倪流也就不客气地说道：“没错，我是倪流，他是黄文旭，这么说，你就是光头了？”

“哥有名有姓，不叫光头，哥叫贾栋梁。”光头一摸光头，“识趣点儿，赶紧回去，省得兄弟们动手伤了和气，哥也是奉命行事，二位，得罪了。”

不怕有流氓，就怕流氓有礼貌，贾栋梁从事流氓职业到底算不算国家的栋梁，不在倪流的考虑范围之内，倪流只是向黄文旭悄然使了一个眼色。

黄文旭向前一步：“你谁哥呀？别哥长哥短的，好像你是文化人一样，贾栋梁，你还记不记得我？”

“记得，你不就是黄鼠狼黄文旭吗？上次被我一拳打得乌眼青的屃包，怎么了，现在不当屃包，当草包了？”

周围人群一阵哄笑。

“草包你爷爷的奶奶的龟孙子！”黄文旭突然暴起，手中棒球棒锁一扬，结结实实地打在了贾栋梁的肚子上。

“我……靠！”贾栋梁猝不及防，中招了，腰弯得像虾米一样，顿时暴跳如雷，“打，打死算我的！”

十几名奥迪男清一色黑上衣、黑裤子，排成一队气势汹汹冲过来的场景，还真是吓人，就和拍电影一样。坐在车里的吴小舞吓得闭上了眼睛，心想黄文旭太二了，寡不敌众的时候还动手，连好汉不吃眼前亏的道理都不懂，白混了。

可是刚才好像是倪流故意使眼色让黄文旭动的手，倪流到底是怎么一回事儿？一个郭丽丽就能震住场？太高估郭丽丽了吧？这下好了，免不了一顿皮肉之苦了。

眼见十几个人围了过来，就要对倪流和黄文旭一阵狂殴暴打之时，忽然郭丽丽不顾一切穿过人群冲了过来，挡在了黄文旭面前，伸开双臂拦住众人：“你们谁敢动他一根汗毛，我，我，我让你们统统完蛋！”

黄文旭被挡在身后，他悄然朝倪流竖了竖大拇指，又用手指了指身前的郭丽丽，得意地冲倪流无声地说了一句话。

倪流不用看嘴形也知道黄文旭想说什么，无非是他多有本事，泡了一个可以为他挺身而出的妞儿。

“让开，郭小姐，这儿没你的事儿。”贾栋梁投鼠忌器，不敢对郭丽丽放肆，“别不小心碰了你伤了你，大家面儿上都不好看，是不是？”

“滚开！你们马上都给我让开，要不，我要你们好看。”郭丽丽怒气冲冲，叉着腰，手指指指点点，俨然一副指点江山的气象，“我警告你们，我可是石门一枝花……”

黄文旭一捂脸，无比羞愧地闭上了眼睛。

吴小舞情急之下，就要推门下车去为倪流助威，不料电话却不合时宜地响了，此时她没有心情接电话，看了一眼来电，就想扔到一边，手刚碰到车门，忽然想起了什么，又一把抓过手机，顿时屏住了呼吸。

是中羽公司来电。

怎么事情都凑一块儿了？外面千钧一发，形式一触即发，她期待已久的电话却现在打了进来，接还是不接？吴小舞只犹豫了不到三秒钟，就接听了电话。

“小舞，我是创世集团总裁秘书冷舒，关于上次你提出了股份转让的事情，雷董很感兴趣，他希望约个时间和倪总当面谈一谈。”

“好，我马上向倪总汇报，你等我消息。”

“呼……”吴小舞长出了一口气，太好了，终于有了一个回应，创世集团也是省内名列前茅的大公司，有了创世的响应，倪流手中就又多了一张可以打出的牌。

正要再次下车去帮倪流，手机又响了，吴小舞拿过手机一看，“啊”了一声，惊讶得张大了嘴巴，是华达集团的来电。

华达集团是省内老牌的集团公司，成立时间早，业务范围广，董事长孟林开是石门工商界响当当的一号人物，论实力，华达比容天雄厚；论产业结构的合理，华达比创世更有前瞩性，华达回电，着实让吴小舞喜出望外。

上次在钓鱼台，倪流随口一提要和华达的孟董会面，不过是商场上常见的拉大旗作虎皮的手段，不想一语成谶，就连华达也对倪流手中的股份大感兴趣，既说明倪流的策略奏效了，也说明各大集团看好远思的前景，同时更说明，倪流在混战中，逐渐掌握了主动权。

吴小舞顾不上下车去帮倪流了，她也知道她帮不上什么忙，还不如接听重要来电，替倪流开拓江山。

在吴小舞接听了华达集团来电的同时，倪流、黄文旭和郭丽丽与贾栋梁一帮人对峙的场面，突然大变。

贾栋梁可不管郭丽丽是不是石门一枝花，更何况他也不知道石门一枝花是个什么说法，当下一使眼色，两人向前架起郭丽丽，准备礼请郭丽丽让路。贾栋梁也不愧叫栋梁，多少有点应变本事，他一不打二不骂，只让人请走郭丽丽，事后郭容天也说不出什么来。

只要请走了郭丽丽，清空了场地，他就可以大打出手，好好收拾倪流和黄文旭一顿了。

只不过，贾栋梁低估了郭丽丽，就在二人刚刚架起郭丽丽，不顾郭丽丽的拳打脚踢就要请郭丽丽离开时，突然，二人感觉腿上一股大力传来，巨痛钻心，当即摔倒在地。

“动手！”郭丽丽冲身后一挥手，气呼呼地说道，“打，打死了算我的。”

莫非每一个嚣张的人都有一颗无法无天的心？倪流无奈而深刻地摇了摇头，不过虽然他摇头，心里却是十分欢喜，郭丽丽搬来的救兵，足有二十个人之多，和贾栋梁的人相比，在数量上已经占据了绝对优势。

也别说，认识一个嚣张的富家女，也不失为一件好事，倪流冲黄文旭点了点头：“你泡妞无数，这个妞儿是最好的一个。”

黄文旭大言不惭地说道：“我泡的妞儿，其实个个顶级好，你只是见到了其中一个而已，所以，你下的结论片面了。”

“个个顶级好？”倪流促狭地一笑，“也包括梁米？”

黄文旭被噎住了，瞪了瞪眼，想说什么没说出来，忽然惊醒过来，用手一指：“贾栋梁要跑。”

抬头一看，战斗已经结束了，准确地讲，是根本就没有开始，郭丽丽的人马一到，本来贾栋梁一伙人还准备迎战，不料才一个照面，贾栋梁电话一响，他一挥手，一群人就作鸟兽散了。

倪流瞄准贾栋梁的背影，扬手扔出了手中的棒球棒锁，棒球棒锁如脱弦之箭急速飞出，不偏不倚正中贾栋梁的后背，贾栋梁“哎哟”一声，一个跟头摔倒在地，接连打了几个滚才收住身形，从地上爬了起来，破口大骂：“哪个王八蛋扔我？”

不骂还好，一骂就让倪流和黄文旭看清了他狼狈不堪的惨状——头破血流，牙也掉了，惨不忍睹。

“你大爷扔你。”倪流伸手拿过黄文旭手中的棒球棒锁，作势再扔，“回去告诉王树斌，下一次，就该我做东了，让他清空肚子，准备吃大餐。”

倪流手中的棒球棒锁还没有出手，贾栋梁就吓得一缩脖子，抱头鼠窜了。

郭丽丽拍了拍手，得意扬扬地来到黄文旭面前：“黄郎，你没事吧？我厉害吧？”

“神勇盖世，巾帼无双。”黄文旭大拍马屁，“以前我以为丽丽只是貌美如花、古道热肠的美女，现在才知道，丽丽还是嫉恶如仇，路见不平拔刀相助的女英雄，遍看石门花，还是丽丽好，丽丽，你是当之无愧的石门一枝花。”

“真的呀？”郭丽丽瞬间就被黄文旭的天花乱坠迷倒了。

倪流笑而不语，男人女人之间的缘分有时候还真是妙不可言，一物降一物，老鼠能上树，黄文旭不算“高富帅”，和一般人相比，也不能说是草根，但在顶级“白富美”郭丽丽面前，他就是草根中的战斗机，偏偏郭丽丽还被他骗得晕头转向，对他死心塌地，爱情不分国界和民族，也不分阶层。

晚上，倪流、吴小舞、黄文旭和郭丽丽四人一起到“小家碧玉”吃饭。

第三十九章

主动权

“小家碧玉”是一家淮南风味的私家菜馆，布局温馨优雅，很有浪漫情调，适合情侣约会。

四人要了一个包间，郭丽丽拿出大小姐的派头，点菜的时候，不问别人喜好，大包大揽，随手点了几个她最爱吃的菜，挥手赶走服务生，傲气十足地说道：“今天我请客。对了，倪流，刚才我爸给你打电话，说什么了？”

来“小家碧玉”的路上，倪流接到了郭容天的电话，郭容天对黄文旭利用郭丽丽解围十分不满，不过听到贾栋梁的嚣张后，他的怒气就转移了方向：“王树斌在钓鱼台对面买下了几百亩山地，要上马碧海蓝天别墅项目，明摆着是想借钓鱼台的名声和打下的基础，压垮钓鱼台最后的希望，欺人太甚！”

好事，敌人的敌人就是朋友是亘古不变的真理，倪流就顺势说道：“郭董，我的半亩宅院的提议，您不妨试上一试，反正投入也不大，就死马当活马医一次，不管怎样，不能让王树斌的阴谋得逞。商业上的竞争很正常，但故意踩着别人失败的肩膀上位，就太不地道了。”

经此一事，倪流和郭容天的关系反倒更近了一层，相信王树斌千算万算，也不会算到他为倪流做了嫁衣。

“没说什么，就说让我盯着你点儿，别让你胡闹。”倪流才不会和郭丽丽说正事，郭丽丽也不是能托付正事的主儿。

“切，吹牛，我爸才不会这么说，你就编吧你。”郭丽丽不客气地送了倪流一个白眼，又看了吴小舞一眼，“小舞，你是不是倪流的女朋友？”

吴小舞对郭丽丽没什么好印象，虽然今天的事情多亏了她，但还是扭转不了对郭丽丽的看法，一撇嘴说道：“多管闲事。”

“哎，你懂不懂礼貌？说话注意一点儿，真没素质。”郭丽丽生气了，一拉黄文旭的手，“黄郎，我们自己去吃好不好？不和杂七杂八的人在一起了……”

倪流在桌子下面轻轻踢了吴小舞一下，提醒吴小舞不要意气用事，吴小舞不甘地回了倪流一个白眼，端起酒杯敬郭丽丽：“丽丽姐，我敬你，刚才你真姐们儿，我代表全石门的美女送你一个外号——‘石门一姐’。”

“‘石门一姐’？嗯，这个外号好听，我喜欢。”郭丽丽立刻喜笑颜开了，和吴小舞碰了杯，“小舞，我是一姐，你当二姐好不好？”

吴小舞只好冲倪流翻了翻白眼，倪流装没看见，端杯和黄文旭碰杯去了。吴小舞无奈，她知道接下来的任务该她出面了，只好调整了一下情绪，努力笑了一笑：“丽丽姐，刚才贾栋梁一伙人怎么一见你就跑了，连打都不敢打了？”

“哼，我给王树斌打了一个电话，告诉他，要是他敢动黄郎一根手指头，我就把他养了一个日本留学生当小三的丑事告诉他家母老虎，不信母老虎不剥了他的皮。”郭丽丽不屑地说道，“王树斌这个老色鬼，一把年纪了，那方面的功能也不行，还偏偏喜欢女大学生，听说他身上常备蓝色药丸。佳佳告诉我，她就是图王树斌的钱，她从日本来中国留学不容易，反正回国打算去发展AV事业，就当拿王树斌练手了，又练手又挣钱，一举两得……”

“噗！”黄文旭没忍住，一口酒全部喷了出来，还好，没喷到人身上，都喷窗户上了。

倪流比黄文旭强一些，板着脸，脸上的表情就像喉咙里有什么东西无法下咽一样，咽不下，又不能吐出来，吊在半空，不上不下，难受至极。

“丽丽姐，我可当不了石门二姐，和你无法比，你是容天的大股东，我可什么都没有。”吴小舞忙转移了话题，往正路上引，以免郭丽丽继续在AV的话题上没完没了，“光是你名下容天集团的股份，你就配得上‘石门一姐’的称号了。”

“没有，没有啦，我名下就容天百分之十的股份，不多。”郭丽丽果然没心眼儿，吴小舞一挖坑，她就跳了进去，“容天近两年业绩不好，市值下滑了许多，我的股份也缩水了不少，现在爸爸很着急，急于突破现状，想跳出目前的困境。对了，倪流，如果你能帮爸爸一把，现在就是雪中送炭的好机会。”

倪流要的就是想摸清容天内部的真实情况，现在看来，钓鱼台项目确实拖累了容天，让容天前进的脚步放缓了不少，他点头说道：“郭董肯定有办法渡过难关。”

“就是，我也相信郭董已经想好了对策。”吴小舞见时机成熟了，就及时抛出了最关键的问题，“对了，倪头儿，刚刚收到华达、创世、东方和中羽的电话，几家公司都对倪头儿手中的股份感兴趣，提出马上就要面谈的有华达和创世，东方和中羽也有意面谈，想请倪头儿定时间、地点，倪头儿，和这几家公司会谈的时候，可以为他们推荐容天，也许能为郭董牵线搭桥。”

吴小舞的话虽然是故意释放信息，要借郭丽丽之口传递到郭容天耳中，但她的话不是假话，而是实情，刚才在倪流和黄文旭大战贾栋梁时，她在车内相继接到以上四家公司的答复，都提出愿意就股份转让一事和倪流面谈，尤其是华达和东方，表现出了迫切之意，想约倪流今晚就会面。

“真的呀？试试也行，总比不试好。”郭丽丽哪里会多想，主要是以她的智商，也想不通其中的弯弯道道，当然，作为一个传声筒，她将消息传达到郭容天耳中的职责，肯定称职，“我回头就和爸爸说说，倪流，原来你也是一个好人，谢谢你。”

商场中人，不能简单地以好人和坏人区分，倪流摸了摸鼻子，笑了笑：“什么意思，给我发好人卡了？听说被女孩发好人卡的男人，从此就会‘杯具’了，是不是？”

“谁说的，我就是喜欢好男人，不喜欢坏男人。”郭丽丽露出痴迷的笑容，“黄郎就是一个天大的好男人。”

吴小舞一下就饱了，放了筷子，索性不吃了，正好减肥。

冬夜下的石门，大街上行人稀少，北方的城市在冬天多了沉静，少了躁动，奔驰ML350划破浓浓的夜色，上了高速，一路南下，直奔襄都而去。

饭后，送走郭丽丽，倪流当即决定不再等到明天，当晚就返回襄都，吴小舞和黄文旭都没意见，三人就披星戴月，借夜色的掩护，准备悄然潜回襄都。

来的时候，是倪流和吴小舞两个人，回去的时候，却多了一个黄文旭。

不过倪流和吴小舞经过几天的石门之行，现在再回襄都，和上次漫天风雪之下被命运推动而毫无准备相比，已今非昔比，不提倪流见识了王树斌和郭容天，并且和郭容天达成了共识，而且他还以抛售股份的名义，引发了四方云动，现在整个局势都盘活了，倪流，成了整个局势的支点。

就是吴小舞，也从最初的惶恐不安慢慢成熟，到现在，她不但成了倪流最信任、最得力的助手，也基本上初步拥有了独当一面的能力。

可以说，和倪流在石门几天的历练，比她跟在宋国文身边一年多的时间学会的东西都多。

倪流和宋国文的行事手法，就吴小舞对比得出结论，完全是不同的风格。如果说宋国文的手法老到而从容，在大局观和细节方面，都把握得恰到好处，那么倪流的手法就微显稚嫩，似乎考虑问题总是有所欠缺，但却在稚嫩之外，又有一股不服输的冲劲和蓬勃向上的勇气，而最让她佩服倪流的是，有时倪流的想法似乎不够成熟，热情有余而大局不足，不过往往实施起来，却总能收到出人意料的效果。

怪不得宋国文选择倪流继承他的股份，肯定是宋国文看中了倪流不按常理出牌却又总能把一手烂牌打成好牌的水平和手气，人不能靠手气成功，但只有水平没有手气，也不会成功。还有一点，远思发展到今天，积重难返，发展到了“瓶颈”，想要突破，必须打破旧秩序，注入新活力，那么在宋国文视线范围之内，倪流就是唯一的最佳人选。

当然，选择倪流也有很大程度的冒险成分，在正常情况下，宋国文宁愿让倪流从底层做起，花上三五年时间做到高层，再让倪流挑起大梁，只是在当时人之将死的情形之下，宋国文没有选择，与其让股份落到倪芳手中再被洪东旭或外部势力趁机瓜分，还不如冒险一试，交给倪流，让倪流打出一片全新的江山。

目前看来，宋国文的眼光确实不错，他的一步险棋，算是走对了。不过，吴小舞扭头又看了正在专心致志开车的倪流一眼，见倪流挺拔的鼻子和坚毅的嘴唇，呈现出永不服输的男人精神，她不由心想，虽说开局还算不错，但不知道接下来的关键一战，倪流能不能继续超水平发挥，最终顺利继承股份并且接手远思？

怕是很难，现在远思这盘棋虽然盘活了，但下棋的人也越来越多，人一多手就杂，指不定谁会明里暗里作弊，最后的输赢，还真不好说，吴小舞收回了目光，她怕她看多了倪流，会陷了进去不能自拔。

“这盘棋，越下越大了，越大越有意思了。”倪流没注意到吴小舞的异样心思，还沉浸在围绕股份继续发酵的局势之中，“以前，洪东旭以为他是唯一的棋手，他要和我打擂台，仗着天时地利人和的优势，想一局定胜负。还好，我及时打出了停战牌，以缓兵之计躲过了他精心准备的正面一击。”

“然后你就回了石门，想从侧面打开突破口，结果你就遇到了我。”黄文旭从夜色沉沉的窗外收回目光，“然后你就多了一个运筹帷幄，决胜于千里之外的军师，然后就在石门大杀四方，到现在，你成功地将襄都的战火引到了石门，石门数家公司都将目光投向了远思，虎视眈眈，准备随时扑上去饱餐一顿。倪头儿，你现在不是一个人在战斗，有我助你一臂之力，你和洪东旭的对弈，实力已经发生了根本性的逆转。”

“切，自吹自擂，好像你加入哪一方，哪一方就获得了压倒性优势一样。”吴小舞对黄文旭的说法嗤之以鼻，“你是不是还想说，硬碰王树斌，智斗郭容天，拉华达、中羽、创世和东方下水，也都是你的锦囊妙计了？”

“妹妹，话不能这么说，你嫉妒我的才能可以，但不要带着偏见说话。毕竟，我们是同一个阵营。”黄文旭双手抱在脑后，舒服地半躺在后座上，“倪头儿是聪明人，就算他和你发生了关系，他也会对你对我一视同仁，你对他来说很重要，我对他来说，何尝不是更重要？”

“黄文旭，滚！”吴小舞伸手想拿纸巾盒往黄文旭身上扔，却发现纸巾盒没了，就拉开手套箱，拿出一个东西就扔了过去，“你能不能以后别什么事情都往男女关系上扯？这世界上的人不是都和你一样，思想的高度永远停留在下半身。”

黄文旭接过吴小舞的杀器，看了看，原来是一把瑞士军工刀，他吓了一跳：“吴小舞，你以后别动不动就乱扔东西，要是刀子打开了，说不定我就当场身亡了。你这人，脾气这么差，怎么嫁得出去？”

“那你以后少惹我。”吴小舞也意识到了不对，扔出刀子她就后悔了，“我不喜欢别人拿我开男女关系的玩笑。”

“好，好，以后不开了，知道你有伤心的恋爱往事，我是想帮你解开心结而已。”黄文旭摆了摆手，“算了，我以后省省心吧，不撮合你和倪头儿了，还是多想想远思以后的发展是正事，是吧，倪头儿？我觉得吧，远思以后可以在主攻房地产之外，兼顾转基因作物和光伏产品的开发……”

倪流对黄文旭和吴小舞的嘴仗，一直是居中的立场，有时斗斗嘴调节一下气氛没坏处，而且还可以慢慢地了解到吴小舞的真实内心，在眼下的关键时期，有必要准确地把握吴小舞的真实想法，才不至于出现不可预料的变数。

毕竟，吴小舞几乎掌握了他全部的商业秘密，最关键的是，她还了解他的所思所想，如果吴小舞背叛他，会比黄文旭背叛他造成的后果更严重！

第四十章

期待已久

吴小舞有过什么伤心的过去，倪流不是不想关心，而是他知道在吴小舞没有敞开心扉之前，他的关心无济于事。他也不是不再喜欢吴小舞，相反，随着接触的深入，他对吴小舞的喜欢加深了，只是在目前的处境下，他和吴小舞不能发生感情上的纠葛，事情已经够乱了，不能再乱上添乱。

“转基因作物，就算了。光伏产品，也未必可行，现在中省对光伏产品的支持力度虽然不小，不过就我观察，目前国家对光伏产品的开发和支持力度，有点拔苗助长了。光伏产品有未来，只不过在欧美等发达国家没有全力开发的前提下，中国一枝独秀，会被打压的可能性也很大。”对于远思集团未来的发展方向，倪流只有一个大概的想法，还没有成型，不急，现在股份还没有转移到他的名下，就去设想接手远思之后的发展之路，未免步子迈得太大了，虽说人无远虑必有近忧，但话又说回来，不打好基础，哪来的高楼大厦？眼下，还是想打好和洪东旭的第一仗要紧。

吴小舞赞成倪流的看法：“转基因作物是不是有危害性，说是没有定论，不过也别拿中国人当实验品，对不对？我反对从事转基因作物的研制和开发，也不赞成远思以后发展光伏产品。光伏产品，有些专家鼓吹得天花乱坠，是否实用，是否符合未来能源的发展方向，还没有定论。况且有时候专家的话，也不能相信，谁知道专家的观点是真正的出于学术讨论，还是为了钱包而发言？”

“好吧，转基因作物可以否了，光伏产品的研制和开发，我保留意见。”黄文旭也不是随口一说，他做投资理财，对市场上新兴的产品和技术，都有过系统的研究，“中省也算是光伏大省，远思可以借政府扶持光伏产品的东风，抢先占领市场，奠定未来十几年发展的格局。而且现在国家对光伏产品也有补贴政策，据说，补贴年限有可能长达20年。”

“美国已经对中国光伏产品征收了31%到250%的反倾销税，而该反倾销税将会叠加在之前因为接受中国政府不公平补贴而征收的4.73%的关税之上，光伏产品主要靠出口，而中国光伏产品占美国光伏市场50%以上，征收了高额关税之后，中国的光伏产品完全失去了竞争力。”对光伏产品的研究，倪流比黄文旭还深入，他平常最喜欢的就是财经类新闻，也经常和宋国文讨论财经问题，“不出意外的话，一年之内，欧盟也会采取关税壁垒来阻止中国光伏产品的涌入。”

黄文旭想不通：“为什么欧美一直鼓吹光伏产品的前景，却又打压中国的光伏产品？我想不明白，按说光伏这样的清洁能源，欧美等发达国家应该大力推广才对？”

“先不说欧美为什么不大力推广光伏产品，能源产业是一个国家的命脉产业，推广一项新能源来替代旧能源，必然有战略层面的深层考虑。”倪流双手放到方向盘上，用力紧紧握住，“命脉产业就好比方向盘，绝对不能落在别人手中。欧美鼓吹光伏产品的优越性，也许确实有经济层面的考虑，但如果从商战阴谋论的角度思索，中国的光伏产品沦落到现在的地步，说不定还真的有欧美的阴谋诡计在里面。”

黄文旭顿时兴奋了，双眼放光：“我最喜欢国家层面的商战了，快说说看，到底是怎样的一出大戏。”

吴小舞也不困了，瞪大眼睛看向倪流，忽然间觉得又不认识倪流一样，怎么倪流就好像一座矿山，源源不断地出产各类宝藏，似乎没有穷尽，他怎么可能懂这么多？他也就是比她大1岁而已，难道说，人和人的差距真的这么大？

人和人如果没有差距，世界就不会丰富多彩了，也不会有人成功，有人失败了。差距，有智商上的差距，有勤奋上的差距，也有努力和懈怠上的差距。

倪流是一个善于思考、喜欢琢磨事情的人，凡事都喜欢透过现象看本质，也许正是他的勤奋好学，才让他成为宋国文托付重任的唯一人选。

最终，“其实也和现在一些专家鼓吹转基因作物无害一样，国内许多专家在为光伏产品造势，欧美就大量生产光伏产品的生产线，结果就是国家在专家的鼓动下，大力扶植光伏产品企业，花费巨额费用从国外引进了光伏产品生产线，指望生产出来的光伏产品销往欧美，结果呢，美国反倾销了，中国光伏企业遭受重创，能不能挺过危机还不一定，这一场战役，欧美赚了设备的钱，专家赚了鼓吹的钱，到头来，被坑的是国家、企业和百姓。”倪流总结说道，“商业上的策略，有时候必须站在一定的高度来分析，否则，只顾眼前利益，早晚会被目光短浅害死。”

“啪啪啪！”黄文旭鼓掌叫好：“倪头，我才发现，原来你还真不简单，高屋建瓴、胸有丘壑，这样也好，也证明了我的眼光，跟了你，以后肯定前景一片光明。”

倪流哈哈一笑：“先别大拍马屁，理论的高度不代表实际的高度，在和洪东旭较量的层面，知道国家和国际的经济形势，没太大用处，反倒是谁更有实力、更有手腕，谁才能笑到最后。过不了洪东旭这一关，我刚才的理论高度，只能是纸上谈兵，落不到实处。”

“那可不一定，理论高度也可以成为你和别的公司谈判时的砝码，别人一听倪头儿纵论国内国际经济形势，头头是道，那些个董事长和老总，都会对你高看一眼，只要他们看好你的前景，就会加大对你的支持力度，这样，你就得道多助了。如果你一无是处，别人也不会和一个草包合作，对不对？”

“我有一个问题想不通，倪头儿，你联系了这么多家公司，等真的掌管了远思之后，会选择和哪一家合作？”吴小舞知道倪流在散播消息的同时，其实也是为了以后远思的长远发展布局，但听刚才倪流的口气，似乎对远思下一步还没有深思熟虑，“我感觉，一回襄都，股份问题就会迎刃而解，那么就会马上面临新的问题，作为远思的新任董事长，你必须拿出一个成熟的发展思路才能让董事会信任你的能力。”

“不急，车到山前必有路，就怕刹车刹不住。”倪流笑而不答，“我现在最想做的事情是，赶紧住下，美美地睡上一觉，开了一天车，累死我了。”

“气人，打哑谜，闷葫芦的男人，不是好人。”吴小舞白了倪流一眼，头一歪，靠到车窗上假寐去了。

倪流的电话这时突然响了。

倪流掏出手机一看，笑道：“果然沉不住气了，洪东旭来电了。”

一听洪东旭来电，吴小舞和黄文旭都来了精神，睁大了眼睛等倪流接听。

“洪总，半夜三更打来电话，有什么指示？”倪流打了个哈哈，公事公办的语气。

“倪流，后天召开宋总的追悼会，你什么时候回来？”洪东旭依然是云淡风轻的从容，仿佛倪流在石门酝酿的一波反击的浪潮，丝毫没有动摇他的信心一样。

明是问他的归程，实则想知道他现在在哪里，倪流降低了车速，不让汽车高速行驶的声音传到话筒中，然后才说：“后天一早回去吧。”

“那好，回来之前，和我说一声，我安排一下。”洪东旭话一说完，就挂断了电话，没有再多问一句。

没想到，和洪东旭的第一次通话，这么短暂，这么简短，倪流心中暗想，不管洪东旭是假装镇静还是对反击他的计划胸有成竹，洪东旭都是一个棘手的对手。

“洪东旭还真是老奸巨猾，明明是想知道我们突破了王树斌的围堵之后去了哪里，却以追悼会为由问你什么时候参加，这老东西，有点心机，我一定得好好会会他。”黄文旭战意高涨，摩拳擦掌，“实在不行，我和他单挑。”

“去你的黄文旭，斗不过就动手，流氓！”吴小舞又及时攻击了黄文旭，“王树斌是真小人，洪东旭是伪君子，对付真小人要单刀直入，对付伪君子嘛……”

“要怎样？没招了吧，还得要流氓。”黄文旭不满地挥了挥手，“吴小舞，有本事你去拿下洪东旭？”

“早晚，洪东旭会栽在我的手里，等着瞧。”吴小舞一拉倪流，“是不是倪头儿？你说，我是不是能对付得了洪东旭？”

倪流没有回答吴小舞，却若有所思地问道：“洪东旭是不是有一个儿子叫洪方？”

“是呀，怎么了？”吴小舞没跟上倪流的思路，“洪方不在襄都，在京城，听说是在做建材生意。”

“建材生意？”倪流意味深长地又问了一句，“洪方肯定认识宋国武，宋国武又认识王树斌，你说，洪方会不会也认识王树斌？”

“以洪东旭和王树斌的关系，洪方肯定认识王树斌，想都不用想……”吴小舞话说一半，忽然恍然大悟，脸上露出了心领神会的笑容，兴奋地一拍倪流的肩膀，“真行，倪头儿，一语点醒梦中人，我知道该怎么办了。”

“说什么呢？说什么呢？以后不许打哑谜，我还在呢，别当我不存在。”黄文旭不干了，直嚷嚷，“倪头儿，美女不应该有加分项，这不公平，也不科学。”

“说什么你会猜不到？如果真猜不到，你就不用跟着我了，直接滚蛋就行了。”倪流回头看了黄文旭一眼，“回襄都后，分工协作，我负责大局上的应酬，从正面和洪东旭以及襄都的两家公司过招。小舞负责从侧面暗度陈仓，从洪方入手，深挖洪东旭、洪方、宋国武和王树斌四人之间有怎样的关系网和利益链。文旭，你从后面出击，查清襄都对远思感兴趣的两家公司的背景和实力，以及它们是不是也和洪东旭有暗中的利益往来，同时，负责调查参加追悼会的一些集团公司是不是也有意介入到远思的纠纷之中……”

“好！”吴小舞和黄文旭异口同声。

抵达襄都后，已经是晚上十点多了，随便找了一家宾馆住下，三人就睡下了。一路奔波劳累，都乏得不行了。

半夜里，倪流忽然惊醒，醒来后，站在窗前望向窗外熟悉的襄都夜景，一时心潮起伏，没有了睡意。想起来时的路上他向后观望时，在若明若黑的车厢后座，坐着的不再是不省人事的宋国文，而是跃跃欲试的黄文旭，人生就是一场淋漓的雨，前一刻淋湿了别人，后一刻淋湿了自己。

宋国文、梁米、肖米、尹小花以及无数人或熟悉或陌生的面孔在眼前闪过又迅速消失，就如早晨的露水，在阳光下只闪亮了片刻就不见了踪影，生活在脚步匆匆中失去了许多往事，也终将迎来更多明天。

“江汉曾为客，相逢每醉还。浮云一别后，流水十年间……”倪流心中默念了一首他最喜欢的诗，以作别他和宋国文亦师亦友的往事，后天的追悼会后，宋国文就会入土为安，而他的身后事，其实才刚刚开始。

希望宋国文的在天之灵，能看到他的努力并且欣慰。

天，不知不觉亮了。

倪流、吴小舞和黄文旭三人，分开行动，就如一滴水一样消失在襄都的茫茫人海之中，相信洪东旭再有本事，也不知道倪流的行踪。

吴小舞去和兰姣见面了，黄文旭联系了他在襄都的客户，以新的投资理财项目为由，继续推广倪流的抛售计划去了，而倪流却最为悠闲自得，约会了佳人。

福往庄园坐落在襄都市南郊的山脚下，是一处风景别致、远离市区喧嚣的农家院，只是现在是冬天，没有山花烂漫，也没有绿树成荫，就多少有几分萧瑟的意境。

许多人喜欢南方，南方四季如春，常年绿色，没有北方冬天的衰败。倪流却钟爱北方，北方四季分明，从不温温吞吞的春夏不分，秋冬不均，春种夏长，秋收冬藏，应时而动，应运而生，才是人生起落的真谛。

没有经历过冬天的寒冷和衰败，就没有春暖花开的期待和惊喜，人生也是如此，只有失去才知道珍惜，只有懂得了珍惜，才会倍加努力。

第四十一章

历练

一个男人的一生之中，经历过一次寒冬不是坏事，相反，寒冬会锤炼心智、历练心神，让一个男人成为真正的男人。倪流懂得一个最朴素的道理，小麦分两种，春小麦和冬小麦。春小麦是春天播种夏天收获的小麦；冬小麦是秋天播种，经过冬天和春天，到第二年夏天才会收获的小麦，凡是品尝过两种小麦的人都知道，冬小麦比春小麦好吃，而且回味悠长。

为什么？原因很简单，冬小麦经历了冬天的雪藏，抗过了严冬的历练，经历了秋、冬、春、夏四个季节，走过了完整的人生，比起速生的春种夏收的春小麦，多了沉淀，多了风霜雨雪，才最终收获了最美的果实。

福往庄园建在山脚下，依山而建，庄园内，杏树、桃树、梨树、苹果树成行，等来年春天，一定是花团锦簇、鲜花似海。现在时机不到，放眼望去，到处是光秃秃的树枝和衰败的杂草，北风一吹，凄凉无限。

不过人人都知道，在眼前的衰败之中，蕴含着巨大的能量，春天的脚步，正在坚定不移地逼近，总有一天，春风浩荡，大地复苏，春风大雅能容物，秋水文章不染尘，人间盛景将会重现。

倪流需要的，只是耐心，而他偏偏最不欠缺耐心。

不过相比之下，林凝欢的耐心就没那么好了，她早早来到了福往庄园，等了足有十几分钟才等到倪流的姗姗来迟，一见倪流露面，她就恼了："倪流，你太没时间观念了，要知道，是你在请我帮你，你太没礼貌了。"

几天不见，林凝欢似乎瘦了几分，在素心居清新雅致的装修风格的映衬下，穿了一身大红风衣的她，颇有一种遗世而独立的绝世芳华之美，再想起初见林凝欢之时的护士形象，让倪流一时恍惚，不知道眼前的林凝欢和当时的林凝欢，哪个才是最真实的她。

“不好意思，凝欢同学，出租车司机找了半天才找到福往庄园……”倪流笑了笑，脱掉了外套，房间内温暖如春，和外面的天寒地冻犹如两个世界。

北方的冬天，其实比南方好过，外面虽冷，房间内却有暖气，十分舒适。

“你傻呀，怎么不开车过来？”林凝欢说话直来直去，话一说完，才意识到了什么，又笑了，“哦，原来你是偷偷摸摸地回到了襄都，怕别人知道，所以不开奔驰，是不是？我说你怎么这么死心眼儿，不会再买一辆新车来开，非要开着宋国文的奔驰，不是找不自在吗？”

说的也是，以倪流现在的财力，再买一辆新车也不在话下，他怎么忘了这茬？不过又一想，或许在潜意识里，他一直开着奔驰，还是为了怀念宋国文和宋国文赋予他的一切。

“习惯了，一时改不了。”倪流坐在了林凝欢的对面，仔细打量了林凝欢几眼，直到看得林凝欢不好意思了，他才笑道，“我怎么还是记不起来有这么漂亮的一个女同桌？”

“哎，别提了，小时候我可是黄毛丫头，还天天挂着鼻涕虫，一到冬天手都冻得生疮，没人愿意跟我玩，也没人注意到我的存在，也就是你，不嫌弃我又丑又脏，天天和我一起玩儿，所以这么多年了，那么多同桌我都忘了，就记得你。”林凝欢陷入了往事的回忆之中，一脸神往，“我还清楚地记得有一次我被一个小孩欺负了，你帮我出气，打了他一顿，他打不过你，就到处说你的坏话，说你护着我，是看上了我，是要我当你的媳妇儿，说你找了一个又丑又脏的婆娘，现在想起来，笑死我了。”

别说，林凝欢的话触动了倪流记忆深处的往事，他的记忆一下复苏了，惊喜地说道：“啊，我想起来了，你就是林小坏？”

“对，对，我就是林小坏。”林凝欢眉开眼笑，“真不容易，终于记起我了，我说你还真是贵人多忘事，小时候的事情多生动，你都能忘了，可见你这个人忘恩负义、没心没肺。”

对林凝欢的评价，倪流懒得反驳，他忘了林凝欢，是林凝欢当年并没有在他的生命中留下太深的印象，同一事件中的不同的人，对事件的感受不尽相同，在记忆中保留的时间也不同。

“我特别喜欢一首歌……”林凝欢想起了往事，情绪中就弥漫了一丝伤感的味道，“‘多少人曾爱慕你年轻时的容颜，可知谁能承受岁月无情的变迁。多少人曾在你生命中来了又还，可知一生有你我都陪在你身边……’你喜不喜欢？”

水木年华的《一生有你》，倪流也喜欢，略带伤感的曲调，回忆往事的惆怅，缅怀爱情的盛放，也陪他度过了和梁米恋爱时期的一段美好时光。

“很喜欢，以前也经常唱，不过现在很少唱了。”

“为什么？”

“因为我现在明白了一个道理……”倪流想起了逝去的宋国文和远去的梁米，想起他因为遗嘱得到了许多，但同时也几乎全部失去了原来的生活，人生在得与失中，失去的就留住回忆，得到的就加倍珍惜。

“什么道理？快说嘛，我要听。”林凝欢摇动倪流的胳膊，半是撒娇半是耍赖。

“世间所有的相遇，都是久别重逢。而所有的重逢，又是为了永久的分离。”倪流拍了拍林凝欢的脑袋，“林小坏，等你明白了相遇就是久别重逢，久别重逢就是永久的分离之后，你就不会太在意世间的分分合合了。”

“嗯……”林凝欢陷入了沉思之中，双手托着下巴想了半天，忽然一下跳了起来，“算了，不想了，想不明白，你说的话太深奥了，我不喜欢哲学家的倪流，我喜欢打抱不平的倪流。”

“那好，我下面就要打抱不平了，你帮不帮我？”倪流见气氛融洽，时机恰当，就切入了正题。

“好呀，我就知道你找我，肯定有正事，说吧，本小姐能帮到的，一定尽力而为。”

“襄都有一家公司想收购我手中的股份，出价三亿两千万，是通过我姐开出的价格，但到底是谁，姐姐不肯说，你能不能帮我查查是哪一家？”倪流抛出了来意，“还有一件事情，你上次不也说过，石门和襄都各有两家公司在打远思的主意，石门的两家公司我已经查到并且都接触过了，襄都的两家，分别是哪两家？”

“这个嘛……”林凝欢咬了咬嘴唇，眼神中闪过一丝慌乱，“我可不可以不帮你？”

倪流察觉到了什么，想起上次林凝欢电话提醒他石门和襄都各有几家公司在打远思的主意，他已经由四面楚歌变成了十面埋伏时，就特意强调不会告诉他是哪几家公司，当时没有多想，后来他又将林凝欢明明要帮他却又遮遮掩掩的做法一对比，再联想到林凝欢来历不明的身份，猜，也能猜个八九不离十了。

倪流也不点破，淡淡一笑：“可以，帮我是人情，不帮我是本分，我不勉强你。”

“倪流，我……”林凝欢怔了一怔，“我真的很为难。”

“我已经很感谢你了，你不用感觉过意不去，我可不会乘人之危，在帮你打了坏人之后就提出要你嫁给我的要求。”倪流喝了一口茶，巧妙地转移了话题，“福往庄园，名字挺有禅意，谁开发的？”

“你那个时候就是一个什么都不懂的傻小子，会想到娶我？算了吧，你可真没那么聪明，而且我当时那么丑，要是提出让你娶我，说不定你就吓跑了。还有呀，你虽然保护过我几次，不过大部分时间，你都在欺负我，你保护我，其实不过是为了不让别人欺负你的玩具罢了，林小坏的外号，就是你起的。”林凝欢一提起往事，就喋喋不休了，“福往庄园的名字，是我起的，怎么样，有意境吧？”

“爱出者爱返，福往者福还……林同学，我得说，你的境界很高嘛，懂得先舍后得的道理，福送与别人，别人也会还你以福惠。”倪流掌握了谈话节奏，循序渐进，“如果我没有猜错的话，福往庄园是你的产业了？”

“嗯，我去年投资的，今年就盈利了，明年春天估计就能收回成本了。”林凝欢吐了吐舌头，嘻嘻一笑，“小打小闹，练练手。哪里有需要改进的地方，请倪总指正。”

“我还真有点改进意见，说了，你别生气。”倪流站了起来，来到窗前，用手一指外面，“规划不是很合理，有人喜欢在树下，有人喜欢在凉亭，也有人喜欢在屋内用餐，如果在院中有指示牌就方便多了，也不会让客人进来乱找一气了。如果再在门口立一个醒目的庄园地图，整个庄园划分成四个功能区，一进门，东侧是桃花源，西侧是杏林坊，北面是屋檐下，南面是风雨亭，这样，不但会平添许多人文气息，也会让顾客一目了然地选择就餐地点，增加亲近感。”

“你等等，倪流，你说慢一点儿，我拿笔记一下。”林凝欢丝毫没有生气的意思，相反，她认真的样子还十分敬业，拿出纸和笔，唰唰记录了下来，又简单地画了一张草图，递到倪流面前，“看看怎么样？”

草图清晰明了，笔画分明，而且比例得当，十分逼真，还真是不错，倪流点头：“你到底上的是美院还是医学院？你的绘画功底，明显练过。”

“我上的是医科大学，除了专业知识之外，学过的东西太多了，钢琴、绘画、赛车、金融和投资，等等，爸爸一直拿我当全才培养，想让我当他的接班人，可惜的是，我对经商既没兴趣，又没天分……”意识到说漏了嘴，林凝欢做了个鬼脸，“哎呀，不好，被你骗到了，套了我的话。”

倪流的心情就无比舒畅了：“我可没有骗你，是你自己说出来的，你真当我傻呀？猜也能猜到你不是一个小护士，还有，如果我没有猜错的话，襄都两家对远思感兴趣的公司，其中一家是姓林，对不对？”

“嗯……”林凝欢咬着嘴唇，似乎在做激烈的思想斗争，忽然想通了什么，一咬牙说道，“好吧，我就告诉你好了，其实，我也不喜欢爸爸乘人之危的做法，不过他说在商言商，他不下手，别人也会下手，与其如此，还不如也伸手去抢，能不能抢到先不说，至少不能白白错过机会。”

“你是你爸的先行军，还是特务？”倪流打趣林凝欢，“是不是想对我用美人计？”

“一边儿去，烦着呢，还美人计呢！你身边的吴小舞不比我漂亮？而且我看你好像也不是色狼，估计就算我勾引你，你也不会上当。”林凝欢一脸天真地问，“倪流，你告诉我，要是我一主动，你是不是真的就会上了我的床？”

倪流大汗，在林凝欢表面上风风火火的背后，原来比吴小舞还单纯，当然，他得承认他不是色狼，不过不是色狼的男人不代表不会中美人计，如果林凝欢真的勾引他，以林凝欢的风情，他可不敢保证他不会上当受骗。好吧，就算他意志坚定，能半推半就地坚持几分钟，但只要林凝欢一动真格，相信他男人的荷尔蒙上涌，立马就英勇就范了。

“这个，这个，这个没有假设性。”倪流顾左右而言他，“我不记得襄都有一家林氏集团，查了半天，也没查到有林姓董事长的集团。”

“嘻嘻，笨蛋，首远集团的董事长是我妈，她叫丛远远。我爸担任集团的顾问，躲在幕后指挥，实际上，集团的最高决策人，还是我爸林道首。”林凝欢伸手一敲倪流的额头，“怎么样，现在知道我是谁了吧？”

首远集团是襄都仅次于远思集团的大型集团公司，以矿产起家，起家后，迅速转型，现在是一家集房地产开发、汽车贸易、酒店、商业及物业管理的综合性大型民营企业集团，目前已形成以房地产开发、汽车销售与售后维修服务为龙头，业务范围遍及房地产开发与经营、汽车销售与售后维修服务、酒店投资与经营、物业管理、贸易以及实业投资等多个领域。

对于首远集团，倪流也系统地研究过，当时还纳闷儿首远集团的董事长怎么会是一个女人？当然，不是倪流轻视女人，而是在第一代、第二代富裕起来的阶层中，创业者多半以男人为主，女创始人不能说绝无仅有，也是极为罕见。而眼下各大集团公司的董事长，一般都还处在壮年期，因此一般各集团的董事长都会是创始人。

第四十二章

输赢未定

在倪流的视线范围之内，放眼整个中省，真正一手由女人开创并且担任董事长的集团是盛世药业，盛世药业的创始人是盛平，盛平在中省商界，是一个极富传奇色彩的人物，只不过在正当年时，她突然宣布退隐。退隐后，盛世药业由她的女儿盛夏接任。至于盛平的女儿为什么也姓盛，盛夏为什么一直单身没有嫁人，就是另外一个商界传奇故事了。

首远集团在襄都的商界中，论实力和规模似乎比远思稍逊一筹，不过据吴小舞了解到的实情，实际上在去年，首远集团的市值已经超过了远思，成为襄都第一集团。而且首远由于产业结构合理，负债率低，资金流健康，产业链完善，如果远思不进行产业结构调整，没有更好的发展思路，下一步被首远正式取代而拱手让出襄都第一集团的身份，不过是时间问题。

没想到，林凝欢居然是首远集团的大小姐，倪流震惊了，惊讶地瞪大了眼睛，半天才说："行，行，你真行，鼻涕虫还能变凤凰，今天算是长见识了。"

"你也爱说长见识了？我爸的口头禅就是长见识了，说到他的口头禅，里面还有一个故事。"或许是倪流想起了她，又或许是说破了她的身份，让她在倪流面前不用再伪装，总之，林凝欢谈兴颇高，"有一次他从外面回来，说不到三句话就会说一句长见识了，我就笑他，长什么见识了，至于不停地强调了一遍又一遍，你猜他说什么？"

倪流摇摇头，这可猜不到。

"他说，他和宋国文谈一个合作项目，被宋国文天马行空的想法震撼了，没想到钱还可以这么赚，他活了几十年，还是第一次听说，是真正长了大见识了。"林凝欢眉飞色舞，"爸爸也是老江湖了，什么项目没有操作过，什么生意没有谈成过，宋国文的思路能让他连说长见识了，肯定是异想天开的想法，我就问他到底是什么想法，结果他说是互联网项目，具体细节他也不太了解，只是有一个初步轮廓，要真正细化形成可行性报告，还早，他还说，他会好好研究一下宋国文的想法，如果确定可行，他会加盟到宋国文的项目中……”

“可惜……”林凝欢一脸惋惜，“宋国文突然就死了，他的想法也不知道有没有形成文字留下来，如果没有的话，就太可惜了。”

宋国文时常有天马行空的想法，倪流再清楚不过，在和宋国文接触的几年间，他经常会有奇思妙想突然冒出来，尤其是在他发酒疯的时候，说不定就会说出一个匪夷所思的主意，初听之下，胡言乱语，仔细一想，却是创意十足。

倪流承认，宋国文在经商上，有天才的一面，尽管在他看来，宋国文的大部分创意都太超前了。

商界骄子中，有人以勤恳取胜，如郭容天，一步一个脚印，每一步都十分扎实，才有了容天集团辉煌的今天，但一个钓鱼台项目的失误，拖累了容天两年之久。也幸好容天深厚的根基，换了别家，或许会被拖死也未可知。

有人以投机取巧成功，比如王树斌，王树斌的发家史，倪流不可能知道太多的内幕，但人在江湖飘，处处有飞刀，听到的、看到的再加上外界的传说，王树斌依靠一个女人起家发达后又对女人始乱终弃的内情，基本上是八九不离十了。

有人则以撞大运起家，比如华达的孟林开。孟林开当年只是一个拉车工，一个偶然的机会他捡了一包客人遗失的手表，手表全是瑞士名表，百达翡丽、宝玑、劳力士，也不多，也就三五只，结果他在归还客人时，客人非要塞给他三万元当酬谢。

后来他才知道，三五只名表价值上百万元！

客人还告诉他，进口瑞士名表由于征收高额关税，如果走私的话，会有巨额利润。孟林开就如醍醐灌顶一样，一下就开窍了，当即把三万元还给客人，说要换成三只走私名表。客人见孟林开为人真诚，又机灵，也有意培养他为中省的代理人，回去后就为孟林开寄了十只表。

孟林开由走私手表生意起家，用了十年时间，赚下了亿万身家，后来国家重拳出手，打击手表走私，抓获了南方几名主要的手表走私贩子，见势不妙，孟林开紧急刹车，迅速转型，成立了华达集团，集团的发展方向转向房地产、旅游等产业。

一般而言，转型对一个大型公司来说，是一次生死考验，许多公司都一头栽倒在了转型过程中，再也没有重新站立起来。而华达的转型，却轻而易举地就获得了成功，不由人不对孟林开的运气赞不绝口，如果说孟林开的起家是撞了大运，那么华达集团的洗白和转型，则是撞了华丽的大运。

相比之下，宋国文的发家史，既不是勤恳和投机取巧，也不是撞了大运，而是靠层出不穷的创意，如果说最开始的羊绒和五金配件生意还不算创意的话，那么在扔掉了羊绒和五金配件生意之后，第一个潇洒的转身，是宋国文决定研发新型建材。

当时新型建材市场还是一片空白，而且前景很不明朗，宋国文的决定，大胆而创新，遭到了洪东旭的坚决反对，宋国文却力排众议，坚定地推动了他的设想，结果就是——大获成功。

第一次靠敏锐的市场眼光和超前的创意成功之后，宋国文接连又抛出了几个创意，尽管每一个创意都遭遇了保守的洪东旭的反对，但每一个创意都获得了预期成功，也正是基于宋国文的前瞩性和卓越的远见目光，远思集团的发展才有了跳跃式前进，攻城略地，最终成为襄都首屈一指的第一集团。

倪流并没有太在意林凝欢对宋国文一个创意遗失的惋惜，宋国文的创意太多了，未必每一个都能落到实处，大多创意，只是电光一闪就消失了，生命的长度只和一闪而过的流星一样，他现在最想知道的是林道首对远思的兴趣到底有多大。

“林伯伯在远思事件中，站在哪一方的立场上？”倪流问到了事情的本质。

“我昨天刚和爸爸吵了一架。”林凝欢情绪低落了几分，她迟疑了一下，似乎又下定了决心，“好吧，我也不瞒你了，在远思集团的问题上，我和爸爸的意见不一致，他是想借机吞并了远思，说是时机难得，千载难逢，错过了就太可惜了；而我的想法是，现在正是‘时穷节乃见，一一垂丹青’的关键时候，首远应该坚定地站在倪流的身后，做倪流最坚强的后盾，支持倪流接手远思，才能告慰宋叔叔的在天之灵。毕竟，倪流是宋叔叔指定的唯一合法继承人。”

倪流默然点头，和他想象中的局面差不多，林道首从商业的角度出发，想要趁机吞并远思，想法也符合商人逐利的本质，而林凝欢或许出于情谊，或许出于人情，她想帮他。

蓦然，倪流脑中闪过一个疑点，就直接问出了口：“现在又是宋叔叔了，怎么当时你抢救宋国文的时候，没有认出宋国文是谁？”

倪流不是怀疑林凝欢的话有假，而是事关重大，不容有一丝闪失，哪怕只有万分之一的可能林凝欢是首远集团的间谍，想要套他的话，他也承受不起百分之百失利的惨痛代价。

"你……"林凝欢的脸色瞬间大变，"你是怀疑我的身份，还是怀疑我的动机？当时乱成一团，爸爸和宋叔叔熟，又不代表我熟，我怎么会一眼认出宋国文？我在那个时候的身份是护士，在护士眼中，不会关心病人的长相，只关心病人的病情。"

"我不是怀疑你。"倪流赔着笑脸，伸手一拉林凝欢的胳膊，"凝欢，希望你能理解我现在的处境，步步惊心呀……"

"我不理解，倪流，你走！"林凝欢脾气上来，感觉受到了莫大的耻辱，她用手一指，"请你马上离开。"

离开就离开好了，不能在别人的气头上讨论问题，倪流也不辩解，起身就走："不管怎么样，我都要谢谢你，林同学。"

林凝欢既没有挽留，更没有送行，倪流一个人走出福往庄园，回头看了看庄园门口古朴而有古意的装修，笑了笑，林凝欢真是一个矛盾的综合体，时而风风火火，落落大方，时而小气善变，说翻脸就翻脸，而她明明是新潮叛逆的一个姑娘，却又喜欢古典和诗意的风格，确实让人难以捉摸。

倪流走后，林凝欢一个人在房间中发了一会儿呆，忽然大发脾气，抓起倪流喝过的茶杯扔到了地上，"哐当"一声，摔得粉碎，她气犹未尽地说道："臭倪流，坏倪流，白对你好了，真没良心。"

过了一会儿，林凝欢又想起了什么，"哎呀"一声："呀，光顾生气了，忘了告诉倪流一件重要的事情。"

回到宾馆，吴小舞和黄义旭还没有回来，倪流左右无事，打开电视看了一会儿，又觉得无趣，不一会儿就迷迷糊糊地睡着了，也不知睡了多久，被电话吵醒了。

一看是林凝欢来电，他摇了摇头，接听了电话："林同学，请指示。"

"指示你个大头鬼。"林凝欢上来就呛了倪流一句，"我想了半天，虽然你不仁，可是我不能不义，所以，我还是要告诉你一件事情……"

倪流在床上坐直了身子，见外面天色已经黑了下来，也不知道几点了，他揉了揉惺忪的眼睛："请林大小姐指教。"

"别跟我哼哼哈哈地说虚伪的假话，我不爱听。告诉你倪流，我是真心对你，你不用记得我的好，只要别以小人之心度君子之腹我就谢天谢地了。"林凝欢气呼呼地说道，"向你姐报价三亿两千万的是步凡集团，还有，爸爸和洪东旭接触过了，他初步同意拆借五亿给洪东旭。"

"谢谢你……"倪流是真感动了，林凝欢透露的消息，极其重要，让他在接下来和洪东旭面对面的较量中，初步掌握了先机，不过不等他把话说完，林凝欢却挂了电话。

这丫头气性也太大了，不至于一句话就一直不消气，难不成她对他的看法真的这么在意？平心而论，倪流对林凝欢虽有印象，却并无太多的感觉，何况他现在陷入了混战之中，没有心思儿女情长，先不管了，等事情告一段落了，再和她好好谈谈吧。

不管怎样，倪流都很感谢林凝欢，毫不夸张地说，林凝欢透露的消息，将直接决定他和洪东旭下一回合较量的胜负！

如果说知道三亿两千万是步凡集团的开价，虽然重要，但并不是直接影响大局进程的消息，那么林道首暗中同意拆借五亿的消息，就是千金不换的商业机密了。

如果没有林凝欢透露的消息，倪流几乎以为他已经胜券在握了，万万没想到，洪东旭的背后不但站着王树斌，还有一个林道首，算上王树斌的三亿资金，洪东旭现在可以拆借到的资金高达八亿！

而他现在只得到郭容天一个五亿的口头承诺，论资本力量，他还是落了下风。而再对比支持力度的话，相比洪东旭与王树斌的交情以及和林道首认识了几十年的情谊，他和郭容天才不过接触过一次的，底子薄得可怜。想都不用想，洪东旭身后站着数座雄伟的高山，而他的背后，甚至没有一棵可以乘凉的大树，郭容天随时都可能转身离去，扔下他一个人孤零零地晒在太阳底下。

差距，还是不可想象的巨大。

倪流甚至后悔过早回襄都了，他应该在石门再多停留一两天，应该放下卑微的自尊和盛夏见上一面，还应该和孟林开坐下谈谈，哪怕只达成一个口头上的意向，也比没有强，现在，时间的天平完全朝洪东旭倾斜了。

难道说，最终还会输？

第四十三章

大麻烦

夜色，缓缓地降临了，站在窗前，倪流久久沉默，心绪难平。宋国文每次都能有天马行空的创意，他在生死存亡的紧要关头，难道就束手无策了？明天就是宋国文的追悼会了，追悼会的召开，意味着宋国文的死盖棺论定，不再在死因的问题上纠缠不清，而要进入实质性的正面交锋阶段——遗嘱的合法性和股份的交接。

在资本为王，实力为尊的商场，任何外围的较量最终还要落到一个最基本的关键点上——资金，谁的资金雄厚，谁就有发言权。倪流清楚，如果他身后没有坚定的支持者，手中没有雄厚的资金，没有三个郭容天级别的人物作为强大后盾，洪东旭借助王树斌和林道首联合提供的八亿资金的强大实力，再借助身为远思集团副董事长兼执行副总裁的本土作战的优势，他根本毫无胜算。

怎么办？

时间到了晚上八点多，吴小舞和黄文旭还没有回来，倪流没开灯，一个人淹没在黑暗中，思绪如潮水一般翻腾，到底怎么办才能反败为胜？

“怎么这么黑？”吴小舞的声音蓦然响起，“呀，倪流，你在房间怎么不开灯？吓我一跳。”

灯一亮，吴小舞和黄文旭同时出现在门口，吴小舞手里拎着两个饭盒，顺手放到倪流面前：“还没吃饭吧？我就知道你一个人肯定不去吃饭，就替你买了回来。”

倪流抬头看了吴小舞和黄文旭一眼，见二人神采飞扬，愣了愣：“你们……”

“我们上楼的时候遇到了，可不是双宿双飞，倪头，你别猜疑了。”黄文旭以为倪流怀疑他和吴小舞有什么暧昧关系，连忙解释，“你放心，我知道小舞是你的，我不会碰她。另外也要声明一下，我胃口好归好，不过吴小舞还真不是我的菜，我对她无爱。”

“滚一边去。”吴小舞虽然习惯了黄文旭凡事都爱往男女关系上引导的龌龊思想，但还是忍不住推了他一把，她看出来了，倪流情绪不高，肯定遇到了什么事情，“怎么了倪头儿，事情进展不顺？”

“我的事情，进展挺顺。”黄文旭脸皮厚如城墙，吴小舞对他的连骂带打，他没事儿一样，嘻嘻一笑，“我见了三个客户，他们都对抛售股份的事情感兴趣，不过可惜的是，他们可以拆借的现金有限，三个人加在一起才三个亿，聊胜于无。不过也没白跑，我已经说服了他们，如果需要的话，他们手中的三个亿，也可以拿来做做文章……”

黄文旭是投资顾问，怎么说服客户将钱交给他打理，是他的专长。

“你呢，吴小舞，我收获不大，也比没有强，你好像空跑了一天，对吧？是不是找了个地方睡了一觉，然后假装忙了一天？”黄文旭开始还击了。

吴小舞没理会黄文旭的嘲讽，扭头对倪流说道：“兰姣想加入我们，我替你答应她了。她怪可怜的，不应该被远思开除。”

兰姣的事情，倪流一直记在心上，吴小舞的做法正合他意，他点头说道：“兰姣说什么了没有？”

“没有，她说要当面对你说。”吴小舞眨了眨眼睛，戏谑地笑道，“兰姣就相信你，她对你印象特别好，说为了你被远思开除，她不后悔……哎哟喂，活脱脱一个痴情女。”

“小舞，你等等……”倪流忽然脑中灵光一闪，一直在他脑中盘旋的破局之法，突然就如一道闪电划亮天空，他终于有了主意，“赶紧打电话，让兰姣过来见我。”

“不是吧？”吴小舞吃惊地张大了嘴巴，以为倪流怜香惜玉到了刻不容缓的地步，“倪头儿，都多晚了，有什么事情不能明天说？”

“不能！”倪流斩钉截铁地说道，“今晚，谁也别想睡觉了，事情，麻烦大了。”

听完倪流的话，得知首远集团加入了混战并且站在了洪东旭一方，五亿资金的支持让敌我双方的力量对比发生了根本性的逆转，原来有六成胜算的三人团队，现在忽然发现，胜算赫然不足一成了。

吴小舞惊呆了，坐在了床上：“怎么会这样？这也太气人了，怎么办倪头儿，拼了。”

黄文旭也惊呆了，不甘地骂道：“洪东旭这个老东西，贼心不死，有两下子，看来，还真小瞧他了。不行，一定得打败他，不打败他，我这一辈子都睡不安生。”

倪流心中大慰，吴小舞和黄文旭没有被困难打倒，反倒激起了更强大的斗志，他的团队战斗力不错，让他对接下来的布局更有信心了。

“小舞，你先让兰姣马上过来见我，如果兰姣真心加入我们，下一步的行动就好开展了。”

“好，我马上给她打电话。”

“我呢？我做什么？”黄文旭以为他被闲置了，急得团团转，“我得干点什么，不能干待着，明天的追悼会一开，就图穷匕首见了。”

“别急，一会儿还有一个艰巨的任务要交给你。”倪流恢复了精神，眼神都有了光彩，“今天晚上，将会是一个终生难忘的不眠之夜。”

“得令。”黄文旭不伦不类地敬了一个礼，“我就喜欢干实事的头儿，更喜欢拼命三郎的战友，人生，不拼一把，怎么知道自己会不会赢？”

说话间，吴小舞打完了电话，向倪流回复：“兰姣十分钟后到。”

兰姣赶到的时候，倪流、吴小舞和黄文旭三人都穿戴整齐，做好了随时出门的准备，薄施脂粉、行色匆匆的她一见三人如临大敌的样子，先是一愣，随即“扑哧”笑了：“倪总，欢迎的阵势太大了，我可承受不起。”

一见兰姣笑得千娇百媚的风姿，黄文旭的眼睛顿时亮了一亮，不过想起重任在肩，就又收回了心思。

还好，兰姣的性格比想象中开朗一些，倪流就长话短说，直接切入了正题：“兰姣，过去的事情先不提了，我只问你一句话，你是不是愿意加入我们，一起成为全新的远思集团的元老？”

元老的说法一下点燃了兰姣的激情，她之前不过是一个行政秘书，离核心层还很远，更不用提成为公司的元老了，她一拢头发，仰起了头：“我跟定倪总了。”

“好，就等你这句话。”倪流听了吴小舞和兰姣会面的详细经过，他相信吴小舞对兰姣是真心加入的判断，也相信他的眼光不会看错兰姣，“今天晚上，就是夺权的最后一夜，也是关键一夜，今天晚上的一战，关系着远思集团最后的归属，兰姣，如果一个晚上不睡觉就能打下远思的江山，你愿不愿意拼一次？”

别说兰姣，就是吴小舞和黄文旭也被倪流煽动性的语言点燃了胸中的激情，年轻人，谁心中没有一个夺权的梦？何况一旦成功，就和古代拥护皇上即位的大臣一样，是从龙之功，当封万户侯。

“拼，为什么不拼？”兰姣脸上涌现出绯红，“倪总说什么，我就做什么。”

“你知道洪方、宋国武、王树斌还有洪东旭，几个人之间有什么联系吗？”倪流单刀直入，问到了问题的关键点，“或者说，洪方在京城的生意，是不是借助了远思的资源？”

“问我，就问对人了，洪方以前还追求过我，对我说过不少他公司的事情。”兰姣俏皮而得意地笑了，“王树斌的秘书刘小花和我关系很好，以前中远和远思的许多业务对接，都是小花和我经手，所以，如果要问谁最了解洪东旭、洪方和王树斌、宋国武几个人之间的关系，没有人比我更清楚了。”

“太好了。”倪流哈哈一笑，“这么说，我又捡到宝了？这样，兰姣，你和小舞一起，用一个晚上的时间，整理出来洪东旭、洪方、王树斌和宋国武四个人的关系网和利益链，怎么样？”

“保证完成任务。”兰姣说干就干，当即脱了外套，露出里面包裹在紧身毛衣下面凸凹有致的玲珑身材，“我先洗个澡，清醒一下，然后大干一宿，交一份让倪总满意的答卷。”

倪流满意地点点头，转身对目光陷在兰姣身上拔不出来的黄文旭说道，“文旭，眼珠子掉地上了，赶紧捡起来。你的任务来了……”

“你现在去见宋国武，利用你多年练成的忽悠客户的三寸不烂之舌，说服宋国武，让他明天配合演一场戏，至于回报，你就先吹一个大大的肥皂泡，只要让宋国武上钩，随你许诺。”

“你就等好吧。”黄文旭最不怕的事情就是面对刁钻难缠的客户，最开心的事情就是忽悠低智商的对手，“今晚，我保证让宋国武度过一个难忘的不眠之夜，等他老了，再想起今天晚上的一出，他还会相信我没有骗他，他会在满怀憧憬中甜美地死去。”

“你真是太逗了，我长这么大，还是第一次见到这么有意思的人。”兰姣忍俊不禁，笑呵呵地打量黄文旭几眼，“你叫黄文旭是吧？很高兴认识你。”

“我更高兴认识你。”黄文旭见猎物主动送上门来，哪里有推到门外的道理，伸手和兰姣握手，“‘折茎聊可佩，入室自成芳。开花不竞节，含秀委微霜……’一见兰姣，就如入芝兰之室，香远益清，让人心旷神怡。”

兰姣掩嘴一笑，笑容如兰：“你可真会说话，嘴上跟抹了蜜一样，不过，你这样的男人我见得多了，嘴上甜似蜜，心里黑如漆。行了，别套近乎了，赶紧干活是正经。”

“呵呵，嘻嘻，黄文旭，你也有今天。”吴小舞落井下石，推了黄文旭一把，“走吧，别愣着了，就你的智商还想骗兰姣？拉倒吧，你也就是骗骗郭丽丽这一类无脑的白富美。”

黄文旭百折不挠，才不怕兰姣的拒绝和吴小舞的打击，他嘻嘻哈哈一笑：“对了倪头儿，我们都有活儿要干了，你去做什么？”

“我呀……”倪流搓了搓手，“我陪小舞和兰姣。”

“啊……不行，这不公平，更不科学，倪头儿，你别想一龙双凤，我反对，小舞你要了也就算了，兰姣总得给我留着，是不是？”

黄文旭话未说完，就被兰姣推出了门外：“行了你，赶紧走吧，宋国武没你想象中那么好对付，玩笑可以开，但正事才是第一位。”

黄文旭一走，兰姣绾起了头发：“我先去洗澡，不洗澡，我容易犯困。”

这习惯好，倪流等兰姣进了卫生间，才对吴小舞说：“小舞，你要不要也洗个澡再干活？”

“不用，我没那么多毛病。”吴小舞斜了倪流一眼，也不知道想起了什么，忽然脸红了，“都忘了在看守所，怎么就和你一起住了三天，我那个时候没有出丑吧？”

“不知道你所谓的出丑的定义是什么？”倪流见吴小舞娇羞无限，在灯光的映衬下，美不胜收，不由心中激荡，就想逗逗她，“如果说你在我面前穿了三点式算是出丑的话，那么你好像还真的出丑了。”

“啊，不是吧？我怎么可能在你面前穿了三点式，你不要骗人，我怎么一点儿也不记得了？”吴小舞脸红了，低头一想，还是想不起来，“倪流，你快说你在骗我，快说呀。”

有些事情说穿了就没意思了，倪流嘿嘿一笑，转移了话题：“小舞，趁现在兰姣洗澡，你赶紧联系华达、中羽、创世和东方几家公司，就以我的名义邀请它们明天来参加宋国文的追悼会……”

“啊？”吴小舞被倪流天马行空的想法震惊了，也顾不上羞愧了，“什么什么，你想怎么样？”

“不怎么样。”倪流淡淡地笑了笑，双手放在吴小舞的肩膀上，和吴小舞近在咫尺，“小舞，非常时期行非常之事，宋国文经常有天马行空的创意，我为什么不能有神来之笔？”

“怕是怕，最后会弄巧成拙。”吴小舞震惊过后，又恢复了几分冷静，“万一到时候事情失控了，被洪东旭趁机摘了桃子，不是为他人做嫁衣了？你想呀，这帮人到了襄都，以洪东旭的老谋深算，会不知道他们前来的目的，洪东旭肯定会拉拢他们，让他们改变立场……”

第四十四章

诱之以利

吴小舞的担心，倪流不是没想过，他早就有了应对之策：“接到邀请的集团，未必会全到，但只要是专程过来的，就不会轻易被洪东旭拉拢，因为你邀请的理由是——追悼会后，我会正式敲定合作方。也就是说，来，就有机会和我面对面谈抛售股份的事情；不来，就错失良机了。”

“那……好吧，我马上打电话，现在都这么晚了，让人明天一早从石门来襄都，太仓促了，也不知道能不能请动一个人。”吴小舞信心不足，先拨通了华达集团董事长孟林开的秘书温琳的电话。

倪流却脸色平静，沉默地坐在椅子里，一言不发。

几分钟，吴小舞打完了电话，向倪流汇报：“温琳说，要请示一下孟董。”

“继续下一个。”倪流面无表情地点了点头，又补充了一句，“再加上盛世药业的盛夏。”

吴小舞第二个电话打给了创世集团的总裁秘书冷舒。

第三个电话打给了中羽集团的总裁秘书刘一琳。

第四个电话打给了东方集团的董事长秘书李闲闲。

最后一个电话她才打给了盛世药业的董事长盛夏的秘书唐小康。

打完五个电话，用时才十几分钟，卫生间哗哗的水声还在响，说明兰姣还在洗澡中，气氛一时凝重，如果在兰姣洗完澡之前没有电话打进来，差不多就可以判定倪流的策略失败了。

吴小舞百无聊赖地玩弄手中的手机，目光时而看看卫生间，时而看看倪流，又不安地检查手机，唯恐手机突然没电。

时间一分一秒地过去了，卫生间的水声停止了，电话却一个也没有打进来。

失败了？吴小舞一脸不甘地看向了倪流。

倪流的脸色沉静如水，他仿佛下定了最大的决心一样，忽地站了起来："我现在就回石门一趟，哪怕只有万分之一的可能，也要付出一万倍的努力去尝试。"

"我跟你一起回去。"吴小舞最佩服雷厉风行的男人。

"不用，你和兰姣继续完成你们的任务，我一个人就行了。"倪流说走就走，刚走到门口，电话铃声就突兀地响了起来，在寂静的夜里，听上去格外响亮、格外刺耳，也格外让人兴奋莫名。

"来电话了，来电话了。"吴小舞兴奋地一扬手中的手机，忙接听了电话，接听之后，电话铃声却还是响个不停，她愣了一下才反应过来，"倪头儿，是你的手机在响。"

倪流见手机号码很陌生，犹豫着接听了电话："你好，我是倪流。"

"倪总，你不够有诚意，让你的秘书打来电话请我，怎么，你亲自打来一个电话就这么难？"是一个清脆动听的女声，"而且又这么晚了才通知我明天到襄都参加宋总的追悼会，你到底想玩什么花样？"

倪流一下就猜到了对方是谁，心中一阵狂跳："盛董，在你面前我可不敢玩什么花样，没亲自给你打电话，是怕打扰你。这么晚才通知，是事情临时有变，对盛董，我就是诚意太足了，才这么小心谨慎。"

"咯咯……"盛夏大笑，"说得跟真的一样，不过，好像我还真被你说动了，好吧，明天上午十点，我准时到襄都，就一个要求……"

倪流喜出望外："盛董请说。"

"你得派人到高速口接我一下，我不认识路。"

"没问题。"放下电话，倪流一脸兴奋，"局面打开了，没想到，最先回电的人竟然是盛夏，盛夏这个人，真的很有意思。"

"她还单身，倪头儿，你也单身，是不是这样一对比，就更有意思了？"吴小舞没好气地收起电话，"倪总，下次还得您亲自出面才有分量，你看，都没人给我回话……"

话未说完，吴小舞的电话就突然响了，她看了一眼来电，顿时喜笑颜开。

"你好，冷舒。"

盛夏的电话就好像打开了水龙头一样，她的电话一打，后面的电话一个接一个打了进来，吴小舞通知的五家公司，除了一家打给了倪流之外，其余四家全部答复了她。

电话接完，洗澡完毕的兰姣也正好推开了卫生间的门，她头上裹着头巾，脸色红润多娇：“我可以开始了。”

“我也可以开始了。”吴小舞打开电脑，做好了工作的准备，“倪头儿，你也可以开始了。”

事情顺利，倪流心情大好，对明天的一战更加充满了信心，他哈哈一笑，挥手出门而去：“你们不要偷懒睡觉，我随时都有可能回来。”

吴小舞对倪流的威胁不以为然：“你巴不得我和兰姣睡觉，你好回来偷窥，是不是？”

“我才不怕，有男人偷看的女人，才说明有魅力。”兰姣一边擦头一边偷看了倪流一眼，不无暗示地说道，“倪总，我和宋总是清白的……”

倪流落荒而逃，和吴小舞相比，兰姣太有杀伤力了。

夜风一吹，倪流头脑清醒了许多，他拿出手机给姐姐打了一个电话。

半个小时后，倪流和倪芳在阳光别墅的家中见面了。

几日不见，倪芳又憔悴了几分，也瘦了，倪流环视家中冷清的氛围，看到客厅正中悬挂的宋国文的遗照，心里一阵莫名的沉重。

明天就是追悼会了，经历过几次验尸折腾，宋国文的遗体相信已经不成样子了，就算寄到公安部的内脏再重新放回了体内，再重新缝合，宋国文也是死无全尸了，可怜曾经堂堂的襄都首富，生前何等的风光，死后却落得如此下场，确实让人扼腕惋惜，不得不感叹人生的无奈。有时，钱多了也未必就是好事，宋国文死后不得安生，全是遗产惹的祸。

宋国文的身后事，作为外人，倪流没有太多的发言权，在宋国文尸检问题上，他的意见也不会被人重视，除了深深的无奈之外，他只能暗中告诉自己，只有接管了远思集团，牢牢掌握了远思集团的命运，才算不辜负宋国文对他的厚爱。

“姐，明天就会和洪东旭摊牌了，希望到时候你能站在我这一边，如果我们亲人之间都不团结，肯定会被外人打败。”倪流晓之以理，动之以情，“远思只有掌握在我们自己手中，才是姐夫打下的江山，如果我们被外人各个击破，远思早晚会落到外人手中，姐，姐夫留下的股份，远不止三亿两千万，我和石门几家公司接触过了，有一家出到了五亿！”

“五亿？”倪芳想起了步凡集团的庄步凡向她报价三亿两千万，而一向对她关照有加的林道首林叔叔，也再三提醒她只有股份掌握在自己手中才最安全，当时她觉得庄步凡和林道首真是为她着想，现在再想，却又是不同的感受了，“其实我也知道，国文名下的股份，估价在七亿以上，只是在眼下的情形下，都想趁机压价。”

“压价可以理解，谁都想赚钱不是？而且接手股份也有一定的风险，问题是，外人压价可以理解，一些人以关心爱护你的名义也趁机报出极低的价格，就让人心寒了。姐，你恐怕还不知道，当我在石门得到五亿的报价后，消息传到襄都，有人愿意拆借五亿给洪东旭，宁愿支持洪东旭拿五亿购买我手中的股份，也不想让我顺利接管远思。”

“谁？”倪芳现在也看清了形势，围绕宋国文的遗嘱和远思集团的归属，形形色色的人物粉墨登场，不管是花言巧语还是甜言蜜语，都是各有所图，无非是想借机拆分或吞并远思，谁也不是真心为她着想，只有倪流才是她最可信赖的亲人。

“林道首。”倪流还有几分怀疑林凝欢，当时林凝欢不但没有认出宋国文，也没有认出倪芳，而以他的推断，林道首既然和宋国文私交不错，必然也和姐姐来往密切，作为林道首的女儿，林凝欢怎么可能不认识襄都首富宋国文和倪芳？

“林叔叔？”倪芳终于脸色大变，一下站了起来，“怎么会？怎么可能？林叔叔一直是支持我的……”

“姐，首远集团一直屈居在远思之后，现在只要远思稍有波动，首远就会超过远思跃居第一，再如果首远趁机吞并了远思，就是当之无愧的襄都第一了，在巨大的商机面前，林叔叔还是会把集团利益放到第一位。”

倪芳缓缓地坐了下来：“我算是明白了，什么人情，什么交情，都比不过利益，天大地大，自己的利益最大。倪流，和你相比，我还是简单了，我现在才发现，国文决定把远思交给你，真是英明的决定。”

“谢谢你，姐，我也是经历了许多之后才明白姐夫的良苦用心，姐夫看待问题，比我们都长远。不过我要顺利拿到远思，还有一场硬仗要打，而且，我还需要你的帮助，明天的追悼会后，洪东旭肯定还会继续刁难我，质疑我继承股份的合法身份，如果我有姐姐和宋国武的支持，洪东旭的无理取闹就会失去道义。”

“我会和你站在一起，就是宋国武……他现在和洪东旭沆瀣一气，你想让他也支持你，怕是很难。”

“只要姐姐支持我就行了，至于宋国武……也许他会改变主意。”倪流争取到了姐姐的支持，心中大定，“姐，上次我护送姐夫回来，抢救姐夫的小护士叫林凝欢，你知道她是谁吗？”

“林凝欢？不认识。”

倪流就更是不解了，林道首的女儿林凝欢，姐姐怎么会没听过？难道说其中还有什么隐情不成？“林凝欢是林道首的女儿呀。”

“你这么一说，我倒想起来了，你说的应该是欢欢，她十几岁就出国了，一直不在襄都，我有快十年没见过她了，哪里会认出她？我也只记得她的小名叫欢欢，大名叫什么，倒忘了。”倪芳联想到了什么，“你怎么会问起她？是不是和她有联系？倪流，你和欢欢年纪差不多，是吧？”

得了，倪流笑了，都什么时候了，姐还有心认为他想和林凝欢谈恋爱？算了，他也懒得解释了，今晚，他还有事情要忙。不过从姐姐口中得知了林凝欢确实没有骗他，他知道错怪林凝欢了，回头要好好谢谢她，她是一个好姑娘，从开始到现在，一直对他帮助很大。

告别了姐姐，倪流并没有直接回宾馆，而是来到外面，先和黄文旭通了一个电话。

“进展怎么样了？”

“老将出马，一个顶俩。黄郎出发，一个顶仨。”黄文旭哈哈一笑，不无得意地说道，“你一打电话，我就赶紧跑卫生间来了，现在宋国武还吃着夜宵做着一夜暴富的美梦呢，我给他画了一个大饼，先是许诺两个亿的现金，两个亿如果再交给我理财，一年后变三亿，三年后，变五亿。宋国武开始不信，后来听我讲了几个案例后，他就坐不住了，恨不得现在就把手里的几百万立马拿出来，让我去做投资……”

对目光短浅者，许以眼前重利再加长远回报，必定可以手到擒来。对目光长远者，眼前是否有利可图并不重要，重要的是，如何让对方相信一切都在他掌控的范围之内，相信在整个棋盘上，他是唯一掌握主动的棋手才是关键。

小人诱之以利，君子欺之以方，是倪流做事的准则。

“既然摆平了宋国武，就回吧，休息一下，养精蓄锐，明天再战。”明天的事情还很多，多休息一会儿，也是赚了。

“行吧，我半个小时后回去，也不能太匆忙了，省得让宋国武起疑心。”黄文旭兴奋度正高，没有丝毫困意，“宋国武这人吧，其实也挺有意思，智商不高，还自视过高，属于又蠢又固执的一类，人贵有自知之明，又笨又蠢的人，天生就是被我这样的聪明人用来摆布的，话又说回来，宋国武如果够聪明，事情还不好办了。不过凡事都有两面性，宋国武容易被我说服，也容易一转身又被别人牵着鼻子走了，我得想个办法敲死和他的合作，不能让他见异思迁。”

第四十五章

计 谋

对黄文旭的谨慎，倪流表示赞成：“也好，再加一把劲儿，不能让他再临阵反戈一击。对了，你可以继续加大攻势，看能不能套出他和洪方、王树斌以及洪东旭之间的交易内幕，注意方法，别让他起了疑心。”

“你就等好吧。”黄文旭哈哈一笑，“晚上就别等我了，我早晚回宾馆，不过倪头儿，我这么卖力地工作，你得给点实质性奖励鼓励一下吧？”

“想增加股份？”倪流笑道，“想要多少，说。”

“股份的事情，现在谈就太煞风景了，话又说回来，我又不是那么现实的人，我想要的是……”黄文旭嘿嘿一阵浪笑，“倪头儿，你有吴小舞就行了，兰姣就别下手了，留给我，行不？”

“滚！”倪流笑骂，“什么时候你收起你的邪门歪道的心思，你才能成大事。”

“我现在这样就挺好，不用操大心，跟对一个头儿，钱够花，妞儿泡不完，就是我的人生的终极追求。”黄文旭听出来倪流似乎对兰姣没有别的想法，忙不迭地说道，“那就这么说定了，倪头儿，君子一言，驷马难追。”

这个黄文旭，真是江山易改，本性难移，风流不是错，风流过度成了下流就是错了，好在黄文旭风流成性，暂时还没有发现滑向无耻下流的迹象，也算是庆幸了，倪流无奈地笑了笑，且随他去，人各有志，只要他不超过下限就行。

夜风如刀，街上行人稀少，倪流不急着回去，也不打车，安步当车返回宾馆。熟悉的襄都之夜，由于冬天的缘故，少了几分繁华，多了几分萧瑟，再加上夜深了，大街上几乎没有了行人。

人生，就是一场浮光掠影的旅行，身边的人来去匆匆，有多少人会让你驻足停留？倪流在刺骨的寒风中，回忆起他和宋国文几年的交往，回忆起他和梁米的爱情，回忆起在市政一公司的岁月，忽然间就如泡影一样消散在空中，无影无踪，再也寻觅不到一丝踪迹。

过去的终将过去，该来的总要来临，明天，会是怎样的一场正面的遭遇战？以他目前的实力，在外围打游击或许还有蚕食洪东旭的势力并且逐渐获胜的可能，但洪东旭显然察觉到了他的意图，拉拢了首远集团作为同盟，明显是要提前和他决战。

好吧，战便战，不管是一战成名，还是一战身死，他已经做好了血战到底的准备。

那么，最后一块绊脚石宋国武被黄文旭完全拿下没有？最大的对手洪东旭准备就绪了没有？

不夜天是襄都最大的夜总会，也是在寒冷的冬天，少数几家彻夜营业的场所之一，在一个包间内，有七分醉意的宋国武和五分醉意的黄文旭，相谈正欢。陪黄文旭的是一个染了紫头发的女孩，娇艳的红唇和诡异的紫发，性感的长裙以及修长的双臂，让这个被黄文旭称之为紫妖精的女孩妖娆如狐狸。

黄文旭在逢场作戏的时候，总喜欢个性怪异的女孩，或许奔放而狂热的女孩正符合他内心的真实写照。

宋国武却选了一个文静的女孩，她瘦长脸，高鼻梁，一双大大的眼睛，痴痴怨怨，似乎隐藏着深不见底的忧伤。她长发披肩，三分羞涩，四分纯真，自称叫天娇，黄文旭却不管不顾就叫她菜菜子。

文静而长发披肩的菜菜子却穿了方便宋国武探囊索物的超短裙，而新潮女孩紫妖精的长裙却安全地阻挡了黄文旭的一双魔爪不经允许的探访，这让黄文旭无比郁闷，有时候明骚的女孩真不如闷骚的姑娘好玩。

宋国武上下其手了几次就对菜菜子失去了兴趣，在巨大的物质诱惑面前，美人的魅力，还是比不了江山。

“再来两瓶？”黄文旭既然摸不到，索性也放开了紫妖精，让她自己到一边玩儿去，他和宋国武碰了酒瓶，将剩下的半瓶酒一饮而尽，“国武，我手中正有一个投资铁矿的理财，三个月，百分之十的利息，百万起，如果投资额千万以上，可以十二个点，怎么样，有没有兴趣？我刚才出去接到了矿主的电话，今天晚上是最后期限，明天他就不需要集资了。”

宋国武舌头大了：“一千万，十二个点，三个月后，是多少利息？”

“一百二十万，宋哥，真为你的智商着急，不偷不抢不放高利贷，拿出一千万，三个月就变成了一千一百二十万，这是天上掉馅儿饼的好事。”紫妖精凑了过来，抱住了黄文旭的胳膊，“黄哥，我能不能拿二十万跟在宋国武的一千万里面，也赚点利息，我可拿不出一百万，更没有一千万，只有靠着黄哥和宋哥这两棵大树，才能喝一口汤。”

菜菜子也过来抱住了宋国武的胳膊：“宋哥，我也想发财，想跟着你投资，行不行嘛？我也只有二十万，三个月就赚两万四，比我累死累活地坐台赚得都多，帮帮小妹啦，好不好嘛？”

“你们别闹。”黄文旭眼睛一瞪，一把推开紫妖精，又抓住菜菜子的胳膊，把她也扔到了一边，“一千万的生意，不是和你们陪个客人一样，选错了客人还可以换，这是一千万，是多少人几辈子都赚不到的巨款，得让国武好好考虑考虑。”

紫妖精和菜菜子被黄文旭很没礼貌地拉到一边，二人吓坏了，抱在一起，战战兢兢，紫妖精还稍微胆大几分，不服地说道：“怎么了？怎么了？宋哥在襄都地面上，谁不知道他的为人响当当，他有钱，千儿八百万，小意思，别以为你是京城来的，就看不起襄都，襄都的有钱人，多着呢。”

“文旭，别粗鲁，我们是文明人，要懂得怜香惜玉。”宋国武好面子，激情被黄文旭点燃，自尊被紫妖精和菜菜子点燃，他酒向上涌，一拍桌子，“账号发来，马上打款一千万给你，你，还有你，都赶紧去拿钱，过了这个村就没这个店了，动作麻利点。”

紫妖精和菜菜子喜出望外，连连道谢：“谢谢宋哥，宋哥神勇盖世，天下第一。也谢谢黄哥，黄哥英俊潇洒，天下第一。”

黄文旭不耐烦地摆摆手：“赶紧走，我和宋哥要办正事。”

紫妖精和菜菜子欢天喜地地跑了出去。

黄文旭拿出一纸合同：“国武，三个月后，还你一千一百二十万，合同上注明得清清楚楚，来，签字，钱一到账就正式生效。”

宋国武提笔就签上了自己的大名，又冲黄文旭摆了摆手，拿起电话拨出了一个号码：“……嗯，对，对，一千万，全部，马上，账号我发你手机上。”

打完电话，他将手机一扔：“文旭，到时我只收一千一百万，剩下的二十万，你随便花，就当交你这个朋友了。还有就是和倪流合作的事情，你也帮我盯紧点儿，只要有我的好处，我就少不了你的好处。”

“我有正常比例的佣金，你这一笔，我能赚一万块的提成。”黄文旭心中波澜起伏，表面上风平浪静，竭力克制即将将宋国武彻底拿下的狂喜，“二十万是宋哥应得的利润，我不能要。”

“不要？”宋国武一拳打在黄文旭的肩膀上，“你他妈的看不起我，是不是？不想交我这个朋友，是不是？是就明说，别装模作样。”

黄文旭的肩膀被打得生疼，他是何许人也？走南闯北，见多识广，什么样的人没有见过？他哈哈一笑，当即回了宋国武一拳：“妈的，痛快，不交宋哥这个朋友，绝对是我眼瞎了。宋哥，你放心，二十万我收了，这一辈子，你都是我最值得敬重的宋哥。”

话刚说完，手机叮咚一响，是一条短信，黄文旭拿过一看，丫的，一千万到账了，他打开两瓶酒，一人一瓶：“钱到账了，宋哥，爽快，是个做大事的人，我交定你这个朋友了，来，干杯！”

“干杯！”宋国武想起明天的最后一战，感觉无数钞票朝他飞来，一千万算什么？虽然他十几年来辛辛苦苦从宋国文手中连要带骗积攒的全部家产也才一千万，但明天一过，他马上就是亿万富翁了，最少身家两亿，和两亿相比，一千万就是毛毛雨了，“预祝我们合作成功。”

“合作愉快。”黄文旭笑了，笑得意味深长，笑得高深莫测。

兴奋加冲动的宋国武，在酒精的麻醉下，忘了一个事实——口口声声说要拿出几十万一起投资的紫妖精和菜菜子一去不复返，别说拿钱回来了，连人影都看不到了。

当然他不知道的是，黄文旭送走他之后，又折回了不夜天，拿出一沓人民币，分别在紫妖精和菜菜子的屁股上拍了一下，将钱塞到她们手中，哈哈一笑：“你们什么时候想改行当演员了，跟我说一声，我推荐你们上京城电影学院，你们不比那些明星演技差。”

“黄哥，黄郎，今晚别走了，我们姐妹好好陪陪你，行吗？”紫妖精扭动腰肢，几乎就要黏在了黄文旭身上。

“不行呀，哥今天还有事儿，下次吧，下次哥再好好收拾收拾你们这两个小妖精。”黄文旭上下其手，在紫妖精和菜菜子的身上一顿探索，然后一挥手，潇洒地扬长而去。

“这男人，有点味道。”菜菜子盯着黄文旭的背影，幽幽地说道。

“男人的味道值几个钱？”紫妖精一边点钱一边喜笑颜开，“要我说，男人只有大方时才可爱，他们图你的皮肉，你图他的钱财，就是一桩等价交换的生意罢了，别动感情，动感情是傻帽儿。男人上床前是狗，下床了，衣服一穿就人五人六又变成人了，所以说，妹妹，别盯着男人深沉的背影，要看，就看他们的钱包。男人浑身上下，就钱值钱，别的东西，包括那些甜言蜜语，不过是他们用来行走江湖满足私欲的工具。”

“姐姐，你好深刻。”

“深刻？切，深刻的女人是被男人伤过的女人，你不懂……”

女人的心思，黄文旭都懂，不过他不是没有分寸的人，分得清轻重缓急，离开不夜天后，迅速回到了宾馆。

宾馆的房间，依然灯火通明，吴小舞和兰姣完成了三分之二的工作量，而此时，远思集团的总部远思大厦，十五层，也是灯火通明，虽然时至深夜时分，洪东旭依然精神抖擞，他端坐在办公室的正中，决战前的战意让他兴奋莫名。

副董事长办公室内，上等的实木家具，进口的真皮沙发，精致的景德镇瓷器，甚至就连一方镇尺也是汉白玉，无一不彰显洪东旭的品位和奢华。

包括洪东旭在内，办公室内一共有五个人，洪东旭坐在主位，其余四人分别是副总经理唐简水、执行董事兼财务总监王骏群、董事长办公室主任沈学良以及法务部经理孟岩。

一天前，孟岩被紧急任命为法务部经理，原经理赵世海被调到分公司担任了经理。孟岩的意外扶正，表面上没有征兆，其实和倪流在石门的进展大有干系，而洪东旭不遗余力地拉拢孟岩，不但许之以利，还以法务部经理的位置施加恩惠，不外乎是为了让孟岩紧紧追随他的脚步，要让孟岩在接下来的一战中，坚定地和他站在一起。

“明天就是宋总的追悼会了。经过一番折腾，宋总总算要入土为安了，虽然公安部最后的尸检结果还是明确宋总是死于酒精中毒，不过我怀疑尸检样本有人做了手脚，有人不想让案情真相大白呀。可惜的是，没有真凭实据，只能接受现实了。”洪东旭环视四人，一脸痛心的表情，“宋总的死，现在还有两个疑点：一个是尸检的样本到底有没有被人偷梁换柱？二是假设尸检的样本没有被人偷梁换柱，那么从石门到襄都，120公里的路程，足足开了十个小时，时速才12公里，开的还是奔驰ML350，价值百万的四驱汽车，我们是不是可以说，有人故意拖延时间，就是为了让宋总不治身亡？”

唐简水第一个附和：“洪总的推断，有道理呀，我认识宋总少说也有十几年了，很少听宋总提起过倪流，一个在宋总心目中没有多少分量的小舅子，怎么会突然成了宋总的法定继承人？是不是可以说，宋总的遗嘱是被迫立下的？”

第四十六章

争权

“确实存在这种可能。”王骏群连连点头，一脸激愤，“作为追随宋总十年的远思集团的元老，我希望洪总不要轻易做出股份交接的决定，倪流是宋总遗嘱指定的继承人，但遗嘱是否合法有效，就值得商榷了，我不太懂法律。孟岩，是不是可以以遗嘱的真实性有待查实为由，暂时推迟倪流继承股份？”

孟岩是几人之中，最局促不安的一个，他坐在最下首，头上渗出细细的汗珠，被王骏群点名，他似乎吓了一跳，一下子站了起来。

或许是他觉得他的动作过于夸张了，在众人的注视下，又缓缓坐回了座位：“不太好办，现在的法律是谁主张谁举证，如果我们对宋总遗嘱的真实性提出质疑，就必须拿出证据，否则，主张无效。”

“证据？”沈学良不解，“上次倪流不是自知理亏，没有非要办理股份交接手续就回石门了？”

“上次是以尸检还没有出最后结果为由缓了一缓，倪流让步了，没有强行要求办理股份交接手续，不过现在看来，他用的是缓兵之计，而且他的计策还奏效了。”孟岩推了推鼻子上的眼镜，“我想倪流在尸检最终结果没有出来之前，不强行要求交接股份，是他问心无愧，是他不想家丑外扬，但现在尸检结果的最终报告出来了，他洗脱了嫌疑，除了谋杀之外，别的指责很难在法律上站住脚。我相信，倪流这一次不会让步了。”

洪东旭点了点头：“孟岩说得对，这一次，我们很难再找到倪流的漏洞，当时车上只有三个人，国文死了，尸检报告又证明他死于酒精中毒，倪流和吴小舞又口径一致……”

洪东旭的话点醒了唐简水：“能不能从吴小舞身上打开突破口？我们一直疏忽

了吴小舞，早先应该留下吴小舞，如果吴小舞改口说倪流在路上故意拖延时间，倪流就是过失杀人，他继承股份的合法性就会被剥夺了。”

“过失杀人罪？吴小舞？”孟岩若有所思地又站了起来，“如果吴小舞指证倪流在发现宋总病重时有故意拖延的行为，那么就可以以过失杀人罪报案。”

洪东旭也不知是激动还是兴奋，也站了起来：“学良，你平常和吴小舞接触比较多，明天你找个机会私下和她谈谈，晓之以理，动之以情，让她站在我们一方，当然了，必要的手段也可以使出来。”

“好，我尽量说服她。”沈学良提出了疑问，“万一吴小舞提出不合理的要求，怎么办？”

“先答应她，一切都可以坐下来谈嘛。”洪东旭踌躇满志，“国文留下的百分之七十的股份，是一块大蛋糕，只要分蛋糕的刀子拿在了我的手里，分给谁，谁的蛋糕大一点小一点，都好商量。但如果分蛋糕的刀子落在了倪流手里，我就没有办法保证你们的盘子里多少有一块蛋糕，还是连一块蛋糕屑都没有。

“总之，明天，每个人都按照原计划，做好本职工作。同时，也做好两手准备，不管吴小舞能不能争取过来，都不能让倪流顺利交接股份。现在不但有王树斌同意拆借三亿，林道首也答应拆借五亿，有了八亿资金的支持，倪流顶多有五亿的牌，他没有翻牌的机会了。”

会议结束后，唐简水和王骏群留了下来，沈学良和孟岩一起下楼。到了地下停车场，要上车时，沈学良叫住了孟岩：“孟经理，我没开车，捎我一段？”

孟岩和沈学良不同路，不过他明白沈学良肯定是有话要说。

蒙迪欧驶入守诚大街，向左一拐，和孟岩回家的方向背道而驰，开向了沈学良家的方向。沈学良似乎是困了，靠在副驾驶位上闭目养神，路程过半时，他忽然睁开了眼睛，用手一指路边的肯德基：“孟经理，去喝一杯热饮？”

北方的冬夜，24小时营业的餐馆不多，肯德基是少数之一。

“还是不用了，沈主任有话就直接说吧。”孟岩靠边停了车，已经过了凌晨一点钟，大街上空空荡荡，几乎没有一个人影，“车里比餐厅更安静。”

“也行。”沈学良笑了笑，坐直了身子，“你觉得我们跟着洪总，最后能不能分一杯羹？”

孟岩摇了摇头：“从法律的角度来说，倪流是合法的继承人，我不认为洪总有胜算。”

“你还是看好倪流了？为什么今天的会议，你也参加了？”

“我是身不由己，你以为我想参加？”孟岩苦笑一下，“我是律师，知道什么事情该做，什么事情不该做，知法犯法，罪加一等，但被洪总强拉了过来，也是没有办法的事情。”

“你的意思是，就算有吴小舞的指证，也不一定能在法律上剥夺倪流的合法继承权？”沈学良的脸色隐藏在黑暗中，让人看不清他的真实表情。

“先不说吴小舞未必就会同意指证倪流，就算她肯，从指证到调查取证，再到立案，再到进入审讯阶段，会有许多预想不到的情况出现，中间任何一个环节如果出现了意外，就会导致证据不足的结果。证据不足，倪流还是会最终继承股份。你想想看，这样一闹之后，倪流会有多恨背后制造麻烦的人？等他当上了董事长，以他手中百分之七十的绝对控股价，想开除谁不是一句话的事情？”孟岩摘下眼镜，揉了揉太阳穴，“我在想，不行我还是辞职算了。”

“孟经理，不，孟律师，你以法律的严谨推算出来的事情最终结局，也许很正确，但你却没有猜透洪总的真正用心。”沈学良打开了车窗，一丝冷风吹了进来，中和了车内过热的暖风，让人头脑为之一振，“倪流是不是有过失杀人的嫌疑，洪总不在意，倪流最后是不是被抓坐牢，洪总也不在意，他只是借这件事情给倪流施加压力，什么时候倪流同意了转让股份，什么时候事情就不了了之了。”

孟岩从鼻孔中“哼”了一声：“我其实猜到了洪总的真正用意，不过是给他留了面子，没有说破罢了。这样做，不符合我做人的原则，也对不起宋总的在天之灵，而且这样就等于没有了回旋的余地，以后远思集团必然内乱。”

“你是相信宋总留遗嘱给倪流，是本意了？”

“相信，宋总的为人你也不是不清楚，以他的强势和手腕，就算死，也不可能被倪流摆布，而且我看倪流的为人，也不是谋财害命的人，如果是，吴小舞也不会死心塌地地跟着他。”孟岩扭头直视沈学良，“沈主任，你是洪总的说客，还是有别的什么想法？”

沈学良摆手笑了笑：“我就是想从你这个专业人士这里了解一下事情到底发展到哪一步，听你这么一说，洪总只要指责倪流有故意拖延治疗的嫌疑，就等于没有了退路，最后肯定是一个有你没我的结局了？”

“从商业的角度来考虑，洪总想趁机拿到远思集团，也可以理解，但从做人的方面来说，乘人之危有失其德，一个无德的人，怎么能担任远思的董事长？德不配位，必有灾殃，据我观察，倪流为人处世还算光明正大，他接管远思，会比洪东旭领导下的远思，更有前景。”孟岩一口气说出了心中的所思所想，就如阴沉了十几天的天气一下子晴了一般，他心中是说不出来的舒畅，“沈主任，我的话说完了，你的路怎么走，随你，我是不会和洪东旭同流合污了，而且我也相信，就算洪东旭拿到了股份，当上了董事长，我也会是过河拆桥的下场。”

沈学良沉默了一会儿，没说话，只是拍了拍孟岩的肩膀，然后下车，转身消失在了夜色之中。

孟岩愣了一会儿，摇了摇头，开车走了。

在一个无人的拐角处，沈学良点燃一支烟，用力地吸了一口，烟头的亮光在黑暗中闪动，渺小而颤抖，寒风刺骨，他裹紧了身子，却不回家，仿佛就是要吹吹冷风，让冷风冻醒他的美梦一样。

一支烟抽了大半，他终于想通了，狠狠地扔了烟头，又用力踩上一脚，转身走了，却不是回家的方向，而是又朝公司走去。

宾馆的房间内，黄文旭也熄了一个烟头，不过他不是踩，而是扔到了烟灰缸中。

“不许抽烟！”

“赶紧灭了烟，呛死人了。”

吴小舞和兰姣先后反对黄文旭抽烟，黄文旭只好从善如流，掐了烟，他看了倪流一眼，两分疑惑，三分不解：“倪头儿，不抽烟，你也不困？怎么从来没见过你抽烟？”

“我不抽烟。”倪流坐在吴小舞和兰姣中间，帮两位美女整理材料，经兰姣口述、吴小舞记录加补充的材料，到凌晨两点为止，差不多有三页纸了，内容十分翔实，“有美女相伴，怎么会困？你要是困了，就去睡吧。”

“不行，坚决不行，我不能让你和两位美女单独在一起，太危险了。”黄文旭确实困了，强撑着，起身去打开窗户吹风，“一只狼，两只羊，不用想就知道会发生什么血腥的故事。为了美女的安全和你的身体着想，我陪你到天亮。”

“我和兰姣的安全，不用你操心，你可以含笑去睡觉了。”吴小舞轻描淡写地挥了挥手，“或许你也可以去酒吧，现在是凌晨两点，正是守候在凌晨两点的伤心酒吧绝佳的泡妞时间。”

“说实话，吴小舞，我不担心你，你早晚逃不过倪头儿的魔爪，我担心的是兰姣，兰姣是我的人。”黄文旭吹了吹风，头脑清醒了不少。

“去去去，我和你没关系，别自作多情了。”兰姣揉了揉眼睛，“黄文旭，你别捣乱了行不？要是你实在无聊，就出去帮我们买点夜宵回来。”

“这个主意好。”倪流一拍黄文旭的肩膀，“赶紧的，别磨蹭了，美女都饿了。”

“跑腿的总是我，受伤的，也总是我。”黄文旭深刻地摇了摇头，下楼而去。这个时候了，能买到吃的地方只有肯德基和永和豆浆了，宾馆离肯德基比较远，他就开车去了永和豆浆。

买了油条、豆花，打包后，黄文旭发动汽车，才走出不远，忽然发现身后有了尾巴，深夜的街头，几乎没有几辆车，后面的蒙迪欧明显是紧跟在了身后。

黄文旭没有回宾馆，而是向前一直开，大概走了一公里，后面的蒙迪欧猛然加速，超过了他，还直接别停了他。

宋国文的奔驰ML350也太扎眼了，大晚上出门都能被人认出来，黄文旭不惹事也不怕事，他见前车下来一个人，戴着眼镜，文质彬彬，右手紧握的滚烫的豆花武器就轻轻放了回去。

来人来到车门，见是黄文旭，愣了一愣：“怎么不是倪流？”

“你是谁？”黄文旭见对方没恶意，“大晚上不睡觉，怎么在街上晃荡？女要浪，倚门框。男要浪，满街逛，看你文质彬彬戴个眼镜，像个知识分子，没想到是斯文禽兽。”

对方对黄文旭的嘲弄并不在意，只是说道：“我姓孟，你一说孟律师，倪流就知道我是谁了。既然你开了倪流的车，证明你是他信得过的人，倪流提前来到襄都，是正确的一步，相信他前期也做了大量工作。请你转告他一句话，明天要多留意吴小舞，别让她被人劫持了。”

买个夜宵都能遇到告密者，这得多好的人品值和多强的运气指数？回到宾馆，黄文旭将夜宵一扔，先“哈哈哈”大笑了三声，然后才说：“倪头儿，我就是你的福将，你肯定猜不到刚才我遇到了谁。”

“肯定不是良心油条哥。”倪流咬了一大口油条，“别卖关子了，再卖，天都亮了。”

“孟律师……他让我转告你一句话。”黄文旭来到吴小舞面前，“小舞，你要小心了，有人要打你的主意了。”

原来是孟岩，倪流听了黄文旭转述的话，想了一想，心里大概猜到了几分：“先睡觉，明天一战定江山。”

第四十七章

险棋

不止倪流几人在凌晨两三点才睡，远思集团总部的十五层的灯光，一夜未灭，里面人影闪动，有人一夜没有停下脚步，不是不想停下，是一旦迈出，就再也收不回了。

天亮了。

距离春节还有一个月光景，忙碌的城市人依然为了生计而奔波，并没有多少过年的喜悦，此时在农村，早早就停了农活的村民，正在悠闲自得地享受冬日阳光。

阳光大好，积雪基本上化得差不多了，只有个别阴暗的角落，还有残雪未融，大街上和树上，都恢复了平常的洁净。

对无数襄都市民而言，今天不过是一个再普通不过的平常日子，但对一些人而言，今天，将会是终生难忘的一天。

一早，远思集团就忙碌起来，远思集团创始人宋国文的追悼会将于上午十点在襄都殡仪馆举行，远思所有中层以上管理人员，都身穿肃穆的深色衣服，从远思出发，前往殡仪馆参加追悼会。

光是远思集团，就至少出动了十几辆中巴，还有自发组织自愿前去参加追悼会的市民和宋国文的生前好友，再有宋国文的业内好友和商界合作伙伴，才九点不到，殡仪馆门前已经停满了各式各样的车辆上百辆，宋国文的影响力，可见一斑。

沈学良负责现场调度指挥，见参加追悼会的人员大大超出预料，不由皱起了眉头，原先估计不足，以为人数不多，还特意组织了部分公司员工充数，现在看来，多余了，他忙通知公司，让还在路上的员工返回公司，不必再来了，再来，殡仪馆也容不下了。

沈学良的目光四处扫射，先是发现了孟岩的身影，上前和孟岩打了个招呼，递上一支烟："孟经理，见到倪流没有？"

孟岩摆了摆手，拒绝了沈学良的烟："没见到，见到倪芳和宋总家人了，宋国武刚才还主动和倪芳说了半天话。"

"宋国武？"沈学良一时惊讶，"他不是不和倪芳来往了？怎么又说话了？"

"再不和，再闹腾，人家毕竟也是一家人，是断了骨头连着筋的亲人，别忘了，倪芳的儿子也姓宋，是宋国武的亲侄子，是宋山河的长孙，而且还是唯一的孙子。"孟岩似乎是有意点醒沈学良，因为他看出来了，沈学良还是观望的立场，想两头通吃。

通常情况下，两头通吃的可能性极低，基本上只有一个下场——两头都踩空。

宋国武有两个女儿，一直想要一个儿子，却接连生了两个女儿，估计也没有信心再生了。宋家斌就是宋家唯一的香火了，宋山河闹归闹，但最后他还是会偏向宋家斌，在他心目中，有儿有孙，才算扎根，老一辈人，都讲究个传宗接代。

宋山河老了，还能活几年？如果最后因为财产问题闹得不可开交，最后倪芳一怒之下带着儿子改嫁，再让宋家斌改姓，宋家不就断了香火？家产都归了宋国武又有何用？宋国武只有两个女儿，钱再多，都落到了外姓的女婿手中。

孟岩和宋家来往比较多，宋山河也经常向他请教一些法律上的问题，因此对于宋山河的想法，他比沈学良清楚。

沈学良也不知道是不是听进去了，下意识地点了点头，一抬头看到首远集团董事长丛远远的专车到了，他忙扔下孟岩，去迎接了。

孟岩摇了摇头，反正他做到仁至义尽了，沈学良如果还是一心要跟洪东旭一条路走到黑，他也没有办法了，人各有志，不能强求。他等一下就和洪东旭摊牌，明确地告诉洪东旭，他不会和他一起再在股份交接的问题上刁难倪流了。

转身就要进入殡仪馆的时候，手机突然响了，孟岩接听了电话："你好，我是孟岩，你哪位？"

"孟律师，是我，倪流。"

倪流……孟岩瞬间屏住了呼吸："倪流，你在哪里？"

"你出了殡仪馆的大门向右拐，路边有一辆很破的长安欧诺商务车，我在车上等你。"

"等等，欧诺……是什么车？"孟岩迷糊了，他实在不记得有一款什么欧诺商务车。

“就是一辆挂着长安车标的面包车，很显眼，很低端，你一眼就能认出来，就和一个特别土的人非要穿西服、打领带、装洋气一样别扭的车……”

孟岩此时已经走出了殡仪馆的大门，果然一眼就看到了路边的欧诺车，还真是和倪流形容的一样，不由笑了：“看到了，看到了，还真是难看，你从哪里弄了这样一辆破车？”

欧诺的车门打开，里面坐着倪流和吴小舞，孟岩上了车，坐在倪流对面，又看了吴小舞一眼：“倪流，你做好准备没有？”

“做好了，孟律师，你做好了准备没有？”倪流泰然自若地坐在座位上，神色平静，眼中流露出一切尽在掌握的自信。

“我会按照法律程序，在追悼会后，为你办理股份交接手续。”孟岩下定了决心，决定不再走钢丝了，“我能做的，只有这些了，至于接手了股份之后，怎样当选董事长，怎样全面接管远思，就得全靠你自己了。”

倪流却摆了摆手，微微一笑：“谢谢孟律师的公正，不过我暂时还不想交接股份，想请孟律师帮我一个忙，除了帮我暂缓交接股份之外，在我和洪东旭之间，做到两不相帮……”

昨晚黄文旭偶遇孟岩，孟岩带话给他，他就知道孟岩为人正直，宋国文没有看走眼，在紧要关头，孟岩没有被洪东旭收买，还是坚持了公正的立场，难能可贵。

孟岩愣了：“什么意思？你难道不知道洪东旭就想拖延股份的交接，以达到逼你低价转让股份的目的？你现在反倒不急着交接股份了，是不是真想卖掉手中的股份？”

“孟律师，你肯不肯帮我这个忙呢？”倪流并不回答孟岩的疑问，继续逼近一步。

孟岩叹了一口气：“看来，我只适合当一个律师而不适合经商，理解不了你们的想法和做法。倪流，我其实不用帮你，只要置身事外，不主动为你办理交接手续就行了，洪东旭会想尽一切办法，不让你顺利地继承股份。”

“好，谢谢孟律师。洪总既然这么不遗余力地要帮我，我一定会让他如愿以偿。”倪流似乎一点儿也不生洪东旭的气，“对了孟律师，还有一件事情，我希望你继续留在远思法务部，远思需要你。既然你不需要为我出头了，洪东旭也不会怪罪你什么，你只有留下来，才能对远思的发展有帮助。”

“好……吧。”孟岩心中闪过一丝疑问，几天不见，倪流更成熟、更有主见了，宋总的眼光真的不差，看到了倪流成长的潜质。

孟岩当然不知道的是，昨晚在整理宋国武、洪方、王树斌和洪东旭四人之间不可告人的秘密时，倪流发现了一条隐蔽的线索，洪东旭是源头，宋国武和王树斌是中间人，洪方是终点，四个人串联成了一条隐秘的利益链，在暗中向外输出远思的利益，经过一个晚上的思索，天一亮倪流就下定了决心，在没有彻底查清洪东旭的利益链之前，他想暂缓接手股份，留出一段空白时期，好让洪东旭在急于得到股份的诱惑之下，被股份的最终归属转移了注意力，顾头不顾尾，他正好利用股份牵着洪东旭的鼻子，再借机暗中行事，查清洪氏父子挖远思墙脚的真相。

而如果他一旦接手了股份，入主了远思，尘埃落定，洪东旭的注意力必然会转移到远思内部，以洪东旭对远思的控制力度，在短时间内倪流掌控不了人事大权，他就会陷入远思的内部纷争之中，等于是他就会被洪东旭牵着鼻子走。

倪流走的是一步险棋，而且他深思熟虑之后也发现，以他目前的实力，就算接手了股份掌管了远思，也撬不动洪东旭在远思根深蒂固的影响力，他何不利用现在股份没有最终确定归属之前的动荡期，充分利用股份的巨大诱惑力，他就可以周旋在各大集团之间，寻找平衡点，从而达到借势借力的目的？合则合作，不合则分手，相信总能找到几名志同道合的同盟。

有了同盟之后，再接手股份并且掌管远思，他就有了外力可借，也就拥有了和洪东旭的一战之力。而如果现在就当上了远思集团的董事长，他就会陷入远思内部的纷争之中，既没有时间和精力查清洪东旭背后的勾当，也没有机会再和各大集团的创始人交友了。

权衡利弊之下，倪流决定继续广积粮，缓称王，他的想法得到了吴小舞的赞成，黄文旭和兰姣却觉得不妥，不过最后还是没有说服倪流改变主意。

当然，最终是不是能如他所愿可以暂缓接手股份，还不好说，只有看事态发展了，到时是暂缓接手还是又有别的意外出现，再具体情况具体分析吧。而且倪流之所以这么坚持让孟岩暂缓帮他交接股份，其实也是为孟岩着想，他不想孟岩因他的事情而成为牺牲品。

和宋国文经常有天马行空的创意相比，倪流剑走偏锋的手段也非常高明，不过往往过于弄险，在和平时期，风险和收获不成正比，但话又说回来，在非常时期，倪流的手法说不定会收到出其不意的效果。

也许，这正是宋国文看重倪流的另一个原因。

九点过后，殡仪馆的停车场再也没有一个空位了，晚来的车辆只能停在外面的路边，而且看样子，前来参加追悼会的人数会比估计中多一倍有余。

追悼会由洪东旭主持。

洪东旭早早就来到了会场，布置好灵堂，安排好人员站位之后，他就开始忙碌地接待前来的贵宾，今天的事情，必须慎之又慎，事关远思的形象，不能出现一丝差错。许多前来吊唁的商界人士，别有用意，明是来参加追悼会，其实是想看远思内斗的笑话来了。

第一个赶到的重量级人物是首远集团的董事长丛远远及其家人一行，包括林道首和林凝欢。

洪东旭喜出望外，如果不是今天的场合需要悲伤，他几乎要露出笑容了，林道首一家人的到来，又是第一个，是对他莫大的支持，让他对今天的必胜之局，信心倍增。

“林兄、丛董、欢欢，你们来了？”洪东旭迎上前去，在称呼时特别将林道首排在了第一位，外人多半会把丛远远排在第一位，其实在林家，林道首虽然没有担任首远集团的任何职务，但他却是说一不二的掌舵者。

林道首也不过五十开外，却是满头白发如雪，几乎不见一根黑发。瘦而高的林道首，文气、儒雅，当前一站，浑身上下散发出一股中正平和之气，让人顿生敬仰之心。

关于林道首的一头白发，还有一个在襄都商圈内流传很广的故事——昔有伍子胥一夜白头，今有林道首三天白发，说是当年首远集团成立初期，当时还是林道首担任董事长，首远遭遇了成立以来的第一个难关，面临破产的困境。

林道首有两个选择：一是破产重组，二是被远思兼并。两个选择，哪一个都无比艰难，就和放弃自己从小抚养长大的孩子一样，谁愿意放手？

林道首将自己关了起来，闭门不出，整整三天，他没有迈出办公室一步，三天后推门出来时，吓了所有人一跳——林道首的头发全白了，一脸沧桑，仿佛三天时间就苍老了10岁一样。

一头白发的林道首，以壮士断腕的勇气将首远名下两家盈利能力一流的全资子公司拆分卖掉，又以首远的股份作抵押，向别家拆借了两个亿，一连串的策略最终奏效了，首远渡过了难关，恢复了活力。

此后，林道首就躲到了幕后，不再担任董事长，对外公布的理由是他操劳过度，需要长时间的休养。许多人都理解了林道首的说法，才40多岁的人就满头白发，确实是殚精竭虑、呕心沥血了。

“东旭，节哀顺变。”林道首和洪东旭握了握手，脸色肃穆而眼神坚定，“相信远思会渡过眼下的难关。”

“谢谢林兄。”洪东旭随后又和丛远远握手，“感谢丛董百忙之中来参加宋总的追悼会。”

第四十八章

粉墨登场

50多岁的丛远远，淡妆如玉，保养得极好，虽比不上某赵姓女星五十犹如三十的惊艳，一眼望去，也让人疑心她不过40岁出头，眉眼间和林凝欢有三分相似，眼神却又比林凝欢更有凌厉之意，显然，久居上位也让她养成了让人仰视的威势。

“洪总客气了，应该来送国文最后一程。”丛远远既不热情也不冷淡，平静而疏远。

洪东旭和丛远远交往不多，却也知道丛远远为人淡然如水，也不在意丛远远的态度，又伸手去和林凝欢握手：“是欢欢吧？都长这么大了，要是在外面见了，洪叔叔都不敢认了。”

林凝欢似乎没有看到洪东旭的手，她穿了一身深色的裤装，戴了墨镜，背着双手，围着洪东旭转了一圈：“洪叔叔，要是走到大街上，我也不敢认您了，这变化也太大了。印象中，我记得以前的洪叔叔和蔼可亲、笑容可掬，就和随时能从口袋里掏出糖果的小丑一样可爱；现在的洪叔叔，道貌岸然怎么看怎么像是灰太狼……”

洪东旭的手伸在半空，尴尬地收了回去，又听林凝欢的话不无讽刺之意，脸上就挂不住了，如果不是碍于林道首的面子，他早就发作了。

丛远远呵斥林凝欢：“欢欢，不许胡闹，什么小丑，乱七八糟，也不知道你说些什么，赶紧向洪叔叔道歉。”

洪东旭大度地摆了摆手：“算了，算了，欢欢也没有恶意，来，里面请。”

送林家一家人入内，灵堂后面设了一个贵宾接待室，时辰还不到，宋国武一家和倪芳一家，暂时在里面等候，没有出来迎宾。

宋山河也来了。

白发人送黑发人，本是人生之大不幸，宋父却坚持要来，说要送儿子最后一程，宋母本来也想来，一早起来却胸闷气短，最终没有同行，在家休养了。

林家的到来，免不了寒暄几句，洪东旭趁人不注意，悄悄向宋国武使了个眼色，宋国武也回了一个心领神会的表情，就让他心中大定，看来一切尽在掌握之中，好，很好。

重新回到大堂，洪东旭又接连迎接了几拨客人，忙得脚不离地，心中闪过一丝慰藉，不由看了悬挂在大堂正中的宋国文的遗像一眼，国文，也许你会怪我以大欺小要抢倪流手中的股份，其实也不能怪我，整个远思都不理解你为什么将远思交给一个30岁都不到的毛头小伙子，远思现在人心惶惶，都担心倪流接管远思之后，远思就会大厦将倾，我是为了拯救远思于倾覆之际，不能眼睁睁看着远思被倪流带进死胡同。我现在替你的后事忙前忙后，甘当孝子贤孙，也算对得起你的在天之灵了。

抬手看了看手表，九点过半，倪流还不见人影，洪东旭心中有气，国文，你真看错人了，倪流现在是你唯一的法定继承人，他又回报了你什么？你的追悼会，他还不早早过来，你在九泉之下有知，会不会后悔当初的决定？

洪东旭刚要问一问沈学良，怎么倪流还不来，一抬头，看见步凡集团的董事长庄步凡大步流星地迈进了灵堂。

庄步凡怎么来了？记得没通知他，他和宋国文关系不远不近，可来可不来，不过以他的身份，如果没有接到通知，应该不会专程来参加追悼会，洪东旭向前迎了几步，以主人的身份打了招呼："庄董来了，欢迎，欢迎。"

庄步凡长得人高马大，乍一看不像一家大型集团公司的董事长，倒像一个卖苦力的壮汉，还别说，庄步凡当年就是以搬砖卖苦力起家，发家后，本色不改，依然是大大咧咧、豪气冲天的性格。

"老洪，辛苦了，我来吊唁宋总，虽然和宋总交往不多，不过我敬重他的为人，特来送他一程。"搬砖出身的庄步凡发迹之后，特意进修了MBA的课程，还读了不少国学书籍，说话比以前文雅了不少。

"里面请。"洪东旭大概猜到了庄步凡是受了倪芳之约，心里闪过一个不祥的预感，坏了，只顾对付倪流了，忘了倪芳这茬儿了，难道说倪芳和倪流和解了？

不行，得让沈学良稳住倪芳，让倪芳相信倪流在宋国文的死亡中扮演了不光彩的角色，再用利益绑住倪芳，继续孤立倪流。

"学良，你来一下。"送庄步凡入内，洪东旭招手叫过沈学良，"事情可能有点变化，庄步凡来了，看来，倪芳暗中也有动作了，你等下方便时暗示一下倪芳，让她相信倪流在宋国文的死中扮演了不光彩的角色，再告诉她说倪流准备卖掉股份然后出国享福，一定要让她相信倪流不会和她一条心，还有，孟岩那边，有没有问题？”

“孟岩……”沈学良迟疑了一下，不知道该不该说出实情，犹豫了一会儿，他心一横，“孟岩来得挺早，正在外面忙，一切正常。”

总要为自己留一条后路，走洪东旭的路，没必要把倪流的路堵死了，沈学良总算想通了一件事情，他又不是远思的大股东，洪东旭和倪流争来争去，最终不管是谁获胜，他都不可能得到多大的利益，同样，也没有多大的损失，既然如此，就不必非要绑死在一条船上。

洪东旭没太在意沈学良含糊其词的回答，又看了看表：“怎么倪流还没有到？太不像话了。”

“是呀，太不像话了。”沈学良有口无心地附和了一句，看到又来了客人，“洪总，王董来了。”

王树斌来了？洪东旭心中一块石头落了地，他等了半天，最期待的是两个人，一个是林道首，另一个是王树斌，如果说林道首的到来，让他吃了一颗定心丸，那么王树斌的出现，等于是让他信心倍增，充满了必胜的斗志。

两大王牌在手，一有雄厚的资金，二有整个远思集团作为后盾，再加上一张可以随时以倪流故意拖延时间导致宋国文错过了最佳抢救时机的过失杀人的底牌，倪流还有什么胜算？

对，吴小舞在哪里？洪东旭一瞬间又想起了另一个关键的人证吴小舞，也不知是不是巧合，正当他准备迈步去迎接王树斌时，吴小舞的身影一闪，出现在了视线之内。

天助我也，洪东旭大为惊喜，吴小舞一人出现，不是正好给了他可乘之机？他急忙叫过沈学良：“学良，你去安抚倪芳，让简水去和吴小舞谈一谈，事不宜迟，要快。”

沈学良也发现了吴小舞，心中一惊，怎么吴小舞没有和倪流在一起？想不通归想不通，现在的形势不容他多想，忙到了后堂，拉过唐简水交代了几句，又来到了倪芳身边，悄声对倪芳说了些什么。

唐简水急匆匆来到外面，一眼就看到了孤单一人的吴小舞，他几步来到吴小舞面前：“小舞，你来了？来，跟我来，我有话对你说。”

吴小舞脚步轻浮，目光呆滞，机械地跟着唐简水来到僻静处，唐简水察言观色，心中猜测吴小舞情绪不高，就先安抚了她几句，然后话题一转：“小舞，宋总意外去世，大家都很悲痛，为了远思的明天，我们远思人要化悲痛为力量，齐心协力，共渡难关。洪总非常关心你，一直联系不到你，他说你很有能力，想安排你担任董事长办公室副主任。”

“谢谢洪总的关心和信任。”吴小舞神色黯然，“我怕我担当不了重任。”

“你不要小瞧了自己的能力，小舞，洪总还有意培养你进入远思的高层，如果你能抓住时机，进入新一届远思的董事会，也不是没有可能。”唐简水继续诱敌深入，拉吴小舞下水。

“我连股东都不是，怎么进董事会？唐总你在骗我吧？”

“我怎么会骗你？小舞，你到现在还没有发现自己的价值，太可惜了，如果你能办到一件事情，我敢保证，你马上就可以成为远思的股东，而且股份不会少于百分之二，一旦你拥有了股份，进入董事会，就是早晚的问题了。”唐简水又拉吴小舞向深水区走了一步。

“什么事情呀？”吴小舞懵懂的表情看上去很傻很天真，“难不难呀？”

“不难，很容易，不过非你不可。”唐简水感觉鱼儿快要上钩了，心中一阵狂喜，没想到吴小舞傻得可爱，傻得直接，是他太聪明了还是吴小舞太没心机了，不管了，只要能办成事情就是天大的成功，“只要你指证倪流，说他在知道宋国文酒精中毒后，故意在路上拖延时间导致宋国文错过了最佳治疗时机就行了……”

“啊，这个，这个不太好吧？”吴小舞瞪大一双迷茫的眼睛，“可是，我不会开车，不知道倪流有没有故意拖延时间。”

“这个好办。”唐简水压低了声音，故意显得十分神秘，“你只要答应指证倪流就行了，至于怎么说，回头我教你，怎么样？你要赶快决定，这个机会，可是千载难逢。”

“可是，可是我这么做，会不会对不起倪流？”吴小舞微微惊愕的表情和夸张的神态，如果让郭丽丽见到会嫉妒至死，因为她萌得一塌糊涂。

“怎么会？你应该这么想，你是宋总一手提拔的人，你也是远思的人，倪流是谁？一个外人而已，你认识他才多久？就算你只为了自己考虑，对不对得起倪流，又有什么要紧？还是自己的利益最大，是不是？”真傻，唐简水几乎要嘲笑吴小舞的简单了，原来吴小舞是这么一个胸大无脑的女孩，早知道她这么容易上当受骗，早早就应该拉她下水，何必等到今天？以前还真是失算了。

“那……好吧，我试试吧。”

“来，跟我来。”唐简水前面带路，领吴小舞到了后面，“你先不要露面，等一下让洪总再和你谈谈。”

“好的，我听你的。”吴小舞乖巧得就跟一只猫咪一样。

再说洪东旭面带喜色前去迎接王树斌，才走两步想了起来今天是宋国文的追悼会，可不能露出笑容，忙又收回笑意，一脸肃然地握住了王树斌的手：“王董专程从石门过来参加宋总的追悼会，情深义重，宋总的在天之灵一定会欣慰的。”

王树斌握住了洪东旭的手，用力摇了摇：“东旭，辛苦你了。我来，一是参加国文的追悼会，二是看看你。”

“感谢，非常感谢呀。”洪东旭见周围无人注意他和王树斌的寒暄，就快速地小声说了一句，“八成胜算。”

王树斌却没有露出洪东旭期待中的放松的神情，反而左右看了几眼，微有几分紧张：“倪流呢？”

“还没到，不知道在哪里，这个年轻人，办事不靠谱，分不清轻重。”

洪东旭对倪流的认识，经历了三个阶段：

第一阶段是嫉妒阶段。在听到宋国文留下遗嘱将名下股份交由倪流继承时，他羡慕嫉妒恨，对倪流嫉妒得无以复加。

第二阶段是轻视阶段。随后在他和倪流初次交手后，倪流一战即退，不敢和他正面交锋，退到了石门，他对倪流轻视加蔑视，认为倪流不过尔尔，远远不是他的对手。到底年轻，没经过事，估计不用多久，倪流就会拜倒在他的三亿元巨额支票的挥舞下。

第三阶段是震惊加如临大敌阶段。倪流在石门一战王树斌，再战郭容天，初步打开了局面，借势借力，成功地将股份转让价格提高到了五亿，顿时让他大吃一惊，才发现原来轻敌了，倪流居然有两把刷子，利用手中的遗嘱当筹码，竟然从外围打开了一个不大不小的突破口，让他想用三亿的代价轻松拿下倪流的计划落空。

至此，洪东旭才正式确认，倪流是一个劲敌，和宋国文的正面强势不同的是，倪流的行事手法更趋向隐蔽和多变，而且剑走偏锋，虚虚实实，让人分不清他的落脚点到底在哪里。

倪流是真想转让手中的股份，石门之行只是想借机提价，还是想利用手中的股份，成功地牵动各方势力为他所用，然后一举接管远思，一直是洪东旭想不通的问题的关键点所在。

第四十九章

震惊

不过不管倪流是什么目的，也不管倪流为他制造多少障碍，他的目的不会动摇——想尽一切办法逼倪流就范，让倪流低价转让手中的股份，而且只能转让到他的手中。

还想卖到五亿的高价？洪东旭对倪流的贪心嗤之以鼻，谁会出资五亿购买倪流手中并不一定合法的股份？不提有可能存在法律上的纠纷，就是倪流手中的股份值不值五亿还要两说。

以远思集团的市值计算，百分之七十的股份，高估的话价值十几亿，低估的话，七亿左右，而在资本市场约定俗成的认知就是，如果没有百分之三十的利润，谁也不会冒着三分之一的风险来下注，恰恰五亿就是最低估价七亿的上限。如果有百分之五十的利润，那么在三分之一的风险面前，就会有无数资本趋之若鹜了。

三亿五千万，就是洪东旭的心理底线，如果倪流同意还好，皆大欢喜，也不会出现倪流被指责过失杀人的指证，如果倪流贪心不足，非要一口咬定五亿，那么对不起，倪流必将掉入一个更大的旋涡之中，要么乖乖接受三亿的低价，要么被剥夺继承权，落一个一无所有的悲惨下场。

实际上从简单实际的出发点考虑，倪流只要答应三亿五千万的价格，洪东旭会爽快地和倪流成交。因为指证倪流过失杀人，会是一场漫长的官司，事情闹大了，不容易收场，而如果真的最终剥夺了倪流的继承权，继承权顺延之后会落到倪芳身上，到时宋国武见有机可乘，说不定还会节外生枝。

但愿倪流识趣，乖乖地交出股份，拿上三亿的巨款滚蛋，爱去哪里享福去哪里，只要他放手远思就行。

王树斌回身看了一眼周围的人群，没发现倪流，还不放心，又左右看了几眼：

“不要掉以轻心，倪流应该早就回襄都了，几天不露面，肯定躲在背后密谋去了。倪流和宋国文不一样，这小子，阴谋诡计多，让人防不胜防。何况他身边还有一个黄文旭，这个黄文旭本来是京城人，却常年混在石门，油嘴滑舌、坑蒙拐骗，人都叫他黄鼠狼。”

“树斌，你先到后面休息一下……”洪东旭见又来客人了，顾不上再和王树斌说话，忙又招呼客人去了。王树斌点点头，跟在人后去了后面。

十点整，追悼会正式开始了。

洪东旭作为家属代表兼远思集团执行副总裁，主持了仪式。

“各位亲友，各位来宾：今天，我们怀着十分沉痛的心情深切悼念远思集团的创始人宋国文先生，宋国文先生英年早逝，是远思的巨大损失，是襄都商界的重大损失，是宋国文先生家人、亲人的重大损失……最后，让我以一句国文最喜欢的诗句作为结尾，以永远缅怀宋国文先生短暂却光辉的一生：‘江汉曾为客，相逢每醉还。浮云一别后，流水十年间！’”

“其实，宋国文最喜欢的是这首诗的后四句……”洪东旭的发言话音刚落，一个响亮的声音在门口响起，所有人回头一望，一个长身而立、淡然如风的年轻人出现在门口，一步一句，低沉的吟诵加上沉重的步伐，就如一声声暮钟敲打在每一个人的胸口，“‘欢笑情如旧，萧疏鬓已斑。何因不归去？淮上有秋山！’”

洪东旭目光不由自主地收缩——倪流！

王树斌顿时屏住了呼吸，倪流不是一个人，他的身后，跟了至少五六个人，而且其中有几人他也认识，正是因为认识，才让他几乎不敢相信自己的眼睛，怎么可能？倪流怎么请动了这么多重量级人物？

就连林道首也为之动容，目光落到了淡定从容的倪流身上，心中闪过一丝疑惑和不解，倪流请动了郭容天不算什么，好吧，喜欢冒险的孟林开出现在倪流身后，也不算什么，可是为什么就连创世的雷动也出动了，石门商界谁不知道雷动为人谨慎，从来不做没把握的投资，难道说，雷动就这么看好倪流的前景？

庄步凡在襄都商界，大大小小也是一个人物，但和省会石门商界的几位重量级人物一比，就立刻相形见绌了，之前他还自我感觉良好，以三亿两千万的报价也想蹚一蹚远思的浑水，吓唬吓唬并没有多少见识的倪芳，能成则成，不能成，也当是试水了，不承想，远思这汪水，还真是想象不到的深，居然惊动了石门这么多举足轻重的人物亲临宋国文追悼会现场。

就算宋国文生前交友甚广，但和石门相比，襄都毕竟只是一个小地方，襄都首富如果放到石门，也许只能排到几十名开外，所以宋国文的追悼会，还真惊不动倪流身后几个人物亲自出马，顶多派出一个代表来参加就不错了，但谁能想到，容天集团、华达集团、中羽集团、创世集团以及东方集团，集体出动，浩浩荡荡，全是董事长亲临，堪称襄都商界惊天动地的头等大事。

也是襄都商界开天辟地头一回发生这么轰动的大事件，开天辟地的大事件，却由一个初入商界的毛头小伙子一手促成，在让庄步凡大跌眼镜的同时，不由对倪流刮目相看。同时，又推翻了之前宋国文立遗嘱给倪流是临死时犯了糊涂的猜测，现在看来，宋国文还真不简单，确实有高人一等的识人之明。

如果说以上几人的出现只是让庄步凡震惊，还不至于让他自惭形秽的话，那么等他再仔细一看，看到人群的最后还有一个俏丽的人影，依稀是盛世药业的盛夏时，他几乎要惊叫起来了，什么，盛夏也来了？开什么国际玩笑，以盛世的实力，就算宋国文在世，也不敢在盛夏面前以襄都首富自居，因为远思的市值和盛世相比，差了十倍有余，而以盛世现在的分量，应该是迈向全国性连锁和为上市谋局了，怎么会看上远思这一块油水不多的肉？

确实，在首远和庄步凡眼中，远思是一块大大的肥肉，而在盛世眼中，远思不过是一只毛毛虫而已，毛毛虫能有几两肉？庄步凡忽然感觉背后一阵寒意，如果盛世真有意介入远思的内斗，他的三亿还是乖乖收回去好了，别再丢人现眼了，别说他了，就是在场所有集团公司加在一起，市值是会超过盛世，但说到现金流和资金链的状况，却是拍马也赶不上。

医药行业不但利润丰厚到堪称暴利，而且回款也快，对盛世来说，信手拈来几亿甚至十亿现金，也不算什么难事。

这一下，事情真的玩大发了！庄步凡怜悯加幸灾乐祸地看了林道首和洪东旭一眼，心说襄都商界最老谋深算的两个高手，今天看来要栽在初出茅庐的倪流手中了，这事儿要是传了出去，应该会成为轰动襄都商界的重大新闻，轰动程度，恐怕还要超过宋国文的突然死亡事件。

从远远和林凝欢对视一眼，都从对方眼中看到了震惊，从远远震惊的是，倪流请动了石门几家集团的掌门人，明显是有向洪东旭逼宫之意，也不知道洪东旭能不能顶住压力，照计划行事，万一洪东旭临时变卦，他和首远达成的协议，是不是就此作废了？

林凝欢震惊的是，没想到呀没想到，倪流瞒着她在背后策划了这么一出大戏，却一点风声也没有透露，枉她对他那么好，他对她却是欺骗加隐瞒，男人呀，难道真的没有一个好东西？

林凝欢恨得牙根直痒，恨不得现在就扑过去，对倪流拳打脚踢。

倪芳和宋国武也是同时惊讶，只不过和其他人的联想过多相比，她和宋国武的想法就简单多了，倪流成功了，成功地借助了外部力量，那么是不是可以说，接下来在和洪东旭摊牌时，倪流就掌握了八成胜算？

现在不只倪芳希望倪流顺利继承股份，就连宋国武也在黄文旭的鼓动下，坚定地认为只有倪流掌握了主动，只有倪流最后胜利，他才能跟着利益最大化，而如果让洪东旭笑到最后，他说不定也会成为洪东旭胜利的牺牲品。

最重要的是，现在他也和倪流在同一战线上了，被黄文旭绑上了船——昨晚回家酒醒之后，宋国武意识到可能上了黄文旭的当，忙打了几个电话打听黄文旭的为人，得知黄文旭确实是正经八百的投资顾问，并且石门有不少人通过黄文旭的理财，赚了不少钱之后，他才算放了心。不过即使放了心，他也明白了一个事实，他被黄文旭套牢了。

宋国武气得一晚上没睡，到天亮的时候，又不气了，因为他想通了，反正他都认识到了跟紧倪流有钱赚，跟着洪东旭没粥喝的道理，而且黄文旭只是套了他一千万，不是骗了他一千万，到时会连本带息还给他，他又何必耿耿于怀呢？归根结底不就是倪流对他不放心，怕他临时反悔才出此下策，联想到了以前他确实刁难过倪流，倪流防他一手，也是人之常情。

这么一想，宋国武反倒释然了，也是他最近通过和洪东旭的接触，在了解了洪东旭的最终意图后才明白了一个道理，洪东旭狼子野心，才是最应该提防的人，哥哥确实厉害，他留股份给倪流，不是防嫂子，也不是防他，而是防洪东旭。看来哥哥早就看出了洪东旭在他死后会打远思的主意，果然，被哥哥猜中了。

传说诸葛亮死后留了一本毒书给司马懿，司马懿一边看书一边用唾沫翻页，结果被毒死了，诸葛亮死了都能害死司马懿，哥哥死了也能防住洪东旭作乱，看来，哥哥不比诸葛亮差。

当然传说只是传说，司马懿病死在家中，死时，诸葛亮已经死了六七年了，他的死，和诸葛亮真的没有半点关系。

“倪流，你也不看看现在都几点了，你才来，宋国文是你的姐夫，你还是他遗嘱的法定继承人，他的追悼会你都迟到，太让人失望了，你对得起你姐夫的在天之灵吗？”洪东旭一见倪流就气不打一处来，上来就是一通冷嘲热讽。

不只洪东旭没有想到，就连倪流也觉得滑稽，他和最大对手洪东旭的第一次见面，竟然是在宋国文的追悼会上，如果宋国文的在天之灵有知的话，不知道他会不会一脸戏谑地俯视他和洪东旭第一次面对面的交锋？

倪流眼中的洪东旭，50岁出头的年纪，保养得不错，圆脸大眼，膀大腰圆，徒有虎虎生威的气势，却无含蓄内敛的从容，给人的印象不像公司的副董事长，倒像一名政府官员，不过仔细观察的话，又可以发现洪东旭眼神中的狡诈和精明。

倪流在审视洪东旭，洪东旭也在观察倪流。

倪流比洪东旭想象中更年轻，看上去不像26岁，倒像刚出校门的大学生，只不过面相上的年轻掩饰不了他眼神中的坚定和成熟，以及他举手投足间的从容淡定。只有在历经世事的人身上才会出现的从容却偏偏在倪流身上出现了，而且还是那么的自然和谐，显然倪流不是在假装沉稳，而是他真的沉稳有度，是一个心理年龄大于生理年龄的持重的年轻人。

至于倪流三分英俊，四分帅气的相貌，就被洪东旭直接忽视了，以洪东旭的想法，男人长得帅有屁用，没本事有脸皮，充其量小白脸一个，当然，如果他年轻时也帅过，他就会说帅比不帅好，才貌双全才是男人的极致。

经过无数次的暗中交手和间接较量，倪流和洪东旭终于正面面对了。

“姐夫生前喜欢热闹而且念旧，为了告慰他的在天之灵，我请来了他生前的石门好友，相信姐夫的在天之灵看到我的一番苦心，也会欣慰。”倪流泰然自若，对洪东旭的咄咄逼人从容接招。

“国文生前喜欢热闹？我怎么不知道？”洪东旭见倪流不但不知悔改，还牙尖嘴利，当着这么多人的面反驳他，多少年了，他在远思说一不二，还没人敢当面顶撞他，他就火了，“是你了解国文还是我了解？年轻人，说话之前要过过脑子，不要信口开河，在这么多前辈、长辈面前，你要拎清自己的分量！”

第五十章

杀招

“洪总，既然你说你比我更了解宋国文，那么我问你，作为宋国文的追随者和远思集团的缔造者之一，你知道远思集团的远思有什么来历吗？”倪流淡然而立，任凭洪东旭的怒火朝他倾泻，他还是一副不慌不忙的样子。

“我怎么不知道？我怎么可能不知道？”洪东旭被倪流的镇静激起了怒火，一个“嘴上没毛，办事不牢”的小年轻，还没有接手股份就敢挑战他的权威，如果等倪流真的接手了股份、接管了远思之后，说不定会怎么架空他，今大当着众人的第一战，必须获胜，否则以后他在远思威望大降，在各大集团之间，说话就没有了分量。

“远思，就是远大的思想，这么简单的问题你还问我？倪流，你不要无理取闹！”

倪流伸出一根手指，轻蔑地摇了摇：“无理取闹？洪总，你以为你真的了解宋国文？远思，远大的思想，真是笑话，这个笑话和远思总部的办公大楼叫远思大厦却不是远思名下的产业一样荒唐可笑。”

此话一出，现场顿时嗡的一声，议论声此起彼伏，不少人都震惊莫名，怎么回事儿？怎么可能？远思大厦不是远思的产业，这么多年了，远思一直在远思大厦办公，几乎所有人都惯性地认为远思大厦肯定是远思集团的产业，却没想到，远思和远思大厦不是一家，这……简直太让人震惊了。

这些年光是支付给远思大厦的租金，就足够建造两座远思大厦了吧？谁脑子短路了会这么做？众人议论过后，都意识到了什么，纷纷向洪东旭投去了疑问的目光。

洪东旭老脸一红，犹如喝水被呛了一下，咳嗽几声：“倪流，你不要避重就轻地转移话题，我是在和你说正事、大事。”

宋国武脸色很不自然，乘人不注意，身子稍微向后退了几步，显然是想躲避众人的目光。

"好，远思大厦的问题，等我当上远思的董事长后，再查清也不晚，我现在就告诉你，远思的名字由来，是来自一首诗……"倪流迎着众人的目光，神色坦然，"'军城临汉水，旌旆起春风。远思见江草，归心看塞鸿。野花沿古道，新叶映行宫。唯有诗兼酒，朝朝两不同……'宋国文生前爱诗，洪总不会不知道吧？你连远思的名字来自一首诗都不清楚，可见你对宋董的了解，真的很有限。"

"你……胡说八道！"洪东旭彻底被激怒了，"倪流，如果你是故意来捣乱追悼会，我代表远思集团和宋国文先生的家属，请你马上离开。"

忽然，倪芳小声地啜泣起来，她哽咽地说道："远思见江草……江草是国文初恋情人的名字，她患了绝症，死的时候还不到20岁，国文还写了一幅字挂在家中，就是——远思见江草，归心看塞鸿。"

倪芳的话，无疑从侧面印证了倪流的正确，洪东旭脸色白里透红与众不同，确实，倪流和宋国文凡事喜欢直来直往不同，他喜欢剑走偏锋，喜欢从侧面出击，一个"远思"名字的由来，看似是无理取闹的小事，却是对他威望的重大打击，是让无数远思人和在场的各位重量级商界人士明白一个事实，他和远思集团创始人兼董事长宋国文的关系，远不如外界传闻中那么密切，甚至，他离宋国文的内心很远。

如此一来，就会让许多内心敬重宋国文的人，对他产生偏见甚至反感，不利于他对远思的内部掌控和对外树立他是远思最佳接班人的形象。

好一个其心可诛的倪流，年纪不大，心机倒深，而且第一个回合就打了他一个落花流水，洪东旭终于领教了倪流辛辣的手段了，内心的怒火就如惊涛骇浪一般，冲天而起。

是他太轻敌了，还是倪流太强大了？洪东旭即将失控的一刻，王树斌在一旁轻轻咳嗽了一声，距离洪东旭最近的林道首更是轻轻一拉他的衣袖，洪东旭瞬间就惊醒了，忙深吸了几口气，平息了内心的冲动，暗道一声好险，差点中了倪流的诡计，倪流就是要激怒他，让他当众失态、当场发火，让他当着许多人的面丢尽脸面，这样，他就会一世英名付诸流水，一辈子树立的良好形象，就会毁于一旦。

好一个阴险狡诈的倪流！

心思电闪间，洪东旭的目光闪过在场众人，林道首还好，脸色平静，显然没有受到什么影响，而从远远和林凝欢都面露惊讶之色，而且眼中还闪过了疑虑，这就说明，倪流的策略奏效了。

而庄步凡看他的目光，几乎毫不掩饰轻视和鄙视之意，就连倪芳和宋国武，也向他投来了意味深长的一瞥，洪东旭的心都快要碎了。

再看远思集团的几名中层，也是神情迷茫，眼神跳跃，明显是信心动摇了，就更让洪东旭几乎出离愤怒。行，倪流，你有种，等着瞧，伶牙俐齿也改变不了你即将一败涂地的命运，别以为口若悬河就一定能成功，真要是卖弄嘴皮子就能要风得风，那么世界不就是说相声的天下了？

“我为什么要离开？洪总，宋国文是我的姐夫，我又是他的股份的唯一合法继承人，你凭什么赶我走？赶我走，从亲情上来说，你是不义，从道义上来说，你是不忠。”倪流回身一指身后的几名董事长，“而且我亲自到高速路口去迎接姐夫的老朋友来参加追悼会，他们都是石门商界的大亨，你赶我走，你什么意思嘛洪总？是不是不欢迎容天集团的郭容天、华达集团的孟林开、创世集团的雷动、中羽集团的付白中和东方集团的陈星睿？”

“备注，排名不分先后。”说完后，倪流又特意补充了一句。

倪流一个个报出来人的名字时，每说出一个人的名字，人群中就传来一声惊呼，等五人全部报完后，人群顿时炸锅一样沸腾了。

天哪，石门排名前十的集团，一口气来了五人，五人都是传说中的商界大亨，是无数人仰视才能见得到的存在，通常情况下，想见到五人其中一人，也是难如登天的事情，没想到五人同时现身，这简直和奇迹一样。

人群躁动了，许多人忍不住想挤向前去，争相一睹传说中的几位商业帝国的创始人，有人崇拜郭容天的厚重，有人仰望雷动的谨慎，也有人羡慕孟林开的好运，还有人向往付白中的白手起家，更有人敬仰陈星睿以富二代身份不接手家族产业，却自主创业最终大获成功的勇气。

人群骚动了。

林道首平静如水、不动如山的表情，终于大惊失色了。

刚才他站在最里面，只一眼看到了郭容天和雷动，并没有看清后面几人，等倪流一一报上人名之后他才怦然心惊，好家伙，倪流才多大，进入商界才多久，怎么就请动了这么多一等一的人物？他……凭什么？

是呀，倪流凭什么？许多人心中都这么想。

不管倪流凭什么，反正倪流做到了，英雄莫问出处，成功了，他就是万人瞩目的英雄，他就可以凭借身后强悍的石门集团同盟团，号令天下，莫敢不从！林道首目光闪烁不定，心中闪过一丝疑虑，第一次对他的决定产生了怀疑，莫非他支持洪东旭，是一步错棋？

不，不可能！林道首随即立刻否定了他的动摇，他纵横商界几十年，从来没有失误的决定，尤其是在首远集团生死存亡的一战中，他殚精竭虑三天三夜，激进、冒进、保守、拆分以及破产重组，每一种可能他都想了不下十几遍，并且全部从头到尾推演了首远的最好和最坏结局，最终两害相权取其轻，经过综合对比，取了一个三分激进、四分稳妥的折中之法，总算助首远走出了困境，从而一飞冲天。

倪流怎么可能和他相比？倪流没有一次实战的经历，如果说请动石门五大集团是他第一次成功的实战，但过程成功，未必结果就一定成功，何况他现在还看不出来倪流的胜算到底在哪里。就算倪流凭借手中的股份，暂时引发四方云动，只要洪东旭抛出倪流有故意拖延时间想害死宋国文的嫌疑，只要公安机关一受理此案，倪流的继承权不用被剥夺，哪怕只是暂时被搁置，倪流手中就无牌可打了。

一个没有继承权的倪流，失去了远思集团百分之七十股份的所有权，他不过是路边随处可见的路人甲罢了，五大集团就会立刻对他弃之如敝屣。

不就是利用手中的继承权和股份用来大做文章，也没什么了不起，林道首看清了形势之后，重新坚定了信心，对倪流又冷眼相待了。

不过，林道首的心态刚刚恢复了高高在上，忽然耳边又听到倪流清脆的声音再次响起。

“各位，不好意思，刚才介绍的时候，故意落下了一位，为什么要故意落下呢？因为刚才几位排名不分先后，都是男人，大丈夫当不计虚名，不过有一句话又说，红花虽好也要绿叶陪衬，几位董事长甘当绿叶，就是为了隆重推出中省一枝花盛夏盛大小姐！”

倪流话一说完，本来乱成一团的现场突然之间就鸦雀无声了，所有人的目光都集中在了倪流的身后，倪流向旁边一闪，一位圆脸、凤眼、柳眉的女子便施施然出现在众人眼前。

女子穿一身黑色风衣，芳菲妩媚，尤其是她那一双勾魂的眼睛，犹如秋水，只随意一瞥，便如风吹杨柳，风情万种。只是神情间淡漠而辽远，可远观而不可近视，高贵、傲然并且拒人于千里之外。

盛……夏？本来刚刚平息了几分心情的林道首一瞬间收缩了目光，双眼如电，直视和倪流并肩而立的盛夏，果然是盛夏，还真是盛夏，等他看清女子真是盛夏时，又顿时倒吸了一口凉气。

好一个倪流，真了不起，居然惊动了盛夏的大驾，看来，倪流还真有几分真本事！一瞬间林道首心思大动，差点向前迈步分开人群要和盛夏握手寒暄了。

五大集团加在一起，论规模确实大过盛世药业，但以五大集团的产业结构，不管是现金流还是资金链的健康状况，加在一起恐怕也不如一个盛世药业，也就是说，如果五大集团单兵作战，分别和倪流谈判，想要拿下股份，那么论单打独斗，首远不畏惧五大集团之中的任何一家。当然，如果五大集团联合作战的话，首远也会不战而败，但商场上的事情，从来都是自家利益第一，五大集团利益不一致，没有联手的可能。

所以林道首认为虽然五大集团同时出动，乍一见四方云动，风起云涌，其实如果从作秀的角度来说，目的达到了，从商业的角度来说，热闹有余实用不足，象征意义大于实际意义，但是，盛世药业的盛夏现身，意义就非同寻常了，不提盛世雄厚如提款机一样的现金流，就是盛夏在盛世的绝对控股权，她如果要和倪流合作，她的决定就可以直接绕开董事会，当场拍板。

形势……严峻了，林道首初步估算了一下，倪流手中的股份因为遗嘱和远思内部的阻力，没有溢价的可能，只能缩水，最高估价也就是五亿，超过五亿，风险就会大于收益了，那么如果盛夏真要拍出五亿五千万的高价收购倪流手中的股份，而倪流也同意转让，他是不是跟进？洪东旭是不是还能顶住盛世强大的压力而抛出最后的杀器？

洪东旭手中的杀器有二，一是他和王树斌的支持，合在一起有八亿的资金，八亿，当然不是全部用来购买股份，而是为了壮大声威并且和远思深度合作，如果倪流同意以四亿以内的价格转让股份，并且只转让给洪东旭，那么就都皆大欢喜，不用第二手了。

如果倪流不就范，故意坐地起价，非要高价才肯转让，那好，洪东旭就会退而求其次，拿出大杀器对付倪流——就是以倪流故意拖延时间耽误了宋国文及时治疗为由，由集团法务部正式向公安机关报案，然后就让倪流陷入无休止的官司之中，一个官司缠身的人还想继承宋国文的股份？整不死你，也要搞臭你。

第五十一章

各怀心思

不过洪东旭的计划也不是天衣无缝，有一个漏洞，洪东旭有没有察觉，林道首却很清楚，他发现了从第一步到第二步之间，有一个时间差，如果倪流真的有意卖掉股份，那么他完全可以抛开洪东旭，连和洪东旭谈都不谈，直接私下和某个集团签署转让协议，在协议上有附加条款，购买股份的集团需要协助倪流顺利继承股份——那么倪流就完全可以不用冲锋在前，只需要躲在背后，由出资的集团出面面对来自洪东旭的压力，他只管坐享其成就行了。

如果倪流真这么做了，那么毫无疑问，洪东旭的计划就会面临全面失败的可能，和单独对付倪流一人相比，对付一家集团公司就要难多了，就算是洪东旭再抛出酝酿已久的过失杀人的杀器，相信和倪流签署了协议的集团为了顺利拿到倪流承诺的股份，也会出面帮助倪流大打官司，而且还会不遗余力，这样，洪东旭要对付的就不是倪流一个人，而是一家实力雄厚且背景深厚的大型集团，最后谁胜谁负，还真不好说。

再万一，倪流选择的集团是盛世，以盛世的实力和背景，林道首认为洪东旭就算拼命打官司，也未必就有打赢的可能，除非……除非洪东旭真的买通吴小舞，而吴小舞一口咬死倪流就是有故意拖延时间导致宋国文耽误治疗的嫌疑，那么或许还真有可能让倪流继承股份的美梦落空。

就算不落空，官司打得旷日持久了，或许会让倪流身后的集团厌烦，会觉得接手倪流手中的股份不是一桩合算的生意，一旦集团放弃，倪流身后无人支持时，他一没钱，二没势力，要么坐牢，要么妥协，除此之外，没有第三条路可走。

不过，想要在官司中抢占先机，关键人物是吴小舞，只要有吴小舞的指证，倪流在劫难逃。再一想到吴小舞现在已经答应了和洪东旭合作，岂不是说，不管倪流怎么选择，倪流都没有可能获胜了？

这么一分析下来，林道首的感觉又良好了起来，就算退一万步讲，倪流真和盛世私下达成了协议，有了吴小舞这个“撒手锏”，过失杀人的指证一出来，盛世也不会再力挺倪流，肯定会及时抽身而退了，商人逐利，利益重要，但当利益和风险不成比例时，商人也会毫不犹豫地选择规避风险。

林道首又恢复了镇静，心中暗暗自责，怎么了这是？久经沙场从来没有一败的他，被一个毛头小伙子弄得患得患失，还差点失态，不应该，真不应该。他的目光一扫，不经意发现林凝欢的目光生根一样落在倪流的脸上，眼中有羡慕，有仰慕，还有光芒闪动，不由得心里一惊，心想坏了，欢欢别是喜欢上了倪流这个臭小子。

倪流隆重推出盛夏，现场沉寂了片刻之后，忽然就爆发出了雷鸣般的掌声，盛夏名气太大，盛世药业太惊人，她又是绝世容颜，轻易不在公共场所出现，所以她的现身，确实带来了令人震撼的冲击力。

在掌声中，洪东旭目瞪口呆，半天说不出一句话，他的自信被盛夏的出现带来的冲击力击得七零八落，险些没有身子一晃，一屁股坐在地上。

盛世药业也插手远思了，远思虽是襄都第一集团，但和石门的集团一比，还是不可同日而语，更不用提和盛世相比了，盛世怎么也会对远思感兴趣？以远思的规模和实力，不应该进入盛世这样层次的集团的视线之内，就和他邀请了卓氏来参加宋国文的追悼会而卓氏没有回音一样，盛世和卓氏，是中省的两面旗帜，结果倒好，让倪流摘走了一面旗帜，洪东旭如遭重创，脸色灰白，冷汗直冒，内心深处终于对倪流无孔不入的手段有了一丝惧意和寒意……

忽然，洪东旭的手机响了。

此时，追悼会其实可以进行下一个环节了，接下来按照程序，就是瞻仰遗体、向遗体鞠躬和家属答礼了，现在应该到场的人都到了，没到场的，也不必再等了，洪东旭就想暂告一个段落，准备收拾残局，虽说当面输了一局，但真正的较量其实还在幕后，先让倪流嘚瑟一会儿也没什么。

电话一响，洪东旭不太想接，怕影响大局，下意识看了一下来电号码，顿时屏住了呼吸，忙不顾众目睽睽，急不可耐地接听了电话。

而且，他说话的声音还很响，明显是想让别人听得清清楚楚。

“卓董，您好，您好……您到了？好好，我马上出去接您，马上！”

放下电话，洪东旭掩饰不住一脸喜色：“卓氏集团的董事长卓达先生亲临追悼会现场，我出去接他一下，各位来宾，各位朋友，请稍等，失陪了。”

话说完之后，他才意识到场合不对，这是追悼会，不管什么重量级人物到场，他都不应该露出欣喜的神色，忙又收起了笑容，不过收得太快了，以至于表情僵硬得跟面瘫一样。

也不怪洪东旭得意忘形到了失态的地步，实在是盛夏的出现，将他的气焰打击得没有了一丝火星，自信动摇，热情差点熄火，而卓达的亲临，等于是中省唯一可以和盛世抗衡的卓氏集团和他站在了同一条战线上。

形势，出人意料地发生了根本性的逆转！

如果说之前倪流借助五大集团和盛世药业的力挺，以强大的实力和联盟压得洪东旭几乎喘不过气来，那么卓达的亲临，让洪东旭一举反败为胜，重新掌握了主动权，并且在实力对比上，也扭转了被动的局面，一举超过了倪流身后的五大集团和盛世药业的联手。

只因卓氏集团太强大了，强大到了盛世和五大集团加在一起，也抵不过一个卓氏的市值。

倪流的脸色，在听到消息的一刻，也为之大变。

没想到，卓达也来了，堂堂的卓氏集团的创始人、曾经被誉为中省旗帜的卓达，他以一名报社记者的身份，白手起家，从建材生意开始，用了短短二十多年的时间，就打下了一片大大的江山——卓氏集团现在是中省房地产行业的龙头，总资产超过500亿，以房地产业为龙头，业务涵盖新型材料、港口建设、市政建设、工业园区、现代商贸、会议会展、文化教育、五星级酒店、大型餐饮、物业管理等产业领域，项目遍布全国各地，并正以强劲的发展势头，以一产、二产、三产联动的产业模式，积极投身于全国中心城市周边的城镇化建设。

可以说，卓氏集团是一个让中省许多集团仰视的商业帝国。

谁也没有想到，一个小小的远思，居然惊动了卓达，论实力，远思在全省并不在前列，论规模，石门就有不下十几家可以力压远思的集团，论产业结构的合理性，远思也不出类拔萃，那么到底远思有什么优势值得卓达兴师动众，专程从石门赶到襄都参加宋国文的追悼会呢？

由此也可以说明一件事情，宋国文创立的远思，必然有独特的过人之处，或是有让卓氏感兴趣的技术、思路，否则，就凭宋国文生前和卓达并没有多少交情的来往，再凭卓达近年来深居简出的现状，如果有什么事情惊动了他亲自出马，那么一定有他大感兴趣的东西吸引了他。

倪流震惊过后，又恢复了平静，和盛夏对视一眼，二人微微点头，盛夏倒没有多少惊讶，或许她早就预感到了什么，又或许她根本就是无欲则刚。

倪流也是，他心中早就有了对策，不怕卓氏来搅局。倒是五大集团的五个人，面面相觑，眼中闪过惊讶和失望，尤其是郭容天，微微摇了摇头，心中失落到了极点，卓氏的意外出现，让容天想搭上远思内乱的顺风船的愿望，一脚踩空！

倒是创世集团的雷动若有所思地点了点头，对华达集团的孟林开小声说了一句："不错，没白来一趟，果然和倪流说的一样，有好戏看。"

孟林开附和雷动的说法："是呀，最近中省商界太沉闷了，好不容易有一个风起云涌的事件，不来亲自感受一下，都对不起自己刚买的卡宴。"

中羽集团的付白中轻轻一拉东方集团的陈星睿："陈董，这么说，我们这一趟不但当了盛董的绿叶，还当了卓氏的绿叶？"

"也未必，不到最后一刻，就不能承认失败，在这一次事件中，不是谁实力最强谁就能笑到最后，而是倪流如果贪财短视，他早就和盛世达成协议了，还用再和我们接洽？"陈星睿轻松自如，乐观情绪丝毫没有受到卓达亲临的影响，"当绿叶没什么不好，最后能不能得到实际好处，才是关键，我最喜欢闷声发大财的感觉。"

作为五大集团之中唯一一个富二代创立的集团，东方集团的陈星睿颇有与众不同的价值观和人生观，用他自己的话说，他只活正能量，不过话又说回来，他有只活正能量的资本，而且他身为富二代却没有通常富二代飞扬跋扈的觉悟，从不嚣张狂妄，相反，比草根还低调，开一辆许多当宝马3系和奔驰C系为神车的伪豪车爱好者大多不认识的辉腾。

"这么说，你对倪流很有信心了？"付白中不理解陈星睿对倪流莫名的好感和过分的信任，"倪流不过是想借股份扯虎皮拉大旗，虚张声势，请我们来，就是想让我们为他助威，他压根儿就没有要和我们合作的意思。"

"这话就锥心了，要是你认定倪流没有合作的诚意，你干吗来？"陈星睿拍了拍付白中的肩膀，"付董，你心里比我明白，倪流就算不低价抛售股份，以他的聪明和手腕，肯定能坐上远思董事长的宝座，我们过来为他捧场，一是想近距离看清形势，二是想卖他一个人情，能低价接手股份固然好，等于是赚了眼前利益，但如果倪流并不想真正转让股份也不要紧，我们一起上阵吆喝，替他摇旗呐喊，这份人情他不得记下？等他借我们的东风坐上了远思董事长的宝座，在以后的合作中，这份人情的价值就体现出来了。”

付白中嘿嘿一笑：“心照不宣就行了，干吗说得这么直白？”

“不是你非要装，你不装，我还不捅破窗户纸呢。”陈星睿还想说些什么，听到门口人群躁动，一摆手，“不说了，迎接龙头老大，拜山头去。”

门口人群分开一条道路，一个人步伐坚定地走了进来，50岁左右，双鬓发白，双目有神，方脸大眼，浓眉大耳，典型的北方人形象，个子不高，却气势过人，正是卓氏集团的创始人卓达。

卓达一现身，无数人一拥向前，纷纷伸手要和卓达握手，卓达却谁也不理，盛气凌人地穿过人群，径直来到宋国文的遗体面前，郑重其事地三鞠躬。

这一手，顿时震惊了许多人，会场再一次鸦雀无声。

洪东旭和刚才被盛夏露面时的震惊判若两人，他大步向前，来到台上，中气十足地宣布：“遗体告别仪式，现在开始。”

话音一落，哀乐奏响，灵堂之上一片肃穆，宋国文追悼会的高潮，在卓达出现的一刻，达到了顶峰。

瞻仰遗体、敬献花圈、向遗体鞠躬、家属答礼，一系列的程序走完，追悼会就落下了帷幕，随着追悼会的结束，宋国文的一生也算画上了最后的句号，随后他已经被解剖多次的遗体会被送进火化炉，化为一缕青烟和一堆骨灰，从此消散在天地之间。

生命已去，音容还在，远思也在，一个人的肉体不会长存，但他创造的财富和为世间留下的精神力量，却会永久存在。

追悼会结束后，宋国文的遗体正式被火化。倪芳哭得死去活来，宋国武也是泪流满面，而倪流默然在一旁，泪雨纷飞，随着宋国文尘归尘土归土，遗嘱问题，即将进入第二个角力阶段。

第五十二章

盛会

骨灰最后分成两份，宋山河一份，倪芳一份。宋山河捧着宋国文的骨灰，老泪纵横，老年丧子是每个人生命中不能承受之痛，倪流只看了老人满是沧桑和泪水的脸一眼，就立刻原谅了老人曾经大力支持宋国武拆分远思的过去，任何一个承受了丧子之痛的老人，他的所作所为不管是怎样不合常理，都可以理解。

大部分人在追悼会结束后就回去了，少部分人浩浩荡荡地杀向了远思集团总部，或许是默契，又或许是各有算盘，洪东旭没和倪流碰头，他先行一步，和卓达、林道首、王树斌一起先走了，倪流就陪同盛夏以及其余五人，也直奔远思大厦而去。

倪芳和宋国武一起，没有回家，也同乘一车去了远思大厦。

谁也没有注意到的是，留在现场的最后几个人是黄文旭、沈学良和孟岩。

黄文旭和孟岩碰到一起，小声说了几句什么，沈学良走了过来，打了个招呼："孟经理，我没车，等下坐你的车回公司。"

"行呀，没问题。"孟岩态度轻松了许多，"文旭也和我们一起。介绍一下，黄文旭，倪流的助手。对了，沈主任，有件事情我得声明一下，昨天晚上我和你说过的事情，作废了，我又改变主意了。"

见形势不对，孟岩又见风使舵了？也是，现在倪流处于下风头了，孟岩及时回头也是人之常情，沈学良眼睛眨了眨，愣了一下，又心领神会地点了点头："识时务者为俊杰，孟经理，欢迎你回来。昨晚我一夜没睡，在公司思前想后了半天，最后还是没有告诉洪总你的决定，现在看来，当时的决定是正确的。"

"谢了，沈主任，我欠你一个人情。"孟岩打开了车门，"走，去公司，一起见证创造历史的时刻。"

黄文旭也上了车，坐在后座中间，正好可以将前面两人的举动尽收眼底，他平常话不少，现在却不说话，一副优哉游哉的表情，饶有兴趣地审视着沈学良。

是的，是审视，如果说黄文旭看孟岩的神情泰然自若，那么他看沈学良时的目光，就有探究的意味了。

走到半路，沈学良似乎才想起黄文旭一样，扭头看了黄文旭一眼："黄文旭是吧？你是倪流的助手？"

"是呀，现在暂时是助手，以后就是远思的副总了。"黄文旭一扬头上的一缕黄毛，得意之情溢于言表，"要是走正常途径，我想当上远思副总，可能性几乎没有，但如果有从龙之功，就容易多了。从龙之功是什么意思懂不懂？不懂去谷歌一下。"

沈学良差点没被气笑，助手？副总？倪流从哪里找来这样一个活宝，真是没人可用了，黄文旭这样油腔滑调的货色也能在商界混？别逗了，就他脸上写满了坑蒙拐骗和不靠谱字眼的样，真的有朝一日坐上了远思副总的位子，是远思的灾难。他一脸疑惑地看了孟岩一眼，想知道孟岩是不是也和倪流一路了。

孟岩轻轻摇了摇头："我和黄文旭，也是偶遇。"

"我这个人就是话多，最后再多说一句。"黄文旭才不会放过眼下这个和沈学良面对面交谈的最佳时机，一到公司，就会进入最后的决战环节，沈学良的立场虽然不是谁胜谁负的决定性力量，不过多份力量多份希望，而且以沈学良担任董事长办公室主任多年的人脉，他在远思有一定的人气和影响力，能拉过来为己所用，也是好事。

"沈主任，你知道我为什么提到谷歌吗？因为谷歌是当今互联网业内最有良心的公司之一，有道德、有底线，也有真相。今天我不和你讨论商业价值下的道德和底线到底重不重要，我只说说真相的重要性。真相为什么这么重要？因为你发现了真相，你就发现了人性。"黄文旭才不管沈学良是不是想听，他的话必须说完，"我通过谷歌查到了一家离岸公司，是个人离岸公司，注册人是洪方，当然，注册一家离岸公司不算什么大事，也不是见不得人的秘密，不过对于一些特殊的人来说，注册可以规避许多政策并且能随意向海外转移资金的离岸公司，就不得不耐人寻味了。"

沈学良脸色一变："你的消息属实？"

洪方是洪东旭的独子，在京城开了一家公司，和远思也有一定的业务往来，但所有的业务都符合市场规范，暂时没有发现以权谋私的幕后交易，而洪东旭也刻意避免和洪方公司直接接触，避免了其他股东的质疑。不过沈学良心里清楚，洪方在京城的公司迅速壮大的背后，肯定是借助了远思不少资源，甚至是资金。

如果不打算定居海外，不向国外转移资金，以洪方公司的规模，没有必要现在就注册离岸公司，通常情况下，巨头注册离岸控股公司，是为了规避国内政策性的改变而导致公司出现经营等重大问题，个人注册离岸公司，多半用来向海外转移资金。

以洪方目前的生意规模，他赚的钱不值得向海外转移，除非……除非在远思有人和他里应外合，暗中转移远思的资产。

“不管你信不信，我反正信了。”黄文旭点到为止，只管挑逗，不管售后，正好也到了公司，他推门下车，“倪流还年轻，他在几十年内都不会出国养老，但对于一些老年人来说，老年人的路乍一看是一条光明大道，但走不远就发现，大道到头了，而且通向的地方还是悬崖。年轻人的路就不一样了，刚走的时候也许是一条小路，但走不久就会发现，前面是长长的光明大道。”

下了车，黄文旭快步上楼，见沈学良有几分相信了他的话，他心里却是好一阵得意，有些人说他傻，他还生气，以为是骂他，结果等你真的愚弄他时，他还就信了，真是笑死人不偿命，人傻不要紧，就怕没有自知之明——谷歌就算查到什么真相，也查不到离岸公司的注册人，离岸公司有严格的保密制度，哪能在网上查到？

远思大厦十五层，远思集团总部，董事长办公室。

平常空空荡荡的董事长办公室现在人满为患，也是，一下挤进了十几个人，椅子都不够用了，急忙从外面借用了十几把椅子，董事长以下级别，就只能先站着了。

不过，宋国文的座位，依然空着，倪流没坐，谁也不会越位，即使是中省商界的领军人物卓达，也不会反客为主坐在上位。

会聚一堂的重量级人物中，来自襄都的有首远集团的林道首、丛远远和林凝欢，步凡集团的庄步凡，其余人等，就是远思的内部人士，洪东旭、唐简水以及王骏群，相比之下，来自石门的队伍才是实力庞大、蔚为壮观。

卓氏集团的卓达、盛世药业的盛夏，以及容天集团的郭容天、华达集团的孟林开、创世集团的雷动、中羽集团的付白中和东方集团的陈星睿，众人围坐在一起，形成一个圆，圆心不是别人，正是倪流。

倪流没有座位，站在人群中间，他现在的身份有点尴尬，既不算是远思内部的人，又不能以局外人自居，不过他明白一点，今天一过，他的身份或许就有了着落。

或许，嗯，也仅仅是或许，说不定还有另外的变数也未可知。

“人都到齐了吧？”洪东旭现在是东道主，他当仁不让地充当了主人的角色，“请各位来远思做客，一来为感谢各位参加宋国文先生的追悼会；二来是远思有一件大事，需要各位充当见证人，这件大事，现在也不是什么秘密了，可以对外公布了，就是宋国文先生不幸去世，生前他留下了一份遗嘱，遗嘱声明，他名下的所有股份归倪流所有。”

倪芳和宋国武站在外围，见洪东旭终于正面提到了遗嘱的事情，都微微一怔，该来的，终于要来了。

所有人都一言不发，要看看洪东旭会说些什么。

洪东旭意味深长地看了倪流一眼，又收回目光，一丝鄙夷的神色从眼中一闪而过：“虽说宋国文先生的遗嘱是个人私事，但由于他的遗嘱涉及远思集团百分之七十的股份的归属，事关远思集团的切身利益，董事会经过讨论研究，一致决定等宋国文先生的尸检报告出来之后，再根据形势做出正确的判断，在尸检报告的最终结果出来之前，远思尊重宋国文先生家属的意见。当时宋国文先生的家属以宋国文死因不明为由，要求暂缓宋国文名下的股份交接，远思法务部经过和倪流先生的协商，本着互相信任的原则，双方达成了一致，股份交接就暂时搁置了。”

事情的前因后果，只有少数人知情，在座的大部分人，只知其一，不知其二，洪东旭将事情的前后经过当众说出，是为了让在座的众人心里有一杆秤，当然，是要向他倾斜的秤。

在座的所有人，包括卓达在内，都饶有兴趣地听洪东旭讲下去，大老远从石门来襄都一趟，除了利益的驱使，也正如孟林开所说，中省商界最近太沉闷了，好不容易有一个风起云涌的事件，不来亲自感受一下，太遗憾了。

而且还有一点，宋国文在中省大小也是一个人物，他的突然去世，不但襄都震惊，中省商界也是一片哗然和震动，更让人不可理解的是，宋国文怎么就留下遗嘱要把名下股份全部转给倪流？这在中省商界可是破天荒头一次，以前，从来没有一个人会把遗产留给小舅子。

所以，许多人在利益以及好奇心和探究真相的心理驱使下，纷纷出动前来参加了宋国文的追悼会，生前就喜欢热闹的宋国文终于如愿以偿，在他死后终于制造了中省商界前所未有的最大的一次聚会。

第五十三章

五大集团

如果宋国文在天之灵有知，他一定会欣慰地笑了，就连轻易不再抛头露面的卓达也被他的遗嘱炸了出来，亲临了他的追悼会，他的遗嘱布局，达到了预期效果，而且，还会继续发酵，为远思的前景，再持续发挥影响力。

也是，远思虽是襄都第一集团，但放到全省一比，就黯然失色了，许多人并不知道远思的存在，现在好了，远思名气之大，在中省商圈之内，几乎无人不知，无人不晓，这种轰动效果，就算扔几千万的广告费，也未必可以达到。

洪东旭稍微停顿了片刻，见众人都被他的讲述吸引了，心中颇感满意，又因为是第一次成为这么多重量级人物的核心，甚至就连他平常仰视才见得到的卓达和盛夏也坐在台下听他演讲，他的自信心得到了极大的满足，心中更坚定了一个信念：人生，要做就做第一人，就算是副董事长兼执行副总裁，也是副手，永远被董事长兼总裁压上一头。

被宋国文压上一头也就算了，毕竟宋国文是远思的创始人，倪流算老几？凭什么让倪流骑到他的头上？洪东旭一咬牙，下定了决心，如果倪流今天不能遂了他的心，如了他的意，那么他就会当着众人的面抛出倪流涉嫌过失杀人的问题，让倪流身败名裂、一败涂地！

“几天前，公安部最终的尸检报告显示，宋国文先生确实是死于酒精中毒，并排除了人为谋害的可能，所以直到今天，远思才为宋国文先生举行了追悼会，作为宋国文先生的老朋友、老大哥，我谨代表我个人对他死后遭受的无妄之灾表示深切的同情和哀悼。”

戏份做得还挺足，洪东旭揉了揉眼睛，似乎真的掬了一把同情和哀悼之泪。

“鳄鱼的眼泪。”宋国武不无鄙夷并且小声地说了一句，他看了一眼身边的倪芳，“嫂子，一会儿你也上去讲几句，别让洪东旭一个人在那里颠倒黑白。”

倪芳没说话，只是缓缓地摇了摇头，也不知道她的意思是不想上去发言，还是否认洪东旭在颠倒黑白，不过到目前为止，洪东旭的话还算符合事实，没有乱说。

“既然宋国文先生确实是死于酒精中毒，那么他的遗嘱就真实合法了，现在，远思集团面临着成立以来最大的转折——宋国文先生名下的股份归谁所有，谁就是远思集团最大的股东，也会是新一届董事会的董事长，根据遗嘱，倪流是宋国文先生指定的唯一的合法继承人。”

话说到这儿时，洪东旭又停顿了一下，目光轻飘飘地落在了倪流身上。

倪流就站在洪东旭的左侧，距离洪东旭不过一米左右，他淡然而立，脸色平静，听洪东旭侃侃而谈而不发一言，既不点头赞成，也不摇头反对。

林凝欢在人群中冲倪流做了个鬼脸，还冲他竖了竖大拇指，脸上的欣喜和激动不是假装，显然，她早忘了上次倪流惹她生气的事情了。

卓达轻轻抬了抬眼皮，目光从倪流身上一扫而过，随后收回了目光，又恢复万事不过于心的漠然。倒是盛夏，目光在倪流身上停留了一两秒钟，最后目光又落到了洪东旭身上，似乎是在对比倪流和洪东旭的年龄差距一样。

“经董事会研究，又征求了宋国文先生家属的意见——包括宋国文先生的夫人倪芳和弟弟宋国武——董事会决定承认遗嘱的合法性！”

洪东旭当众宣布了远思集团董事会的决定，一锤定音，等于是正式确定了倪流获得了家属和公司董事会的双重认可，意味着倪流继承股份的所有障碍全部扫除，他可以名正言顺地伸手接下宋国文名下的股份了……

不过，事情要是真的这么顺利的话，洪东旭就不是洪东旭，而是大慈善家了。

“但是……”世界上的事情坏就坏在“但是”的转折上，洪东旭做足了文章，吊足了胃口，来了一手先扬后抑，将倪流缓缓地推到了制高点，然后一个转折，迅速地让倪流悬空，并且自由落地，“本着为远思以后的发展着想，为了不让宋国文先生十几年的心血付之东流，董事会在承认了倪流继承股份的合法性后，又一致认为，倪流年纪太轻，又没有相关的经商经历，更没有管理才能，董事会提出收购倪流手中的股份的提议，确保远思的方向掌握在有经验、有管理才能的人的手中。基于这样的考虑，早在倪流第一次来远思的时候，我就和他初步达成了一个口头协议，只有他答应了转让股份，远思法务部才会为他办理股份交接手续，当时，他也同意了……”

“嗡……”人群中发出了一阵议论之声，什么，倪流答应了洪东旭转让股份，岂不是说，倪流早早就被洪东旭套牢了？既然都答应了洪东旭，别人怎么还有机会加入竞争？倪流到底怎么回事儿，为什么之前没有明确说明他已经答应了洪东旭？

郭容天目光复杂地看了倪流一眼，见倪流不动声色，他心中稍微安定了几分，扭头冲坐在左首的付白中说道：“付董，你怎么看？”

付白中淡淡一笑：“都在演戏，看谁演得最投入、最卖力了，我不管演戏的过程，我只看结果。”

“你觉得以倪流目前的现状，他还有选择吗？”郭容天点了点头，“很明显，洪东旭设了两个套套住了他，一是倪流在没有和我们接触之前，就答应了洪东旭要转让股份；二是洪东旭明确表明，如果倪流不转让股份，董事会承认他的合法继承权，但本着为远思未来发展的考虑，不会让法务部为他办理交接手续，倪流想得到股份的前提就是必须向董事会转让股份，两个枷锁在身，倪流怎么脱身？”

“郭董，似乎我们这些人中，你最热衷支持倪流了？倪流怎么脱身，你应该比我心里更有数。”付白中不以为然地摇了摇头，“我现在对从倪流手中购买股份已经失去兴趣了，只对谁最后能当上远思的董事长感兴趣，谁是最后的胜利者，我就和谁合作。”

郭容天不说话了，置身事外不参与内斗，只和最后的胜利者合作，是风险最小的选择，但也是最没有创意的选择，他又转身问坐在右首的雷动：“雷董，你怎么看？”

雷动人如其名，行事风格雷厉风行，鼻直口方，脸上棱角分明，他正小声和孟林开说些什么，听到郭容天的问话，回头说道：“这事儿，比电影还好看。”

郭容天一笑：“我是想听听你现在的想法……”

“我还是看好倪流，别急，好戏还在后头。”雷动干脆利落地说道，“洪东旭有点不地道，一出手就想堵死别人的路，倪流在姐夫刚死，又很意外成了继承人，正一团乱麻时，洪东旭乘人之危提出不同意转让股份就不能继承的先决条件，他当时一点儿经验也没有，不答应也得答应，换了我，说不定也得被洪东旭绕进去……我支持倪流，在商言商也要讲究章法，不能拿无耻当武器。”

孟林开坐在郭容天身后，他听到了郭容天和几个人的对话，也加入了对话：“我估计洪东旭还有最后的杀招没有使出来，一旦使出来，倪流必败。”

陈星睿坐在郭容天前面，也扭头向后：“孟董，说说是什么杀招。”

五人以郭容天为中心，在台下开了一个小规模的讨论会，卓达离得远，对几个人的互动并不多看一眼，盛夏就在雷动的右首，她也能听到几个人的讨论，却只是神情淡淡，对几个人的话题漠不关心。

倒是离得最远的林道首、庄步凡注意到了五人的异动，庄步凡只是看了几眼，微微惊讶片刻，又移开了目光，而林道首却是目光深沉，目不转睛地盯着五人，仿佛要从五人的互动中发现什么一样，只可惜离得远，五人的声音又小，他完全不知道五人在讨论些什么。

孟林开压低了声音："在宋国文留遗嘱给倪流这件事情上，有三个环节最容易出问题：一是宋国文的死因，死因不明，倪流就有嫌疑。现在死因查清了，这个环节倪流算是过关了。二是家属的反对，我听说一开始倪芳和宋国武强烈反对倪流继承股份，还差点大打出手，不过根据我的观察，倪芳和宋国武也接受了倪流是合法继承人的事实，这说明倪流在背后已经做通了家属工作，那么三个环节之中的两个环节，已经过关了，就只剩下了最后一个环节……"

郭容天微微一惊，都说孟林开的成功是撞了大运，现在看来也不尽然，孟林开观察细致，善于分析，对倪流事件剖析得这么周详，他自叹不如。

"最后一个环节……是什么？"陈星睿双眼放光，明显兴趣大增，"呵呵，我一开始还犹豫是不是该来，现在看来，这一趟还真来对了，不但来对了，还长了不少见识，好事，大好事。"

"把快乐建立在别人的痛苦之上，也是好事？"雷动瞥了陈星睿一眼，"年轻人，说话的时候多留点口德，现在是远思死了董事长，而倪流生死未卜，别说让人听了觉得丢份的话，好歹咱也是体面人，是不是？"

五大集团的董事长中，陈星睿确实最年轻，他虽是东方集团的创始人，但毕竟是富二代出身，积累财富的速度比其余四人快了许多，在平均年龄四五十岁的几人之中，他不到30岁的年龄，确实扎眼。

陈星睿举起双手："行，我投降，我认错，前辈的教诲，我一定记下，好了，赶紧请孟董说出最后一个环节是什么。"

孟林开双手伸开，左手拳头右手掌："石门到襄都，120公里，我们早上过来的时候，高速一个小时，倪流当天晚上护送宋国文回来，走的国道，却走了整整十个小时，当时是百年不遇的大雪，客观理由很充分，不过要是有人非要主观认为倪流在路上有故意拖延时间的嫌疑，再策反了吴小舞做证，倪流就麻烦大了，最后被判一个过失杀人罪，一辈子就栽了……"

“啊，这也太狠毒了吧？”陈星睿吃惊不小，“至于吗？不就是争夺控股权吗？难道非要置人于死地不可？当时下那么大的雪，除非直升机，否则开什么车也不行，我倒觉得，倪流冒了生命危险送宋国文回襄都，有情有义，是个男人。洪东旭真敢这么干，我出钱、出力帮倪流打官司。”

“不要意气用事，星睿，别人的事情，你义愤什么？”付白中插话了。由于五人之中陈星睿年纪最小，一般都直呼其名，没人尊称他为陈董。

“星睿的想法虽然很意气用事，不过……我支持他。”郭容天的目光投向了洪东旭，“如果洪东旭真敢这么干，我敢说，远思没有未来了。”

“说了半天，都没有拿出一点实质性的东西出来。”盛夏冷不丁插了一句，“洪东旭的最终目的不是送倪流进监狱，是想拿到股份，而且还要低价拿到，以我估计，他的出价不会超过四亿。如果倪流提出超过四亿的价格，或是以五亿转让给我们之中的任何一家，洪东旭就会启动最后的‘撒手锏’，到时候倪流被暂时剥夺了继承权，失去了光环，谁还会帮他？”

一句话让众人都沉默了，是呀，倪流没有了继承权，就是一个无干的路人甲，谁会再出钱、出力帮他？万一帮了半天最后倪流没有胜诉，不是竹篮打水一场空了？

“我帮，帮到底，不图别的，就图一个正义。”陈星睿最后接过了盛夏抛出的难题，认真而严肃，“我就不信了，恶人还能没人治了？”

“不说了，先看倪流怎么对付洪东旭吧，我相信他不会没有后手。”郭容天发现不少人在朝自己这边张望，知道刚才的一番议论引起注意了，就忙挥手结束了谈话。

此时，洪东旭的发言也结束了，抛出了最后一个难题后，接下来，他就要看看倪流怎么接招了：“倪流，刚才我说的话，是不是属实？”

第五十四章

价高者得

倪流心中早就有了计较，做好了万全的准备。虽然卓达的出现出乎意料，但卓达是聪明人，不会明目张胆地插手远思的内部事务，而且在座的贵宾都是业内有头有脸的人物，谁也不会吃相太难看了。

洪东旭当众说清事情的来龙去脉，倒是好事，打开天窗说亮话，能摆上台面的，就先摆出来，先解决大面，再解决细节。

不过倪流相信，洪东旭当场抛出他当初口头答应股份转让的内幕，其实是想借机向他施压，让他明白一个事实——现在整个局势还是洪东旭掌控了主动权，他精心组织了五大集团连同盛世药业的同盟，在强大的卓氏面前，一败涂地，如果他还不乖乖就范，必将遭受更猛烈的反击。

倪流沉默了，沉默的时间不长不短，长到让洪东旭只差一步就失去了耐心，短到在洪东旭正要开口继续追问时，他说话了："洪总的话，基本上属实，除了最后一个关于我口头答应他转让股份的事情之外……"

"哄……"

人群一阵躁动，这么大的一个关键点，怎么洪东旭和倪流的说法不一致？这个可是谁在道义上占据上风的重点所在，如果倪流真答应了，现在当着无数人的面又矢口否认，就是耍赖了。而如果当时倪流没有答应，是洪东旭无中生有，洪东旭就大大失分了。

"倪流，你敢说你当时没有答应我？你敢说你没有说过会考虑股份转让协议的话？"洪东旭之前已经初步领教过倪流不按常理出牌的手段了，现在他好不容易占据了上风，怎能让倪流轻易翻牌？

"我是说过要考虑股份转让协议的话，也说话算话，但洪总没有弄清一个事实，我当时的话，不是对你说的，在今天之前，我们根本就没有见过面，今天，是我们第一次见面！”倪流话一说完，用手一指门口，“孟律师，你来做证，当时我们是怎样的一个口头约定？”

门一响，孟岩和沈学良正好推门进来，二人的背后，还跟着一人，正是黄文旭。黄文旭一进门就冲倪流打了一个“OK”的手势。

所有人的目光都落到了孟岩身上。

孟岩微有几分紧张，第一次面对这么大的场面，他推了推眼镜：“倪流说得对，当时洪总没有露面，委托我和倪流谈股份转让问题，倪流既没有一口答应，也没有不同意，只说等宋董的尸检最后结果出来之后，他才有决定。”

洪东旭忽然嗅到了一丝危险的气息，直觉告诉他，如果他再在一些细节问题上纠缠下去，他不但不会让倪流节节败退，而且还有可能会成为倪流扬名立万的梯子。孟岩刚才的话，明显偏向倪流，难道说，倪流还成功地策反了远思内部的人士？

这么一想，洪东旭下意识地又多看了沈学良一眼，不看还好，一看就心中一沉，沈学良明显情绪不对，垂头丧气，没有了一丝斗志，说好了他要出力从正面围攻倪流，以他现在的形象，别说围攻别人了，恐怕倪流一根手指头一碰，他就倒下了。

到底出了什么事情？洪东旭莫名其妙一阵心慌意乱，目光一闪，看到了唐简水正朝他连使眼色，是在告诉他，吴小舞被摆平了。呼，他终于长出了一口气，心中一块巨石落了地，不管出现什么变故，只要最后的杀招可以使出，倪流就必败无疑。

不过洪东旭还是临时改变了策略，决定速战速决，不再当众打压倪流了，他接过孟岩的话头，转身问倪流：“倪流，那你现在有决定了没有？怎么处置手中的股份？”

“有了。”倪流正等洪东旭这一句话，他冲人群拱了拱手，“正如洪总所说，我还年轻，不足以担当远思董事长的重任，转让手中股份是最好的选择，所以，我的决定就是——转让股份。”

人群再次发出一阵躁动，有人摇头，有人欣喜，有人失望，有人期待。

倪芳睁大了眼睛，不敢相信倪流的话，倪流不是说他不会转让股份？怎么又变卦了？

宋国武微微点头，倪流好样的，当着这么多大集团董事长的面转让股份，价格肯定可以走高了，发了，他要发了。

林凝欢气得小脸涨红，如果不是丛远远拉住她，她说不定一步向前冲到倪流面前，指着倪流的鼻子问他为什么。至于她为什么要生气倪流想卖掉股份，其实她也不是很清楚，只是觉得倪流真要这样卖掉了股份，就辜负了她对他的帮助，也枉费了她的苦心。

林道首却没有期待中的兴奋，相反，总觉得似乎哪里不对，倪流摆出了这么大的阵势，怎么会三言两语就败退了？好吧，就当倪流真想卖掉股份，他也应该和洪东旭较量一番才同意放手才对，好像倪流放手放得太快了。这就说明了一个问题，倪流有了反制洪东旭的方法，而且还有可能是极为犀利的反击。

卓达波澜不惊地看着倪流，眼神中闪过一丝惊喜，不知道他是惊喜倪流一口就答应卖掉股份，还是惊喜倪流遇事不惊的沉稳。

洪东旭也没有想到倪流答应得这么痛快，一时喜出望外，脱口而出："倪流，你同意把股份转让给我了？"

"给你？"倪流一脸惊讶和不解，"洪总，我什么时候答应股份转让给你了？我是不足以担任远思董事长的重任，应该说，你有资格担任这个重任，不过在场的来宾中，有资格担任这个重任的大有人在，既然有这么多人有资格，那么就只有一个办法决定最后由谁担任了——价高者得！"

"好呀，价高者得，当场拍卖，我第一个赞成！"陈星睿站了起来，高声喊道，"都有资格，就看谁更有实力了，再说也没有规定倪流的股份必须转让给远思内部的人，各位，我说得对不对？"

倪流的话一出口，洪东旭就如被重锤击中，心中狂风大作，差点没有当场发作，直接抛出过失杀人的头一刀砍倒倪流，不过他忍了忍，终究还是压下了心头的恶意和暴怒。

倪流太绝了，股份转让是背后交易，他倒好，一反常态，居然要当场来一个拍卖，没听说股份转让还能公开拍卖的道理，这是滑天下之大稽，这是瞎胡闹，这是开国际玩笑！

只是洪东旭的怒火再冲天而起，不到最后关头，他还是不能抛出过失杀人的"撒手锏"，"撒手锏"的意思就是一旦使出就没有退路了，就必须和倪流不死不休了，他现在还没有完全做好和倪流彻底翻脸的准备。

当然，洪东旭不是怕倪流，是担心倪流身后的五大集团及盛世药业，在没有弄清五大集团和盛世药业对倪流的支持力度之前，他不能轻举妄动。因为，他也不知道卓氏对他有几分支持力度。

正在洪东旭犹豫的当口，陈星睿迫不及待地跳出来对倪流表示了支持，顿时让他吃惊不小，难道说，倪流在短短时间内，就在石门商界有了坚定的同盟？

更让人吃惊的事情还在后头。

郭容天也紧接陈星睿之后，插了一手：“价高者得，公平竞争，才最符合远思的利益，倪流的做法，也是为了远思着想。我就抛砖引玉，先报个价，五亿。”

一句话就让洪东旭牙疼了，郭容天哪里是报价，分明是捣乱，上来就报五亿，摆明了是想堵他的路，他差点冲动之下脱口报出六亿的价格，话到嘴边又咽了回去，暗道一声好险，差点着了道。他的心理底线是四亿，超过四亿，就准备用过失杀人的手段逼迫倪流就范了；真要当众喊出六亿的价格，他就等于自己挖坑埋了自己。

“五亿有点少了，我出六亿。”雷动举手报价，还真跟在拍卖一样举牌报价，“我想我也有资格担任远思董事长，也出得起六亿的价格。怎么样倪流，你要点头我们就当场成交，这么多人，都是见证人，六亿，一周之内到账。”

宋国武几乎要跳脚叫好了，奶奶个熊，洪东旭想三亿骗走股份，还是倪流聪明，没上当，现在居然价格抬高到了六亿，足足比洪东旭的报价多了一倍，他至少可以分两亿。服了，他算是服了倪流了。

倪流淡淡一笑，脸色平静：“我想，应该还有人想出价吧？”

“六亿两千万。”一个威严而沧桑的声音响起，一个满头白发的人越众而出，站在了洪东旭身边，“我也凑凑热闹，替襄都的主人热热场，都是石门的客人报价，襄都的主人如果没人出面，也显得襄都人太不热情了。”

林道首终于出手了。

王树斌站在洪东旭的身后，心中无比郁闷，这一次的襄都之行，他淹没在无数光芒耀眼的重量级人物之中，几乎没有了存在感，本想此来是和洪东旭联手对付倪流，不料他自始至终都没有机会和倪流面对面不说，还处处被动，就连洪东旭也被倪流打了一个措手不及，甚至信心十足的林道首，似乎也动摇了，如果不是卓达的意外出现，光是五大集团和盛世药业的阵势，就足以让洪东旭没有了还手之力。

倪流这小子，不但阴险，还手腕辛辣，不好相与，如果真让他掌管了远思，绝对不是好事，早晚让他查出远思和中远的猫腻，到时，王树斌和洪东旭、洪方的交易公布于众的话，王树斌说不定会锒铛入狱。

不行，一定要将股份拿到自己手中，王树斌向前一步，朗声说道：“中远向首远支持一亿，首远的报价就是七亿两千万了。”

“嗡！”

人群轰动了，报价已经超过了股份的最高估价，场面……失控了，现在已经不是在争夺股份的归属了，而是在不惜一切代价争抢。

洪东旭见势头不妙，知道该收场了，忙说：“不好意思，股份拍卖游戏到此为止，请大家不要当真，这只是倪流调节气氛想出的一个游戏……”

“还真不是游戏。”倪流很不客气地截住了洪东旭的话，“洪总，既然我是法定继承人，股份是留是卖，就应该由我决定，怎么，你想替我做主？”

洪东旭被噎了一口：“你……你……怎么这么说话？我是为你好，别闹到最后才发现自己坑了自己。”

“七亿两千万第一次。”倪流没理洪东旭，有模有样地假扮拍卖师，“七亿两千万第二次……”

“七亿五千万。”陈星睿知道该他出面了，他就站了起来，举手出价。他算是看了出来，倪流是诚心逗洪东旭玩，也是在考验卓达的耐心，那他就火上浇点油，也顺便给卓达上上眼药。

陈星睿早就看卓达不顺眼了，一副老神在在的表情，好像他就是世界的中心一样，所有人都必须围绕在他身边才能正常运转。他就想看看，卓达到底是真心支持洪东旭，还是只看热闹、装腔作势来了，都报到了七亿以上的价格，不信卓达还能无动于衷。

陈星睿报出七亿五千万后，会场安静了，没人再出面报价，连议论声也没了，也不知是都被震惊了，还是觉得场面失控了，报价超过了股份估价，敢情各位远道而来，不是为了追求利润，而是专程送钱来了？

王树斌气炸了，他和陈星睿远日无冤，近日无仇，陈星睿何苦非要和他过不去？他和林道首加在一起才出资七亿两千万，陈星睿一人就出资七亿五千万，是什么意思？是想凭一人之力压他和林道首两个人？

“林兄，陈星睿是小孩子，意气用事，又是富二代，我们就不和他一般见识了，让他拿钱烧着玩吧……”王树斌故意挑起林道首的怒气，想让林道首再追加资金。

林道首是何许人也，岂能被王树斌拉下水？他笑了笑，没有接话，而是伸手招过林凝欢，和林凝欢耳语了几句。

林凝欢顿时一脸惊喜：“真的呀？”

“爸爸什么时候骗过你？”

“好，等下来我去和倪流好好谈谈，他肯定答应我。”林凝欢笑意盈盈，喜不自禁。

第五十五章

游戏规则

王树斌心里咯噔一下，不好，难道说林道首见势不妙，要改变策略了？看林凝欢眉开眼笑的喜相，八成是要色诱倪流了。倪流正年轻，在美人计面前肯定逃脱不掉……怎么办？他一筹莫展，忽然就一咬牙，索性一不做二不休，拉林道首继续下水，让他上不了岸。

“中远再向首远追加一亿投资，首远的报价就是八亿两千万！”王树斌手举得很高，声音说得很响，唯恐别人看不见、听不到一样，盛气凌人。

话一出口，他心中无比舒坦，原来用钱砸死别人的感觉，真的不错。

八亿两千万？人群再次震惊了，开什么玩笑，赌什么气，远思百分之七十的股份，七亿就高估了，八亿就溢价太多了，还八亿两千万，是不拿钱当钱，还是拿钱砸人玩？

得了，今天的拍卖会，成了各大集团之间明争暗斗的较量了，部分原本也想借机蹚一蹚浑水的董事长和老总，都收回了原先的心思，老老实实地当起了看客。叫价已经到了八亿两千万，不是什么人都能玩得起的游戏了。

卓达还是不动声色，脸色平静得如深不可测的大海。大海就算风平浪静，但人人知道，大海的深广，非小江小河所能与之相比。

许多人的目光都投向了倪流，想起刚才倪流自谦不能担当远思董事长重任的话，不少对他有几分轻视的人忽然觉得这个年轻人原来还真是自谦，以他的商业手腕，能将远思百分之七十的股份竞价到八亿两千万，就凭这一份本事，他就足以担当起振兴远思的重任！

股份也能拍卖？许多在商场中沉浮十几年的老人都暗暗赞叹，这一手就算不是前所未有的创举，也是让人叹为观止的创意，江山代有才人出，谁说商业规则一成不变？该变通的时候，就得变通，不管黑猫白猫，能创造商业价值的，就是招财猫。

沈学良心思大动，信念动摇了，倪流这是要逆天呀，这一手玩得太漂亮了，是名正言顺的阳谋，比起洪东旭鬼鬼祟祟的阴谋，高明太多了。再想起路上黄文旭的话，他心中的天平，再一次倾斜了。

“八亿两千万第一次……”倪流态度端正，声音洪亮，“八亿两千万第……”

话说一半，就被打断了，一个三分嚣张、四分狂妄的声音接过话头，冷笑一声：“九亿！”

九亿？玩笑开大了，世界纷乱了，惊天动地了，不可思议了。

“哄……”人群沸腾了，都朝说话的人望去，见一个40岁开外50岁不到的中年人站在人群之中，瘦而高，脸色冷峻，表情傲然。

“中羽集团，报价九亿。”他又强调了一遍，不无挑衅地朝卓达看了一眼，随即坐回座位。

原来是中羽集团的付白中。不少认识付白中的人心中纳闷儿，不是说付白中为人一向冷峻有余而激情不足，今天怎么也激情了一回？

付白中也按捺不住，出手了。他不傻，也看了出来，到目前为止，卓氏和盛世都还没有报价，所有人都抱着挑战卓氏和盛世的心理报出高价，就是想看看，卓氏和盛世到底对远思的兴趣有多大，他也早就看卓达不顺眼了，就想看看，他的九亿能不能炸动卓达这条大鱼跃出水面。

“行呀，付董，有魄力。”陈星睿乐呵呵地一拍付白中的肩膀，“我顶你。”

“来都来了，不玩一把，也对不起自己新买的迈巴赫。”付白中明是回答陈星睿，却有意无意看了孟林开一眼。

孟林开新买了一辆卡宴，自称来襄都是为了试试卡宴的性能，说实话，对五大集团的五人来说，一辆一两百万的豪车早就不是身份的象征了，有什么投资几亿甚至十几亿的重大项目，才是成功的标志，付白中的话，明显是挤对孟林开，想让孟林开报价。

孟林开咧嘴笑了笑，一摆手：“不和你们年轻人玩了，我今天只看热闹。”

“孟董倚老卖老，不太好吧？”五人中，郭容天年纪最大，他就表达了不满，“五个人，就孟董没有报价了，既然都来了，就下一把注，试一试手气，说不定就中了。”

孟林开摆摆手，态度很坚决：“说不玩就不玩，看戏，继续看戏。”

"我想……"倪流一脸浅笑，目光朝人群中一扫，"应该没人再报出超过九亿的价格了吧？下面我宣布……"

"十亿！"

苍老、威严、淡漠并且微带沙哑，而且声音也不太响，却让在场的每一个人都听得清清楚楚，所有人的目光都朝人群中最淡定、最漠然的老者望去，终于，不动如山的卓达报价了，不出手则已，一出手，就是十亿的大手笔。

十亿！宋国武差点没有激动得晕过去，天啊，从三亿涨到了十亿，岂不是说，他分三分之一也有三亿可拿了？三亿的巨额财富，一辈子花天酒地都花不完，发达了，真的发达了，他恨不得跳出来一锤定音，替倪流行使拍板权，当场宣布成交。

只可惜，他不是倪流，没有倪流的沉稳有度，也不如倪流心深如海，听到卓达十亿的报价，倪流既没有喜形于色，更没有欣喜若狂，只是不动声色地说道："十亿第一次……"

这一下，无数人都把目光从卓达身上收回，投到了倪流身上。这个年轻人，到底是真的不动如山，还是太会演戏了，溢价超过了三亿，还能这么镇静，太了不起了。

"十一亿！"

终于，在无数男人或高昂或低沉或指点江山的报价之后，一个清脆悦耳的女声响起，不报则已，一报惊人，十一亿的价格，接近或超过了远思的固定资产，这已经不是正常的商业行为了，是实力的比拼，是一场不见硝烟的商战。

盛夏……出手了。

"虽然远思的固定资产估价才十几亿，但我认为，远思发展的潜力巨大，远思百分之七十的股份现在看来是不值十一亿，不过如果我接手了远思，一年之后，远思的资产就会翻一番！"盛夏不但报了价，还说出了她对远思的期望，"如果盛世成功兼并了远思，我会任命倪流担任CEO。"

盛夏这么看好倪流？许多人都睁大了眼睛，莫不是盛夏看上了倪流？一想也是，盛夏现在可是单身，虽说她比倪流大几岁，不过年龄的差距不是问题，问题是，这次兼并如果真的成功了，同时又促成了一桩婚姻的话，还真是中省商界的一个美谈。

"十一亿……价格不错。"倪流冲盛夏点头致意，又向众人示意，"还有人报出更高的价格吗？没有的话，我就宣布决定了。"

会场一片静寂，没有人再继续加价，就连卓达也是微微摇头，脸上露出不解和不以为然的神色，应该是对盛世故意和卓氏作对感到盛夏不可理喻，盛世和卓氏因为种种原因一直不和，是中省商圈人所共知的事实，但为了所谓的解气而一掷千金，就不是明智的举动了。

不过，他也要恭喜盛世花十一亿买了一个大包袱，远思是有前景，也有卓氏需要的技术和发展思路，但十一亿的代价太昂贵了，不划算，风险太大；盛世又是以医药为龙头，对房地产业研究不够深入，想借远思的市场进军房地产业，和卓氏一争高下？哼哼，还是太想当然了。

女人到底是女人，又是年轻的女人，太冲动，太感情用事，卓达心中一阵轻松，他倒要看看，倪流宣布成交后，盛夏是不是真的遵守游戏规则，拿出十一亿买下远思百分之七十的股份。如果盛夏真买，好，他乐见其成，看盛夏怎么整合远思，是被远思拖累，还是借远思再上一层楼。如果盛夏赖账，他会和在场所有人一起让盛夏下不来台。

“十一亿第一次……”倪流高高举起右手，“十一亿第二次，十一亿第三次，成交！”

随着倪流的右手迅速放下，在空中划过一道坚定的弧线，似乎这一场注定要轰动中省商界的交易就此落下了帷幕。

倪芳喜忧参半，喜的是，十一亿，溢价那么高，倪流肯定不会亏待她，她下半辈子衣食无忧了；忧的是，宋国文辛苦创立的公司，就这么易手别人了，心中多少有些不舍，尽管她对远思的感情并不深。

宋国武狠狠地掐了一下自己，疼，不是做梦，十一亿，他要三亿五千万不多吧？真刺激，转眼间身家就多了几千万，比过山车还过瘾，真是一飞冲天的享受啊。

洪东旭大脑一片空白，怎么回事？这到底是怎么回事？怎么就被倪流掌握了主动权？怎么就被倪流拍出了十一亿的高价？怎么连卓达出面也没能帮他镇住场？怎么他就这么在众目睽睽之下……败了？

这……不应该呀，他还有“撒手锏”没有使出，怎么就能让倪流当场宣布了成交？等于这一个正面交手的回合，他被一脚踢到了一边，只有旁观的份儿，没有发言的资格，怎么会这样？

洪东旭不干了，怒不可遏，悄然朝唐简水使了一个眼色，暗示唐简水可以放出最后的“撒手锏”了。唐简水会意，朝洪东旭微一点头，转身走出了办公室。

吴小舞在洪东旭的办公室等候，洪东旭相信只要吴小舞一露面，他就可以一举将倪流打落尘埃。

“十一亿是一个很让人兴奋的价格，也比股份的实际价值溢价不少，我很兴奋也很激动。”倪流在众人期待的目光下，开始了最后的陈述发言，“感谢各位对远思的厚爱，你们的报价，是对远思的肯定，证明不止我一个人看好远思的未来，石门以及襄都的几大集团公司都看好远思的市场前景，这让我深受鼓舞。”

“爸，你是不是猜错了？倪流明显是要卖掉远思呀，他股份出手了，我还和他谈什么呀？”台上，倪流侃侃而谈，台下，林凝欢对林道首大表不满，“你肯定形势估计错误，都出到十一亿了，倪流百分之百会卖掉股份。”

如果说在场众人之中，谁是老神在在的第一人？那么非卓达莫属；谁是第二人？毫无疑问，就是林道首。比起卓达的云淡风轻和不动如山，林道首是山高云深和不动如松；或者说，别看卓达是当之无愧的中省商界第一人，但在人性的把握和分析上，他和林道首相比，还有所不如。

“不会，倪流不会卖掉股份。”林道首的目光紧盯着倪流不放，似乎唯恐眼睛一眨就错过什么精彩一样，“没想到哇，倪流成长得这么快，而且他的悟性也这么高，了得，实在是了得。我以前一直不服国文，总觉得他不比我高明，现在我才知道，在识人之明上，我还是比他稍逊了一筹，让倪流当他的接班人，是他这辈子最漂亮的花招，也是最成功的投资。”

“都出到十一亿了，倪流他傻呀，他为什么不卖？我想不明白。”林凝欢噘着嘴，一分调皮，三分可爱，十分不满地瞪了台上的倪流一眼，“吃得挺胖，装得挺像，原来你还真有几分真本事。”

“如果你能跟上他的思路，你的福往庄园就能大火了。”林道首摆手制止了林凝欢继续说下去，“嘘，别闹了，结果马上就出来了。”

“虽然盛董出到了十一亿的高价，我要感谢她的厚爱，但我要说，刚才的拍卖环节从一开始就是一个错误，错就错在我忘了报我的底价。”倪流朝盛夏点头致谢，又朝众人拱手致意，“再次感谢诸位对远思的盛情，但由于最高出价和我的底价相差太远，我宣布本次拍卖——无效！”

“哄！”人群一阵躁动，倪流太不识抬举了吧，都出到十一亿了，还不到他的底价，他的底价到底是多少？做人不要太贪心了，十一亿，别说只买远思集团百分之七十的股份了，哪怕是买下整个远思都绰绰有余了。

倪流是想闹哪样？

“倪流，你的底价是多少？”

“就是，说说你的底价，也让我们长长见识，开开眼界。”

“别不识抬举了，十一亿了还不卖，贱人就是矫情。”

“谁骂人？有种站出来！”林凝欢顿时怒了，寻找声音的来源，“信不信我打得你跪下叫姑奶奶！”

“倪流，说说你的底价，给我一个信服的理由。”盛夏站了起来，对众人说道，“现在是我和倪流之间的事情，由我和倪流解决就行了，请你们不要插手。”

一句话，众人都偃旗息鼓了。

第五十六章

大胜

林道首就及时向林凝欢点评现在的局势："看到没有？盛夏就是倪流的托儿，盛夏最后出价最高，就把别人都排斥在外了，只要她最后认可倪流的说法，谁都无话可说。倪流够聪明，想好了每一步和每一个环节，今天的一局，我看洪东旭怕是输定了。"

林凝欢似懂非懂："倪流真有这么厉害？我怎么觉得他……傻乎乎的？"

"我的底价是……"倪流掷地有声，"七十亿！"

这一次，人群没有躁动，不是被倪流震惊了，而是都不屑于震惊了，倪流的大话吹得太大了，在座的各位哪一个不是中省商界的风云人物？在鲁班面前耍大斧就和在关公面前舞大刀一样，是自讨没趣。

"或许有人要说，倪流肯定疯了，远思的总资产才有多少？是，我很清楚远思现在的实力，我说的七十亿，也不是说现在远思百分之七十的股份就值七十亿，而是说在不久的将来，在我的带领下，远思会大步前进，会在现在的基础上，在五到十年期间，总资产突破一百亿的规模，到时候，百分之七十的股份，不是七十亿又是多少？"倪流面对众多老前辈和商界大亨，说不怯场那是骗人，但现在是和洪东旭的关键一战，许胜不许败，而且事关远思的未来，他只有迎难而上，退缩，只有死路一条，前进，才有一丝生机，更何况，商场之上，心有多大，舞台就有多大，口出狂言没什么，只要敢想、敢干、敢拼，宋国文可以用十年时间从零做到十，他又未必不能用十年时间从十做到一百。

"在我的评估体系中，远思的未来，将会是一家百亿资产规模的全国性大型集团公司，而不是只在襄都称王称霸的区域性集团公司，等我接手了股份，接管了远思，我对远思的未来规划是，十年，一百亿。我对远思员工的承诺是，收入翻番，期权奖励，十年之内，保证人人有房住、有车开。”倪流真诚而坦诚，朝众人深鞠一躬，“宋国文先生用了十年时间，从无到有创造了远思，从零到十，他成功了。现在，他把远思交给了我，是相信我的能力，是信任我的忠诚，从十到一百，我相信有各位前辈的厚爱和支持，有远思各位同事的协助和同心协力，一定可以不辜负宋国文先生的重托，让远思在我的手中发扬光大。十一亿的高价收购，我都不会转让手中的股份，就说明我对远思有百分之百的信心，更说明我对宋国文先生的托付铭记在心，值得我用一生的努力去回报他的厚爱！”

在静默了片刻之后，盛夏带头鼓掌：“说得好，倪流，有情有义，有胆有识，我放弃对远思股份的收购，支持你的决定。”

掌声雷动，经久不息，倪流的话，点燃了远思人心中的激情和火焰，让许多远思中层对倪流由陌生到熟悉再由熟悉到好感，一步跨越了漫长的了解过程，同时也让倪流的形象，迅速在远思人心目中高大起来。

林道首也拍手叫好：“高，确实高！欢欢，你向倪流学习的地方还很多，今天，他是绝对的唯一的主角，所有人的捧场，所有人的出价，都成全了他的名声和威望，让他一步就在远思人的心中奠定了不可替代的位置，现在的他，还不是董事长，但我相信，在不少远思人的心目中，他已经是董事长了。这个年轻人，真是了不起。”

确实是了不起，倪流这一手，借卓达和盛世的声势，借洪东旭之手，在中省商界内无数重量级人物的眼皮底下，完成了他的人生逆袭，而且还是一次华丽得亮瞎了无数人的眼睛的逆袭!

每个人的一生中，或多或少都会有逆袭的机会，但是不是逆袭成功，只看你在机会来临时，能不能紧紧抓住了。从本质上来讲，倪流是不折不扣的草根，他只有宋国文的一纸遗嘱，既无社会资源和人脉，又没有雄厚的经济实力，却最终在关键一战中，力挽狂澜，完成了一次惊天的逆转，他依靠的是什么？唯有智慧而已。

每一个白手起家的成功者，最开始时，都没有人脉和资源，也没有资金。尽管每一个人的成功之路不尽相同，但有一点可以肯定，每个成功者，都有别人所不具备的优秀品质，比如高人一等的智慧，又比如百折不挠的精神，再比如敏锐的眼光和非凡的洞察力。

倪流固然有宋国文的遗嘱在手，有加分项，但他面临的困难也是非常巨大的。不提宋国文家人和家属的反对，就是远思内部的反对声音，也是如潮水般奔流，更不用提外部还有无数人虎视眈眈，想借机吞并远思了。在如此错综复杂的处境之下，他能步步为营，最终赢得今天的胜利，绝非侥幸，也不是巧合，而是他巧妙地借势借力，充分利用了每个人的贪心为他所用，才有了今日之局。

卓达也是微微颔首，也为倪流鼓掌，他欣赏聪明的年轻人，对倪流想要壮大远思的理想乐见其成。当然，如果在远思扩张的过程中，远思和卓氏的利益发生了冲突，他也会毫不留情出手阻击。

倪芳也用力为倪流鼓掌，十一亿的收购价确实诱人，不过如果远思最后留在倪流手中，姓倪而不是别的姓，也足以告慰宋国文的在天之灵了。

宋国武惊呆了，倪流脑子进水还是让门夹扁了？十一亿的价格都不卖，吹什么牛说什么大话玩什么煽情，什么以后做到一百亿，要什么以后的一百亿？就要眼前的十一亿。不行，等下一定要和倪流说清楚，如果他不改变主意转让股份，我宋国武和他没完，一定要想尽一切办法阻止倪流顺利继承股份。

洪东旭脸色灰白如纸，至此，他终于领教了倪流的手段，明白了倪流的用心，原来，倪流自始至终都没有要卖掉股份的想法，所有抛售股份的消息和报价，都是虚招，都是为了他顺利继承股份而埋下的伏笔，之前的种种低调，都是为了今天的高调。这个倪流，还真是不鸣则已，一鸣惊人，这一下好了，不但倪流声名远扬，远思也会声势大涨，成为中省最有名气的集团。

而且倪流还趁机收买人心，俨然以远思董事长自居，直接就是要抢权夺班的吃相，摆明了就是不将他这个远思元老放在眼里，一旦倪流坐上了董事长的宝座，还不得想方设法对付他？

不行，不能让倪流就这么得逞了，太气人，太可恶了！倪流的做法，完全就是踩着他的脑袋上位，让他成了倪流的垫脚石，用他的失败衬托了倪流的高明，他咽不下这口恶气，不管了，撕破脸皮也要撕下倪流的面具。如果当众揭露倪流有故意拖延时间耽误宋国文治疗的行径，就是为了让宋国文去死而他可以借机得到远思，不知道倪流刚才堂而皇之的宣言，会不会变成他自己打自己耳光的伴奏？

本来洪东旭是想在背后和倪流摊牌，事情能不闹大最好，他也不想把事情做绝；现在他改变了主意，决定当众揭露倪流，灭掉倪流刚刚树立的威望，毁掉倪流苦心经营的好形象。

“沈主任，关于倪流继承股份的事情，我记得你有话要说……”洪东旭久等吴小舞不至，就决定让沈学良先开第一炮，然后再让吴小舞补充指证，可以让倪流没有还手之力。

洪东旭当众点名沈学良，顿时让现场的气氛急转直下，不少人立刻感受到了扑面而来的寒意，马上来了精神，莫非眼见倪流大获全胜时，洪东旭还有“撒手锏”，要来一次神转折？

沈学良和孟岩、黄文旭站在一起，他在众人目光的注视下，脸色微微涨红，支支吾吾地说道：“我，我……”

黄文旭轻轻地咳嗽了一声：“孟律师，诽谤罪一般要判几年？”

孟岩会意：“三年以下有期徒刑。”

“我没什么要说的了，倪流是合法的继承人，也将会是远思合格的董事长。”沈学良似乎一下惊醒了，忙不迭地表明了坚定的立场，“我个人欢迎倪流加入远思。”

洪东旭脸色瞬间铁青了，如果说孟岩刚才的话就已经让他足够警醒，明白事态可能发生了想象不到的变化，那么沈学良的临阵倒戈就更让他明白了一个事实，形势失控了，没有按照他的既定计划向前发展，而是出现了不可预料的偏差，毫无疑问，倪流在背后做了策反工作。

不怕，他还有最后的“撒手锏”，他目光四下搜寻，唐简水不是去请吴小舞了？怎么还没有回来？时间耽误得也太久了，早就应该回来了，难道又出现了什么变故？

“洪总，你是在等唐简水和小舞吧？”倪流向前一步，冲洪东旭招了招手，“别等了，他们不会来了，我有一句话，想和你说一声……”

说话间，倪流来到洪东旭身边，附在他的耳边小声说了几句。

片刻之后，洪东旭脸色大变，一脸难以置信的表情看了倪流一眼，过了良久，他缓缓地长出了一口气，心有不甘却紧咬牙关，大声说道：“我代表远思集团宣布，倪流先生即将继承宋国文先生名下的股份，成为远思第一大股东，并将负责重组董事会！”

百分之七十的股份，拥有绝对控股权，倪流有权解散董事会并重组董事会，至此，经过无数波折和艰难险阻，冲破重重阻力和困扰，倪流终于过五关斩六将，为自己争取到了应得的利益！

洪东旭的话一说完，现场就响起了热烈的掌声。在掌声中，有人欣喜，有人无语，有人无奈，有人咬牙切齿。洪东旭脸色不善，但还是挤出一丝笑容，为倪流鼓掌，心中却恨意滔天，好呀倪流，够狠，够歹毒，行，你有种，暂且让你一步，不要以为继承股份当上了董事长，远思就是你的天下了，等着，等你真正当上了董事长之后你才会发现，你的噩梦才刚刚开始。

林凝欢欢快地跳脚鼓掌，她现在对老爸佩服得五体投地，老爸太厉害了，果然猜中了倪流大获全胜的结局，可是，老爸和倪流又不熟，他怎么就这么聪明能看穿倪流的心思：“爸，倪流说了几句什么吓得洪东旭脸色都变了？”

“我怎么知道？我又不是神仙。”林道首似乎很善于从善如流，对于倪流的胜利乐见其成，仿佛忘了他原本坚定地支持洪东旭一样，“不过大概也可以猜到，洪东旭最后的‘撒手锏’被倪流反制了。看来，之前许多人都看错了倪流，只有宋国文眼光最毒，对倪流性格中的叛逆和遇强则强的一面看得清清楚楚，他选择倪流，等于是布了一个大局，不但算计洪东旭，也算计了我，不过我现在想对他说一句：‘国文，你赢了。’”

“爸，我挺佩服你的，说变就变，明明你一直支持洪东旭，却转身又要和倪流合作，你们男人是不是从来不会感情用事？恨一个人和喜欢一个人，难道不需要感情转变？”林凝欢实在理解不了爸爸前一刻还拿出五亿支持洪东旭，一见洪东旭败退，马上就让她准备和倪流接触，让她当首远的使者，提出和远思合作的构想，这变脸也变得太快了。

“什么恨呀爱呀的，在商言商，我的原则就是首远集团的利益最大，然后在这个前提下，尽可能和胜利者合作。商场上的事情，本来就是能者居上，胜者为王，失败者，没有市场。欢欢，记住一点，在你做出重大决定之前，一定要确保你没有感情用事，不要让你的个人感情左右了判断。”

“不可能，是人都会有七情六欲，一个人怎么可能不受情绪影响？喜欢就是喜欢，讨厌就是讨厌，这叫爱憎分明。”

第五十七章

新的战场

林道首摆了摆手："好了，不做无谓的争论，等你以后和倪流接触多了你就会发现，在利益面前，倪流也会有冷酷无情的一面，他不会考虑你的感受。"

"我不信！"林凝欢固执己见。

林道首没再多说，又把目光投向了场中。

所有人都站了起来，为倪流鼓掌。既然已成事实，既然来了，送一份鼓掌的顺水人情不过是举手之劳的事情。在场众人哪一个不是见多识广的场面人？哪怕心中对倪流既不服气又嫉妒，表面也要做足戏份。

在经久不息的掌声中，远思自成立以来的最大的一次盛会，就此落下了帷幕，等于也正式宣布了远思宋国文时代的结束，即将迎来一个新时代。至于新时代是不是倪流时代，许多人都不敢妄下结论，虽说倪流终于顺利地继承了股份，而且显而易见，作为最大的股东，他坐上董事长的宝座只是时间问题，但可以预见的是，洪东旭不会甘心失败，接下来，斗争就会由间接交手转变为倪流和洪东旭的直接交手，战争，只不过由一个战场转移到了另外一个战场罢了。

而且也有一些对远思现状稍有了解的远思内部人士，对远思的未来忧心忡忡，倪流的豪言壮语还在耳边，但以倪流的年轻和对远思的掌控能力，他能带领远思平稳过渡，完成一次重大的权力交接吗？平稳过渡后，等倪流发现了远思的财务状况远不如对外公布的数据好看，他还会对他信誓旦旦地要用十年时间从十做到一百的理想充满信心吗？

怕是就会后悔现在的草率决定了，早知道远思的真实状况，还不如卖了股份才是真正的实惠。

或许是唯恐迟则生变，或许是孟岩的自作主张，在洪东旭正要宣布散会的时候，孟岩却分开人群，冲到了台上，拿出一份文件交到了洪东旭手中："洪总，难得今天各位贵宾会聚一堂，当着各位贵宾的面签署了股份交接，对远思来说，也是意义重大，而且各位贵宾作为见证人，见证了远思有史以来最大的股份交接，等于是见证了远思历史上永远值得铭记的一刻！"

好嘛，孟岩完全是在逼宫，是怕夜长梦多，想当众办理了交接手续，好让他没有办法再反悔？洪东旭狠狠地瞪了孟岩一眼，反水是吧？好，有你好受的时候。

"这个提议好，我很乐意当见证人。"又是陈星睿最先跳出来，为倪流摇旗呐喊，"大老远从石门跑来襄都，能作为远思历史时刻的见证人，我很荣幸，相信许多人也和我是一样的想法，是不是？"

"确实，我也很乐意当见证人。"盛夏第二个表示支持。

雷动无动于衷，付白中置身事外，孟林开哈哈一笑："好，好，见证，我也见证一下。"

郭容天拍了拍手："好了，远思的内部事务，还是由远思自己决定好了。"

"东旭，让远道而来的朋友见证一下远思的历史时刻，对远思也是一件好事。"谁也没有想到的是，林道首公开支持倪流，"再说，股份交接手续，又不涉及远思的商业机密。"

洪东旭心中一片悲凉，林道首真不可交，关键时刻落井下石，昨天还信誓旦旦地说要和他并肩作战，一见他落败，就转眼翻脸不认人，真是人心不古呀。

洪东旭无路可退了，只好假装从善如流："好，既然大家都愿意见证远思的历史时刻，我也不能拂了大家的好意不是？下面就请远思集团法务部经理孟岩为倪流办理交接手续。"

孟岩压抑心中的激动，将文件递到倪流面前，让倪流在文件上一一签字。见倪流工工整整地写上了名字，他心中高悬数天的一块巨石终于落地了，总算不负宋国文对他的信任，最终还是在他的主持下为倪流办理了交接手续，也算对得起宋国文的在天之灵了。

当倪流签署完了最后一份文件，意味着从此宋国文名下的股份正式转移到了倪流名下，倪流完成了人生之中最华丽的一次转身，由一个一文不名的小年轻一跃成为远思最大的股东，从此，海阔凭鱼跃，天高任鸟飞，倪流的人生，将会掀开全新的篇章。

远思从此刻起，改天换日，正式进入了倪流时代！

一场盛会终于落下了帷幕，作为必将铭记在远思历史上的一次盛会，成就的只有一个人——倪流，倪流以众星捧月的阵势闪亮登场，并且所向披靡，连破洪东旭设置的数道关卡，终于如愿以偿，拿到了本来就属于他的股份，而且，倪流不但拿到了股份，还赢得了荣耀。

散会后，有人离去，有人留下，有人向倪流祝贺，有人向倪流质疑。祝贺的人，倪流笑脸相迎；质疑的人，如宋国武之流，就由黄文旭直接挡下，拉到一边私下交流去了。

“倪董，以后请多多关照。”

“倪董，我是远方公司的刘微微，很荣幸认识倪董。”

“倪董好……”

不少中小公司纷纷向前，争相要给倪流留下好印象，倪流也由以前的倪流升级为了倪董，身上光环大开。

应付完了一帮中小公司之后，倪流再招呼几大集团，却发现雷动、付白中和孟林开不知道什么时候走了，走的时候也没有和他打一声招呼，或许和洪东旭告别了，不管怎样，他心中闪过一丝不安，怕是雷动、付白中和孟林开对他有意见了。

不过……随便吧，他不可能让所有人都满意，不求尽善尽美，但求问心无愧。

郭容天、陈星睿和盛夏留了下来，出人意料的是，卓达也留了下来。

晚上，倪流举行晚宴宴请众人。

宴会在襄都最豪华、最高档的正大酒店举行。摇身一变成为远思最大股东的倪流，不再是穷小子一个，他举行宴会，自有董事长办公室主任沈学良以及行政秘书负责安排，他只需要吩咐下去即可。

倪流上位，洪东旭就退居了次位，虽然心有不甘，但和官场上老大优先制的原则一样的是，商场上，也是资本为王，谁是最大股东，谁就有话语权，更不幸的是，倪流拥有百分之七十的股份，是绝对控股，顺理成章地就有绝对的发言权。

洪东旭心中那叫一个郁闷，以前跟在宋国文后面也就算了，现在却跟在一个比他儿子还小的年轻人后面，让他大感面上无光，不过也没办法，资本市场就是如此无情，不像官场，官场还有论资排辈一说，再有后台也要熬资历，但资本市场不管资历只问资本，英雄莫问出处，权力只看实力。

好在倪流还算谦让，在安排座位的时候，卓达在首位，洪东旭在次位作陪，他坐在了下首，和郭容天、陈星睿、盛夏坐在了一起。本来林凝欢也想挤到倪流身边，却被黄文旭拉开了。

“起开，干吗拉我？我要和倪流坐在一起。”林凝欢对黄文旭十分不满，“你谁呀你？一边去。”

黄文旭用手指着林凝欢秀美的脸蛋：“瞧瞧，忘了我是谁了？真是贵人多忘事，我是那个那个谁呀？想起来没有？”

“少来这一套，起开！”林凝欢非要入座不可，“你再敢动我一根手指头，信不信我打得连你爹妈都不认识你？”

真是暴力、野蛮、刁钻的小护士呀！黄文旭阅女无数，岂能被林凝欢吓住？他嘿嘿一笑：“我从小就没有了爹妈，所以，不管你打不打我，他们都不会认识我。”

“真的呀？对不起呀，我没想到你是孤儿。”林凝欢一下信以为真了，“好吧，我问你，你为什么不让我和倪流坐在一起？”

“如果我没有猜错的话，你就是制服诱惑妹妹林凝欢了。”黄文旭兴奋地搓了搓手，好像灰太狼要对喜羊羊下手一样，“因为，倪流说了，他和你的交流最好在私下，在公共场合，就不要眉来眼去了，所以，我是奉倪流之命拉你到另外的座位上，而且倪流还有几句话让我转告你……”

“什么是制服诱惑妹妹？为什么非要私下交流不可？他有什么话不能当面对我说，还非要你转告不可？”林凝欢问题多多，还没有问完，就被黄文旭骗到另外的座位上了。

其实黄文旭也不是完全骗林凝欢，而是他想从林凝欢嘴里套话，不想让林凝欢现在影响倪流的应酬，才拉走了林凝欢。至于他心中是不是还有对制服诱惑不死心的想法，想色胆包天泡一泡林凝欢，恐怕就只有他自己心里有数了。

吴小舞还是没有出现，也不知道去了哪里，不过唐简水却露面了，露面是露面了，一脸沮丧，垂头丧气，好像遭受了什么重大打击一样。他露面后和洪东旭耳语了几句，洪东旭听了，愣了片刻，忽然仰天长叹一声：“竖子成名！气死我也！”

刚说完气死的话，洪东旭目光一闪，落在了一个熟悉的身影上，顿时怒从心头起，恶向胆边生：“她怎么来了？谁让她来的？”

“我也不知道。她不但来了，还忙前忙后，好像她是远思的员工，不，好像是总裁办行政秘书一样。”唐简水摇摇头，“想都不用想，是倪流故意让她给我们上眼药来了。”

“学良，学良，”洪东旭咽不下心中的恶气，“你把兰姣赶走，她不再是远思的员工，没有资格出现在远思的宴会上。”

沈学良不再如以前一般对洪东旭唯命是从，他一脸为难：“洪总，兰姣是倪董安排的人手，我哪敢赶她走？这事儿，我看就算了，当初兰姣替倪董出头才被开除，现在倪董上位，安排一个行政秘书，是人之常情。”

洪东旭气得说不出话来，总不能他亲自出面赶兰姣，也太有失身份了，只好不耐烦地挥了挥手：“行了，行了，先这样吧。”

宴会开始了，还是先由洪东旭出面致辞，随后倪流正式以远思最大股东的身份，也发表了讲话。他的发言很简短，就三句：“首先感谢各位参加宋国文先生的追悼会，其次感谢各位见证了远思的历史时刻，最后感谢洪总在远思动荡期间为了稳定远思的局势所做出的努力，让我们共同举杯，为了明天干杯。”

花花轿子众人抬，众人纷纷举杯和倪流碰杯，经过一系列精心的谋划，倪流终于兵变成功，黄袍加身，可谓春风得意，达到了人生第一个顶峰。

倪流郑重其事地和每一个人碰杯。

“卓董是中省商界泰斗，一直是我人生的偶像，能和偶像坐在一起，荣幸，荣幸。”

卓达轻轻一抿杯中酒，只喝了半杯就放下了：“倪流，宋太祖黄袍加身后，还一直征战，开拓疆土，而且又经历过几次大败。能打下天下，不一定能守得住天下，你的路，还很长。而且我也不怕告诉你，卓氏对远思的兴趣很大，会一直寻找机会控股远思。”

好嘛，当面下了战书，倪流一口喝干了杯中酒：“未来的市场，是一个你中有我我中有你的市场，远思也不是封闭的远思，欢迎卓氏入股，而且我也不怕告诉卓董，远思的野心，大得很，希望有朝一日也可以入股卓氏，和卓氏互相入股。”

“哈哈哈哈。”卓达仰天大笑，也不知道是嘲笑倪流的狂妄，还是欢迎倪流的挑战。

倪流和盛夏碰杯。

“盛董巾帼不让须眉，侠肝义胆，我敬盛董一杯，盛董在关键时刻拔刀相助，义薄云天，女中豪杰。”

“瞧你说的，到底是要把我夸成一枝花，还是夸成穆桂英？我怎么总觉得女中豪杰是损人的话？你想想，哪个女人不想柔情似水？女中豪杰不是跟男人婆一样了？”盛夏咯咯直笑，妩媚横生，花枝乱颤，一点儿也不像赫赫有名的盛世药业的董事长，反倒像风情万种的明星。

卓达表面上不动声色，眼中却是闪过一丝不屑和鄙夷，虽然一闪而过，却还是被倪流尽收眼底。

都说卓氏和盛世不和，而且积怨很深，到底卓氏和盛世有什么过节儿，倪流是局外人，不得而知，但从刚才卓达的表现可以看出，卓氏和盛世不但积怨很深，而且可能势同水火。

第五十八章

大局初定

也算是好事，以后有的玩了。在远思的振兴之路上，卓氏和盛世都是绕不过的高山，必须正面面对，即使远思的崛起之路未必一定会和卓氏、盛世为敌，至少在争夺市场的过程中，难免会有竞争，如何处理好和卓氏、盛世的关系，是考验倪流商场智慧的头等大事和最大难题。

“盛董是董事长中的佼佼者，是女人中的极品，是美女中的顶级存在。”倪流才不会吝啬溢美之词，更何况盛夏对他的帮助之大，确实值得他不着痕迹地拍上几记马屁，何况夸奖美女，也是每一个爱美之心的男人应有的礼节。

“哟，倪董这么夸我，如果我不和倪董干杯的话，就对不起倪董的一番盛情了。”盛夏一口喝干了杯中酒，豪爽地一放酒杯，“不瞒各位，盛世确实有进军房地产的计划，本来是想借机收购了远思的股份，兼并了远思作为跳板进军房地产，没想到倪董志向远大，不贪图眼前的小利，好，既然他有做大远思的理想，我就助他一臂之力。”

至于怎么助倪流一臂之力，盛夏不说了，留下了悬念，不过她接下来的话，让人浮想联翩：“倪董，我明天再回石门，晚上就住在正大，等下具体怎么合作，你可以到我的房间和我进一步细谈。”

卓达脸色微微一变，眼中的鄙夷之色浓烈如白酒，鼻子中轻轻“哼”了一声，却没有说话。

盛夏却不肯放过卓达：“怎么，卓董是不是有什么意见，或是哪里不舒服？”

“盛夏，请注意你的言行，女人要端庄大方，不要……”

“卓董是以卓氏集团董事长的身份还是以长辈的身份教训我？”卓达话未说完，就被盛夏很不礼貌地打断了，“如果是以卓氏集团董事长的身份，对不起，盛世不是卓氏的子公司，我也不是你的员工，你没有资格对我指手画脚。如果是以长辈的身份，那么更对不起，我还真的从来没有当你是长辈。”

“你……”卓达不动如山的表情终于勃然变色，拍案而起，“盛夏，你不要太过分了。”

众人都惊呆了，早就听说过盛世和卓氏不和，没想到矛盾这么深，居然当场翻脸。听盛夏话里话外的意思，显然盛世和卓氏有过不为人知的过去。

“拿酒来。”倪流见状，知道不使出杀招是没法摆平眼下的场面了。卓氏和盛世，是中省的两座巍峨的高山，哪一座都需要远思仰视；卓达和盛夏，哪一个都是他得罪不起的重量级人物，他必须化解对峙的局面，不能让其中任何一人记恨他和远思。

旁边的人连忙递上了一瓶白酒。

“两瓶。”倪流发了狠，“全倒上，今天的事情，怪我，两瓶白酒，一瓶向卓董赔罪，另一瓶向盛董赔罪。”

两瓶白酒？天，倪流疯了？所有人都震惊了，当然，震惊之余，有人担心，有人庆幸，也有人幸灾乐祸，洪东旭就斜着眼睛，一言不发，想看看倪流到底是说大话，还是真能喝干两瓶白酒。

“倪流，你不要命了？”林凝欢坐在旁边的桌子上，猛然冲了过来，“不行，你不能喝，一下喝两瓶白酒，会死人的。”

“倪头儿，我替你喝一瓶。”黄文旭平常嘻嘻哈哈，关键时刻挺身而出，显示出了一个男人的担当，“你是我的头儿，我替你分担，是我的职责。”

“倪董，这个不好玩。这样，我们一起替你分担这两瓶，怎么样？”陈星睿很欣赏倪流的快意恩仇，但确实两瓶白酒太吓人了，他不想倪流才继承了股份就倒下。

“倪流，别这样，卓董和盛董，又不会怪你。”郭容天也看不下去了，他虽然赞成倪流有担当的态度，却反对倪流的做法。

倪流摆摆手：“各位都是远思的贵宾，远道而来，已经给了远思天大的面子，远思没有招待好各位，就是我的失职，失职，就该罚。”

卓达盛怒之下，并不说话，也不坐下，明显就是就算他没有怪罪倪流，也是心中不太平衡。其实谁也不知道的是，他是借此怒气发作的机会，有意刁难倪流，看看倪流有没有解决的方法。

盛夏虽然坐着，却也是一言不发。她和卓达的想法不尽相同，并不是想刁难倪流，而是想考验倪流的随机应变能力，同时，也想观察一下倪流到底是不是一个有担当的男人。盛世是想寻找一个突破口，现在盛世的摊子铺得过大，受国家政策调控的影响太大，药品政策的任何风吹草动，都有可能影响到盛世以后的长远发展，现在盛世必须积极主动地出击，将过于集中的资本转移到其他行业，以便降低政策变化的影响带来的风险。

倪流到底是不是有资格成为她的合伙人，不能只凭他过关斩将拿到股份就得出结论，拿到股份只是能力的一方面，正如他自己所说的，有些人适合从零做到十，而有些人适合从十做到一百。如果说突破洪东旭的重围拿到股份算是从零到十，那么倪流当上董事长之后，如何将远思做大做强，才是最艰难的考验。

从零到十，只是十步，而从十到一百，是九十步，两者的难度，不可相提并论。所以，盛夏倒要看看，倪流怎样让她和卓达都满意。

两瓶白酒，分别倒在四个酒杯之中，满满当当，倪流端起其中一杯，双手举起："第一杯，怪我招待不周，怠慢了卓董和盛董。"

话一说完，仰头一饮而尽，中间没有丝毫停顿。

"啊！"林凝欢惊呼一声，"倪流，不要这样。"

"凝欢，这事儿和你无关，你不要管。"倪流推开林凝欢，又端起第二杯酒，"第二杯，希望卓董和盛董化干戈为玉帛，握手言和。"

又一杯酒一饮而尽。

倪流用的是大杯，一杯酒倒满，足有半斤，酒量再好，一口闷半斤也受不了，何况还是高度白酒。倪流酒量不错，最高纪录一斤半中度白酒，不过眼下喝的却是高度白酒，一斤酒下肚，他顿时感觉体内翻江倒海，就如开锅一般。

胃里一阵翻腾，酒劲上涌，头晕目眩，身子一晃，差点站立不稳，倪流左手扶住桌子，右手伸手拿过第三杯白酒："第三杯，我对卓董和盛董的敬意，全在酒里。"

洪东旭轻轻"哼"了一声，心中不屑地想，倪流啊倪流，你以为作践自己就能过关了？太幼稚，太简单，太冲动了！卓达是什么人物？什么场面没有见过？以为只凭你的几杯酒就能平息了怒火？哈哈，做梦！这一下看你怎么收场？才接手股份，才当上主角，就丢人现眼了，活该。

黄文旭眼睛湿润了，倪流好样的，是个有担当、有勇气的头儿，值得他追随，他没看走眼，以后，跟定倪流了。

林凝欢急得眼泪都快流下来了，她想去阻止倪流，却被林道首威严地叫住了：“欢欢，没你的事儿，回去！”

林凝欢不是乖乖女，一向叛逆，但她最大的优点就是懂事，在外面轻易不拂父母的面子，爸爸发话了，她不能不听，只好含泪收回了脚步。

郭容天摇了摇头，想说什么又没有开口，算了，倪流是想搏一搏，由他去，成不成，就看卓达和盛夏给不给他面子了。

陈星睿到底年轻气盛，一拍桌子，挺身而出：“欺负人是吧？算我一个，奶奶的，我就不信了，倪流一个人喝两瓶，你们无动于衷，我再跟两瓶，行不行？够不够面子？”

替倪流出头也就算了，陈星睿还主动站在了倪流的一方，等于是他和倪流并肩作战对抗卓达和盛夏，这份人情，真不小。

“再拿两瓶白酒，老子拼了！”陈星睿豪气冲天，红了眼。

“小屁孩，你在谁面前自称老子？”盛夏终于站了起来，一伸手抢过了倪流的酒杯，“滚一边去，少装大头蒜。谁欺负倪流了？我就是想知道他的酒量到底有多大，你跟着捣什么乱？好，既然你掺和了进来，就陪我一杯。”

盛夏本来是长发披肩，她顺手将酒杯一放，轻挽双臂，系起了头发，又拿起了酒杯，和陈星睿一碰杯：“干，谁不干谁是孬种。”

“你妹。”陈星睿乐了，心中一下就对盛夏佩服得五体投地，这女人，够辣够味道，而且就势下坡下得天衣无缝，水平真高，他端起半斤白酒，咕咚咕咚，一口喝干，将酒杯重重地一放，“盛夏姐，我喝完了。”

盛夏莞尔一笑：“有你的，看我的。”她一仰头，居然也是一口气不停顿，将半斤白酒全部下肚。

所有人都震惊了。

倪流笑了，一斤白酒换来了盛夏的认可，值了。他又端起手边最后一杯半斤白酒：“最后一杯，我敬卓董。”话不用多说，一切尽在酒中，他不相信卓达还能沉得住气，还能不给他丁点面子。

卓达突然就笑了，笑得很大声，笑得很随性：“拿酒来！我老是老了，可也不能让你们年轻人随便欺负，你们不要忘了，我是东北人，年轻的时候，喝酒从来就没有怕过谁。来，倪流，我陪你一杯。今天，我也老夫聊发少年狂一回，让你们小年轻见识见识什么叫宝刀未老。”

洪东旭眼睛发直了，这也行？卓达的一关，倪流也过了？倪流运气太好了吧，这小子，真要逆天了？

林道首含笑点头，对倪流更高看了一眼，他的眼神越来越流露出赏识之意，目光再落到目不转睛地盯着倪流的林凝欢身上，他的笑意就更浓了，心中的念头就越来越强烈。

“一起干吧。”倪流大为开心，卓达的老夫聊发少年狂，既有演戏的成分，也有真情实感的流露，酒喝到这个份儿上，算是没白喝，加深了认识，增进了感情交流，以后他有事求到卓达门上，就凭今天他两口一斤白酒的豪爽，卓达也不会不给他一个面子。

“一起干！”卓达也端起了半斤白酒，和倪流碰了杯。

“干！”

“干！”

盛夏和陈星睿也碰了杯，四人每人半斤白酒，同时一饮而尽。

洪东旭咽了一口唾沫，后悔没有加入到他们当中去。郭容天也隐隐有几分不甘，就差一点儿他也可以挺身而出，既能卖倪流一个人情，又能给卓达和盛夏留下好印象，为什么他在关键时候就差了那么一点点火候，就不能和陈星睿一样一拍桌子很男人地站出来？

性格决定命运，有时想想确实是至理名言，他的性格还是欠缺了一点冒险精神，不行，回去后就落实倪流所提出的购买别墅送宅院的思路，大胆地尝试一次，赢了，就是捡来的成功；输了，大不了赔上几百万，几百万他还赔得起。

宴会结束后，卓达要连夜返回石门，倪流要送行，卓达不让：“让东旭送我就行了，你喝多了，回去休息吧。”

喝了一斤半白酒的倪流确实有点多了，但送人没问题，不过既然卓达提出让洪东旭送，他就明白了什么，也不勉强：“洪总，就麻烦你送送卓董。”

“好，好，倪流你先去休息，卓董就交给我了。”洪东旭喜笑颜开，卓达表面上和倪流把酒言欢，其实暗中还是要走中间路线，不会把赌注下到倪流一个人身上。

“卓董还是想玩两面手法呀。”陈星睿喝多了，洪东旭和卓达一走，他就说出了心里话，“而且我怎么觉得他还是相信洪东旭多一些。”

“洪东旭可以给他想要的东西，倪流却给不了。”郭容天目光如炬，他提醒倪流，“倪流，小心任何增资的注资，卓氏吞并远思之心还在，早晚会想尽一切办法渗透到远思的董事会中，稀释你的股份，并且逐渐控制董事会，最终达到削弱你的控股权的目的。”

“我明白，谢谢郭董。”倪流也看了出来，卓达对他有好感，但好感不能代替理智，更不会影响卓达控股远思的野心，确实如郭容天所说，来日方长，事情，才刚刚开始。而他以后和卓达要打的交道、要交的手，还有很多。

第五十九章

重新洗牌

郭容天也连夜返回了石门，倪流亲自送郭容天上了高速，等他返回正大酒店的时候，林道首、庄步凡等人都回去了，只留下陈星睿和盛夏还在等他。

当然，还有黄文旭、吴小舞、兰姣和林凝欢。

“走，到我的房间坐坐。”盛夏喝了半斤酒，双颊绯红，束起了头发，脱了外套，只穿了紧身毛衣的曼妙身材，让她比刚才的高傲多了三分妩媚、四分美艳。

与吴小舞的优雅、林凝欢的亮丽、兰姣的俏丽相比，盛夏的成熟更具女人风情，更有风韵。倪流还好，没有御姐情绪；黄文旭似乎对盛夏敬畏多过爱怜；陈星睿就不同了，被刚才盛夏喝酒的豪爽震住了，现在围在盛夏身边转来转去，明显流露出对盛夏的爱慕之情。

“小屁孩，离我远点儿，我对你这种有性冲动没人性的小男生没兴趣。”盛夏看出了陈星睿对她的意思，很直接地就打击了陈星睿对爱情的美好向往。

“我，我不小了。盛姐，我才比你小3岁，你30岁，我27岁，女大三，抱金砖。才3岁的差距，我怎么就是小屁孩了？”陈星睿十分不满盛夏对他的轻视，一脸委屈。

倪流笑了，陈星睿比他还大一岁，看上去好像比他还小了3岁一样，主要是陈星睿太活泼了，或许是没有经历过生活的艰难波折，太一帆风顺了，性格就跳脱了一些。

“一边儿去，别在我身边烦，我有正事和倪流谈。”盛夏不理会陈星睿的表白，抬头看了几人一眼，“人是不是太多了，不太方便谈话吧？”

“没事儿，都是我的班底。”倪流看了追随他一路的吴小舞和黄文旭一眼，又看了最后关头加入、在以后会大有可为的兰姣一眼，“以后，也是我在远思的左膀右臂。”

盛夏对黄文旭和兰姣都不感兴趣，却直直盯着吴小舞看了半天：“小舞，你从一开始就追随在倪流身后，你就这么认定倪流一定会赢？”

吴小舞错过了倪流指挥若定大胜洪东旭的一场大戏，一点儿也不觉得遗憾，在大戏的背后，她功不可没，在紧要关头也起到了力挽狂澜的关键作用。不过说到她为什么从一开始就追随在倪流身后，她还真说不好：“也就是一种感觉吧。虽然我以前和倪流不熟，不过和他风雪兼程一路，对他也算有了一个粗浅的认识，觉得他能冒死送宋总回襄都，是一个有情有义的男人……”

“易求无价宝，难得有情郎，是吧？”盛夏掩嘴一笑，明艳照人，

“哪里啦，谁也没想那么多了，而且宋总生前对我也不错，他信任我，我就得回报他的信任。”吴小舞脸红了，不好意思地低头去看脚尖，不料却看到了倪流的脚，不由抬头狠狠瞪了倪流一眼，埋怨倪流的脚乱放。

倪流酒意上涌，他现在有了七八分醉意，吴小舞的娇羞让他心神荡漾，就上前一把抱住吴小舞的肩膀：“小舞，我是不是有情郎，以后你就知道了。”

“讨厌，放开我。”吴小舞不给倪流面子，推开了倪流，“你是不是有情郎，我才不要管，你是我的老板，我替你办事，是我的职责，你可不要多想。”

“哈哈。”黄文旭大笑，“逗死我了，倪头儿，你可不要多想。”

“滚蛋，再捣乱，我踢你。”倪流抬脚要踢黄文旭，却被黄文旭躲开了。

“我一直纳闷儿，最后你在洪东旭耳边说了几句什么，让他收回了‘撒手锏’。”盛夏问到了她最关心的问题，“我想了半天，怎么都想不明白。”

“这事儿，还得感谢小舞。”倪流手又不老实了，伸手搭在了吴小舞的肩膀上，“小舞卖得一手好萌，结果就骗过了唐简水，让唐简水以为小舞真要和他合作，指证我在路上故意拖延时间，最终导致宋国文耽误了最佳治疗时间，唐简水哪里知道，小舞暗中录了音，如果洪东旭敢当众抛出这个炸弹，小舞就会公布录音，让洪东旭炸了自己。最后唐简水得知小舞录了音，吓得不敢露面了。我只不过不想让远思的家丑外扬，就告诉了洪东旭，如果他想撕破脸皮，随便，看谁最后身败名裂，他最后做出了明智的选择……”

“你妹，洪东旭太无耻了，倪流，你也太善良了，怎么就这么容易放过了洪东旭？要是我，非得当场揭穿他的本来面目不可。”陈星睿一拍大腿，一脸惋惜，“怎么就放过他了？太可惜了，多好的机会，难得这么多人凑在一起，让他当众出

丑多大快人心。”

“要不说你是小屁孩，你还不承认，倪流比你有远见多了。”盛夏再次鄙视了陈星睿，“这叫放长线钓大鱼，或许说，欲擒故纵，懂不懂？倪流想要完全掌控远思，还需要一段时间，在这段时间内，他需要洪东旭配合他，而以眼下的局势，也只有稳住洪东旭才能稳住远思的大局。而且如果我没猜错的话，倪流在某些事情上，还必须借助洪东旭才能达到目标。”

倪流冲盛夏一竖大拇指：“知我者，盛董也。”

“少拍马屁，我不吃这一套。”盛夏也有几分醉意，说话随意，双眼如水，脸色绯红，飞了倪流一眼，“倪流，我就问你一句话，你一定要对我说实话。”

倪流的手还搭在吴小舞的肩膀上，也不知吴小舞是不好意思推开倪流，还是见他喝得摇摇晃晃心疼他，反正他半个身子靠在了吴小舞身上，很没形象：“盛董帮了我这么大的忙，我不和盛董说实话，我就对不起自己的良心。”

“女人的情话和男人的醉话，都是不可信的假话。”盛夏打趣倪流，目光在倪流搭在吴小舞肩膀的手上停留了一会儿，“如果盛世想进军房地产市场，想和远思合作，你是不是愿意让盛世入股远思？”

盛世是一头大象，远思是小池塘，盛世入股远思是大象跳进小池塘，最终的结果显而易见，是鸠占鹊巢，早晚远思会被盛世控股，这么说，盛世对远思的兼并之心，确实不是虚招。

“在回答你的问题之前，我也问你一个问题。”倪流反其道而行之，“如果我当场宣布接受盛世十一亿的出价转让手中的股份，你事后是真会拿出十一亿，还是会赖账？”

“想都不用想……”盛夏呵呵一笑，“以远思目前的规模和实力，不值十一亿，就算有溢价，也溢价太多了，我肯定会赖账。”

“早就知道你会赖账。”倪流离吴小舞过近，鼻中闻到吴小舞身上的清香，头脑清醒了几分，“我一个人持股百分之七十，比例过高，不利于公司的长远，如果盛世想入股远思，可以，我愿意稀释我的股份邀请盛世加入，不过，我的条件是：一、盛世持股不超过百分之十；二、现在入股，股价还按十一亿百分之七十的比例计算，百分之十折价是……一点五亿。”

“胃口真大，倪董，你真是一点儿诚意也没有，算了，不谈了，睡觉。”盛夏忽然就兴致索然了，摆了摆手，下了逐客令。

陈星睿也住在正大，就在盛夏的隔壁，他酒意上涌，也支撑不住去睡了。林凝欢还想跟倪流去远思大厦，被倪流劝走了，让她有什么事情明天再说，他明天又不回石门，以后说不定还会常住襄都。

林凝欢不大情愿，不过还是闷着头回去了，或许也是觉得人太多，有些话不好说出口。

倪流一行住在远思大厦。远思大厦除了办公区之外，还有客房，作为远思的下任董事长，在远思大厦必须有办公住宿的场所，沈学良在倪流于台上签署交接手续的时候，他就意识到风向变了，不等吩咐就安排好了一切。作为董事长办公室主任，他很称职。

倪流、吴小舞、黄文旭和兰姣四人回到远思，沈学良居然还在，他忙前忙后，带领倪流查看了房间，又交代了一些注意事项，还留了电话，让倪流有事情可以随时联系他，才告辞而去。

沈学良是个人才呀！倪流感慨，这一份见风使舵的本领，确实一般人比不了，以后得加以重用。

眼见沈学良走到电梯口，刚按下按键，他好像才想起什么一样："倪董，刚才我见到国武来过了，后来他和洪总一起出去了。"

宋国武没有捞上好处，一定非常失望，他和洪东旭再次迅速走近，也符合他的性格，反正倪流也清楚，他虽然成功地入主了远思，但实际上战争才刚刚开始。

随他去吧，天要下雨，坏人要办坏事，谁能管得了？洪东旭也好，宋国武也好，和他终究不是一路人，股份归属问题尘埃落定之后，每个人的立场又会回到原来的轨道上，等于是重新洗牌，重新再来。

倪流一人一个套间，黄文旭自己一个房间，吴小舞和兰姣一间，几人先到倪流的房间，喝了一会儿茶，说到了下一步。

"倪头儿，准备什么时候上任董事长？"黄文旭兴奋过度，没有睡意。

"不急，再等几天。"倪流现在是最大股东，随时可以要求召开董事会重新选举董事长，以他绝对控股的股权，当选董事长只是程序问题。

"为什么还要等？"吴小舞问道，"都等了这么久了，干吗还不赶紧上位行使权力？再等下去，黄花菜都凉了。"

"为什么要等，小舞，你还用问我？太不聪明了。"倪流用手一指吴小舞的鼻子，"这样，明天你和兰姣回石门一趟，继续调查洪方、宋国武和王树斌的幕后交易，我和文旭留在襄都，夯实和首远集团的合作基础。”

“首远？首远不是支持洪东旭吗？”吴小舞想了想，又意味深长地笑了，“哦，我明白了，你看上林凝欢了，想当首远的女婿。这样也不错呀，娶了林凝欢，首远早晚也是你的。哇，远思的董事长加上首远的女婿，倪头儿，襄都排名第一、第二的集团全被你包了，你就是天下第一幸运蛋了。”

“这个主意不错，值得考虑。林凝欢是林道首的独生女，现在她名下有首远百分之十的股份，等她嫁人时，最少也得再加百分之十的股份当嫁妆，百分之二十的首远股份，肯定是首远数一数二的大股东了，这样的话，我整合远思和首远，让两家合二为一，十年之后，会不会成为中省第一集团？”

“说你胖，你还真喘呀？睡吧，天不早了，别睁着眼睛做梦了。”吴小舞白了倪流一眼，打了个哈欠站了起来，“倪头儿，祝你做个美梦。不过我更希望你能拿下盛夏，这样，你不用奋斗就是中省第一赘婿了。”

“哈哈，这个主意更好。”倪流哈哈大笑。

第二天，阳光晴好，天气不错，盛夏和陈星睿同时踏上了归程。送走二人，倪流又安排了一辆车送走了吴小舞和兰姣，他和黄文旭先到远思露了一面，和唐简水、王骏群、沈学良以及孟岩等部分管理层见了一面，简单聊了聊，说了说召开董事会的时间，然后倪流就和黄文旭一起离开了远思。

“该换辆车了。”黄文旭一边开车，一边拍了拍奔驰ML350的方向盘，“辞旧迎新，该面对新生活新世界了，旧车，就随旧人随轻风去吧。”

“不换。”倪流坚决地摇头，“在没有实现我的目标之前，就一直开这车，这车有纪念意义。”

“得了，听你的，当我没说。”黄文旭无所谓地笑了笑，“回头我还开我的宝马去，这车，还是你自己开吧。”

“看，唯心了不是？”倪流看了看公里数，“才五万多公里，还是新车，干吗换？能省一点儿是一点儿，而且我感觉，还有一场硬仗要打，花钱的地方，多着呢。”

“你手中的五百万，怎么处理？”黄文旭提醒倪流，“得赶紧想个办法抹平了账，要不这事儿，说不定也是一个坑。五百万虽然不多，不过也得走账不是？”

第六十章

新世界

“我让小舞和兰姣回石门，就是想再查查五百万的事情。王树斌始终没提过五百万的事情，可见这五百万，肯定有鬼。可是宋国文也不可能和王树斌有什么私下交易，这件事情不弄明白，始终是一个漏洞，说不定会被王树斌用来当成反击的武器。”

“中远集团欠远思的债最多，等你上位后，会不会第一个拿中远集团开刀，上门讨债？”黄文旭想到了一个关键点，“中远集团是国企控股，和民营集团的制度不一样，王树斌虽是董事长，但他是国资委任命的董事长，他只是代言人的角色，是代表国资委控股。”

这个问题倪流也早就想到了，正是因为王树斌只是中远的决策者而不是所有者，所以他的所作所为会有防止国有资产流失的底线。民营集团的董事长，作为最大的股东，他的决定都会从不让自身利益受损的角度出发；而国企控股的集团，损失了，是国家的钱，赚到了，也不是自己的钱。

贪污腐败的情况，不会发生在民营董事长身上，却会发生在国企控股集团的董事长身上。中远集团欠远思集团的债务，是公事；王树斌拿一张五百万元的现金支票给宋国文，是私事。到底王树斌和宋国文还有什么私事可以上升到用五百万交换的地步？倪流也想不明白。

想不明白就索性不想了，反正早晚会再和王树斌面对面。

倪流为黄文旭指路，一路东拐西拐，来到了家中。

倪流是要回家看望父母。

既然倪流和倪芳化解了矛盾，倪父倪母也总算理解了儿子的一番苦心，对一双儿女没有因为金钱而伤害了亲情大感欣慰。

倪流在家中待了一上午，陪父母说了会儿话，又讲了讲远思以后的发展。主要的是他对远思以后的发展想法让父母放心，他接管了远思，不会亏待姐姐，也不会亏待宋家人，他会为姐姐和宋家斌专门设立一个基金，确保姐姐和宋家斌衣食无忧。

他也会为宋国文的父母购买一笔保险，让老人没有后顾之忧地安享晚年。虽说宋国文父母还有宋国武，但倪流既然承受了姐夫的恩惠，替姐夫照顾家人，是为人的本分。

老爸老妈见倪流做事情方正，事事都想得周全，老心大慰，对倪流也不再苛求什么了。老妈再三叮嘱倪流保重身体，不要太操劳了。老爸却想起了倪流的工作，让倪流不要有前手没后手，工作该辞了，就正式去辞职，做人，要有始有终。

倪流一一记下了。

黄文旭老老实实地坐着不动，聆听倪父的教导，一言不发，像个虚心学习的小学生，让倪父大加夸奖，说他虽然头上的黄头发不伦不类，不过性格却很沉稳。倪流听了暗笑不止，心想黄文旭演戏的水平真不错，见人说人话，见鬼说鬼话，见神说神话。

如果人、鬼、神都在，他该说什么话？不用想，肯定是胡话了。

中午吃过午饭，倪流没再久留，又和黄文旭一起去了姐姐家。

一出倪家家门，黄文旭就长长地出了一口气："可闷死我了，倪头儿，你爸太正统了，简直就是老古董。我就纳闷儿了，你在这样的家庭中长大，怎么一点也不正直？"

"我怎么就不正直了？"倪流佯怒，"和你一比，我正直得都上天了，我还不正直，天下还有正直的人吗？"

"吹，可劲吹。"黄文旭一抖头上的黄毛，"你的手段刁钻阴狠，和你阳光灿烂的外表完全不相称，现在我才知道，在你正直的外表下，藏着一颗深不可测的机心。怪不得宋国文选你当接班人，他是算到了，也就是你才能斗得过洪东旭和许多对远思虎视眈眈的集团。"

"你是夸我，还是损我呢？"倪流看了看黄文旭头上的黄毛，"你的黄毛还是去掉吧，马上就要担任重要职务了，这形象，太影响观感了。"

"对了，倪头儿，你打算给我安排一个什么职务？还有吴小舞和兰姣，你不会一下收两个吧？说好了，兰姣得给我留着，要不我不干。"黄文旭开到了路口，正好红灯，就停了车。

"你是负责业务的副总经理。吴小舞还跟在我身边，当我的秘书。兰姣担任董事长办公室副主任，协助沈学良工作。”倪流心中早就有了安排，下一步，就要开始人事布局了，他是董事长，在董事会有绝对控股权，那么他的思路就是远思毋庸置疑的发展方向。

发展方向定好之后，人才就是决定因素了。

很明显，他的人手还不够用，如果可能，他还准备让肖米也来远思，她的交际能力不错，而且对付一些见色忘义的老色鬼，更是她的拿手好戏。

这么一想，倪流乐了，这么说，他好像还真不是那么正直，又一想，商场上的事情，阴谋阳谋都要有，两手都要抓，两手都要硬。

“副总经理，会不会太小了点儿？以我的能力，直接副总裁也没问题。”黄文旭什么时候都不忘自吹自擂，“想想看，当初可是我三言两语摆平了宋国武，又信口开河侃晕了沈学良，还……”

自吹自擂的话，倪流直接就过滤了，他想到了洪方的离岸公司：“离岸公司的事情，查得怎么样了？”

“不好查，难度很大，我托了京城专门从事金融业务的朋友去查，也只能查到洪方的公司确实有异常的走账，如果想彻底查清，估计还得从源头查起。源头，就是洪东旭，就是远思。”

“洪东旭是一个水管，源源不断地抽取远思的水注入洪方的公司，‘打仗亲兄弟，上阵父子兵’，这话还真是一点不假。”倪流想了想，“我觉得，突破口，说不定还得落到宋国武身上，这事儿，就交给你办了，宋国武的一千万还压在你的手上，你捏着他的命门呢……”

“我可不敢惹急了宋国武，兔子急了还咬人呢，宋国武不是善茬……”黄文旭见变绿灯了，松开刹车起步，车刚一动，从左侧“嗖”的一声，一辆汽车飞驶而去，吓了他一跳，“我去，赶着投胎呀，开这么快……不对，是宋国武，旁边的人好像是……付白中！”

付白中？倪流吃惊不小，付白中不是昨晚就回石门了，怎么还在襄都？好吧，在就在吧，是走是留是他的自由，他却和宋国武在一起，就说明事情出现了不可预知的偏差。

倪流早就料到等他接手股份之后，各人会重新归位，各方会重新洗牌，却万万没有想到，宋国武居然和付白中凑到了一起，问题是，宋国武会有什么让付白中动心的东西？

作为中羽集团的董事长，付白中身家十几亿，日理万机，如果没有足够让他动心的理由，他绝对不会留在襄都不回石门，也不会和宋国武同乘一车，看来，重新洗牌之后，各方重新组合的速度和方式，还是出现了让人想象不到的变化。

有意思，越来越有意思了，倪流笑了笑："围绕股份的硝烟刚刚散去，围绕远思的战火，又再次燃起，走，去首远集团。"

黄文旭嘟囔了一句："我一直还挺看重付白中的为人，没想到，他和宋国武合作了，丫的，我也有看走眼的时候。"

"付白中和宋国武合作，未必就要从人品的高度来指责他，他肯定也看重宋国武某方面有可用之处。先不管了，先和首远谈合作，现在我们不再是孤军作战，也有同盟军了。"

"倪头儿，能不能听从我的一个建议？"黄文旭笑得很邪。

"别了，狗嘴里吐不出象牙，你肯定没好话。"倪流连连摆手。

"要善于听从不同的意见，才能不断地进步。历史告诉我们，联姻是最稳定的合作方式，如果倪头儿左手拿下盛夏，右手擒下林凝欢，借盛世的东风和首远的西风，联合在一起，绝对会是惊天动地的龙卷风。"黄文旭扬扬得意，"怎么样，我的主意不错吧？锦囊妙计，到时你左有盛夏，右有凝欢，我就勉为其难也收了吴小舞，我是左有小舞，右有兰姣，人生呀，是多么美好。"

倪流干脆懒得理黄文旭了，男人总会做一些不切实际的美梦，不要紧，人人都有做梦的权利，如果连梦都没的做了，人生该有多无趣。

首远集团位于襄都市美好路和梦想街交叉口，十八层高的首远大厦曾经一度是襄都最高的建筑，后来远思大厦落成之后，才终结了首远大厦第一高楼的盛名。

林道首的办公室在顶楼，十八层。

按说林道首没有担任首远任何职务，不应该在首远大厦有办公室，不过民营集团的优势就在于灵活多变，任何事情都可以变通，林道首的办公室就在董事长办公室右首，上面没挂牌，显得神秘而低调。

其实平常林道首也不在这里办公，今天是为了和倪流会谈才特意来此等候。

除了林道首之外，林凝欢也在，倒是首远的正牌董事长丛远远却不见人影。

其实首远集团的最大股东是林道首。董事长一般由最大股东担任，但并非一定会是最大股东担任，也常有最大股东不愿意操劳，会委托信任的代理人出面担任。不过谁都清楚，首远集团真正的掌舵人还是林道首。

林道首穿了一身中山装，满头白发让他显得与众不同，左手握一把紫砂壶，右手执一把折扇，飘逸洒脱，犹如方外闲人。

林凝欢穿了冬裙和长靴，头发编成了两个小辫，一边一个，既有女大学生的清纯，又有乡村女孩的野性，难得的是她将两者完美地结合在了一起，就调配成了别具风味的林凝欢式的狂放和小意风格。

“坐。”林道首笑呵呵地请倪流入座，“倪流，你还记得林伯伯不？你小时候，林伯伯还抱过你。”

林道首的角色转变得倒也娴熟，对立的时候，是林董；合作的时候，是林伯伯。倪流也知道此一时彼一时，就势坐在沙发上：“小时候的事情，太久远了，真记不清了。我连凝欢是我的小学女同桌，都是过了好长时间才想起来。我都怀疑，我的记忆力是不是退化了。”

“倪流，我就是想不明白，你为什么就没有记住我？”林凝欢愤愤不平。

林道首心中一阵无奈，他这个女儿呀，真是没心没肺，一点儿心机也没有，他刚才的话是想借机拉近和倪流的关系，倪流的回答，是有意退后一步，保持了一定的距离，女儿居然一点儿也没有听出来，以她的商业头脑，她以后怎么接手首远？

“想不起来就是想不起来，我也没办法呀！要不，你打我脑袋几下，看看是不是一敲打就聪明了？”

“去去去，打你做什么？你脑袋那么硬，打你，我还手疼呢。”

“欢欢，不许闹了，我和倪流有正事要谈。”林道首漫不经心地看了黄文旭一眼，“欢欢，你陪文旭参观一下首远。”

“我不去。”林凝欢心思简单，想都没想就一口回绝，“要去他自己去，我才不要陪他。”

黄文旭看不下去，这丫头，也太纯真了，连林道首要单独和倪流谈话的暗示都听不出来，唉，这么简单的美丽小姑娘，可不能落到外人的手里，他伸手拉开房门：“凝欢，你陪我参观首远，我就告诉你一个倪流失恋的故事。”

“真的呀？”林凝欢眼睛亮了，“这个好，我爱听。”

等林凝欢和黄文旭的身影消失在门口，林道首摇了摇头，叹息一声：“倪流，你也看到了，我就这一个宝贝女儿，可是不知道为什么，她在经商上就是不开窍，你说我辛辛苦苦一辈子打下的大好江山，最后交到她的手里，我能放心吗？”

“其实也没什么，凝欢可以学林董，以后找一个委托代理人当董事长，她不用操心杂事，只管开心一辈子就行了。”

“话是这么说，她这么单纯，万一所托非人怎么办？万一遇到骗子怎么办？我真的愁死了，要不，你帮我想想办法？”

倪流乐了：“林伯伯，有话您就直说吧，别绕弯子了。”

“好，我就直说了。”林道首放下紫砂壶，背起双手，“倪流，你也看出来了，欢欢喜欢你，我也认为你是一个不错的年轻人，如果可能，你和欢欢在一起，我也可以放心地把首远交给欢欢了。”

啊，还真是天上掉馅儿饼的好事，掉的馅儿饼还是丰盛的套餐，买一送一，倪流差点被砸晕，好在他心理素质过硬，只眼前眩晕了片刻就恢复了镇静：“林伯伯，这个，这个玩笑就开得太大了。”

“你看我像是在开玩笑吗？”林道首一本正经。

倪流并不是特别了解林道首，但从林道首的所作所为也不难得出结论，林道首是整个襄都商界除了宋国文之外，最有商业头脑的一个人，甚至在某些方面，他比宋国文还要强上不少，比如在长远谋划和大局观上，宋国文和他相比，就有所不如。

其实，倪流也知道林道首不是在开玩笑，以林道首的为人，别说他轻易不开玩笑，就算开，也不会拿他的宝贝女儿开，何况又是女儿的终身大事。

只是……倪流实在想不明白林道首为什么想让林凝欢嫁给他，虽然不自夸地说，他确实是一个既帅气又有才华的小伙子，很优秀，不过还没有优秀到让襄都的亿万富翁林道首主动嫁女并且陪送整个集团的程度，人可以适当自恋，过度自恋就二了。

送上门的好事，往往不是好事，倪流没有被金钱和美色冲昏头脑，他坐不住了，一下站了起来：“林伯伯，这份礼太大了，我可承受不起。”

“礼？”林道首面露不悦，“你当这是一份大礼？这是一份责任。倪流，你喜不喜欢欢欢？”

倪流倒也干脆：“喜欢，可是喜欢不一定就非要娶她不可，况且我和她也没有感情基础。”

“喜欢就行。我再问你，你想不想把远思做大做强，实现你从十到一百的梦想？”

“想。”

“好，那你娶了欢欢，拿走首远，就是最正确的决定。”

倪流真服了林道首，太强势，太咄咄逼人，不给别人喘息的机会，他也来气了："我也问林伯伯一句，为什么？你是想让首远以后姓倪不姓林了？从小到大，我遇到的最好的好事就是女同桌送我一根冰棍儿，捡到最大的一笔钱是一块钱，所以我一直认为，世界上真的没有送上门的好事。"

"呵呵，你说对了，欢欢如果嫁给你，首远和远思就会股份置换，欢欢名下百分之三十的首远股份置换你名下百分之三十的远思股份，以达到相互控股的最终目的，不管从哪个角度分析，你都不吃亏，怎么样，同意不同意？"

首远现在的固定资产虽然不如远思，但现金流比远思充裕，产业结构比远思合理，如果远思下一步没有良性的推动力大步前进的话，被首远超过只是时间问题，所以远思等价交换首远的股份，不吃亏，如果再算上他娶了林凝欢，确实是一笔非常合算的生意。

问题是，送上门的合算的生意，林道首真会做？好吧，姑且当他真心为了林凝欢的幸福着想，但也用不着如此急切地一上来就向他摊了底牌吧？这里面，肯定大有文章。

"我很想同意。"倪流嘿嘿一笑，"凝欢是个好姑娘，娶了她，肯定幸福。不过，我想先和她交往一段时间再说，如果双方深入了解后，还觉得合适，再谈婚论嫁也不迟，是不是？"

"别想在我面前耍滑头，倪流，你还嫩了点。"林道首倒也干脆，直截了当，"我也想你和欢欢多增进了解再谈婚论嫁，可惜的是，你没有时间了。"

"怎么会没有时间？我还不老。"倪流开了一句玩笑。

"是洪东旭不给你时间了。"林道首不开玩笑，脸色十分严肃，"不要以为你继承了股份当上了董事长，就完全掌控了远思。洪东旭在远思十几年了，从远思创建时他就是开朝元老，现在的远思，几乎在他一手掌控之下。你当上了董事长，没有一年半载，也控制不了远思的局势。而以现在的形势判断，不用一年半载，不出半年，远思就可能保不住了。"

倪流也查到了洪东旭利用王树斌的渠道，将远思的资源源源不断地输送到洪方的公司的蛛丝马迹，却没有查到太多的证据，也不知道宋国武到底介入有多深，他原以为洪东旭不至于胆大包天到非要搬空远思不可，听林道首一说，才知道事情严重到了刻不容缓的地步。

"这么说，我还要感谢林董的厚爱了？不但要嫁女儿给我，还要让首远和远思置换股份，好让洪东旭知难而退，不敢冒着得罪林董的危险继续搬空远思，不过我就不明白了，林董为什么不直接提出和我置换股份，而非要以凝欢的婚姻作为附加条件之一？我还不明白，林董为什么不帮洪东旭打垮远思，而要帮我？”

倪流的话，问得很直接，很有力，完全就是和林道首短兵相接了。

林道首也不回避，正面回应：“很简单，我就这么一个宝贝女儿，我希望她幸福，她喜欢你，她嫁给你，她一定会幸福。不直接和你置换股份，是我不相信你的能力，不认为你能掌好远思的舵。”

林道首的理由听上去合情合理，倪流却不敢完全相信：“我明白，林伯伯让凝欢嫁给我，是想凝欢在幸福的同时，您也可以名正言顺地对我指手画脚，以垂帘听政首远的方式垂帘听政远思。表面上我娶了凝欢，并且置换了百分之三十的首远股份，实际上，我会一步步成为您的傀儡。”

“傀儡的说法，就太伤感情了。倪流，你怎么不说和首远联姻挽救了整个远思呢？”

“林伯伯，如果我说凭我自己的力量，一样可以阻止洪东旭，一样可以挽救远思，您又怎么说？”

“我只送你一句话——人生是单行道，没有回头路可走。”

三天后，远思集团召开股东大会，选举董事会成员，倪流当选为新任董事长。其他董事会成员没有变动，洪东旭、唐简水、王骏群以及徐德泉再次当选为董事。

随后召开董事会，倪流被任命为总裁，董事长兼总裁的双重身份，让他既拥有了公司的人事大权，又拥有了行政管理大权，下一步，他就可以对公司大刀阔斧地按照他的思路调整战略了。

倪流踌躇满志，信心满满，没有将林道首的话放在心上。相比林道首的老谋深算，他到底还是嫩了几分，一周后，当他差不多熟悉了远思的管理流程，初步了解了远思的人事和在建项目时，一则惊人的消息从石门传来……

远思耗资五亿和中远在石门经济开发区联合投资的产业园项目，出现了巨额亏损，亏损额高达十亿，也就是说，偌大的远思集团受产业园项目所累，实际上现在已经到了资不抵债、濒临破产倒闭的边缘。

又是王树斌……倪流心中闪过强烈的不安，事情，远远比他想象的复杂。远思，内有家贼，外有盗贼，而他虽然高坐远思董事长的宝座，实际上立足未稳，根基还浅，到底要怎样才能渡过眼下高山一般的难关？

而随着倪流深入了解服装产业园项目之后，更是大吃一惊，表面上服装产业园项目是由远思出资、中远提供地皮联合开发，实际上，卓氏集团也参与了项目之中，因为，按照约定，产业园落成之后，卓氏将会一次性买进产业园一半以上的商铺和办公楼。

合同的附加条款也规定，如果产业园不能按期交工，远思和中远要赔偿卓氏的巨额损失！

风光无限的襄都第一集团远思，原来此时深陷产业园项目的泥潭之中，负债累累，如果不能及时扭转乾坤，倪流手中的股份不但不是巨额财富，而且还是一个深不见底的深渊，或许，他一辈子都会背负巨额债务，再也无法翻身。

站在远思大厦十五层，俯视整个襄都，心中刚刚升起的会当凌绝顶，一览众山小的豪迈荡然无存，倪流手端一杯龙井，心中盘旋的是高处不胜寒的清冷。姐夫，不，宋国文对他还真好，为他精心挖了一个深不可测的大坑，等他醒悟之后才发现，他已经人在谷底，想要出去，只能一步步向上攀登，除此之外，再也没有第二条路可走。

人生，确实是一条奔腾不息的河流，有险滩，有平缓，也有让人始料不及的逆流。